Wolfswinter

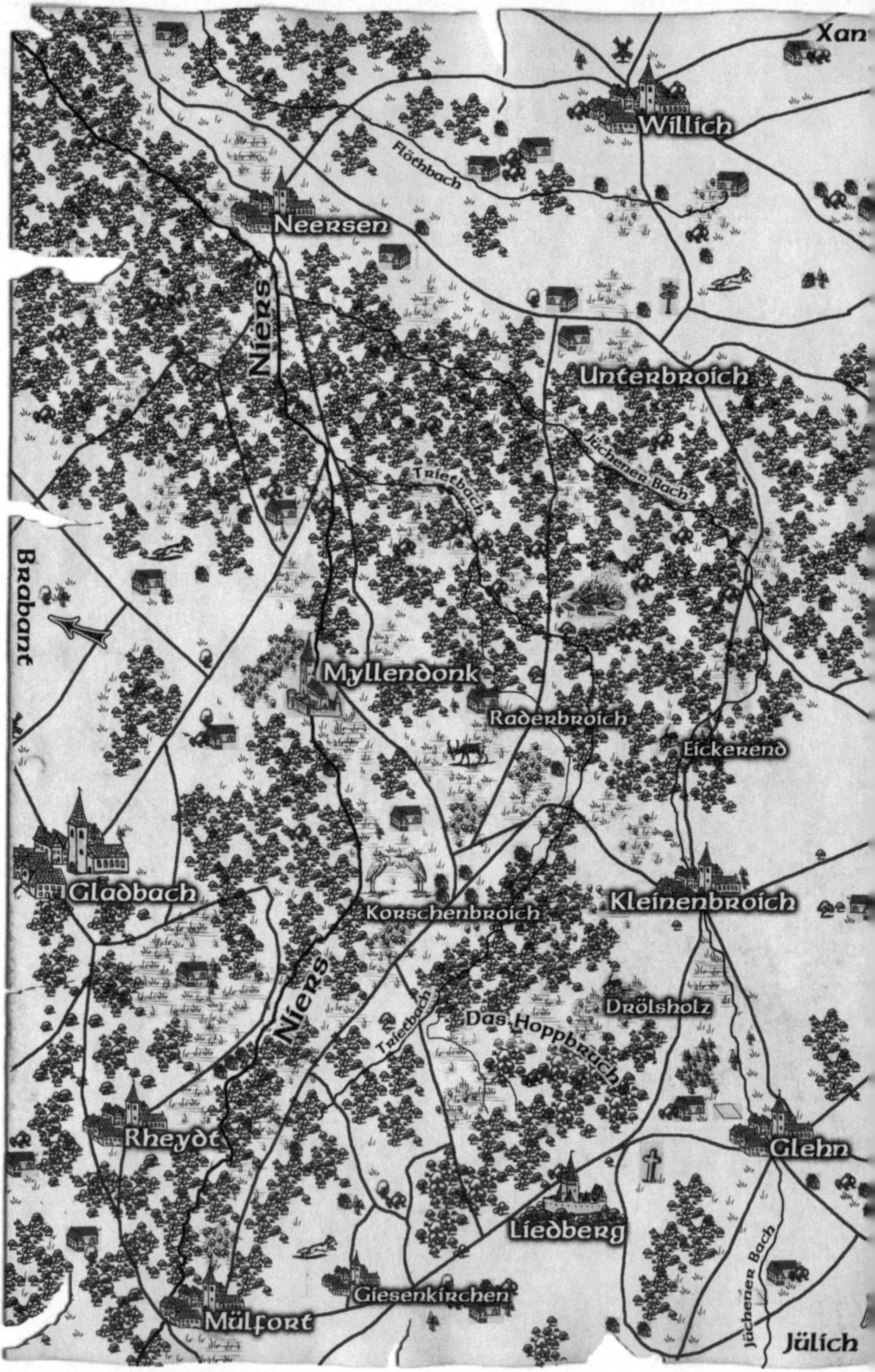
Xan
Willich
Flöthbach
Neersen
Niers
Unterbroich
Jüchener Bach
Trietbach
Brabant
Myllendonk
Raderbroich
Eickerend
Gladbach
Korschenbroich
Kleinenbroich
Niers
Trietbach
Das Hoppbruch
Drölsholz
Rheydt
Glehn
Liedberg
Jüchener Bach
Giesenkirchen
Mülfort
Jülich

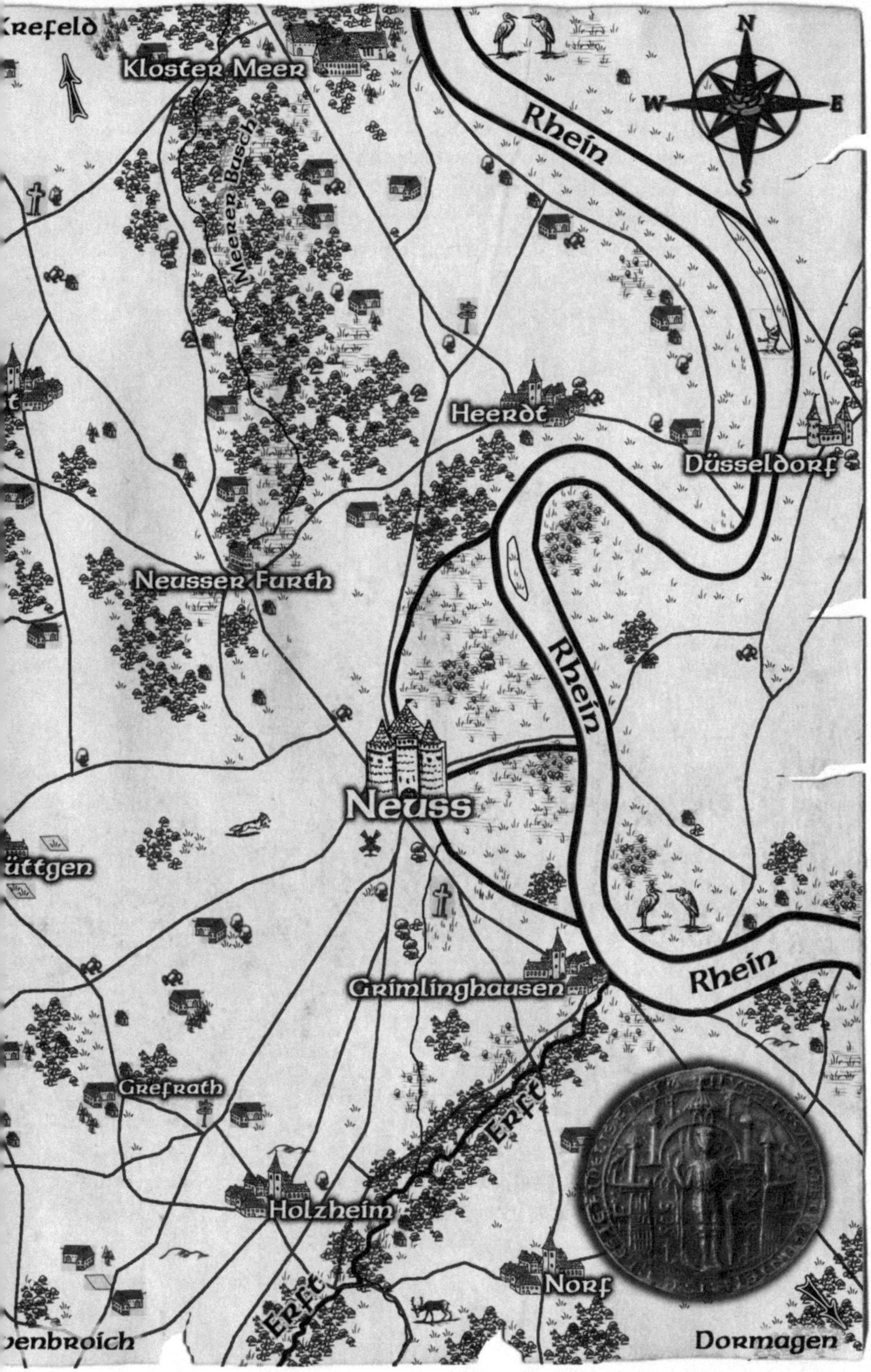
Krefeld
Kloster Meer
Meerer Busch
Rhein
N
W
E
S
Heerdt
Düsseldorf
Neusser Furth
Rhein
Neuss
üttgen
Grimlinghausen
Rhein
Grefrath
Erft
Holzheim
Norf
Erft
enbroich
Dormagen

Christina Döhlings wurde 1966 in Neuss geboren und hängt an ihrer Heimat, auch wenn sie gern auf Reisen geht. Die Liebe zu Geschichten und zur Geschichte wurde ihr bereits in die Wiege gelegt. Ihr erster historischer Kriminalroman »Hexenwahn« war Siegertitel eines Krimiwettbewerbs, der vom Emons Verlag und der Neuss-Grevenbroicher Zeitung ausgeschrieben wurde. Jetzt legt sie nach. Hauptberuflich arbeitet Christina Döhlings in der Behindertenhilfe. Sie lebt mit ihrem Lebensgefährten und ihren Kindern in Neuss-Rosellen.

Dieses Buch ist ein Roman. Die Handlung ist frei erfunden, wenngleich im historischen Umfeld eingebettet. Einige Personen, Ereignisse und Orte sind historisch, einige sind es nicht.
Der Anhang enthält ein Glossar.

CHRISTINA DÖHLINGS

Wolfswinter

EIN KRIMI AUS DEM MITTELALTER

emons:

Bibliografische Information der Deutschen Nationalbibliothek
Die Deutsche Nationalbibliothek verzeichnet diese Publikation in der Deutschen Nationalbibliografie; detaillierte bibliografische Daten sind im Internet über http://dnb.d-nb.de abrufbar.

FSC
www.fsc.org
MIX
Papier aus verantwortungsvollen Quellen
FSC® C083411

Umschlaggestaltung: Tobias Doetsch
Kartengestaltung: Albert Hamm
Druck und Bindung: CPI – Clausen & Bosse, Leck
Printed in Germany 2012
ISBN 978-3-89705-880-4
Ein Krimi aus dem Mittelalter
Originalausgabe

Dieses Buch widme ich meinen Brüdern

Andreas »Fred« Hamm,
dem hilfreichen Telefon-Joker für alle Wissensgebiete,
und Albert Hamm,
dem tollkühnen Waldläufer und Schatzsucher
(obwohl er 1978 meinen Playmobil-Planwagen
kaputt gemacht hat).

»Es muss ein kalter Winter sein,
wo ein Wolf den andern frisst.«
Deutsches Sprichwort

Tag eins, 13. Dezember 1510

Wo bleibt Elße?, dachte der kleine Junge. Das träge Kind! Warum hatte Großmutter ihn ausgerechnet mit dieser Schnecke losgeschickt? Mit klammen Fingern schob er sein Hemd tiefer in den Hosenbund und hielt Ausschau nach seiner Schwester. Nichts zu sehen auf dem schmalen Waldpfad, nicht das Geringste.

Der Junge seufzte und wischte sich Rotz von der Nase. Die losen Fäden der Stofflappen, die um seine Hände gewickelt waren, streiften sein Gesicht, doch er fühlte nichts; seine Haut war vor Kälte taub. Dies sei der kälteste Wind seit Jahren, hatte seine Großmutter heute Morgen gejammert, als sie den Haferbrei für ihn und seine Geschwister umrührte. »Der kälteste Wind im kältesten Winter, zieht euch warm an, Kindchen, nehmt alle warmen Sachen, die ihr habt.« Er war ihrem Rat gefolgt, trug zwei Kittel und eine Weste und darüber noch die Jacke seines großen Bruders, aber dennoch war ihm unsäglich kalt.

»Elße!«, rief er. An der Biegung des Weges hinter ihm schaukelten dürre Zweige im Wind. Der Junge trat von einem Fuß auf den anderen und lauschte. Er hörte trockene Blätter knistern und ein Tier im Unterholz rascheln, ansonsten lag der ganze Wald in winterlichem Schweigen.

Seine Schwester, das Schneckenkind, ließ sich immer noch nicht blicken. Ärgerlich ruckte er mit den Schultern, um das Gewicht der Kiepe auf seinem Rücken zu verlagern. Vermutlich hockte sie vor irgendeinem Erdloch und betrachtete Nagetiere. Der würde er Beine machen! Sie mussten das Holz nach Hause bringen, ihre kleine Schwester war sehr krank. Sie brauchte Wärme und Licht, und er auch.

Viel hatte er noch nicht sammeln können, rund um das Dorf lag kaum noch loses Holz, das hatten sich bereits andere geholt.

Im Gehen bückte er sich nach einem trockenen Scheit und warf ihn über die Schulter in die Kiepe. »Elße!«, rief er noch einmal. Diesmal kam eine Antwort, aber er vermochte nicht zu sagen, ob es eine Kinderstimme war oder der Ruf eines Eichelhähers.

Die Stimmung im Wald hatte sich verändert. Etwas Bedrohliches lag in der Luft. Der Junge spürte, wie sich neben dem Ärger auf seine Schwester eine unbestimmte Furcht in ihm ausbreitete.

Er dachte an den Wolf, über den des Abends am Feuer gemunkelt wurde. Ein schattenhaftes Ungetüm, das in den Wäldern im Westen umging. Bei Gladbach sollte das Biest jemanden angefallen und getötet haben. Aber durfte man den Geschichten glauben? Hier in Eickerend war noch kein Wolf aufgetaucht, die Schafe standen sicher in ihren Pferchen. Gladbach war weit weg. Und dennoch: Es konnte nicht schaden, wenn er sich beeilte. Großmutter hatte das auch gesagt. Der Junge beschleunigte seinen Schritt.

Als er um die Biegung des Weges kam, sprang ein Reh aus dem Unterholz und preschte an ihm vorbei. Erschrocken blieb er stehen und schnappte nach Luft.

Dann fiel sein Blick auf etwas, das abseits des Pfades am Boden kauerte, etwas Graubraunes hinter kahlen, schaukelnden Zweigen. Sein Herz begann zu rasen. Er zog sein Messer aus dem Gürtel und wartete. Während er dastand, entdeckten seine Augen etwas Vertrautes an den dunklen Umrissen, und sein Herzschlag beruhigte sich. Es war seine Schwester, die dort hockte. Er erkannte den Schwung ihres Kopfes unter dem braunen Wolltuch, ihren gebeugten Rücken und die angewinkelten Arme. Die Kiepe aus geflochtenen Weidenzweigen lag neben ihr auf der Erde.

»Was machst du da?«, fragte er halb empört, halb erleichtert.

Elße rührte sich nicht. Als er näher kam, sah er, dass sie zitterte. Gleichzeitig bemerkte er die dunkle Masse, die hinter ihr auf dem Waldboden lag. Ein Baumstamm, sagte er zu sich selbst. Aber dann sah er die Mütze. Die Stiefel. Das viele Blut. Seine Augen streiften die Stelle, an der ein Gesicht hätte sein sollen. Rasch wandte er den Blick wieder ab. Es war zu entsetzlich.

Der Wolf, dachte er, es gibt ihn, er war hier.

Wortlos packte er seine Schwester am Arm und riss sie hoch. Ihr Gesicht war kalkweiß, die Augen hielt sie starr auf den Toten am Boden gerichtet. Der Junge legte seine schmutzige Hand auf ihre Augen und zwang sie, sich umzudrehen. »N… nach Hause«, stammelte er.

Hinter ihnen im Dickicht knackte es. Der Wolf konnte noch hier sein, ganz in der Nähe. Er gab seiner Schwester einen Stoß. Endlich erwachte sie aus ihrer Starre und sah ihn an, die braunen Augen vor Schreck geweitet.

Das Knacken kam näher. Es kam von dort, wo das Unterholz am dichtesten und der Wald am dunkelsten war. Zweige brachen, als sich etwas Großes seinen Weg durch das Dickicht bahnte.

Der Junge schrie. Er hatte es nicht beabsichtigt, er schrie einfach. Seine Beine liefen wie von selbst. Sprangen über eine Wurzel auf den schmalen Weg, der ins nahe Dorf führte. Rannten wie von selbst davon. Hinter sich hörte er seine Schwester, ihren hellen, stoßweisen Atem, aber er wagte nicht, sich umzudrehen, aus Angst vor dem, was sonst noch hinter ihnen sein mochte.

Da war der Rauch der Herdfeuer über den Bäumen. Eine Gestalt mit Kapuze, die ihnen entgegenkam. Er erkannte Evald, den Schreiner, und jagte auf ihn zu. Aus Richtung des Dorfes vernahm er gedämpfte Stimmen. Erleichtert hörte er seine Schwester neben sich nach Luft schnappen.

Evald legte die Arme um die Kinder und verharrte stumm. Warum flüchtete er nicht mit ihnen?

Der Junge hob den Blick und sah von unten auf das hagere Gesicht des Schreiners, das starr in Richtung der Finsternis unter den Bäumen gewandt war.

***

Vor Kälte schaudernd schlug Augustin Jordis die Haustür hinter sich zu und atmete erleichtert auf. Seine Freude darüber, dem eisigen Winter und dem Mundgeruch des fränkischen Weinhändlers entkommen zu sein, kannte keine Grenzen. Nichts gegen den Wein dieses Mannes, ein wahrhaft edles Getränk. Aber musste er sich beim Sprechen so weit vorbeugen, dass man die Löcher in seinen Zähnen riechen konnte? Nie wieder würde er einen Sonntagnachmittag damit verbringen, einem schwatzhaften Ekel gegenüberzusitzen, das ihn in faulige Dünste hüllte, und mochte es – das Ekel – auch noch so weit gereist sein.

Jordis schüttelte sich und streifte seinen schweren, pelzgefütterten Mantel ab. Hier drinnen war es deutlich dunkler als draußen unter dem abendlichen Winterhimmel. Die Talgkerze auf dem Eisenhalter hinter der Tür spendete nur wenig Licht. Jordis nahm im Vorbeigehen den Schatten seines Buckels an der gegenüberliegenden Wand wahr. Er hängte den Mantel an einen Haken und suchte nach dem wollenen Umhang, den er im Haus zu tragen pflegte, wenn ihn fror. Aber der wärmende Überwurf hing nicht an seinem Platz.

Grummelnd setzte er sich auf die Wandbank, um seine Stiefel aufzuschnüren. Aus dem Nebenraum drang ein Klappern. Jordis' Magd Klara betrat die Diele mit einer flackernden Kerze in der Hand, die sie mit der anderen Hand gegen den Luftzug abschirmte. Ihre Holzschuhe klackerten über den Boden.

»Da seid Ihr ja, Herr Jordis«, grüßte Klara. »Euer Essen steht bereit.«

»Gut, danke«, sagte Jordis und schlüpfte in leichte lederne Schuhe. »Ich muss nur rasch hinters Haus.«

Er öffnete die Hintertür und eilte fröstelnd die wenigen Schritte über den Hof zum Abtritt. Die Tür des Schuppens öffnete sich mit einem Quietschen. Er ließ sie offen stehen, weil er vergessen hatte, ein Licht mitzunehmen, und setzte sich hastig auf das kalte Sitzbrett. Nur schleunig zurück ins Haus, an den warmen Kamin!

Als er mit seinem Geschäft fertig war, tastete er mit einer Hand nach dem Korb, in dem Stoffreste zu Reinigungszwecken bereitlagen. Bis auf ein winziges Läppchen war er leer. Murrend gab er sich damit zufrieden, ordnete seine Kleidung und griff nach dem Wasserkrug, um sich die Hände zu waschen. Doch kein einziger Tropfen rann hervor. Jordis drehte den Krug auf den Kopf und nickte verzagt: Das Wasser war gefroren, der Winter hatte endgültig begonnen.

Er schlug die Tür des Abtritts zu und hastete zurück zum Haus. Dabei stolperte er über die Katze des Nachbarn, die wie gewöhnlich auf seinem Hof herumlungerte, um Küchenabfälle zu erbeuten. Unvermutet war sie aus den Mauerschatten geschossen und hatte ihn beinahe zu Fall gebracht. »Törichtes Tier«, schimpfte er, obwohl er Katzen eigentlich mochte. Sie waren ebenso eigenwillig wie er. Allerdings hockte er nächtens nicht auf fremden Höfen und verschreckte arglose Weinhändler. Ärgerlich betrat er das Haus.

»Klara, du musst Tücher nachlegen«, wies er seine Magd an, die gerade ein Brett mit Brot und Butter in die Stube trug. »Und das Wasser ist gefroren. Außerdem suche ich meinen Umhang.«

Jordis reinigte seine Hände an dem Aquamanile, das auf dem Stubentisch stand. Klara hatte ihm bereits ein Glas Wein eingeschenkt und war wieder auf dem Weg in die Küche.

»Hast du gehört, was ich gesagt habe?«, fragte er. »Und gib der Katze nichts!«

Sein Magen war leer, und er war gereizt. Die Kälte, ein zerstörtes Fass, der fränkische Weinhändler mit dem garstigen Atem … Es war Zeit, dass dieser Tag ein Ende nahm.

Jordis drehte den Kopf von links nach rechts und versuchte, sich zu entspannen. Aufgrund seiner Behinderung hatte er oft Schmerzen im Nacken. Sein Kopf saß nicht lotrecht auf dem Hals, wie Köpfe es für gewöhnlich tun, sondern schief wie ein alter Wetterhahn. Klein und bucklig zu sein war bereits Bürde genug, auf körperliche Pein konnte er daher gut und gern verzichten.

Seufzend trat er näher an den Kamin. Die Flammen verbreiteten ein flirrendes Licht im Raum und ließen den Holzboden honigfarben schimmern. Jordis lockerte den Gürtel, der sein indigofarbenes Wams zierte, und strich mit den Fingern über den samtenen Stoff. Er fröstelte immer noch. Ermattet zog er seinen Antwerpener Sessel näher ans Feuer, ergriff das Weinglas und setzte sich behaglich zurecht. Die Wärme und das Knistern des Feuers hüllten ihn ein. Sein Ungemach begann zu schwinden. Wenn Klara gleich mit einer heißen Suppe hereinkäme, wäre er geneigt, dem Tag doch noch etwas Gutes abzugewinnen.

Er hatte kaum sein Glas an die Lippen gesetzt, als es an der Haustür klopfte. »Das darf nicht wahr sein«, murmelte er und ließ das Gefäß sinken. Wussten die Leute, wann man sich niedergelassen hatte, um einen Moment der Ruhe zu genießen? Konnten sie es riechen? Kamen sie und klopften, nur um ihn zu ergrimmen?

Mit etwas Glück stand wenigstens nicht der fränkische Quälgeist vor der Tür. »Ich hhhabe etwas Hhhochwichtiges vergessen, Hhhherr Jordis!« Jordis nahm sicherheitshalber einen großen Schluck Wein. Wenn er das Glas vor Mund und Nase hielte, würde er eine weitere Ansprache des Franken womöglich überleben.

Er lauschte und atmete missmutig in sein Glas. Der Wein hatte eine herbe Note, man glaubte allerlei herbstliche Früchte und Gewürze herauszuschmecken. Bedauerlich, dass er diesen Tropfen nicht in Ruhe genießen konnte.

Klara klapperte zur Tür und öffnete. Stimmen und Schritte wurden laut.

Jordis wusste, dass es Kreitfisch und Jansen waren, noch bevor sie das Zimmer betreten hatten. Leise und zurückhaltend aufzutreten, war ihnen schlichtweg unmöglich. Was mochte sie bei dieser Kälte aus dem Haus getrieben haben? Für gewöhnlich trafen sie einander nur nach vorheriger Absprache.

»Einen schönen guten Abend«, polterte Hennes Kreitfisch beim Betreten der Stube. Seine massige Gestalt füllte den ganzen Rahmen aus, mit dem Kopf stieß er fast an den Türsturz.

»Abend«, knurrte Jordis, der seine Mußestunde davonschwimmen sah wie ein morsches Schiffchen auf dem Rhein. Er mochte die beiden ja, aber er hätte an diesem Abend gern seine Ruhe gehabt.

»Hebe dich hinweg, Kreitfisch!«, rief eine zweite Stimme vom Flur aus. »Damit auch die schönen Menschen das Zimmer betreten können!«

Rutger Jansen humpelte auf seinem Gehstock an Kreitfisch vorbei und blieb vor Jordis' Sessel stehen. Sein zerfurchtes Gesicht erschien im Feuerschein noch faltiger, sein grauer Schopf wirkte da, wo das Licht hinfiel, wie mit Silber übergossen. »Verzeiht, wenn wir Euch stören, Herr Jordis«, bat er, »wir werden Euch nicht lange zur Last fallen.«

Klaras klappernde Holzschuhe näherten sich. »Ich lege zwei Gedecke mehr auf«, sagte sie und stellte einen braunen Bierkrug auf den Tisch. Das Hämmern ihrer Schuhe entfernte sich.

»Was soll's?«, murmelte Jordis in sein Weinglas. »Der Abend ist eh verdorben, Ihr könnt ruhig bleiben.«

»Das ist unser Herr Jordis!«, lachte Jansen und klopfte ihm auf die Schulter. »Stets versessen auf Geselligkeit. Nein, im Ernst, wir bleiben nicht lange.« Er lehnte seinen Stock an die Wand und ließ sich auf einen Stuhl am Esstisch fallen, wobei er seinen Beinstumpf mit beiden Händen in Position brachte. »Hattet Ihr einen schlechten Tag, Herr Jordis?«

»Reden wir nicht darüber«, wiegelte Jordis ab. Er wunderte sich wieder einmal, wie viel Lebendigkeit in dem kleinen Schuster steckte. Die Schrecken des Burgunderkrieges, in welchem er ein Bein verloren hatte, schienen ebenso wenig Einfluss auf seine Kräfte genommen zu haben wie sein Alter – von immerhin sechzig Jahren – oder die Tatsache, dass er zwölf Kinder hatte. Ihn selbst hätten zwölf Kinder innerhalb eines Tages an den Rand des Wahnsinns gebracht, das wusste er. Natürlich hatte Jansen eine Frau, die sich um alles kümmerte, aber mein Gott: Sie waren *da*!

Jordis stellte sein leeres Weinglas ab. Entgegen seiner Gewohnheit würde er jetzt einen Schluck Bier trinken; der gesalzene Fisch von heute Mittag verursachte üblen Durst.

Hennes Kreitfisch nahm ebenfalls Platz, langsam und mit Bedacht, um den zierlichen Stuhl nicht durch sein Gewicht zum Einsturz zu bringen. Auf dem gutmütigen Gesicht des Hünen lag ein Ausdruck kaum verhohlener Neugierde.

Augustin Jordis setzte ein wissendes Lächeln auf. »Ich ahne, weshalb Ihr gekommen seid. Klara!«, rief er lauter in Richtung Küche. »Wir wären so weit!« An seine Freunde gewandt fuhr er fort: »Ihr wisst von der Witwe Hemmers.«

Rutger Jansen hob amüsiert eine Augenbraue. »Ihr pflegt Umgang mit Witwen, Herr Jordis?«

Jordis verzog gequält das Gesicht. »Spielt nicht den Einfältigen, Ihr wisst, was ich meine!«

»Was meint Ihr denn?«, bohrte der Einbeinige.

Sie schwiegen einen Moment, während Klara eine dampfende Schüssel Suppe auftrug. »Lasst es Euch schmecken. Habt acht! Heiß!«, warnte sie. Ein würziger Duft verbreitete sich im Raum. Goldgelb und sämig floss der Möhreneintopf aus ihrer Schöpfkelle in die Essschalen.

Nachdem die Magd gegangen war, fuhr Jordis fort: »Wie schön, dass ich ein geduldiger Mensch bin.« Rasch zog er den Bierkrug zu sich herüber, bevor Kreitfisch danach greifen konnte. »Die Witwe Hemmers also«, begann er, »schickte ihre Magd zu mir. Wie Ihr, warum auch immer, bereits wisst.«

»Jansens Ältester war nach der Messe bei Freunden gegenüber«, erklärte Kreitfisch. »Er sah die Magd in Euer Haus gehen und nach langer Zeit wieder herauskommen.«

»An einem Sonntag, wohlgemerkt«, brachte Jansen an. »Wo jeder gute Neusser die Kirche aufsucht und nicht den Weinhändler.«

Jordis setzte den Krug ab und sah auf. »Und nun quält Euch der Gedanke, nicht zu wissen, warum sie hier war.«

Jansen griff nach seinem Löffel und rührte in der Schale. »Nun, man könnte sagen, gewissermaßen … habt Ihr recht.« Er grinste. »Die Witwe gilt als zurückhaltend und sehr verschlossen. Es muss einen triftigen Grund geben, dass sie Verbindung zu Euch aufnahm.«

Draußen vor dem Fenster wieherte ein Pferd. Karren klapperten und Männerstimmen schimpften, dann wurde es wieder still.

»Nun, es ist so«, erklärte Jordis. »Ich hätte es Euch schon noch erzählt, aber nicht just zu dieser Stunde. Die Witwe Hemmers ist sehr krank, sie wird von Tag zu Tag schwächer und sieht ihr Ende nahen. Daher möchte sie gern ihren Sohn in ihrer Nähe wissen, ihren einzigen.«

»Jacob Hemmers«, warf Jansen ein. »Er ist im selben Alter wie mein Veit. Ist er nicht fortgezogen?«

»Darauf wollte ich gerade kommen«, fuhr Jordis fort. »Er lebt seit einem Jahr im Amt Liedberg bei seinem Onkel, hat dort eine Stelle als Hufschmied. Und vor Kurzem«, er nahm einen weiteren Löffel Suppe, »ist er verschwunden.«

»Wie verschwunden?«, fragte Kreitfisch.

Jordis wandte ihnen eine leere Handfläche zu. »Nicht mehr da«, erklärte er. »Seine Kammer im Haus des Onkels steht seit Tagen leer, sagt die Magd, und seine Mutter hat lange nichts mehr von ihm gehört.«

»Das muss an sich noch nichts Schlimmes bedeuten«, meinte Jansen und goss sich Bier nach. »Als ich ein junger Mann war, hatte ich auch Besseres zu tun, als mein altes Mütterchen zu besuchen.«

»Dass du ein junger Mann warst, ist fünfhundert Jahre her«, meldete sich Kreitfisch zu Wort. »Die Zeiten haben sich geändert. Außerdem ist die Frau sterbenskrank, ein anständiger Sohn nimmt Rücksicht darauf.«

»Jacob Hemmers darf man wohl als anständigen Sohn bezeichnen«, stimmte Jordis zu. »Er kam regelmäßig zu Besuch. Wenn er es während der Woche nicht schaffte, lieh er sich am Sonntagmorgen das Pferd seines Onkels und ritt nach Neuss. Falls er krank war oder das Wetter allzu schlecht, ließ er ihr Nachricht zukommen oder erschien kurz darauf höchstselbst, um die Sorgen seiner Mutter zu zerstreuen.« Er schob seinen Teller zurück und legte den Löffel nieder. »Nun hat sie ihn aber seit zwei Sonntagen nicht mehr gesehen, sagt die Magd, und kein Wort von ihm gehört.«

»Was ist mit dem Onkel?«, fragte Jansen. »Was sagt der?«

»Nicht viel«, erwiderte Jordis. »Er weiß auch nicht, wo der Junge steckt. Wie gesagt: verließ vor zwei Sonntagen das Haus und ward nicht mehr gesehen. Die Pferde blieben beide im Stall.«

»Hat er etwas mitgenommen?«, wollte Jansen wissen. Mit verschränkten Armen saß er an seinem Platz und sah Jordis aufmerksam an.

»Nein, nichts. Nur Mantel und Mütze, er wollte scheinbar kurz das Haus verlassen. Leider scheint niemand zu wissen, warum.«

»Und er ist nicht mit einem Mädchen davongelaufen?«, erkundigte sich Kreitfisch.

»Ohne sich von seiner Mutter zu verabschieden? Nein.« Jordis schüttelte den Kopf. »Meines Wissens gab es auch kein Mädchen dort, wo er wohnte. Allerdings hier in Neuss, in Nachbarschaft der Mutter, da lebt eine, mit der er gern gescherzt hat und wohl auch einmal spazieren ging … Das ist alles, was die Magd mir sagen konnte. Im Amt Liedberg schert man sich nicht um die Sache. ›Junge Männer!‹, sagt der Amtmann dort. ›Die verschwinden und tauchen wieder auf, wartet noch ein Weilchen.‹ Aber wer weiß, wie viel Wartezeit Gevatter Tod der Witwe noch lässt.« Jordis sah versonnen ins Feuer.

»Sie ist sich sicher, dass ihrem Sohn etwas zugestoßen ist. Daher bittet sie mich, genauer gesagt: uns«, fügte er mit einer weit ausholenden Armbewegung hinzu, »der Sache nachzugehen. Aufgrund der Geschehnisse im letzten Jahr eilt uns ein gewisser Ruf voraus.«

Sie saßen einen Augenblick schweigend da. In Jordis' Kopf reihten sich Erinnerungen aneinander, düstere Bilder von Kerkern und Folterwerkzeugen, durchbrochen vom Licht sommerlicher Felder. In jenem August waren schlimme Dinge geschehen in Neuss. Hexenwerk, hatte man gemunkelt, Teufelsspuk. Bedrohliche Vorgänge hatten die Stadt in Angst und Schrecken versetzt. Ohne Jansen und Kreitfisch wäre es ihm nicht gelungen, herauszufinden, was hinter den Übeltaten steckte – und damit Menschenleben zu retten.

Zuerst hatte er nicht glauben wollen, dass die beiden Männer ihm bei seinen Nachforschungen von Nutzen sein konnten, grob und ungehobelt, wie sie daherkamen. Ein Dickwanst, ein Einbeiniger und ein Buckliger, hatte er bei ihrem ersten Treffen gedacht: Was für ein armseliges und ungleiches Trio! Doch schnell waren ihm die Klugheit und Unerschrockenheit seiner Mitstreiter als unverzichtbar erschienen, und er hatte sie wahrhaft schätzen gelernt. Wenn man von einigen unüberbrückbaren Unterschieden zwischen ihnen einmal absah.

Wie um seinen Gedanken Nachdruck zu verleihen, zog Kreitfisch die Nase hoch und schlürfte lautstark Suppe durch die Zähne. »Bin dabei«, verkündete er mit vollem Mund.

»Ich auch«, sagte Jansen und trommelte mit seinen schwieligen Fingern auf den Tisch. Er hatte die Ärmel aufgekrempelt und ließ zwei dünne, sehnige Unterarme sehen, die dicht behaart waren.

»Sie hat uns übrigens Geld dafür versprochen«, ergänzte Jordis. »Eine beträchtliche Summe.«

»Deswegen machen wir es nicht«, stellte Jansen fest. »Aber wenn sie uns unbedingt belohnen möchte …«

»Schauen wir erst einmal, ob wir den Jungen finden«, bremste ihn Kreitfisch. An seinem mächtigen Kinn lief ein Tropfen herab. Mit dem Handrücken wischte er ihn fort. »Seltsame Geschichte. Klingt nicht gut, wenn Ihr mich fragt. Die arme Witwe kann einem leidtun.«

»Ich sage Euch, es steckt ein Mädchen dahinter«, meinte Jansen augenzwinkernd. »Ihr werdet sehen. Es ist meistens das Weibervolk.« Munter schenkte er sich Bier nach. »Wo beginnen wir?«

»In Liedberg, würde ich sagen«, schlug Jordis vor. »Hoffen wir, dass jemand etwas gesehen hat, an dem Tag, an dem der Junge verschwand.«

***

Sie hatten den Leichnam des Fremden auf einer Trage in Küppers' Scheune gebracht. Hier, am Rande des Weilers, waren sie unbeobachtet. Die Angst im Ort war schon groß genug. Evald hatte seine Frau und ihre Mutter angewiesen, den Kotten heute Abend nicht mehr zu verlassen.

Unheimlich war es gewesen, draußen im Wald; er hatte das Holzkreuz in seiner Tasche umklammert, als sie in der Dämmerung den schmalen Weg entlanggingen. Viele von ihnen hatten gebetet, als sie den Toten fanden, und auch, als sie ihn hochhoben und auf die Bahre betteten. Evald war froh, dass er nur eines der Beine hatte packen müssen, ein kräftiges Bein in einer grünen Hose. Er wollte möglichst weit entfernt sein von dem schrecklichen Gesicht mit den leblosen Augen.

Am Kopf hatte »Tönn« gestanden, Anton, der Abdecker. Dem schien es nichts auszumachen, zerfetzte Leiber anzuschauen, er war Blut gewöhnt. Es war gut, wenn man solche Leute hatte.

Tönn war neben dem Toten in die Knie gegangen und hatte dessen zerstörtes Gesicht ins Licht der Fackeln gedreht. »Kennt den jemand?« Verneinendes Gemurmel. Tönn hatte sich die wirren schwarzen Haare aus dem Gesicht gestrichen und die klaffende Wunde an der Kehle betrachtet. »Kein Messer«, war seine Schlussfolgerung, »'n Tier. Gewaltiges Tier.«

»Ja«, hatte Evald leise bestätigt. »Etwas Böses war hier.«

Daraufhin hatten sie den Toten aufgeladen und waren ins Dorf zurückgekehrt, ihre Äxte und Mistgabeln fest in der Hand. Und nun standen sie in Küppers' Scheune, den Leichnam auf einem Tisch in ihrer Mitte aufgebahrt.

»Wir müssen es melden«, nuschelte Hubert, der Älteste der Kötter. Seine pergamentartige Haut wirkte noch blasser als sonst. Die anderen nickten. Jemand würde am nächsten Morgen nach Kleinenbroich reiten müssen, um Bericht zu erstatten.

Evald rieb sich die Bartstoppeln. »Ich hatte gehofft, wir blieben davon verschont. Ihr wisst, in den Wäldern um Gladbach gab es zwei Tote; zerfetzte Kehlen, wie hier. Tiere hat er sich auch geholt ... Es muss ein Wolf sein.« Er strich sich nochmals über das Kinn. »Und jetzt ist er hier. Gott sei uns gnädig.«

Tönn hatte einen Apfel aus der Jackentasche gezogen und biss krachend hinein. Er war der Einzige von ihnen, der unter solchen Umständen an Essen denken konnte.

»Kommt auf den Wolf an«, bemerkte er kauend. »Vor einem kleinen alten Vieh müssten wir keine Furcht zeigen, das könnten wir mit der Axt platt kloppen. Aber das hier ...«, er wies mit dem angebissenen Apfel auf den Toten, »das war 'n riesiges Biest.«

Evald schauderte. Er erinnerte sich an das große, dunkle Etwas, das er unter den Bäumen gesehen hatte, als die Kinder auf ihn zugelaufen kamen. Es hätte auch ein Baumstumpf sein können, natürlich. Aber er glaubte, dass das Wesen sich bewegt hatte und davongeschlichen war, während er noch dastand, mit den zitternden Kindern und umgeben von einer Stille, die nur durchbrochen wurde vom ängstlichen Schrei eines Vogels und den Stimmen der Dorfbewohner, die sich rasch näherten.

Evald riss sich aus seinen Gedanken. Er war erst vor zwei Jahren aus Gladbach hierhergezogen und mit der Dorfgeschichte noch nicht allzu vertraut. Daher wandte er sich an den alten Hubert, der im Kotten neben ihm wohnte und, wie er wusste, gern aus seinem Leben erzählte. »Wie lange ist das her, dass hier ein Wolf gejagt wurde?«

Die anderen Männer schienen es ebenfalls zu wissen, aber aus Respekt vor dem Alten ließen sie ihm den Vortritt.

Hubert zog die Nase hoch. An seinem rot geäderten Zinken hing ein blasser Tropfen, den er mit dem Mantelärmel fortwischte. »Küppers, hast du nicht einen Trunk für uns, nach dem Schreck?«, wandte er sich an Arnold Küppers, ihren Gastgeber, der am Kopfende des Tisches stand und sich die Glatze kratzte.

»Hab auch schon dran gedacht.« Der kräftige Mann, den alle nur beim Nachnamen nannten, verließ schweren Schrittes die Scheune und kehrte mit einem Krug Branntwein zurück. »Aber sauft mir nicht alles weg«, knurrte er. Er entkorkte den Krug mit dem Mund und reichte ihn weiter an Tönn, der neben ihm stand und immer noch an seinem Apfel kaute.

Der alte Hubert hustete, nachdem er einen Schluck Branntwein genommen hatte. Evald klopfte ihm auf den Rücken.

Der Alte räusperte sich und ließ sich auf einem verstaubten Schemel nieder. Er ächzte, als er die Knie beugte, und atmete tief durch, als er endlich saß. »Der letzte Wolf …«, überlegte er. »Das ist schon ein gutes Weilchen her. Lasst mich nachdenken. Gib mir noch mal den Krug, Evald, dann kann ich besser denken.«

Evald reichte dem alten Mann den Branntweinkrug und machte sich bereit, ihm wieder auf den Rücken zu klopfen, doch diesmal schluckte Hubert den hochprozentigen Trunk anstandslos hinunter und fuhr fort: »Das war, nachdem meine Hedwig gestorben war.«

»Welches deiner Weiber war das?«, fragte Hein, der Schmied.

»Kein Weib«, wies ihn der alte Hubert zurecht, »das war eine meiner besten Kühe.«

Hein sah ihn verwirrt an. Nicht alle schienen zu wissen, dass Hubert mit seinen siebzig Lenzen zwar drei Frauen überlebt hatte, aber markante Punkte in seinem Leben immer noch an seinen Lieblingskühen festmachte, deren Wohl und Wehe entscheidend für das Fortbestehen seiner Hausgemeinschaft gewesen war.

»Ich weiß das, weil ich dachte: Wenigstens war sie tot, bevor der Wolf kam. Auch im Winter war das. Wir hatten zwar Fleisch, aber keine Milch mehr. Das war hart.«

Während er sprach, hockte Tönn sich neben den Tisch, auf dem die Leiche lag, und untersuchte die Taschen des toten Mannes.

»Der Wolf war schon alt, woher er kam, weiß man nicht.« Der Alte schnäuzte sich in seinen Ärmel, bevor er weitersprach. »Es war nicht schwer, ihn zu fangen. Paar Tage warten, und wir hatten ihn. Es gab ordentlich zu trinken danach, weiß ich noch wie heute. Ja.« Er strich ein paarmal mit steifen Fingern über den fadenscheinigen Stoff seiner Hose.

Jetzt erst bemerkte Evald, wie kalt es in der Scheune war. Bisher war ihm das nicht aufgefallen, zu sehr hatten die Ereignisse sein Gemüt und seinen Körper erhitzt. Aber nun ... Er trat von einem Fuß auf den anderen und blies warmen Atem in seine Hände.

»Das war ein Gelage hinterher, ich kann euch sagen!« Der alte Hubert lachte in sich hinein und nickte gefällig. »Zwölf Gulden durften wir vertrinken. Das war so festgeschrieben, damit wir zur Jagd nicht unlustig wurden.«

»Wohlverdient«, warf Evald ein. »Und wann war das? Du weißt, ich bin noch nicht lange hier. Und ...«, fügte er hinzu, als er sah, wie Hubert den zahnlosen Mund öffnete, »ich kannte auch Hedwig nicht.«

»Drei Winter«, sagte der alte Mann knapp. »Das ist gewiss.«

»Ja«, bestätigte Küppers. »Meine Frau hatte eine schwere Geburt mit unserem letzten Kind.« Sein Kiefer spannte sich, als er die Zähne zusammenbiss. »Sie sind gestorben, wenige Tage bevor man den Wolf fing.«

»Guckt her!«, mischte sich Tönn ungeachtet der Betretenheit im Raum ein. »'ne Trinkflasche hat er dabei, fast leer. Ein Taschentuch, vollgerotzt«, er klopfte auf eine Jackentasche, »und ein Stück ... irgendwas.« Er nahm einen rostroten Brocken auf, den er neben der Leiche auf den Tisch gelegt hatte, schnupperte daran und biss schließlich hinein. Evald verzog unwillkürlich das Gesicht.

Tönn warf mit einem Kopfrucken eine Haarsträhne nach hinten, die ihm in die Augen hing. »Wurst«, bemerkte er kauend. »Ganz schmackhaft.«

Küppers nahm dem Mann zu seiner Linken den Branntweinkrug

aus der Hand und trank einen Schluck. »Was ist mit Waffen?«, fragte er. »Und Münzen? Er wird doch kaum unbewaffnet und mittellos durch die Wälder gestrichen sein, so allein.«

»Keine Ahnung«, erwiderte Tönn. »Da ist nichts.«

»Er muss doch noch mehr bei sich gehabt haben!«, beharrte Küppers. »Seht euch die Kleidung an, das war kein Bettler. Vielleicht liegt sein Beutel mit Habseligkeiten noch im Gebüsch.« Er hustete rasselnd und verschränkte die Arme vor der Brust.

»Ich geh da nicht mehr raus!«, rief ein kleiner Mann, der an der Wand lehnte.

»Heute doch nicht«, entgegnete Küppers schroff. »Morgen, im Hellen. Vielleicht finden wir was.«

Evald räusperte sich, bevor er einen Gedanken äußerte, der ihm gerade durch den Kopf ging. »Du sagtest eben: so allein«, wandte er sich an Küppers. »Aber womöglich war er gar nicht allein.«

»Du meinst, dass noch jemand da draußen rumläuft?«, folgerte der Glatzkopf.

»Oder liegt«, ergänzte Tönn und fuhr sich mit einem Finger über die Kehle.

Die Männer schwiegen. Als nahe der Scheune ein Tier bellte, zuckten einige von ihnen zusammen.

»Bleibt ruhig«, beruhigte sie der Schmied. »Das war nur mein Kasper.«

Ein paar Häuser weiter antwortete ein zweiter Hund, dann wurde es wieder still.

Der alte Hubert schlurfte schließlich zum Tor. »Mich friert, ich gehe heim«, erklärte er, die Arme eng um den Körper gelegt.

»Ich begleite dich«, bot Tönn an und folgte dem Alten. Mit einer rhythmischen Bewegung seiner Hüften verkündete er, dass er nun in Stimmung sei, sein Weib zu besteigen, und verschwand hinter Hubert in der Dunkelheit.

»Nun …«, begann Evald mit einem Blick auf die Männer in der Scheune, die schweigend vor sich hin starrten, »ich könnte den Toten morgen nach Kleinenbroich schaffen und Meldung machen. Einer muss ja …«

»Ich komme mit«, sagte Hein, der Schmied. »Muss eh hin, der Vetter meines Weibes hat Arbeit für mich. Wir können mein Fuhrwerk nehmen.«

Evald nickte. Ihm war nicht wohl bei dem Gedanken, mit einer Totenkarre am Wald entlangzufahren, aber sie mussten das schreckliche Ereignis öffentlich machen. Und den Wolf jagen. Die Gerichtsbarkeit in Kleinenbroich, dem nächstgrößeren Ort, würde ihnen dabei helfen.

Er ließ seine Augen über den Leichnam wandern, vermied es aber, sich die dunkel verkrusteten Wunden näher anzusehen. Die Kleidung des Mannes wirkte gut erhalten, nicht edelmännisch, aber hochwertig. Erstaunlicherweise trug er keinen Mantel. »Armer Tropf«, befand er.

Die anderen scharrten mit den Füßen und murmelten etwas Zustimmendes, dann bekreuzigten sie sich und brachen auf, einer nach dem anderen, eilten aus der kalten Scheune zurück zu den Herdfeuern ihrer Kotten.

»Geht nicht mehr unbewaffnet vor die Tür!«, rief Küppers ihnen nach. Er nickte Evald zum Abschied zu. »Ich werde ihn zudecken«, sagte er. »Ich hole eine Decke.«

Während der Kahlkopf unterwegs war, wagte Evald es, einen Blick auf die Augen des toten Mannes zu werfen, die aus dem geschundenen Gesicht reglos an die Decke starrten. Armer Tropf, wiederholte er still für sich und schauderte. Was magst du als Letztes gesehen haben?

***

»Lass es sein, Hannes, hör auf, davon zu reden, du machst deinen Schwestern Angst!« Vater hämmerte eine Faust auf den Tisch und sah ihn verdrossen an. Der kleine Junge senkte den Kopf und rührte stumm in seiner Suppenschale. Er spürte Vaters Blick, auch wenn er nicht hinsah.

»Siehst du, Elße fängt schon wieder an zu weinen, und Borghild isst nichts. Siehst du, was du angerichtet hast? Hannes?«

»Ja, Vater«, murmelte der Junge.

»Wirst du jetzt den Mund halten?«

»Ja, Vater.«

»Wir wollen nichts mehr von diesem Wolfsdreck hören. Schweig!«

Erleichtert stellte Hannes fest, dass sein Vater den Blick von ihm abwandte und fortfuhr, den Brotlaib zu zersäbeln, der vor ihm auf dem Tisch lag. Sein welliges dunkles Haar schwang im Takt der Bewegungen vor und zurück. Mürrisch durchtrennte er die Rinde und warf eine Brotscheibe zum alten Onkel hinüber, der sie mit zittrigen Fingern in seine Suppe brockte.

Hinter Vaters breiten Schultern leuchteten Wäschestücke aus dem Dunkel der Hütte hervor, helle Hemden und Laken, die dicht aneinandergereiht auf einer Leine hingen, dazwischen ein braunes Wams und ein blass gestreiftes Tuch. Das Licht des Herdfeuers flackerte über die Lehmwände, an denen Regen und Hagel im Lauf der letzten Wochen dunkle Flecken hinterlassen hatten. Die Westwand sah am schlimmsten aus, denn von Westen kam der Wind. Unterhalb der Dachbalken zeichnete die Feuchtigkeit seltsame Gebilde, eines davon sah aus wie eine Kuh, die auf einer Wiese lag, mit den Hörnern nach unten.

Hannes' Augen folgten einer Maus, die über ihren Köpfen einen Querbalken entlanghuschte. Sie war nicht viel mehr als ein kleiner Schatten. Nachts hörte er sie im Stroh über der Schlafkammer rascheln, die Mäuse und Marder, und wenn er aufstand, um sich zu erleichtern, dann hörte er ihre scharrenden Pfoten auf den Steinen vor dem Herd, wo sie nach Essensresten suchten.

Er wandte den Blick ab und sah Elße an. Die schniefte und rieb sich mit einer Hand über die Augen. Als sie nach Hause gekommen waren, hatte sie sich übergeben, geradewegs auf Großmutters Bettstatt, aber Großmutter hatte sie nicht getadelt. Alle wussten inzwischen, was Elße und er im Wald gefunden hatten.

Hannes rührte in seiner Suppe und fischte ein Stück Kohl heraus. Es schmeckte ihm nicht, er hatte kein Verlangen nach Essen, obwohl sich sein Bauch vor Hunger zusammenzog. Elße sah zu ihm herüber und blinzelte, schaute aber schnell wieder auf ihre Schale, als sie den strengen Blick des Vaters auf sich spürte.

Der Säugling begann zu weinen, und Mutter schob hastig ihren Schemel zurück, trat an den Schlafkorb und nahm das Kind heraus. Hannes mochte das winzige, runzlige Gesicht nicht anschauen. Seine kleine Schwester war schon einige Wochen alt, sah aber immer noch aus, als sei sie eben erst geboren worden. Sie hätte nicht die Kraft zu wachsen, sagte Großmutter. Stattdessen hustete sie, oft und lange.

Mutter lehnte das kleine Bündel gegen ihre Schulter und setzte sich auf die Wandbank an der dunkelsten Seite des Raumes. Das Weinen verstummte, als sie den Säugling an die Brust legte, aber es schwoll sogleich wieder an, wurde dringlicher und gipfelte in einem verzweifelten Schnappen nach Luft.

»Kommt wieder nichts?«, fragte Vater.

Mutter gab keine Antwort. Hannes fürchtete, sie würde gleich selbst anfangen zu weinen.

Es ging nicht. Er konnte ihnen jetzt nicht von dem erzählen, was er am Waldrand entdeckt hatte, unmittelbar bevor sie die Leiche fanden.

Tag zwei, 14. Dezember 1510

»Seid Ihr so weit, Herr Jordis?«, fragte Kreitfisch vom Bock aus.

Augustin Jordis schloss die letzte Öse der schweren Schutzdecke, die er sich eigens für kalte Wintertage hatte anfertigen lassen. »Ja«, grummelte er. Als jemand, der schnell fror und sich von Oktober bis März am liebsten in Innenräumen aufhielt, konnte er sich mit der Vorstellung, den halben Tag im Freien zu verbringen, nicht recht anfreunden.

Kreitfisch drehte sich zu ihm um. Er hatte sich ein Wolltuch um den Kopf gewickelt und trug darüber eine unförmige Filzmütze, was ihm das Aussehen eines eigenartig riesenhaften Kleinkindes verlieh. Seine Rundlichkeit, die großen Augen und der kleine Mund taten ihr Übriges, um diesen Eindruck zu vervollkommnen. Dass er bereits im fünften Lebensjahrzehnt stand, ließ sich nur aufgrund seiner enormen Größe erahnen.

»Kreitfisch«, seufzte Jordis. »Ich habe das schon mehrfach gefragt, doch ich frage es gern wieder: Befindet sich in Eurem Haus kein Spiegel?«

Der Barbier lachte. »Doch«, sagte er. »Aber ich habe ihn tiefer gehängt.«

»Wie tief?«, fragte Jordis.

»Sehr tief«, erwiderte der Hüne. »Etwa auf Kniehöhe. Ihr könntet Euch fabelhaft darin betrachten.«

Gleichstand, dachte Jordis und musste lachen. »Nun denn, worauf wartet Ihr?«, fragte er und lehnte sich in die Kissen zurück.

Kreitfisch schnalzte mit der Zunge und ließ die Pferde antraben. Sie fuhren an dick vermummten Gestalten vorbei über den Marktplatz. Wieder einmal war Jordis von der Erhabenheit des Quirinusmünsters ergriffen, dessen Steingrau mit dem Wolkengrau des Himmels wetteiferte. Es war ein durchweg grauer Tag, kalt und diesig, was nur erträglich war, wenn man in einer warmen Stube am Feuer saß. Was nachweislich keiner von ihnen tat. Doch er wollte der Witwe Hemmers in ihrer Not beistehen und hoffte, dass sie abends mit guten Neuigkeiten aus Liedberg zurückkommen würden.

Kreitfisch lenkte den Zweispänner durch das Zolltor hinaus. Die Gärten vor der Stadtmauer lagen brach, dürres Laub hing in den Sträuchern, und weißer Reif schmückte Stängel und welke Dolden.

Sie folgten der großen Aachener Straße und bogen nach rechts auf den Grefrather Weg ab. Sobald sie den Schutz der Häuser und Mauern hinter sich gelassen hatten, wurde es deutlich kühler, ein eisiger Wind pfiff über das offene Feld. Jordis vergrub sich tief in seine Decken und Kleider. Kreitfisch saß ungerührt vor ihm, den Blick auf die dichte Hecke gerichtet, welche den Neusser Burgbann begrenzte.

Jordis war froh, dass sein gewichtiger Freund die Rolle des Fuhrmannes übernommen hatte. Seinem treuen Knecht Theil hätte er die lange Fahrt ungern zumuten wollen; der alte Mann wurde von einem peinvollen Ziehen in seinen, wie er es nannte, morschen Knochen geplagt. Aber er hatte es sich nicht nehmen lassen, die Rösser zu versorgen und vor den Zweispänner zu schirren, dessen Seitenteile er mit zusätzlichen Brettern verkleidet hatte, um den kalten Wind außen vor zu halten.

Rutger Jansen wäre gern mit ihnen gefahren, hatte dann aber beschlossen, in Neuss zu bleiben, da es seiner Frau nicht gut ging und er sie nicht den halben Tag mit den zwölf Kindern allein lassen wollte, von denen zu allem Überfluss vier an Brechdurchfall litten. Außerdem gedachte er, mit dem Mädchen zu sprechen, das in der Nachbarschaft der Witwe Hemmers wohnte und ihren Sohn Jacob gekannt hatte. Er verwette sein Bein darauf, dass ein Weib hinter all dem steckte, hatte er gesagt. Ein mutiger Einsatz, fand Jordis, wenn man bedachte, wie viele Beine dem Mann noch geblieben waren.

Er sah kahle Bäume, öde Felder und stille Höfe vorbeigleiten und gähnte. Als er glaubte, ein Kältegefühl an den Oberschenkeln zu verspüren, tastete er nach einem Schaffell, das neben ihm auf der Sitzbank lag, ergriff es und stopfte es unter die Decke. Schon besser. Er wusste nicht, wie Kreitfisch es da vorn aushielt, mit nur einer alten Pferdedecke über den Knien. Die Fahrt nach Liedberg würde bis zur Mittagszeit dauern. Er hatte den Ort bereits früher einmal besucht, gemeinsam mit seinem Vater. Die Burg Liedberg war der westliche Vorposten der Kölner Erzbischöfe und Kurfürsten und somit Sitz des Amtmannes, der das umliegende Gebiet verwaltete.

Jordis war froh, dass kein Schnee lag, denn das hätte ihre Reise um einiges beschwerlicher gemacht. Kalt genug für Schnee war es jedenfalls. Der scharfe Wind ließ seine Augen tränen. Er schloss sie und dachte an sommerliche Wiesen und warme Steine, die in der Hitze brieten. Dass er dabei eindöste, war ihm nicht bewusst, bis Kreitfisch ihn an der Schulter rüttelte. Die Worte »Wir sind da!« drangen nur langsam in sein Bewusstsein vor. Als er jedoch die Augen öffnete und Kreitfischs rundes Gesicht vor sich sah, war er mit einem Schlag hellwach.

»Müsst Ihr mich so erschrecken?« Seine Füße fühlten sich eisig an, und Teile seines Antlitzes waren gefroren. Murrend befreite er sich aus dem Wirrwarr von Decken und Fellen, in das er gewickelt war.

Kreitfisch gab einen Grunzlaut von sich und band die Pferde an einem Baum fest, an dem noch einzelne welke Blätter hingen.

Das Dorf Liedberg bestand aus einer Handvoll aus Fachwerk und Sandstein gebauter Häuser, die sich zu Füßen der Burg in die waldige Landschaft duckten. Die Liedberger Steinbrüche und Sandgruben waren bis über die Grenzen des Amtes hinweg bekannt, da sie für das Baugewerbe von großer Bedeutung waren.

Während Kreitfisch die Vorräte im Speisekorb erforschte, den Klara ihnen mitgegeben hatte, richtete Jordis seine Kleidung, kletterte aus dem Wagen und sah sich um. Das Fuhrwerk stand inmitten einer Straße, die sich den steilen Hügel hinauf- und hinunterschlängelte, vorbei an Hofstellen und ausgedehnten Gärten. Hier wohnten die Burgmannen und Dienstleute des Amtmannes, der im Auftrag der Landesherren in der Burg residierte.

An der Straßenbiegung spielten Kinder ein Hüpfspiel mit Steinen, die sie vor sich her kickten. Vor einem Hauseingang bemerkte Jordis zwei Frauen, die zu ihnen herübersahen. Als er ihnen zunickte, ging die eine von ihnen ins Haus, und die andere entfernte sich hangabwärts mit einem Eimer in der Hand, der so schwer war, dass ihr Oberkörper sich zur Seite neigte. Seine Wirkung auf Frauen erwies sich wieder einmal als ernüchternd.

Kreitfisch hatte sich inzwischen in rascher Folge drei zusammengerollte Eierkuchen einverleibt und gleichzeitig die Pferde mit Mohrrüben versorgt. Nun klopfte er dem braunen Pferd, das auf den Namen Hug hörte – oder eben nicht hörte –, auf die Flanke und wies mit seinem wunderlich umhüllten Kopf auf einen Durchlass zu ihrer Linken. »Hier könnte es sein.«

Augustin Jordis trat ein paar Schritte vor und blickte in eine schmale Gasse, die zwischen Mauern und Schuppen den Hügel hinanführte. An ihrem hinteren Ende ragte ein runder Turm in den Himmel, ein Stück davor lag ein kleines, spitzgiebeliges Haus mit halb geöffneten Fensterläden, über dessen Tür an einer Eisenstange ein großes Hufeisen baumelte. Er nickte Kreitfisch zu und schickte sich an, die Steigung zu erklimmen, wobei ihm seine steif gefrorenen Füße wenig hilfreich waren.

Linker Hand stand eine Scheune, an die sich eine hohe Mauer anschloss; nach rechts hin war der lehmige Weg abschüssig und von einer Rinne gesäumt, in der allerhand Unrat vor sich hin moderte. Jordis wandte den Blick ab. Glücklicherweise kam Kreitfisch auf die Idee, sein Kopftuch aufzuknoten und in die Tasche zu stecken. Nun sah er wieder ansatzweise aus wie ein vernünftiger Mensch.

Kurz bevor sie das Haus mit dem Hufeisen erreichten, eilte eine gedrungene kleine Frau aus der Tür und schlug die Fensterläden zu. »Verzeiht«, sprach Augustin Jordis sie an, »ist dies hier die Schmiede von Steffan Hemmers?«

Die Frau wandte sich um und sah sie aus kleinen, von schrägen Falten umgebenen Augen an. Um den Kopf trug sie ein weißes Tuch, und ihr Gesicht war rund und rotbackig, mit ausgeprägten Wangenknochen und dichten Augenbrauen, die sich zusammenzogen, als sie seiner buckligen Gestalt gewahr wurde. »Das isse.« Ihre Augen wurden so schmal, dass sie Schlitzen glichen.

Jordis nickte in Kreitfischs Richtung und zeigte dann auf sich. »Hennes Kreitfisch, Augustin Jordis. Wir kommen aus Neuss. Vielleicht ist es besser, wenn wir hineingehen.« Etwas leiser fügte er hinzu: »Wir sind wegen Jacob hier.«

Die kleine Frau starrte sie misstrauisch an. Dann klappte sie die Halterungen der Fensterläden zu und ging ins Haus.

Jordis war sich unsicher, was er tun sollte, da die Frau sie nicht direkt zum Eintreten aufgefordert hatte, aber Kreitfisch nickte ihm zu und schob ihn vor sich her über die Türschwelle. Aus dem Inneren des Hauses schlug ihnen ein säuerlicher Geruch entgegen, und von irgendwo oben verlangte eine ungehaltene Frauenstimme nach »Fronica!«.

Die Frau mit dem Kopftuch rief »Steffan!« und stieg die steile Treppe empor, ohne sich weiter um ihre Besucher zu kümmern. Dann geschah erst einmal nichts. Ein großer Hund tauchte auf und schnüffelte still an ihren Beinen, bevor er sich wieder an den Herd verkroch, der sich in einem Raum zur Linken befinden musste, da von dort Rauch durch die Tür quoll. Es roch, als wäre Milch übergekocht und verbrannt.

»Guten Tag?«, fragte Augustin Jordis verzagt. Im Stockwerk über ihnen unterhielten sich lautstark zwei Frauen, ansonsten war es vollkommen still.

»Ist da jemand?«, versuchte es nun Kreitfisch, und seine Stimme hallte so laut durch den Hausflur, dass Jordis zusammenzuckte. Aber endlich näherten sich Schritte, und ein rothaariger Mann mit rußiger Lederschürze kam aus dem hinteren Teil des Hauses auf sie zu.

»Steffan Hemmers, Schwager von Otilia Hemmers aus Neuss?«, fragte Jordis. Als der Mann nickte, stellte er Kreitfisch und sich vor und nannte ihm den Grund ihres Erscheinens.

Hemmers bedeutete ihnen mit einer Armbewegung, ihm zu folgen, und trat in die verrauchte Küche, wo er sich an einem breiten Wasserbecken die Hände wusch. Obwohl er sie mit etwas einrieb, von dem ein kräuterartiger Duft ausging, sahen sie nach dem Waschen nicht viel weniger schwarz aus als vorher. Immer noch schweigend, hängte er seine Schürze an einen Haken hinter der Tür, ging zu einem Tisch an der Wand und bat sie, sich zu setzen.

Der Hund vor dem Herd sah kurz auf, als er Stühle scharren hörte, legte seinen schweren Kopf aber gleich wieder auf die Vorderpfoten, um weiterzudösen.

Jordis zählte vier Stühle an dem langen Tisch, auf dem verschiedene Töpfe und Krüge standen. Wer pflegte hier zu sitzen? Der Hausherr, die beiden Frauen oben … und Jacob?

Endlich ergriff Steffan Hemmers das Wort. Er erzählte, wie ihn seine Schwägerin letztes Jahr gebeten hatte, ihren Sohn in Dienst zu nehmen, da er handwerklich sehr geschickt sei und nicht in die Fußstapfen seines verstorbenen Vaters treten wolle. Der Junge stelle sich tatsächlich geschickt an, sagte er, bestimmt werde er beizeiten seinen Meister machen. Nur mit dem morgendlichen Aufstehen habe er ab und an Probleme.

Wer nicht, dachte Jordis, aber als er seinen Freund ansah, musste er sich eingestehen, dass es Menschen gab, die anders geartet waren, denn Kreitfisch sprang morgens gern schon vor dem ersten Hahnenschrei aus dem Bett, um andere Menschen – zum Beispiel ihn – mit seiner Munterkeit zu verschrecken.

Jacob habe sich in letzter Zeit um seine kranke Mutter gesorgt, aber kaum darüber gesprochen, fuhr Hemmers fort. Ohnehin sei er bisweilen wortkarg gewesen und habe die Einsamkeit gesucht. Besonders in den Wäldern rund um das Dorf sei er oft herumgestrichen. Was er da gemacht habe, wollte Kreitfisch wissen.

»Weiß nich«, antwortete Hemmers. »Hat er nie gesagt. Er hat überhaupt nich viel gesagt.«

Armer Junge, dachte Jordis. Die Stimmung in diesem Haushalt war nicht gerade berauschend fröhlich. »Wann habt Ihr ihn das letzte Mal gesehen?«, fragte er.

Hemmers fuhr sich mit einer Hand über das Kinn. »Das war einen Tag vor Sankt Nikolaus. Ein Sonnabend. Hatten viel zu tun. Nachmittags kamen noch zwei Männer. Ein Pferd lahmte, hatte 'nen Huf verletzt, bis zum Kronrand. Das hab ich übernommen, und Jacob das andere. Er hat ihm neue Eisen gemacht, das konnte er schon gut. War schnell fertig damit.«

Hemmers warf einen Blick auf die niedrige rauchgeschwärzte Zimmerdecke, während er nachdachte. »Ja, und dann isser auf seine Kammer. Sagte, Abendessen brauche er nicht. Kann sein, dass er an diesem Tag schon weg ist. Vielleicht auch erst am nächsten. Ich ging morgens in seine Kammer, weil er nicht zur Messe kam, und da war sie leer.«

»Und Ihr habt keine Vermutung, wohin er gegangen sein könnte?«, fragte Kreitfisch.

»Nee.« Hemmers zuckte die Schultern. »Er nahm Mütze und Mantel mit, das war's. Seine anderen Habseligkeiten sind noch inner Kammer.«

»Wäre es möglich, einen Blick dort hineinzuwerfen?«, bat Jordis.

Von oben drangen ein Poltern und schimpfende Stimmen zu ihnen herunter. »Mein Weib und ihre Mutter«, erklärte Hemmers. »Is krank, die Alte, scheucht uns den ganzen Tag rum.« Er beugte sich vor, um sich am Fuß zu kratzen. »Mittags will sie immer runter in die Küche. Schleppen wir sie runter, ist's ihr zu hell. Machen wir die Läden zu, ist's ihr zu stickig. Will sie wieder rauf. Und so geht das den ganzen Tag.« Er seufzte.

Keine sehr anheimelnde Umgebung, folgerte Jordis, erst recht nicht für einen jungen Mann, den es nach etwas anderem verlangen musste als nach der Gesellschaft keifender alter Weiber. Es verwunderte ihn nicht, dass Jacob oft das Haus verlassen hatte.

»Die Kammer ...«, erinnerte er den Hufschmied, der mit ausgestreckten Beinen dasaß und missmutig an die Decke starrte. Die Frauen oben stritten immer noch.

»Ja«, sagte Hemmers nur und stand auf.

Jordis und Kreitfisch verständigten sich durch einen Blick und folgten ihm. Sie gingen einen langen, dunklen Flur entlang, der die gesamte Tiefe des Hauses einnahm. Er mündete in eine Werkstatt mit einem großen Tor zum Hof. Hier wurden die zu beschlagenden Pferde hinein- und hinausgeführt.

Vor der Werkstatt lag eine kleine Stube, die mit einem Bett, einem Stuhl und einer Truhe ausgestattet war. Durch ein winziges Fenster sickerte fahles Licht in den Raum. Die Wände waren schmucklos, ebenso der Boden. Auf dem Stuhl stand eine Laterne, unter dem Bett ein Nachttopf. Das Kissen war lange nicht mehr aufgeschüttelt worden, man konnte deutlich die Mulde erkennen, in der Jacobs Kopf gelegen hatte. Die wollene Decke war zurückgeschlagen, auf dem zerknitterten Laken lag ein grob geschnitzter Holzkamm. Mehr gab es in dem kargen Raum nicht zu sehen.

Kreitfisch klappte die Truhe auf und sah hinein. »Überschaubar«, sagte er und fuhr sich mit einer Hand durch das lockige braune Haar. Jordis stellte sich neben ihn. Die tiefe Holzkiste war nur spärlich gefüllt, in erster Linie mit Kleidern. Kreitfisch ging in die Knie, um sie näher in Augenschein zu nehmen.

Eine lange Hose lag da, ein grober Kittel, eine Filzweste, etwas zusammengeknülltes Unterzeug, das streng roch, ein paar Wollsocken, ein Ledergürtel mit einfacher Schnalle. Der Barbier griff nach der Weste und entfaltete sie. »Muss ein hochgewachsener Junge sein, Euer Jacob«, stellte er fest. »Was ist das für ein Zeichen?« Er deutete auf einen Stern, der mit blauem Garn oben in das Rückenfutter gestickt war.

Steffan Hemmers, der im Türrahmen lehnte, rieb sich müde die

Augen. »Das hat seine Mutter gemacht, damit man weiß, was seine Sachen sind.«

»Aha.« Kreitfisch legte die Weste wieder hin und tastete nach einem Münzbeutelchen, das auf dem Boden der Truhe lag. »Ist was drin«, sagte er. »Ich gestatte mir einen Blick hinein.«

Hemmers nickte. »Müsste sein Lohn sein.«

Kreitfisch zog den kleinen Beutel auf und ließ ein gutes Dutzend Weißpfennige, ein paar Kupfermünzen und einen Schlüssel in seine Hand gleiten. »Nicht viel, aber immerhin«, bemerkte er. »Allerdings kaum der Verdienst eines ganzen Jahres. Was hat der Junge mit seinem Lohn gemacht?«

»Seiner Mutter gebracht, manchmal 'n Markt besucht … Weiß nich genau.«

Jordis sah zuerst Hemmers an und dann die Gegenstände in Kreitfischs Hand. »Wisst Ihr, was für ein Schlüssel das sein könnte?«, fragte er.

Hemmers warf einen kurzen Blick darauf und hob die Schultern. »Vielleicht von zu Hause.« Er beugte den Oberkörper zurück und sah den Flur hinunter; gedämpfte Rufe aus der Gasse drangen durch die Tür.

Kreitfisch ließ den Schlüssel zurück in das Beutelchen fallen, dann formte er die Hand zum Trichter und füllte auch die Münzen wieder ein. »Wir lassen erst einmal alles hier«, sagte er und legte das Säckchen zurück in die Truhe.

»Nun … ich denke, wir haben genug gesehen«, stellte Jordis fest.

Während sie Hemmers durch den dunklen Flur zurück zur Küche folgten, fragte Jordis: »Pflegt Jacob Umgang mit Menschen aus dem Ort? Gibt es vielleicht ein Mädchen –«

»Nein«, unterbrach der Hufschmied ihn. »So einer isser nich. Der ist lieber für sich. Bisschen verschlossen, wie seine Mutter.«

An der Küchentür blieb Hemmers stehen und schien zu überlegen, ob er ihren Besuch als beendet ansehen sollte. Unweit des Hauses hatte sich ein Tumult erhoben; man hörte Pferdetrappeln und aufgeregte Stimmen. »Er ist manchmal bei Hansi drüben«, fiel ihm ein.

»Wer ist Hansi?«, hakte Jordis nach. Musste man diesem Mann jedes Wort aus der Nase ziehen?

»Sohn vom Linnert.«

»Linnert?«

»Pferdeknecht.«

Das Gespräch wurde erschreckend einsilbig, es war Zeit, dass sie hier wegkamen.

Jordis fielen die vier Stühle ein, die am Küchentisch standen. »Lebt außer Euch, den beiden Frauen und Jacob noch jemand hier im Haus?«, fragte er.

»Mein Sohn Goswin«, antwortete Hemmers und sah unruhig in Richtung Tür.

»Können wir mit ihm sprechen?«, wollte Kreitfisch wissen.

Die Stimmen draußen wurden lauter. Im Stockwerk über ihnen knarrte es, dann wurde ein Fenster aufgeklappt. »Wat is?«, schrie eine Frauenstimme in die Gasse hinunter.

Steffan Hemmers bewegte sich auf die Haustür zu. »Nee, Goswin is nich hier.«

Schade, dachte Jordis und notierte sich in Gedanken: Goswin auf die Liste derer setzen, mit denen wir noch sprechen müssen. Und Hansi, Sohn von Linnert, Pferdeknecht. Er wollte gerade fragen, wo sich Goswin denn aufhielte, als die Entwicklung der Ereignisse eine weitere Unterhaltung unmöglich machte.

»Ein Wolf geht um!«, rief eine raue Männerstimme vor der Tür. »Der Büttel von Kleinenbroich war hier. Hat 'n Toten gegeben!«

»Holt Eure Kinder rein!«, forderte eine andere Stimme. »Schließt Ställe und Türen!«

Jordis und Kreitfisch sahen sich an.

***

Rutger Jansen stand vor dem Nachbarhaus der Witwe Hemmers am Glockhammer und sah an der Fassade empor. Aus einem Fenster des vorkragenden Obergeschosses hingen zwei Wolldecken zum Lüften. Er strich sich eine Haarsträhne aus dem Gesicht und klopfte. Als eine rundliche Frau mit roten Hängebäckchen öffnete, stellte er sich vor und erläuterte sein Anliegen.

»Ich kenn Euch doch«, sagte die Frau mit leiernder Stimme. »Ihr seid dieser Schuster.« Unter ihrer Haube quoll braunes Kraushaar hervor, und ihr Gesicht kam ihm vage bekannt vor.

»Ja«, gestand Jansen ein. »Ich erinnere mich, Ihr wart seinerzeit in meiner Werkstatt.«

»Hm«, murrte die Rundliche, »lange her. So! Und eins sag ich Euch: Meine Agnes hat nichts mit diesem Jacob!« Als ihr bewusst wurde, dass sie immer noch in der Tür standen und eine Nachbarin bereits neugierig aus dem Fenster schaute, packte sie ihn am Arm und zog ihn ins Haus. Er blieb mit der Krücke an der Türschwelle hängen und geriet beinahe ins Stolpern. Als sie weitersprach, sah er, dass ihre untere Zahnreihe schief und in schlechtem Zustand war.

»Wenn Ihr dummes Zeug über meine Agnes ausposaunt, dann passiert was, das sag ich Euch! Ich weiß, wie das läuft. Kaum wechselt ein junges Mädchen zwei Worte mit einem Mann, schon gerät es in Verruf. Vergesst das beizeiten! Meine Agnes ist nicht so eine!«

»Das hat auch niemand behauptet«, warf Jansen ein, aber seine Gesprächspartnerin war derart in Fahrt, dass sie ihn gar nicht hörte. »Ich hab dem Mädchen zigmal gesagt, lass das mit dem Jacob, rede nicht mit ihm, du bist jetzt in dem Alter. Sonst reden die Leute über *dich.*« Endlich musste sie Atem holen, und Jansen ergriff das Wort.

»Was ist denn an einer Unterhaltung verwerflich? Irgendwann wird Eure Tochter eh heiraten, es kann nicht schaden, vorher –«

»Vorher *was*?«, unterbrach sie ihn. »Nichts vorher! Es wird geheiratet, wenn wir das sagen. Und nicht so einen Nichtsnutz, das kann ich Euch sagen!«

Jansen bemerkte, dass sie ein langes Haar am Kinn hatte, und musste sich zwingen, nicht pausenlos daraufzustarren. »Wieso Nichtsnutz?«, fragte er.

»Das kann ich Euch sagen: Er stellt nichts dar, hat keine Bildung, nichts. Was will seine Mutter ihm schon bieten, als Witwe!« Sie schnaubte.

»Sein Vater war ein wohlhabender Salzhändler, und seine Mutter hat immer darauf geachtet, dass –«

»Ach was! Verwöhnt hat sie ihn! Der musste doch sein Lebtag noch nicht arbeiten. Das kommt davon, wenn der Vater weg ist! Verzärtelte Nichtsnutze. Ein Mann muss seinen Mann stehen, so wie meiner! Braumeister ist er. Der hat Geld gemacht die letzten Jahre, das kann ich Euch sagen!«

Geld allein bringt weder Bildung noch Klasse mit sich, dachte Jansen, behielt diese Weisheit aber lieber für sich. Im Stockwerk über ihnen knarrte der Boden.

Die Frau mit dem Haar am Kinn, auf das er nicht starren wollte, senkte ihre Stimme, als sie fortfuhr: »Also, Ihr wisst Bescheid: Da war nichts. Paar Worte auf der Straße, das war alles.« Sie zwängte sich an ihm vorbei, um die Tür zu öffnen.

Auf Wiedersehen, lieber Rutger, sagte er zu sich selbst, du darfst jetzt gehen.

In diesem Augenblick hörte man Schritte auf der Stiege. Ein junges Mädchen kam die Stufen herab, ohne die Worte ihrer Mutter – »Agnes, geh nach oben!« – zu beachten.

»Ihr habt über Jacob gesprochen, ich hab's gehört«, sagte sie und sah ihre Mutter herausfordernd an. Jansen schätzte sie auf fünfzehn Jahre. Sie würde nie eine Schönheit werden, aber sie besaß eine gewisse Frische und körperliche Reize, die manchen Mann begeistern mochten. Allerdings wirkte sie für seinen Geschmack ein wenig plump. Die gezierte Art, mit der sie die Augen aufschlug und die Brust vorreckte, erschien ihrem Alter und der Situation nicht angemessen. Auf ihren groben Zügen lag eine Überheblichkeit, die auszustrahlen sie womöglich gar nicht beabsichtigte.

»Misch dich nicht ein«, wies ihre Mutter sie zurecht. »Der Herr ...«, ihr schien sein Name entfallen zu sein, »hilft bei der Suche nach Jacob, aber ich hab ihm schon gesagt, dass du nichts weißt.«

»Und wenn doch?«, fragte das Mädchen trotzig.

»Du weißt nichts, mach dich nicht wichtig. Geh hoch.«

Aber Agnes hörte nicht auf sie. »Ich weiß alles über Jacob, wir haben uns oft unterhalten«, wandte sie sich an Jansen. »Ich kann bei der Suche helfen.«

Jansen warf einen beschwichtigenden Blick auf die Mutter, die Anstalten machte, das junge Mädchen am Arm zu packen und zur Treppe zu schieben. »Nur einen Augenblick«, bat er. »Wie glaubst du, helfen zu können?«

Agnes zögerte. »Er hat mir ... eben viel erzählt. Ich war seine Vertraute.« In ihrer Stimme schwang Stolz mit. Jansen tat sie leid. Er konnte sich vorstellen, dass die Mutter ihr nicht zuhörte und der Vater kaum zu Hause war; vermutlich fühlte sie sich schlicht einsam. Ganz gleich, ob mehr dahintersteckte, die Gespräche mit Jacob mussten ihr gutgetan haben.

»Unsinn!«, fuhr die Frau mit dem Haar am Kinn dazwischen. »Vertraute!« Sie schnaubte. »Kinderkram, mehr nicht. Glotz nicht so. Geh nach oben, mach deine Arbeit.«

Das junge Mädchen sah Jansen unsicher an. Alles Aufsässige an ihr war verschwunden, sie wirkte nun kindlich und ein wenig verloren.

»Du tust besser, was deine Mutter sagt«, gestand er ein, da er fürchtete, die Mutter könne sonst handgreiflich werden. »Aber wenn du eine Vermutung hast, wo Jacob sein könnte, dann melde dich.«

»Von wegen. Wage es nicht, Agnes!«, fuhr die Haarige dazwischen. Und an Jansen gewandt: »Wenn Ihr meine Tochter aufwiegelt, könnt Ihr was erleben, das kann ich Euch sagen. Sie weiß nichts über diesen Jacob, und jetzt raus! Und du an die Arbeit!« Sie gab ihrer Tochter einen Schubs in Richtung Treppe.

Jansen blieb ungerührt stehen. »Wenn sie helfen möchte, den Jungen zu finden, ist das nichts Widerrechtliches«, sagte er, und es war ihm gleich, ob das belehrend klang oder nicht. »Schustermeister Jansen, Branntgasse.« Damit zog er die Tür hinter sich zu und trat hinaus auf den Glockhammer.

Er hoffte, dass Agnes keinen allzu großen Ärger bekäme. Mädchen auf dem Weg zur Frau konnten anstrengend sein, aufmüpfig, widerborstig, das wusste er von seinen Töchtern. Man musste sie oft zurechtweisen, oh ja. Ihm selbst war bisweilen schon die Hand ausgerutscht. Manchmal wollten sie einfach nicht hören und bildeten sich ein, zu wissen, was das Beste für sie sei, auch wenn sie offenkundig Dummheiten begingen. Hitzköpfige Weiber! Er war froh, dass Lises sich mit der Erziehung der Mädchen befasste und er nur am Rande hinzugezogen wurde. Mit den Söhnen, ja, da konnte man anders umgehen, die standen mit ihm in der Werkstatt, packten an und waren nicht beleidigt, wenn man ihren Kittel mit dem eigenen verwechselte oder versehentlich ihr Haar in Unordnung brachte.

Dennoch tat ihm die junge Agnes leid. Ihre Mutter hatte einen rauen Ton am Leib. Wegen gelegentlicher Unterhaltungen mit einem Nachbarsjungen musste man doch nicht derart außer sich geraten! Sofern es bei Unterhaltungen geblieben war, wohlgemerkt. Er selbst hatte in Jacobs Alter ein eher untergeordnetes Interesse an Unterhaltungen gehabt … Wie dem auch sei: Dass das Mädchen tatsächlich etwas darüber wissen könnte, was mit Jacob geschehen war, bezweifelte er.

***

Nachdem Evald und Hein, der Schmied, mit der Leiche auf ihrem Fuhrwerk nach Kleinenbroich aufgebrochen waren, machten sich Küppers und vier weitere Männer auf, um an der Fundstelle des Toten nach Dingen zu suchen, die sie am Vorabend vielleicht übersehen hatten.

»Wenn wir jetzt Geld fänden, sagen wir mal zwanzig Gulden«, überlegte ein kleiner, drahtiger Kötter, während sie hintereinander den Waldpfad entlanggingen, »müssen wir die abgeben, oder nicht?«

»Kommt drauf an«, antwortete ein anderer. »Wenn sich rausstellt, der Tote hat zehn Kinder, dann würd ich's den Kindern geben. Wenn er ein reicher Kaufmann war, dann nicht. Schließlich haben wir auch unsere Last mit der Sache, das sollte doch belohnt werden.«

»Ich hab selbst fünf Kinder«, murmelte jemand, »ich würde es –«

»Scht!«, machte Küppers. Er war stehen geblieben und hatte eine Hand erhoben, zum Zeichen, dass sie ruhig sein sollten. Die anderen verharrten mit dem Rücken zueinander und mit dem Gesicht zum Wald. Der kleine Drahtige hob seine Axt ein Stück höher.

Küppers ließ die Hand sinken. »Es war nichts«, sagte er. »Ich dachte, ich hätte etwas gehört.«

Einer der Männer atmete laut aus. Sie gingen weiter bis zu der Stelle, an der der Tote gelegen hatte.

»Nicht viel zu sehen«, stellte Küppers fest. Der kräftige Mann drehte sich langsam um die eigene Achse. »Wo der Farn niedergedrückt ist, da hat er gelegen. Da ist auch Blut am Boden.« Er schob mit dem Fuß das dürre Laub beiseite, das den Waldboden bedeckte. Die Eichenblätter waren zum Teil dunkel verfärbt und miteinander verklumpt.

»Lasst uns sehen, ob wir hier was finden«, schlug er vor, und die Männer suchten mit Händen und Werkzeugstielen in der raschelnden Schicht welker Pflanzenreste nach Gegenständen, die der Fremde bei dem tödlichen Angriff verloren haben mochte. Küppers beugte sich vor und folgte einer Spur aus zerknicktem Farn und abgebrochenen Zweigen einige Schritte in den Wald hinein.

»Hier ist auch Blut«, vermeldete er. »Hier muss er langgelaufen sein.«

»Er wurde nicht *hier* angefallen?«, wunderte der kleine Drahtige sich und hob den Kopf.

»Scheinbar nicht«, stimmte Küppers zu. »Er muss noch ein Stück gelaufen sein. Kommt.«

Sie gingen ein Stück tiefer in den Wald hinein. An einer Buche fanden sie auf Schulterhöhe eine schmierige Spur getrockneten Blutes, als habe sich dort jemand abgestützt.

Und ein Stück dahinter, halb von Laub verdeckt, den Mantel.

***

»Das könnte der Junge sein«, raunte Kreitfisch, als Steffan Hemmers die Haustür aufriss und nach draußen eilte.

Jordis nickte. Der vom Wolf Getötete konnte tatsächlich der vermisste Jacob sein. Ein Junge, der gern durch die Wälder strich. Ein Wolf. Es würde passen. Neugierig trat er ein Stück vor, um mitzuverfolgen, was sich in der Gasse tat.

Kreitfisch hinter ihm stand ruhig da und sah über seinen Kopf hinweg aus der Tür. Dort warteten ein paar Dorfbewohner, Männer, Frauen und Kinder, und redeten aufgeregt durcheinander.

Ein hochgewachsener Mann mit eingefallenem Gesicht und scharf hervorstechenden Wangenknochen erhob seine Stimme. »Wer es ist, weiß man noch nicht. Der Tote ist übel zugerichtet. Kaum zu erkennen, sagt der Büttel.«

Steffan Hemmers rieb sich nervös eine Wange. »Wo wurde er gefunden?«

»Im Wald, bei Eickerend.«

»Und wo ist er jetzt?«

»Aufm Saalhof in Kleinenbroich. Der Büttel ist hoch zur Burg, den Amtmann holen.«

»Und der Wolf?«

Der Mann mit dem verhärmten Gesicht schwieg einen Moment. Dann schüttelte er den Kopf. »Noch nicht erlegt.«

Die Menschen in der Gasse tuschelten und sahen unruhig den Weg hinauf und hinab, als fürchteten sie, der Wolf käme um die nächste Ecke geschlichen. Ein kleines Mädchen barg den Kopf im Rock der Mutter. »Großes Unheil!«, rief Hemmers' Weib von oben. »Jesus und Maria, großes Unheil!«

Der hagere Mann, der ein Fürsprecher der Gruppe zu sein schien, warf Hemmers einen ernsten Blick zu und wandte sich dann an die anderen: »Geht heim, wir können im Moment nichts tun. Haltet die Kinder im Haus.«

»Und der Wolf?«, fragte jemand mit ängstlicher Stimme.

»Den jagen andere. Unten, bei Eickerend, wo es geschehen ist. Macht euch nicht bange, die kriegen ihn schon. Geht heim.«

Die Menge zerstreute sich. Mütter nahmen ihre Kinder bei der Hand, und Männer tasteten verstohlen nach den Messern an ihren Gürteln. Innerhalb kürzester Zeit waren Angst und Unsicherheit über dieses Dorf hereingebrochen, das friedlich inmitten seiner Wälle und Mauern geschlafen hatte. Jordis kannte Kleinenbroich, er hatte bereits geschäftlich dort zu tun gehabt. Östlich der Ansiedlung war in den letzten Jahrzehnten viel Wald gerodet worden, im Westen aber erstreckten sich endlose Wälder, von einzelnen Ortschaften und Äckern unterbrochen, bis ins geldrische Grenzland hinein.

Er machte einen Schritt zur Seite, als Steffan Hemmers zurück ins Haus trat. Langsam schloss der Hufschmied die Tür. Der Gedanke, dass der vom Wolf getötete Mann sein Neffe sein könnte, schien ihn mehr mitzunehmen als erwartet. Hatte er doch bei ihrem Gespräch eher unbeteiligt gewirkt. Jordis öffnete den Mund, um zu sagen, man wisse noch nicht, ob es Jacob sei. Dann aber erschien ihm das unpassend und verlogen, und er sagte nichts.

Während er noch überlegte, was er als Nächstes tun sollte, hatte Kreitfisch bereits das Wort ergriffen. Als Barbier und Wundarzt war er es gewohnt, in schwierigen Lebenslagen tatkräftig zu handeln. »Nun, ich würde vorschlagen, wir fahren nach Kleinenbroich. Hemmers, Ihr könnt in unserem Wagen mitfahren. Wir sollten schnellstens herausfinden, wer das Opfer ist. Kommt!« Er bat Hemmers, sich etwas überzuziehen, und öffnete die Haustür.

Jordis konnte nicht umhin, sich auf dem Weg zum Fuhrwerk mehrmals umzudrehen und sich zu vergewissern, dass ihnen kein haariges Untier auf der Spur war.

Den größten Teil des Weges nach Kleinenbroich legten sie schweigend zurück. Jordis sah Waldstücke, strohgedeckte Dächer und knorrige Obstbäume vorbeigleiten und war erleichtert, als sie ein Wegstück erreichten, das durch freies Feld auf den Ort zuführte.

Ihr Wagen war der erste am Saalhof, der unmittelbar zu Liedberg gehörte und damit der allgemeinen Gerichtsbarkeit entzogen war:

Hier hatte der Liedberger Amtmann das Sagen, nicht das Landgericht. Mehrere hohe Pfähle, die an den Ecken des Grundstücks in die Erde gerammt waren, machten die besondere Bedeutung des Hofes deutlich. An die Spitzen der Pfosten waren Schilder mit dem Kölner Wappen genagelt und zeigten an: Hier herrscht Gerichtsfrieden.

Auf ihr mehrfaches Klopfen hin erschien ein Knecht, der sich die Hände an der Hose abrieb und mit der Ferse über den Boden fuhr, um ein paar klebrige Strohhalme zu entfernen. Der ihn umgebende Geruch ließ darauf schließen, dass er eben noch mit Stallarbeiten beschäftigt gewesen war. Sie erläuterten ihm, dass sie zu dem vom Wolf angefallenen Toten vorgelassen werden müssten, da es sich um einen vermissten Verwandten handeln könne.

Einwände des Bediensteten, man solle doch auf den Amtmann warten, ließen sie nicht gelten. Es ginge nur um eine kurze Begutachtung, erklärte Jordis; man müsse wissen, ob der Tote im Saalhof der Gesuchte sei; zu diesem Zweck habe man Kreitfisch als Heilkundigen mitgebracht.

Niemand habe den Leichnam bisher erkannt, murmelte der Knecht, wahrscheinlich stamme er gar nicht aus der Gegend. Er sah nicht begeistert aus, ließ sie dann aber doch vortreten und forderte sie auf, ihm zu folgen. Sie stiegen eine steinerne Treppe hinab in das Kellergewölbe. Mit jedem Schritt wurde es kühler. Jordis stützte sich mangels Geländer an der Wand ab und versuchte, das Licht der Laterne im Blick zu behalten.

Vor der Tür zu dem Raum, in dem der Leichnam aufgebahrt war, hielt Hemmers inne. Er wirkte auffallend blass und angespannt, als er die anderen Männer bat, zunächst ohne ihn hineinzugehen. Vielleicht lasse sich anhand von Merkmalen oder Besitzstücken des Toten feststellen, dass es nicht Jacob sei, vielleicht habe der Mann einen grauen Bart oder Ähnliches. Er stockte und verstummte, den Blick zu Boden gerichtet.

»Nun gut«, sagte Kreitfisch, »wir können Euch einen Teil der Last abnehmen. Doch wenn es nötig wird, holen wir Euch.«

Hemmers nickte zerfahren und lehnte sich an die Wand gegenüber, während der Knecht die Tür öffnete.

»Hier ist er«, sagte er und zog ein fleckiges Leintuch beiseite.

Überflüssig zu erwähnen, dachte Jordis, denn außer ihnen und dem Leichnam war niemand im Raum. Er trat näher an den Tisch, auf dem das bedauernswerte Opfer lag.

Kreitfisch neben ihm schüttelte den Kopf. »Das sieht nicht gut aus«, bemerkte er.

»Wahrhaftig nicht«, stimmte Jordis zu. Er spürte, wie Übelkeit in ihm aufstieg, als er die schweren Fleischwunden an Hals und Kopf des Opfers sah, und wandte sich ab.

»Schaut nicht hin, Herr Jordis«, riet Kreitfisch ihm. »Nehmt Eure Kladde zur Hand und schreibt mit. Es mag sein, dass Ihr Verwandten oder Amtsträgern darüber berichten müsst.«

Dankbar zog Jordis sein Notizbuch aus der Umhängetasche und schraubte mit fahrigen Fingern das Tintenfass auf.

»Vorab gebt mir noch eine kurze Beschreibung des Jungen, ich habe ihn nicht vor Augen«, bat der Barbier.

»Soweit mir bekannt ist, ist er … achtzehn Jahre alt, groß, eher dünn, hat braunes Haar, braune Augen.«

»Besondere Merkmale?«

»Wie bitte?«

»Besonderheiten: alte Verletzungen, fehlende Zähne, verkrüppelte Zehen …«

»Eine Narbe, hat man mir gesagt.« Jordis strich sich über die rechte Braue. »Hier über dem Auge. Eine Verletzung aus Kindertagen. Von anderen Auffälligkeiten weiß ich nichts.«

»Nun denn …«, sagte Kreitfisch und wandte sich dem Leichnam zu. »Die schlimmsten Verletzungen finden sich an Kehle und Kinn. Ihre Großflächigkeit deutet darauf hin, dass es sich um Bisswunden handelt. Ebenso die Tiefe.«

Jordis trug die Angaben in sein Buch ein und bemühte sich, langsam zu atmen und nicht aufzusehen.

»Dieser Mann wurde nicht nur außer Gefecht gesetzt«, fuhr Kreitfisch fort, »sondern regelrecht zerfleischt. Vom Gesicht ist nicht mehr viel zu erkennen, bis auf die Augen. Sie sind braun.« Er hatte sich vorgebeugt und sah sich die Augenpartie des Toten näher an. »Hm. Könnte ich eine Schale Wasser haben?«, wandte er sich an den Knecht. »Und einen Lappen?«

»Wenn Ihr meint«, antwortete der Bedienstete und schlurfte davon.

»Ich muss das Blut abwaschen«, erklärte Kreitfisch und richtete sich auf. »Sonst sieht man nichts. Allerdings ...«, er schob einen Ärmel des Toten hoch und betrachtete dessen Unterarm, »glaube ich nicht, dass es sich um den gesuchten Jungen handelt. Schaut Euch den Arm an.«

Überrascht sah Jordis auf.

»Wie sehnig er ist. Die Adern auf dem Handrücken, die Furchen an den Fingern, die dunklen Haare ... Das ist keine Jungenhand.« Der Barbier fasste den Toten am Handgelenk und hob den Unterarm. »Seht Ihr die Schrammen hier?«, fragte er. »Er hat versucht, sich zu wehren. Sein Tod trat vor gut drei Tagen ein, die Gliederstarre hat sich schon wieder gelöst, und die Haut beginnt sich zu verfärben. Riechen kann man nichts. Das ist einer der Vorteile des Winters.« Kreitfisch beugte sich vor und drehte den Kopf des Leichnams. »Hier ist eine Platzwunde am Hinterkopf. Er muss gestürzt und hart aufgeschlagen sein.«

Jordis vermerkte auch dies in seiner Kladde, für den Fall, dass die Angaben später von Belang sein sollten.

Der Knecht kam mit dem Wasser zurück, und während Kreitfisch das geschundene Gesicht reinigte, besah sich Jordis die Hände des toten Unbekannten genauer. Beide waren blutig, vor allem die rechte, an der Schürfwunden und verschmiertes Blut bis zu den Fingerspitzen reichten. Es war ihm unangenehm, all das zu sehen. Er musste sich abwenden und Luft holen.

Kreitfisch pfiff durch die Zähne. »Ich hatte recht, Herr Jordis!« Seine Stimme klang deutlich munterer als zuvor. »Es ist nicht Jacob!«

Erleichtert ließ Jordis diesen Satz in seinem Kopf Gestalt annehmen: Es war nicht Jacob.

Kreitfisch warf den blutigen Lappen in die Waschschüssel und reichte sie an den Knecht weiter, der sie mit regungslosem Gesicht entgegennahm und aus dem Zimmer trug.

»Ich schätze diesen Mann auf dreißig Jahre«, sagte der Barbier. »Zwischen den Augenbrauen hat er Falten, ebenso auf der Stirn, Narben gibt es keine. Ein Teil des Gesichtes ist noch erkennbar; recht wohlgenährt, wenn Ihr mich fragt. Er war sicherlich kein armer Mann.«

»Worauf auch seine Kleidung schließen lässt«, stellte Jordis fest und ging um den Tisch herum. Er strich über den Stoff der Jacke, die der Tote trug, begutachtete die Knöpfe und rieb ein Stück Saum zwischen den Fingern. »Ein edles Gewirk, gute Verarbeitung. Nicht für jedermann erschwinglich. Hatte er sonst noch etwas bei sich?«, wandte er sich an den Knecht, der soeben zurückkam.

»Wie meinen?«

»Gepäckstücke, Papiere, Schmuck«, verdeutlichte Jordis, »Dinge, die uns verraten könnten, wer er ist?«

»Nicht dass ich wüsste«, erwiderte der Knecht. »Aber ich hab nur kurz mit diesem … wie hieß er noch … gesprochen, der ihn gebracht hat. Ein Schreiner, oben aus Eickerend.«

»Wo liegt das?«, fragte Jordis.

»Nicht weit von hier, am Wald. Da hat er gelegen. Kinder hab'n ihn beim Holzsammeln gefunden.«

»Nun gut.« Jordis räusperte sich und klappte seine Schreibkladde zu. »Er ist nicht der, den wir suchen. Habt Dank für Euer Entgegenkommen.« Mit Blick auf den Leichnam fügte er hinzu: »Andere mögen sich darum kümmern, herauszufinden, wer der arme Tropf ist. Ach …« Im Weggehen kam ihm noch ein Gedanke. »Gab es weitere Wolfsopfer hier in der Gegend?«

Der Knecht hob die breiten Schultern. »Nicht hier«, sagte er. »Aber … tiefer im Wald, bei Gladbach, da muss es welche erwischt haben. Der Schreiner hat davon gesprochen. Genaueres ist mir nicht bekannt.«

Jordis schrieb einen letzten Vermerk in seine Kladde und steckte sie nachdenklich in die Schultertasche. Er sah Kreitfisch an, der ihm zunickte, und sie wandten sich zur Tür, um Steffan Hemmers mitzuteilen, dass – ob gut oder schlecht – man seinen Neffen noch nicht gefunden hatte.

***

Der Mantel war aus schwerem Wollstoff und aufwendig verarbeitet. Sein Kragen hing in Fetzen und war blutverschmiert, braun-rot prangten die Flecken auf dem grünen Stoff.

Küppers wies auf ein Wappen, das auf die Vorderseite des Mantels gestickt war. »Ein Wappen. Kennt das jemand?« Seine Begleiter schüttelten die Köpfe.

Zwei Männer betrachteten die Blutspuren am Stamm einer Buche. »Hat sich hier festgehalten«, sagte der größere leise. Der andere nickte stumm. Seine Augen hatten etwas ausgemacht, einige Bäume weiter, in Richtung Westen. Langsam und mit erhobener Axt ging er auf den Baum zu. Es war ebenfalls eine Buche, glatt und grau der Stamm. Und mitten darauf, in Schulterhöhe: eine weitere Blutspur.

»Komm rüber, Hans«, rief der Mann. »Küppers! Kommt her! Hier ist auch Blut.« Der Mann mit der Axt ging um den Baum herum. Buschwerk und Brombeergestrüpp versperrten ihm den Weg. Als er sich vorbeugte, sah er, dass einige Zweige gebrochen waren. Ihre Enden ragten fransig in die Luft, in der Mitte der Ranke waren helle, frische Fasern zu sehen. Hier hatte sich jemand einen Durchgang gesucht. An einer der Dornenranken hingen gelbliche Wollfasern.

Seltsam, dachte der Mann, das ist die falsche Richtung, wir haben den Toten doch woanders gefunden. Er streckte die freie Hand vor und zupfte den Wollflusen vom Zweig. Hinter ihm tauchten die anderen Männer auf, er sah ihre weißen Atemwolken in der kalten Luft.

Keiner sagte etwas. Schließlich trat Küppers vor und schlug sich mit der Mistgabel einen Weg durch das Brombeerdickicht. Hin und wieder hielt er inne und begutachtete die Zweige vor sich und den mit Laub bedeckten Boden. Der kleine Mann mit der Axt folgte ihm. Hinter dem Gestrüpp blieben sie stehen und sahen sich um. An dieser Stelle standen die Bäume weit auseinander, und man hatte keine Mühe mehr, sich einen Weg zu bahnen.

»Was is?«, rief einer der Männer von der anderen Seite des Dornengestrüpps.

Küppers strich über einen schwachen Blutfleck an einem der Stämme. »Hier ist einer lang«, murmelte er und setzte seine Spurensuche fort. »Aber die Fährte verliert sich. Das ist sonderbar … Es kann nicht der gewesen sein, den wir gefunden haben.«

»Ja«, pflichtete der kleine Mann ihm bei. »Mit den Verletzungen kann er eh nicht weit gelaufen sein.«

Küppers rammte seine Mistgabel in ein Moospolster, hob seine Mütze und kratzte sich den Kopf. »Das heißt, es waren zwei«, folgerte er. »Zwei!«, rief er lauter zu den anderen Männern hinüber. »Einer muss noch im Wald sein. Armer Teufel. Ist sicher längst tot.«

Er hob den Blick und sah in den Wald hinein nach Westen, wo sich das fahle Licht zwischen Bäumen und Büschen verlor.

»Da sind nicht Haus noch Hof«, murmelte er. »Da ist nur Wald. Der wird nicht weit gekommen sein.« Er nahm seine Forke auf und schulterte sie. »Komm«, sagte er zu dem Kleinen, »wir gehen noch ein Stück weiter und schauen, ob wir die Leiche finden. »Bringt ihr den Mantel ins Dorf!«, rief er den anderen zu.

Einer der Männer stapfte durch das Brombeergestrüpp und schloss sich dem kleinen Suchtrupp an, die übrigen kehrten um; zu verlockend waren die Lichter und Rauchfahnen der Hütten hinter den Bäumen.

Der Wald war still, zu still. Die drei Männer konnten ihren eigenen Atem hören. Der Wind hatte sich gelegt. Auch das gelegentliche Piepsen und Rascheln von Vögeln und Kleintieren kam gegen diese Stille nicht an. Sie gingen auf Abstand zueinander und schritten langsam voran. Der kleine Mann mit der Axt fand an einem Busch abgeknickte Zweige, ansonsten verlor sich jede Spur.

»Wenn Schnee liegen würde«, sagte der Kleine, »wüssten wir, wo er lang ist, dann könnten wir seine Spuren sehen.« So aber sahen sie nichts als den schweigsamen Wald, der ihnen jegliche Antwort auf die Frage, wer denn hier entlanggekommen war, vorenthielt.

»Wir sollten umkehren.« Küppers blickte ein letztes Mal in Richtung Westen. Laut zog er Schleim durch die Nase hoch und spuckte aus. »Armer Teufel.«

***

Sie waren eben im Begriff, den Saalhof zu verlassen, als ein Mann mittleren Alters vom Bock eines Einspänners sprang und seinem Begleiter mit einem Kopfnicken bedeutete, sich um das Pferd zu kümmern. Unter seinem Umhang trug er einen kurkölnischen Wappenrock mit schwarzem Kreuz auf silbernem Grund, und jedes seiner Kleidungsstücke war von feinster Qualität.

»Seid gegrüßt, Herr Amtmann!«, rief der Knecht vom Saalhof eilfertig.

Der Angesprochene streifte ihn mit einem knappen Blick. Eine schräg sitzende Mütze bedeckte seine niedrige Stirn und umschattete die dunklen Augen. Er richtete seine Aufmerksamkeit auf die drei anderen Männer, von denen ihm nur einer bekannt war. »Hemmers«, sagte er. Seine Stimme klang tief und kräftig und passte zu dem kantigen Gesicht. »Was habt Ihr zu berichten?«

Der Amtmann stand aufrecht da und sah Hemmers erwartungsvoll an. Sein Tonfall und seine Haltung ließen darauf schließen, dass er es gewohnt war, Antworten zu erhalten. Er strahlte großes Selbstvertrauen aus und wirkte dadurch größer, als er eigentlich war.

Steffan Hemmers, der immer noch blass wie ein Leintuch war – inzwischen nicht mehr aus Sorge, sondern weil er, um ganz sicherzugehen, doch noch einen Blick auf den Leichnam geworfen hatte –, räusperte sich. »Das is nicht Jacob«, sagte er leise.

Der Amtmann wartete ab, ob er noch mehr sagen würde. Als dies nicht geschah, erwiderte er: »Nun, das sind gute Neuigkeiten! Ich bedauere den Toten, ganz gleich, wer er sein mag, aber dass es nicht Euer Neffe ist, dafür wollen wir Gott danken. Wollt Ihr mir die beiden Herren nicht vorstellen?« Aufmerksam sah er Jordis und Kreitfisch an.

»Das sind … Meine Schwester hat sie gebeten, nach Jacob zu suchen.«

»So ist es«, bestätigte Jordis und begegnete dem Blick des Amtmannes. »Hennes Kreitfisch und Augustin Jordis, Barbier und Kaufmann aus Neuss.«

»Dass Ihr so weit gefahren seid, ehrt Euch.« Er lächelte. »Ich will Euch auch meinen Namen nicht vorenthalten: Johann Scheiffart von Merode. Ich bin hier, um mir das Wolfsopfer anzusehen. Wie ich sehe, wart Ihr schneller vor Ort. Es ist mir verhasst, wenn jemand schneller ist als ich, aber in Eurem Fall will ich eine Ausnahme machen.« Als er lachte, blitzte in seinem breiten Mund eine gerade Reihe von Zähnen auf, die zwar gelblich verfärbt, aber ansonsten gut erhalten war.

»Da Ihr Barbier seid«, wandte er sich an Kreitfisch, »könnt Ihr mir vielleicht etwas über die Todesumstände sagen, bevor ich … einen Blick auf den Verblichenen werfe. Ich werde zwar Euren Kollegen vor Ort hinzuziehen, aber Eure Aussage wäre mir von Nutzen.«

Kreitfisch erklärte in wenigen Worten, zu welchen Schlussfolgerungen er gelangt war. Der Amtmann nickte und wandte sich mit einem munteren Abschiedsgruß dem Saalhof zu.

»Verzeiht«, hielt Jordis ihn auf. »Herr von Merode, ich hätte noch eine Frage.«

Der Angesprochene runzelte die buschigen Brauen, blieb aber stehen. »Ja?«

»Bei Gladbach soll auch jemand vom Wolf angefallen worden sein, wisst Ihr etwas darüber?«

»Man hört viel dieser Tage«, entgegnete Scheiffart von Merode. »Ob etwas dran ist: Ich weiß es nicht.« Wieder wandte er sich zum Gehen.

»Hier wurde noch kein Wolf gesichtet?« Jordis ließ nicht locker. »Es gab keine Häufung von Todes- oder Vermisstenfällen in letzter Zeit?«

»Guter Mann«, unterbrach von Merode ihn, »als Amtmann wird einem jeder Furz mitgeteilt, ich bin daher allerbestens unterrichtet. Das Wolfsbiest ist in meinem Wald bisher nicht aufgetaucht. Und ja, nach zwei Händlern wurde gefragt, aber ich kannte sie nicht und weiß nichts über ihr Schicksal. Wer sich zu dieser Jahreszeit in die Trietsümpfe wagt, ist selbst schuld. Vor Kurzem erst ist einer dort ertrunken, im Suff. Leider fand man ihn zu spät. Ja, es kommt vor, dass Menschen im Sumpf verschwinden. Aber Euer Jacob … hm … Wollen wir hoffen, dass ihm nichts Schlimmes widerfahren ist. Wohlan – nun muss ich mich dem Toten widmen. Lebt wohl.« Er legte die Hand an die Mütze und eilte ins Haus.

»Unerschrockener Mann«, bemerkte Kreitfisch. »Ist er schon lange im Amt?«

»Noch nicht lange. Ein Jahr vielleicht.« Allmählich kehrte Farbe in Hemmers' Gesicht zurück. Mit einem tiefen Seufzer streckte er die Glieder.

»Wir bringen Euch nach Hause«, schlug Jordis vor. Die Kälte kroch ihm schon wieder vom Boden her in die Knochen. »Vielleicht können wir bei dieser Gelegenheit mit Eurem Sohn sprechen.«

Als sie das Haus des Hufschmieds betraten, saß Goswin Hemmers am Küchentisch und schlürfte Suppe. Er hatte einen Arm aufgestützt und beugte den Kopf tief über die Schale. Zu seinen Füßen lag der schläfrige Hund.

»Steffan, wat is mit dem Toten?«, rief eine Frauenstimme aus dem oberen Stock.

»Goswin, die wollen mit dir reden, wegen Jacob«, erklärte Hemmers, bevor er mit schweren Schritten die Treppe emporstieg.

Der junge Mann hob den Kopf. Sein Gesicht war genauso blass, sein Haar genauso rotblond wie das seines Vaters. Er runzelte auch auf die gleiche Art die Brauen. Er schwieg sogar wie sein Vater.

Jordis stellte den Barbier und sich vor und wartete darauf, einen Platz angeboten zu bekommen. Als das nicht geschah, stieg Kreitfisch kurzerhand über den Hund hinweg und setzte sich neben Goswin, der unruhig auf seinem Stuhl hin- und herrutschte. Jordis tat es dem Barbier gleich; Hemmers' Sohn sollte nicht glauben, dass ihr Gespräch nur von kurzer Dauer sein würde.

»Nun, wir können dir erfreulicherweise mitteilen, dass es sich bei dem Toten, den man im Wald fand, nicht um deinen Vetter Jacob handelt.«

Das Gesicht des Rothaarigen entspannte sich, mit raschen Bewegungen kratzte er Essensreste aus seiner Schüssel. »Um wen denn dann?«

»Das weiß man nicht«, tat Kreitfisch kund. »Um einen wohlhabenden Mann vermutlich, der Kleidung nach zu urteilen. Aber keiner kennt ihn.«

»Ist ja sonderbar.« Goswin leckte seinen Löffel ab. »Habt Ihr ihn gesehen? Ist er übel zugerichtet?«

»Das möchtest du nicht wirklich wissen«, beschied Jordis. »Nun … denk bitte zurück an den Sonnabend vor Sankt Nikolaus. Wann hast du Jacob an diesem Tag zum letzten Mal gesehen?«

Der junge Mann biss sich auf die Lippen und überlegte. Seine Augen waren von einem hellen Blau, sein Mund stark ausgeprägt und ungewöhnlich rot. »Mittags«, sagte er. »Beim Essen. Später bin ich zu meiner Großmutter gegangen, musste 'ne Truhe richten. Wir haben erst am nächsten Tag gemerkt, dass er weg war.«

»Hast du eine Ahnung, wohin er gegangen sein könnte?«

Goswin bewegte langsam den Kopf von links nach rechts.

»Wie hast du dich mit ihm verstanden?«, fragte Kreitfisch.

Der Junge zuckte die Achseln. »Hatte nicht viel mit ihm zu tun. Der war nicht sehr gesellig.«

»War?«, hakte Kreitfisch nach. »Glaubst du nicht, dass er noch lebt?« Er hatte seine kräftigen Hände gefaltet und sah Goswin aufmerksam an.

Der rotblonde Junge hob die runden Schultern. »Jetzt, wo der Wolf umgeht … Und dann die Sümpfe …« Er brach ab.

»Mochtest du ihn?«, forschte Jordis.

Goswin warf ihm einen misstrauischen Blick zu. »Er war mein Vetter. Aber er war anders als ich.«

»Was bedeutet ›anders‹, wenn man fragen darf?«

»Na, ruhiger.«

»Ruhiger. Und wie noch?«, hakte Kreitfisch nach.

»Na, wie? Man konnte keinen Spaß mit ihm haben. Er wollte alles besser können.«

»Zum Beispiel?«

Goswin fuhr sich mit der Zunge über die Lippen. »Ach, alles. Er war auf seine Art … hochnäsig.«

»Hm.« Jordis trommelte mit den Fingern auf den Tisch. »Hattet ihr öfters Streit?«

»Das nun auch nicht. Hab doch gesagt, dass wir kaum geredet haben. Um zu streiten, muss man reden.« Der Junge zog die Nase hoch und strich sich das Haar aus dem Gesicht. »War's das? Ich muss an die Arbeit.«

»Wir sind gleich so weit«, sagte Kreitfisch in ruhigem Ton. »Hatte Jacob vielleicht mit jemand anderem Streit? Du als sein Vetter musst das doch mitbekommen haben.«

Goswin lehnte sich zurück. »Schwer zu sagen. Manch einer wird ihn für eingebildet gehalten haben, beliebt war er nicht gerade. Aber wie gesagt: Ich war kaum mit ihm zusammen. Wenn er mit einem Ärger hatte, dann weiß ich davon nix.«

»Also hast du keinen Namen für uns?«, vermutete Jordis.

Der Rothaarige dachte kurz nach und stand dann auf. »Nein. Kann ich jetzt gehen?«

»Ich denke, ja.« Jordis warf einen Blick zu dem kleinen Küchenfenster, das mit gelblichem Pergament bespannt war. »Wir müssen ohnehin aufbrechen, es dunkelt bereits.«

»Hatte er ein Mädchen?«, fragte Kreitfisch, als Goswin schon an der Tür war. Der junge Mann legte eine Hand an den Türrahmen und warf ihnen einen Blick über die Schulter zu. »Ihr stellt Fragen! Woher soll ich das wissen?«

»Es hätte ja sein können«, beschwichtigte der Barbier.

Die Männer richteten ihm Grüße an seine Eltern aus und gingen durch die dämmrige Gasse zu ihrem Fuhrwerk. Die frühe Dunkelheit machte ihre Suche nicht leichter.

Still und verlassen lag die Straße vor ihnen, als sie den Hügel hinabrollten. Durch die geschlossenen Fensterläden einer Hütte am Wegrand schimmerte gelbes Licht. Jordis duckte sich in seine Decken und hoffte, der Wolf werde die Nacht schlafend im Wald verbringen und nicht am Wegrand lauern.

Ein schweigsamer Ort, dachte er. Niemand hatte etwas zu berichten. Über allen Dächern lag Schweigen.

***

Rutger Jansen hätte nicht gedacht, dass sie so bald schon kommen würde. Doch scheinbar war ihr Redebedarf größer als die Angst vor ihrer Mutter.

Es war Nachmittag, die Abenddämmerung warf erste Schatten voraus, und er arbeitete mit seinen Söhnen in der Schusterwerkstatt. Paul, sein Zweitjüngster, spielte an seinem Lieblingsplatz vor der Fensterbank mit Lederresten und einem klumpigen Holzpferdchen. »Da ist ein Fraumädchen«, verkündete er mit einem Blick aus dem Fenster. »Sie kann nicht klopfen, sie hat die Arme voll.« Damit war die Sache für ihn erledigt, und er ließ das Pferdchen wiehern und weiter Leder fressen.

Jansen nickte einem der größeren Jungen zu. »Geh nachsehen, Veit.«

Der schlaksige Siebzehnjährige verließ die Werkstatt und kehrte in Begleitung der jungen Agnes zurück, die mit roten Wangen und einer beträchtlichen Anzahl von Körben, Beuteln und Schuhen im Arm in der Tür zur Werkstatt stehen blieb. »Meine Mutter weiß nicht, dass ich hier bin«, sagte sie verlegen. »Ich habe hier … ein paar alte Schuhe. Sie denkt, ich hole etwas beim Schneider ab und … ich habe nicht viel Zeit.«

Jansen vermutete, dass die Gegenwart seiner drei halbwüchsigen Söhne das Mädchen verunsicherte. Es wäre ohnehin besser, das Gespräch unter vier Augen zu führen. »Lasst uns kurz allein«, sagte er. »Geht zu Swart und holt neues Rindsleder. Und nehmt Paul mit.«

»Aber mein Pferd hat noch Hunger!«, beschwerte sich der Kleine. Als ihn einer der großen Jungen an der Hand fasste und mit sich zog, ließ er das Holzpferdchen wiehern und den Bruder in den Arm beißen, aber er konnte dennoch nicht verhindern, aus dem Raum gebracht zu werden. Jansen hörte ihn noch »Mein Pferd frisst euch auf!« rufen und die Brüder lachen, dann wurde es still, abgesehen von gedämpften Lauten aus der Küche und leisem Kinderweinen aus einem der oberen Räume.

»Komm herein, leg deine Sachen ab, setz dich«, forderte er das Mädchen auf und wies auf einen Schemel.

Agnes gehorchte. Ihre Augen glitten unruhig hin und her, und ihr Gesicht war immer noch gerötet.

»Wir wollen uns beeilen, um die Frau Mutter nicht zu erzürnen«, brach Jansen das Schweigen. »Du möchtest mir etwas über Jacob erzählen. Halt, nein –«, er hob eine Hand, da ihm bewusst wurde, dass eine allgemeine Abhandlung über Jacob sehr lange würde dauern können. Er grenzte den Gesprächsinhalt ein: »Du weißt demnach etwas über seinen Verbleib?«

»Nun … ja … mag sein.« Agnes nestelte an ihrem Kleid herum und hielt den Blick gesenkt.

»Was glaubst du, wo er sich aufhalten könnte?«, kam Jansen ihr entgegen.

»Wo genau, weiß ich nicht. Nur … Ich weiß, wer's wissen könnte.« Schweigen.

»Du weißt, wer es wissen könnte?«, wiederholte Jansen. Das Mädchen nickte hastig, blieb aber stumm.

Jansen seufzte innerlich. »Es wäre hilfreich, wenn du das näher erläutern könntest.« Er sah Agnes forschend an. Ihre Züge waren angespannt, die Brauen gerunzelt, und sie sah hinunter auf ihre Schuhe. Er kannte diesen Blick von seinen halbwüchsigen Töchtern. In ihm lagen Unmut, Verlegenheit, Zorn.

»Da war ein Mädchen«, presste sie hervor, »das hat ihm schöne Augen gemacht.«

Aha, dachte Jansen und wartete auf weitere Einzelheiten.

»Die kommt aus … so 'nem ›feinen Haus‹.« Agnes sprach die Worte aus, als würde sie gleichzeitig eine Spinne anpacken. »Ihre Familie ist von Adel und hat ein großes Haus, da bei Liedberg.« Ärgerlich biss sie sich auf die Unterlippe. »Sie macht Jacob schöne Augen. Rennt ihm hinterher und tändelt wie nur was. Bildet sich was ein auf ihre Vornehmheit! Will sich mit ihm schmücken, weil er so gefällig ausschaut. Muss selber hässlich sein wie die Nacht.«

Als Agnes spöttisch schnaubte, erinnerte sie Jansen für einen Augenblick an ihre Mutter. »Welcher Art war denn ihre … Beziehung?«, fragte er, wohl wissend, dass er sich auf dünnes Eis begab.

»Was?«, fuhr Agnes auf.

»Nun … ähm … was glaubst du: Hat Jacob mit diesem Mädchen nur ab und an ein paar Worte gewechselt, oder war da mehr? Du weißt schon: Küsse und dergleichen.«

»Nein, nein!« Agnes blinzelte und schüttelte den Kopf. »Da war nichts, sie wollte wohl, aber er nicht!«

Natürlich nicht, dachte Jansen. Aber er wollte es dabei belassen. Vorsichtig fuhr er fort: »Woher weißt du von diesem Mädchen, hat Jacob dir von ihr erzählt?«

»Natürlich«, erwiderte sie mit beleidigtem Unterton. »Jacob hat mir alles erzählt! Mir kann er ja alles sagen. Mit der kann er nicht reden, weil sie so verzogen ist. Er mag die nicht einmal!«

Das hätte ich als junger Mann, der sich mit zwei Mädchen einlässt, auch gesagt, dachte Jansen. Laut sagte er: »Aber dir hat er alles erzählt?«

Sie nickte eifrig. »Ich wollte ja auch alles wissen!«

»Hat er dir sonst noch etwas erzählt?«, forschte Jansen. »Über seine Sorgen beispielsweise oder ob er mit jemandem Streit hatte.«

»Hatte er nicht!«, verneinte sie. »Er hatte mit keinem Streit. Und auch sonst … es geht ihm gut.« Bei diesen Worten versteiften sich ihre Schultern, und ihr Blick wurde dunkel.

Die Sorge haben wir alle, mein Mädchen, dachte Jansen: dass es ihm eben *nicht* gut gehen könnte. Er räusperte sich. »Du denkst also, dieses Mädchen … weißt du übrigens seinen Namen?«

Agnes kratzte sich am Kinn. »Hat er nicht groß erwähnt. Irgendwas mit ›A‹.«

»Nun gut: Du denkst also, dieses Mädchen weiß etwas über sein Verschwinden?«

»Sie ist doch schuld daran!«, platzte es aus ihr heraus. »Sie muss ihn zu etwas verleitet haben. In den Wald gelockt oder …« Sie rieb sich fahrig das gerötete Gesicht. »Vielleicht wollte er nicht, wie sie wollte, und da hat sie ihm …« Hilflos schloss sie die Finger zu Fäusten.

»Etwas angetan?«, bot Jansen an.

Agnes nickte und presste sich die Fäuste gegen die Schläfen.

Jansen beugte sich ein Stück vor und sagte beruhigend: »Agnes, es ist nicht erwiesen, dass ihm etwas zugestoßen ist. Und auch nicht, dass dieses Mädchen darin verwickelt ist.«

»Ist sie doch!«, warf Agnes ein.

»Warte«, beschwichtigte Jansen sie. »Weißt du noch mehr über das Mädchen? Vielleicht, wo genau sie lebt?«

»Nee. Irgendwo bei Liedberg, mehr weiß ich nicht.«

»Gut«, sagte Jansen, »das hast du dir gut gemerkt.« Er richtete sich auf. »Du solltest nun nach Hause gehen. Wir werden uns darum kümmern.«

Sie nickte und erhob sich. Die Mischung aus Trotz und Traurigkeit, die auf ihrem Gesicht lag, erinnerte ihn an seine Tochter Ursula. Sie war im gleichen Alter und konnte ebenso wie Agnes innerhalb eines Atemzuges aufbrausend und zutiefst niedergeschlagen sein. Sie brachte es fertig, inmitten des lauten, lebhaften Alltags einer Großfamilie urplötzlich auszusehen wie der einsamste Mensch auf Erden.

Als er sah, wie Agnes versuchte, ihre Körbe und Beutel aufzunehmen, kam ihm ein Gedanke. »Warte«, bat er. »Meine Tochter wird dir helfen, das zu tragen. Sie kann dich zum Glockhammer begleiten.« Er stand auf, humpelte auf seiner Krücke zur Tür und rief: »Ursula! Komm in die Werkstatt!«

Tag drei, 15. Dezember 1510

Augustin Jordis fand am nächsten Morgen nur schwer aus dem Schlaf zurück in die Wirklichkeit. Sein Kopf fühlte sich bleiern an, und sein Geist waberte immer noch durch dunkle Träume, in denen Schattengestalten unter hohen Bäumen umherirrten. In seiner Schlafkammer war es bitterkalt.

Am späten Abend hatte der Kaminzug die Räume im oberen Stock noch mit Wärme versorgt, aber inzwischen war das Feuer erloschen, und eisige Kälte hatte sich im Haus ausgebreitet. Durch die geschlossenen Fensterläden drang ein Lichtstreifen, der das Krapprot der Bettvorhänge schimmern ließ. Ansonsten war es finster. Jordis wagte nicht, seine Arme unter den warmen Decken hervorzustrecken. Glücklicherweise hörte er Klara bereits im Erdgeschoss herumklappern und durfte auf ein wärmendes Feuer hoffen.

Er gähnte. Die düstere Stimmung aus seinem Traum hielt weiterhin an. Er fühlte sich bedrückt. Jacobs Schicksal bekümmerte ihn. Wo mochte der Junge stecken, was mochte ihm widerfahren sein? Er selbst lag hier im warmen Bett, und Jacob befand sich womöglich in Gefahr, lag verletzt im Wald oder wurde von Unmenschen gefangen gehalten. Vielleicht war er in eine Falle getreten oder eine Böschung hinuntergestürzt. Wie lange konnte man bei dieser Kälte im Freien überleben? Und dann der Wolf … Nein, er durfte nicht länger liegen bleiben; er musste aufstehen und die Suche nach dem Jungen fortsetzen.

Mit einer Hand zog er den bestickten Bettvorhang beiseite und spürte einen kalten Luftstrom im Gesicht. Umständlich zwängte er seine Füße in ein doppeltes Paar Wollstrümpfe und stand auf. Er nahm eine Garnitur wollener Kleidung in Grün und Schwarz aus dem Schrank und tauschte sie gegen das Nachthemd aus. Der Stoff lag kühl auf der Haut. Dass er immer so erbärmlich frieren musste! Ein wenig mehr Fett auf den Knochen wäre von Vorteil, aber er war von Kindesbeinen an kein guter Esser gewesen.

Jordis griff fröstelnd nach dem Kamm und fuhr sich durch sein dichtes braunes Haar. Beim Blick in den Spiegel stellte er wieder einmal fest, wie lang sein Gesicht war. Und die Nase erst! Sie sprang unter den dunklen Augen hervor wie ein Wasserspeier. Mochte sie ihm wenigstens von Vorteil sein und ihn auf die rechte Spur führen.

Augustin Jordis öffnete die Tür und stieg die knarrende Treppe hinunter. Im Gehen stopfte er sich sein Hemd in den Hosenbund und zupfte ein paar Fussel vom Ärmel seiner nachtschwarzen Jacke.

»Ich bin hier, Herr!«, hörte er Klaras Stimme aus der Küche. »Ihr könnt essen.«

Ein behagliches Knacken und Knistern empfing ihn, und es duftete nach süßem Brei. Klara stellte eben eine schwere braune Schüssel auf den Tisch und griff nach der Schöpfkelle. »Ihr seht blass aus«, stellte sie fest und goss Apfelmost in ein Glas. »Ihr solltet essen, solange es warm ist.«

Auf ihre spröde Art wollte sie damit wohl zum Ausdruck bringen, dass sie sich um sein Wohlbefinden sorgte und ihn bei Kräften halten wollte.

»Ich mache nebenan Feuer.« Damit klapperte sie aus der Küche und ließ ihn allein.

Jordis nahm einen Löffel Brei und bemerkte, dass ihm das Schlucken wehtat. Bereits beim Aufstehen hatte er ein Kratzen im Hals verspürt. Dennoch aß er brav seine Schale leer. Klara hatte die Gerstengrütze mit Rahm angedickt und Honig untergerührt, so wie er es am liebsten mochte.

Nach dem Frühstück würde er Jansen aufsuchen, wie sie es gestern Abend besprochen hatten. Kreitfisch hatte keine Zeit, für ihn standen Eiterbeulen und faule Zähne auf dem Plan. Jansen und er würden sich die Befragungen aufteilen: Einer würde mit Jacobs Freund Hansi sprechen, der andere mit dem Schreiner aus Eickerend, der von weiteren Opfern des Wolfes wusste.

Der Abgleich von Lieferlisten in seinem Kontor musste vorerst warten.

Vor dem Fenster erhoben sich Stimmen, ein Karren klapperte über die Brückstraße. Er hörte, wie an die Tür geklopft wurde und Schritte durch den Flur hallten. Der Holzhändler, dachte er. Soll er seine Scheite ruhig herantragen, bei dieser Kälte können die Stapel im Hof nicht hoch genug sein.

Jordis wischte sich einen Klecks Brei aus dem Mundwinkel und stand auf. Bevor er den Raum verließ, trank er folgsam sein Glas leer und nahm sich eine Handvoll Trockenfrüchte aus dem Vorratstopf. Er ließ sich von Klara in den Mantel helfen und hängte sich den hübsch verzierten Lederbeutel über die Schulter, in dem er seine Schreibschatulle und die Kladde mit den Aufzeichnungen aufbewahrte. Die Süße des Obstes tat ihm wohl. Kauend schloss er die letzten Haken des dicken Filzmantels.

Durch die offene Haustür drang ein Schwall eisiger Luft in die Diele. Er zog seine Mütze tief in die Stirn und trat hinaus.

Als er auf seine eigentümliche Art in Richtung Markt hinkte, kamen ihm drei junge Frauen entgegen, von denen ihn zwei unter ihren Hauben hervor anlächelten. Erfreut hob er die Hand an die Mütze. Als kleiner verwachsener Mann konnte er nicht damit rechnen, an jeder Ecke Damen in Verzückung zu versetzen. Aber seit er sich im letzten Jahr gemeinsam mit Kreitfisch und Jansen für die Rettung zweier Frauen aus einer sehr misslichen und verzweifelten Lage eingesetzt hatte, schien sein Ansehen beim Weibsvolk gestiegen zu sein, zumindest innerhalb von Neuss. Beschwingt setzte er seinen Weg fort.

Auf dem Marktplatz war zu dieser Jahreszeit wenig Betrieb. Ein vierschrötiger Mann in einem schmutzigen Kittel schob eine halb leere Fischkarre an ihm vorbei und murmelte einen Gruß, bevor er hügelabwärts auf die Rheinmauer zuratterte. Jordis sah nach oben. Über Nacht waren dichte Wolken aufgezogen, und Dächer, Türme und Mauern zeichneten sich scharf gegen den weißen Himmel ab.

An der Stadtwaage stand ein Wagen, von dem Säcke abgeladen wurden. Die Glocken des Münsters übertönten das hartnäckige Husten des Fuhrknechtes; ihr schweres, volles Läuten bündelte die Luft in Kugeln aus Klang. *Hora tertia*, früher Vormittag, dachte Jordis, er war noch gut in der Zeit. Er umrundete die Liebfrauenkirche, kreuzte die Niederstraße und steuerte auf die Branntgasse zu. Vor Jansens Haus wartete bereits das Fuhrwerk mit dem braunen Wallach, aus dessen Maul schlaffes Möhrengrün hing, das mit jedem Bissen kürzer wurde.

Als Jordis eine Hand zum Klopfen erhob, öffnete sich die Haustür, und der Einbeinige trat heraus. Hinter ihm im Flur drängten sich mehrere kleine Kinder, die von einem großen Mädchen zurück ins Haus gescheucht wurden. Jansen spuckte eine Gräte in den Rinnstein. »Liedberg, zweiter Versuch, diesmal erfahren wir mehr, hoffe ich. Bitte einzusteigen!«

»Euer Wort in Gottes Ohr«, murmelte Jordis.

***

Aleidis Wintz sah aus dem kleinen Küchenfenster in den Hof, während sie sich die Hände abtrocknete. Es gefiel ihr nicht, wie verschlossen Elsbeth in letzter Zeit war. Verschlossen und schwermütig, das war sie. Jetzt kauerte sie da draußen in einem einfachen Kittel, ungeachtet der Kälte!

Aleidis stützte sich auf die Arbeitsplatte und senkte den Kopf. Was war nur los mit der jungen Frau? Seit Wochen wirkte sie bedrückt und erschöpft. Im Herbst hatte es begonnen, mit den ersten kühlen Abenden und der frühen Dunkelheit. Elsbeth hatte sich zu schwach gefühlt, Aleidis zu begleiten, wenn es ein Kind zu entbinden oder eine Wöchnerin zu besuchen galt. Sie könne kein Blut mehr sehen, hieß es. Doch je mehr Zeit sie im Haus verbrachte, desto schlimmer wurde es. Stundenlang lag sie im Bett, ohne zu schlafen, oder saß da, eine Näharbeit in den Händen, und starrte mit offenen Augen vor sich hin. »Es ist nichts«, sagte sie, wenn man nachfragte. »Ich bin nur ein wenig erschöpft.«

Ein wenig erschöpft! Aleidis schüttelte den Kopf und warf das Küchentuch auf die Tischplatte. Das reichte als Erklärung nicht aus. Langsam drehte die Hebamme sich um und humpelte zur Tür. Ihr rechtes Bein machte ihr zu schaffen, manchmal konnte sie es vom Knie abwärts kaum spüren. Sie biss die Zähne zusammen und öffnete die Hoftür. Kalte Luft legte sich um ihren kräftigen Körper wie ein Umhang. Aleidis stützte sich am Türrahmen ab und sprach die junge Frau an, die wenige Schritte entfernt vor dem Wäschekorb hockte. »Elsbeth, was ist mit dir?«

Die andere rührte sich, hob den Kopf mit dem wirren blonden Haar und griff nach einem Wäschestück. Ihr Zopf hatte sich gelöst und hing in unordentlichen, verfilzten Strähnen über den Rücken; sie schien sich seit Tagen nicht gekämmt zu haben. Der Anblick ihrer schmalen Gestalt ließ Aleidis an die Mutter des Mädchens denken, ihre Freundin Anna, die im vorletzten Winter verstorben war, mit nicht einmal vierzig Jahren. Aleidis hatte ihr versprochen, sich um Elsbeth zu kümmern, sie bei sich aufzunehmen und sie ihr Handwerk zu lehren. Jawohl, und sie hatte nicht vor, dieses Versprechen zu brechen!

Aleidis löste sich von der Tür und trat hinaus in den Hof. »Elsbeth, komm, du erfrierst ja. Wir hängen die Laken später auf. Geh hinein und ruh dich aus. Ich glaube, du bist krank.« Allerdings scheint es keine rein körperliche Krankheit zu sein, fügte sie in Gedanken hinzu, sondern eine Krankheit des Gemütes.

»Komm«, wiederholte sie, fasste die junge Frau unter den Achseln und half ihr, sich aufzurichten. Elsbeths Blick wirkte verloren und leer und gleichsam nach innen gerichtet, als würde sie dort Erschreckendes sehen. Aleidis kannte die finsteren Bilder. Sie kamen an die Oberfläche wie giftige Blasen und nahmen den Geist gefangen. Vor allem nachts. Man musste dagegen ankämpfen. Aber das Gift war stark und konnte sich hartnäckig in Kopf und Herz festsetzen. Dann wusste man nicht, wann es einen wieder verließ und wann wieder Platz wäre für Leichtigkeit und Ansporn, Heiterkeit und Kraft. So wie bei Elsbeth.

Aleidis stieß die Küchentür mit der Schulter auf und führte ihre Freundin zur Wandbank. Nachdem sie eine Decke aus dem Nebenraum geholt und Elsbeth darin eingewickelt hatte, wand sie ihr langes graues Haar zu einem Knoten und trat an den Tischherd. Sie gab Streifen getrockneten Rindfleischs in das siedende Wasser und fügte Salz und Gewürze hinzu. Eine Handvoll Möhren hatte sie noch in dem Korb, der von der Decke hing. Sie würde bald wieder in den Garten gehen und frische holen müssen, die Erdmiete dort war noch gut gefüllt.

Geschickt schnitt sie das Wurzelgemüse von der Hand in den Topf. Am Ende würde sie Butter unterrühren, ein großes Stück fette, gelbe Butter. Das arme Mädchen brauchte etwas Kräftiges, dünn wie sie war; eine Bohnenstange warf mehr Schatten als sie, das konnte so nicht bleiben. Ächzend beugte Aleidis sich zu der halbrunden Herdöffnung hinab und fuhr mit der Schürgabel ins Feuer. Die Holzscheite knisterten und knackten. Sie kam mühsam wieder hoch. Wie gut, dass der Herd eine angenehme Arbeitshöhe hatte und sie nicht dauernd über den Boden kriechen musste wie ein Wurm.

Aleidis ließ die Suppe köcheln und setzte sich auf einen Schemel

Elsbeth gegenüber. »Mein armes Mädchen«, sagte sie sanft und nahm Elsbeths Hände in die ihren. »Sag mir, wie ich dir helfen kann.«

Die blonde junge Frau schüttelte schwach den Kopf.

»Was ist mit dir?«, fragte Aleidis. »Was fehlt dir bloß?«

»Bin schwach«, sagte Elsbeth leise. »Hab keine Kraft.«

»Ich weiß.« Aleidis strich über die rissigen Hände ihrer Freundin. »Ich sorge mich um dich, Elsbeth. Du bist schon lange so … niedergeschlagen. Ich weiß, dass …«, sie suchte nach den richtigen Worten, »die Dinge, die wir erlebt haben, dich weiter quälen … Auch ich wache nachts auf. Die Schrecknisse sind immer noch in meinem Kopf. Aber es ist vorbei, Elsbeth. Vorbei!«

Aleidis stand mühsam auf und bewegte ihren schweren Körper zu einem Regal neben der Tür. Aus mehreren Töpfen und Tiegeln wählte sie einen großen, flachen aus und nahm den Deckel ab. Ein schwacher Duft von Ringelblumen erfüllte den Raum. Wortlos setzte sie sich wieder hin, nahm mit der Spitze ihres Zeigefingers einen Klecks Salbe aus dem Tiegel und rieb Elsbeths rechte Hand damit ein. Zügig verteilte sie die Paste auf der spröden Haut und arbeitete sie mit gleichmäßigen Bewegungen ein. Zuerst die Finger, dann der Handrücken. Auf die Knöchel kam ein zusätzlicher Tupfer.

»Weißt du, Elsbeth«, fuhr sie fort, immer noch salbend, »du darfst dich nicht einschüchtern lassen. Wir haben es überstanden, wir sind stark geblieben. Du musst dir sagen, hörst du, Elsbeth, du *musst*: Sie können dir nichts mehr anhaben. Es wird nie wieder geschehen!« Nachdrücklich fuhr sie ein letztes Mal mit ihrer Hand über Elsbeths Haut, dann legte sie deren rechte Hand auf die Tischplatte. »Lass es einziehen«, bat sie und nahm sich die linke vor.

Ihre dunklen Brauen zogen sich zusammen, als sie an ihre Peiniger dachte, die Männer, die ihnen im vergangenen Jahr all das Böse angetan hatten. »Es kann nicht sein, Elsbeth, dass uns diese widerlichen Hundsfötte unser Leben lang verfolgen. Der Schlimmste von ihnen ist tot. Die anderen sind eingesperrt. Sie haben es verdient, dass sie in der Hölle schmoren. Wir müssen sie vergessen!«

Aleidis beendete ihre Arbeit und legte Elsbeths linke Hand neben die rechte. Seufzend stand sie auf und humpelte zum Suppentopf. Es roch gut. So schwer ihr Leben auch sein mochte, eine leckere heiße Suppe war eine helle Freude an einem kalten Tag.

Elsbeth auf der Bank rührte sich. »Ja …«, sie räusperte sich, »es ist … kalt geworden.«

»Das ist es«, antwortete Aleidis, froh darüber, die Freundin sprechen zu hören. »Nicht mehr lange, und es wird Schnee geben.«

Elsbeth fuhr zusammen, als es an der Haustür klopfte, dreimal, laut und kräftig. Aleidis hängte die Suppenkelle in den Topf und sah ihre Freundin aufmunternd an. »Ich gehe nachsehen«, sagte sie und hinkte aus dem Zimmer.

***

Evald musste sich anstrengen, nicht einzuschlafen, während er seine kleine Tochter auf den Knien schaukelte. Er hatte in den letzten Nächten schlecht geschlafen und fühlte sich erschöpft. Jeder Knochen tat ihm weh, seine Nase lief, und im Hals kratzte es. Die Kälte machte den Menschen kraftlos.

Dass er so schläfrig war, hing aber sicher auch mit dem schweren Essen zusammen, das sie zu Mittag gegessen hatten: dicker Eintopf mit Gemüse und Schweinefleisch. Ein Vorteil dieser Jahreszeit war, dass ordentlich geschlachtet worden war und man, zumindest zu Beginn des Winters, nicht Hunger leiden musste. Im Herbst hatten sie die Schweine in den Wald getrieben und Eicheln fressen lassen, je mehr, desto besser. Fett und träge waren die Tiere geworden, ihre wanstigen Bäuche rund und schwer, gerade recht zum Schlachten.

Seine Frau stand am Tisch und bereitete Fleischstreifen durch Einsalzen auf die Lagerung vor. Einige Schinkenstücke hatte sie schon über das Feuer gehängt, und es roch würzig nach Rauch und tropfendem Fett. Sie würden gut haushalten müssen mit ihren Vorräten, es war noch lange hin bis zum Frühling.

Er erinnerte sich an einen harten Winter vor vielen Jahren, als er noch ein Junge war. Schon vor Martini war der Schnee gekommen, und es war so kalt gewesen, dass er lange Zeit zwischen seinen Eltern im Bett geschlafen hatte, dicht an sie geschmiegt unter all ihren Decken und Fellen. Auch tagsüber waren sie immer wieder ins Bett gekrochen, um sich aufzuwärmen. Er sah das Fußende des Bettes noch heute vor sich, die Kerbe am rechten Pfosten, die kahle Wand dahinter, den Berg von Decken und ihre weißen Atemwolken in der Luft. Nach Weihnachten waren die Vorräte knapp geworden, er hatte oft nicht einschlafen können, weil sein Gedärm schmerzte vor Hunger. Alles hatte salzig geschmeckt, es gab fast nur noch eingesalzene Speisen. Aber auch diese Zeit war vorübergegangen, schlechte Zeiten gingen immer vorüber.

Seine Tochter fuchtelte mit einem Holzlöffel herum und quengelte, als er zu Boden fiel. Es wurde Zeit für den Mittagsschlaf. Er sah hinüber zu seiner Schwiegermutter, die in ihrem Stuhl saß, das Kissen mit der Näharbeit auf den Knien, und leise vor sich hin schnarchte. Ihr zahnloser Mund stand offen, das weiße Haar hing in dünnen Strähnen unter der verrutschten Haube hervor. Dass sie bei dem schlechten Licht Nadel und Faden überhaupt sehen konnte! Die einzigen Lichtquellen im Raum waren das Kaminfeuer und drei Talglichter, denn die kleinen Öffnungen an der Längs- und Querwand hatten sie mit Stroh zugestopft, um die Kälte draußen zu halten.

Evald beugte sich vor, um den Löffel aufzulesen. Ein Huhn flatterte aufgeschreckt beiseite. »Änne«, sagte er leise, um die Alte nicht zu wecken, »das Kind muss schlafen.«

Seine Frau nickte und hustete gleichzeitig. Sie wandte sich vom Qualm des Feuers ab und atmete in die hohle Hand. Dann legte sie ein weiteres Fleischstück in den Vorratstopf und wischte sich die Finger an der Schürze ab. Ihre Schultern waren breit im Vergleich zu den Hüften, von hinten sah sie beinahe aus wie ein Mann. Ein Wunder, dass das Kind es dort hinausgeschafft hatte. Lange hatte es gedauert, sehr lange, das Empfangen ebenso wie das Gebären, und nun wollte sie keine Kinder mehr haben, was ihn wehmütig stimmte, denn er hätte gern noch einen Sohn gehabt. Doch sie ließ ihn nur selten zu sich kommen und sorgte dafür, dass er sich früh zurückzog. Die Qualen der Geburt wollte sie kein zweites Mal durchleben. Das Bett diente wirklich nur noch zum Schlafen.

Änne legte ein frisches Holzscheit ins Feuer und kam zu ihm herüber. Sie drückte der Kleinen eine gedörrte Birne in die Hand, nahm sie hoch und setzte sie sich auf die Hüfte. Evald stand auf. Er musste jetzt das Pferdegeschirr zum Ausbessern aus dem Stall holen.

Kaum hatte er sich erhoben, klopfte es an der Tür. Draußen stand ein Bauer aus Kleinenbroich, der regelmäßig in ihren Weiler kam, um sich um seine alte Tante zu kümmern. »Da ist jemand, der dich sprechen will«, sagte er und wies mit dem Daumen auf das

Fuhrwerk hinter sich. »Ich hab ihm den Weg gezeigt. Es geht um den Wolf.«

Evald musterte den grauhaarigen Mann, der ihm vom Wagen aus zunickte. »Hm«, grummelte er. Er musste sich um das Pferdegeschirr kümmern. Aber er konnte es auch im Stall begutachten und dort mit dem Fremden sprechen. Er griff seinen Mantel vom Haken und zog die Tür hinter sich zu. Die frische, kalte Luft tat seinem Hals wohl nach der rauchigen Wärme des Kottens.

Der Fremde blickte ihm gelassen entgegen. Er hatte ein zerfurchtes Gesicht mit ausgeprägten Wangenknochen. Das graue Haar war nach hinten gestrichen, sein Gesicht bis auf einen gestutzten Backenbart glatt rasiert. »Ich bin Rutger Jansen aus Neuss«, sagte er zur Begrüßung.

Seine Augen waren hell und tief liegend und schienen ihn zu belauern wie ein wachsames Tier, das in seiner Höhle auf Beute wartet. Als er lächelte, verflog der bedrohliche Eindruck. Dennoch hatte dieser Jansen etwas Einschüchterndes an sich. Obwohl er nicht besonders groß war. Und nur ein Bein hatte. Das andere war oberhalb des Knies abgetrennt und steckte in einem beutelartig vernähten Hosenbein.

»Evald Heck«, stellte Evald sich vor.

»Wenn Ihr etwas Zeit für mich hättet …«, begann der Einbeinige. »Meine Freunde und ich suchen im Auftrag einer Witwe nach deren Sohn, achtzehn Jahre alt und seit einiger Zeit verschwunden. Zuletzt lebte er in Liedberg. Die Möglichkeit, dass ihn ein Wolf angefallen hat, können wir nicht ausschließen, auch wenn er nicht der ist, den Ihr im Wald gefunden habt. Es gab wohl noch weitere Angriffe durch Wölfe, über die ich gern mit Euch gesprochen hätte.«

Evald nickte. »Ich weiß nur das, was ich vor ein paar Tagen bei einem Besuch bei Verwandten erfuhr. Wenn Ihr mir in den Stall folgen wollt, ich habe dort zu tun.«

Jansen griff nach seinem Gehstock, den er hinter sich auf die Ladefläche gelegt hatte, und stieg vom Wagen. Er bewegte sich behänder, als Evald erwartet hätte.

Er ging dem Einbeinigen voraus und öffnete die schwere Stalltür. Ein warmer Geruch nach Tier, Urin und getrocknetem Gras empfing sie. Das Pferd hob den Kopf und sah die Eindringlinge neugierig an, ein Bündel Heu zwischen seinen kräftigen Zähnen zermahlend.

»Nehmt Euch den Schemel da.« Evald wies mit dem Kopf auf einen Holzhocker und hob das Zuggeschirr vom Gestell. Die Holzteile waren noch einigermaßen in Ordnung, an einer Stelle würde er sie neu vernageln müssen, aber die Ledergurte … Er legte das schwere Geschirr auf den Lehmboden dicht bei der Tür, die einzige Stelle, an der mehr als ein schwacher Lichtstrahl den Raum erhellte.

»Schönes Tier«, erklärte Jansen mit Blick auf das Pferd. »Ich will gleich zur Sache kommen. Erzählt mir, was Ihr über die Wolfsangriffe wisst.«

Während Evald mit den Fingern über die Lederriemen glitt und nach Schwachstellen suchte, wiederholte er, was er in den letzten Tagen schon so oft erzählt hatte. In den Wäldern bei Gladbach, nahe des Abteiberges, hatte man im Abstand weniger Tage zwei Tote mit zerfetzter Kehle gefunden. Der eine war ein Händler aus Limburg, der nicht ganz so schlimm zerfleischt worden war wie der andere, da die Bestie von ihm abgelassen hatte, als eine Gruppe Pilger des Weges kam.

Der zweite Tote war ebenfalls ein Mann; sonst ließ sich nicht viel über ihn sagen. Er hatte dem Wolf dazu gedient, seinen Hunger zu stillen. Anhand einiger zerrissener Kleidungsstücke und entstellter Körperteile konnte man nur vage Schlüsse ziehen. Die Mönche der Abtei hatten den Toten beziehungsweise das, was von ihm übrig war, begraben, ohne herausgefunden zu haben, wer er war. Zwei Reisende galten noch als vermisst; man fürchtete, dass auch sie der Wolf geholt hatte.

Manche sprachen gar von einem ganzen Rudel Wölfe. Gesehen worden sei bisher allerdings nur ein einzelnes Tier. Ein Knecht, den Evald bei seinen Verwandten traf, wollte der Bestie begegnet sein: einem riesenhaften Ungetüm mit gewaltigem Schädel. Es sollte am Waldrand gelauert haben, als er abends mit seinem Fuhrwerk die Gladbacher Stadtmauer erreichte. Gezittert habe er wie Espenlaub, als er davon sprach, was hätte geschehen können, wenn er dem Untier früher begegnet wäre, an einer einsamen Stelle im Wald.

Evald ruckte an einem der Gurte. Dort, wo das Leder durch die Schnalle geführt wurde, war es brüchig geworden, er würde den ganzen Streifen erneuern müssen.

»Ich war erleichtert, wieder hier in Eickerend zu sein«, sagte er. »Ich dachte: immerhin etliche Meilen zwischen uns und dem Wolf. Aber dann lag dieser Tote im Wald, gleich hier drüben.« Er wies mit dem Kopf auf die Stallwand, hinter der die Bäume dicht gedrängt den Weiler umschlossen. »Der Abdecker ist sicher, dass ihn ein Tier gerissen hat. Und ich habe unter den Bäumen einen Schatten gesehen, wer weiß … Wir sollten vorsichtig sein. Was Eure Suche angeht«, er erhob sich und schüttelte seine Beine aus, »da gibt es Neuigkeiten, die von Belang sein könnten: Männer aus dem Dorf haben im Wald nach Spuren gesucht. Sie fanden einen Mantel mit einem Wappen. Und Blutspuren. Von zwei Menschen. Die eine führte dorthin, wo der Leichnam lag. Die andere in den Wald.«

Jansen pfiff leise durch die Zähne. »Sind sie der zweiten Spur gefolgt?«

»Das sind sie. Haben aber nichts weiter gefunden. Die Spur verlor sich.«

»Hm. Schade, dass man nicht weiß, wer der Tote ist. Ihr spracht von einem Mantel. Wurden noch weitere Dinge gefunden, Waffen oder dergleichen?«

Evald kratzte sich am Kinn. »Nein. Der Mann hatte nichts bei sich. Wir haben ihn nach Kleinenbroich zum Saalhof gebracht.«

»Den Mantel auch?«

»Den will Küppers selbst dort abgeben. Das ist einer von denen, die mit im Wald waren.«

»Wisst Ihr, ob er schon unterwegs ist, dieser Küppers?«

»Kann gut sein. Er wollte im Hellen reiten. In der Dämmerung treffen wir uns und machen Jagd auf den Wolf.«

Der Einbeinige fuhr sich mit der Hand durch die Haare. »Ich würde gern das Wappen auf dem Mantel sehen«, erklärte er. »Könntet Ihr mich freundlicherweise zu Küppers führen? Ich habe Euch nun lange genug aufgehalten.«

Bevor Evald ihm antworten konnte, hatte er sich bereits erhoben und seinen Holzstock ergriffen. »Ich empfehle Euch zum Ausbessern Kalbsleder«, sagte er mit Blick auf das Pferdegeschirr. »Es ist besonders fest und gleichmäßig, wenn auch nicht besonders preisgünstig. Ich bin Schustermeister«, fügte er hinzu und lächelte, »mit Leder kenne ich mich aus.«

Evald wuchtete das Geschirr zurück auf das Holzgestell. »Gut. Ich bringe Euch zu Küppers. Er wohnt da hinten, auf dem letzten Hof.« Er trat beiseite, um Jansen den Vortritt zu lassen.

Vor der Tür blieb der Einbeinige noch einmal stehen. »Wenn er ein Wappen trug, war er kein einfacher Mann«, sagte er leise, wie zu sich selbst. »Seid Ihr sicher, dass man kein Geld und keinen Schmuck bei ihm fand?«

Evald schloss die Tür und legte den Riegel vor. »Nichts dergleichen. Tönn, der Abdecker, hat seine Taschen durchsucht, gleich nachdem wir ihn in die Scheune gebracht hatten.«

»War er allein mit ihm?«

Evald fühlte sich unbehaglich. Misstraute dieser Schuster ihm und den anderen Dorfbewohnern? »Nein«, antwortete er leicht gereizt, »wir waren alle zusammen.«

»Gut, gut, zürnt mir nicht, ich möchte keine unrechten Verdächtigungen äußern. Es könnte jedoch sein … Vergesst es, lasst uns gehen.«

***

Jordis traf Hansi im Stall, wo er Heu für die Schafe in eine Raufe füllte.

Hansis Vater hatte ihn hierhergeführt, mit einem mürrischen Ausdruck auf dem bärtigen Gesicht und der knappen Aufforderung, sich zu beeilen. Ob er damit seinen Sohn meinte oder den unliebsamen Besucher, ließ sich nicht sagen, aber da es im Stall übel roch, wollte Jordis dieser Bitte gern nachkommen. Er fragte den schlaksigen Jungen, ob er eine Idee habe, wohin Jacob verschwunden sein könnte.

Hansis Adamsapfel ruckte deutlich sichtbar über den dünnen Hals, als er antwortete. Nein, sagte er, das habe er nicht.

Was Jacob in jüngster Zeit gern gemacht habe, wollte Jordis wissen, wohin er zum Beispiel gegangen sei, wenn er nicht habe arbeiten müssen.

»In ’n Wald«, antwortete der Junge und ließ sich auf einen Schemel fallen.

»Warum in den Wald?«

»Weiß ich nich. Is halt gern draußen.«

»Gibt es eine bestimmte Stelle, die er besonders häufig aufsucht?«, fragte Jordis. Als Hansi nicht antwortete, erläuterte er: »Vielleicht einen Bach, eine Höhle …« Er bewegte seine Hände in der Luft, während er weitere Möglichkeiten aufzählte. »Einen Ausblick am Berg? Orte, an denen Fallen aufgestellt wurden?«

Hansi blieb stumm. Jordis versuchte, ihm in die Augen zu sehen, aber der Junge schaute nicht auf, sondern blickte zu Boden, wobei ihm eine Strähne seines fettigen blonden Haares ins Gesicht fiel. Angestrengt bemühte er sich, mittels eines Stöckchens den Dreck aus den Rillen seiner Holztrippen zu kratzen.

»Du bist sein Freund, oder?«, fragte Jordis ernst. »Bist du manchmal mit ihm in den Wald gegangen?«

Der Junge schabte weiter Schmutz von den Trippen. »Manchmal.«

»Und wohin?«

»Nirgends, nur so herum. Haben Pilze gesucht. Sind auf Bäume geklettert, haben Vögel … beobachtet.«

Erledigt, nicht beobachtet, dachte Jordis. Er konnte sich lebhaft vorstellen, wie die beiden Burschen mit Steinschleudern auf Tiere schossen. Er selbst hatte das als Junge nie getan, aber, soweit er sich erinnerte, alle anderen. Wenn man die Sache zu weit trieb, brachte man sich allerdings selbst in Gefahr, denn auf Wilderei standen strenge Strafen. »Nur Vögel?«, hakte er nach. »Oder ist euch ab und zu auch ein Hase untergekommen? Hasenbraten ist etwas Feines, und Hasen gibt es schließlich genug, oder?«

»Mm … manchmal auch Hasen«, gestand der Junge.

»Das war's?«, bohrte Jordis. »Oder habt ihr auch größere Tiere gejagt? Hirsche vielleicht?«

Hansi warf die Haare aus der Stirn und hob den Kopf. »Nein!«

»Nun gut. Hoffen wir, dass es stimmt. Sollte dir dazu noch etwas einfallen, gib mir bitte Bescheid. Jede Tat, die andere erzürnt haben könnte, ist von Wichtigkeit für uns.« Jordis stützte sich auf einem Gatter ab, das einigermaßen sauber aussah, und legte eine Pause ein.

»Was kannst du uns sonst noch sagen? Hat Jacob vielleicht hin und wieder … jemanden getroffen?«

Als Hansi stumm den Kopf schüttelte, entschied Jordis sich für den direkten Angriff. »Wir wissen, dass er sich mit einem Mädchen aus adligem Hause getroffen hat. In ihrem Namen kommt ein A vor.

Ich würde gern von dir wissen, wie das Mädchen heißt und wo es wohnt.«

Hansi erstarrte und fuhr dann fort, seine Trippen sauber zu kratzen, seine Bewegungen wurden kraftvoller und schneller.

»Wir wollen ihn finden, Hansi. Außerdem kommen wir ohnehin dahinter. Vielleicht sagst du es besser, bevor dein Vater kommt«, warnte Jordis.

Der Junge biss sich auf die Lippen. »Barbara.«

»Und der Familienname?«

»Weiß ich nich genau. Von Bahl, glaub ich.«

»Ist dir bekannt, wo sie wohnt?«

»Unten in Glehn. Hinter der Kirche, Richtung Kleinenbroich. Ist so 'n Gutshaus.«

»Vortrefflich«, sagte Jordis. »Woher kannte Jacob sie?«

»Hat schon mal Pferde für die beschlagen.«

»Und du kennst das Mädchen auch?«

Hansi starrte mit geröteten Wangen auf einen Punkt an der Wand. »Hab sie nur einmal gesehen«, murmelte er.

»War es etwas Ernstes mit den beiden?«

Der Junge blickte unter gesenkten Wimpern zu Boden und zuckte mit den Schultern.

»Ich nehme an, dass sie ihre Liebschaft geheim halten mussten«, dachte Jordis laut. »Ein einfacher Geselle, ein schmutziger Hufschmied ... Ihre Eltern werden nicht begeistert gewesen sein, habe ich recht?«

»Niemand wusste davon.«

Jordis nickte nachdenklich. »Nun, wir werden mit ihr reden müssen. Aber mach dir keine Sorgen«, fügte er hinzu, als er sah, wie der Junge erschrocken aufblickte, »es wird kaum nötig sein, deinen Namen zu erwähnen.«

Hansi verzog den Mund und warf das schmutzige Stöckchen hinter sich. »Muss jetzt weitermachen.« Als er aufstand, sah Jordis, wie groß er war.

»Tu das.« Jordis wischte sich einen Schmutzstreifen vom Ärmel und machte sich auf den Weg zur Schänke am Fuß des Burghügels, vor der er sich mit Rutger Jansen treffen wollte.

***

»Ich komme wegen des Bettes«, sagte Johann Virlingbrodt, der Schreinermeister, und lächelte Aleidis an. Neben ihm stand ein braunhaariger junger Mann und versuchte, sie nicht allzu neugierig zu mustern. Bestimmt hatte er die Geschichten über das, was im letzten Jahr geschehen war, gehört. »Das ist mein Neffe, Merten Pilgrum«, stellte Virlingbrodt den Jungen vor, der einen Kinnbart und eine bauschige Mütze trug.

»Grüß euch. Kommt rein.« Aleidis ging ihnen voraus zu der kleinen Schlafkammer neben der Küche. »Früher habe ich oben geschlafen, aber ich komme die Treppen nicht mehr hinauf. Hier ist es«, erklärte sie und hob die Strohmatratze an, um die beiden gebrochenen Latten zu zeigen.

»Das haben wir schnell gerichtet«, sagte Virlingbrodt, während er einen kleinen Hammer aus seinem Werkzeuggürtel zog und gegen ein Holzstück klopfte, das sich verkantet hatte. »Merten geht mir zur Hand. Er bleibt eine Weile bei uns und macht dann seinen Meister.« In seiner Stimme schwang Stolz mit. Virlingbrodt hatte eine hübsche und fleißige Tochter, aber manchmal schien ihm der Sohn zu fehlen, der in seine Fußstapfen treten konnte.

»Recht so«, sagte Aleidis. »Woher kommst du, Merten? Bist du aus der Gegend?«

»Aus Norf«, antwortete der Junge. »Aber ich bin froh, auch einmal woanders zu sein. Neuss gefällt mir.«

Aleidis nickte. Sie mochte es, wenn junge Menschen aufgeschlossen waren und man ihnen nicht jedes Wort einzeln aus der Nase ziehen musste. Wie bei dem Jungen aus dem Nachbarhaus, der so selten sprach, dass sie nicht einmal seinen Namen wusste.

»Ich lasse euch in Ruhe arbeiten. Wenn ihr mich sucht: Ich bin in der Küche. Es gibt einen Minztrunk, der wird euch guttun bei der Kälte.« Sie humpelte hinaus und schloss die Tür hinter sich.

Als sie die Küche betrat, sagte Elsbeth nichts, aber sie saß auch nicht mehr tatenlos auf der Bank, sondern stand am Herd. »Riecht gut«, stellte Aleidis fest und beugte sich über den Suppentopf. »Virlingbrodt ist hier, das hast du sicher mitbekommen. Ich werde einen Minztrunk zubereiten.«

Elsbeth umfasste die Schöpfkelle fester, ihr Körper versteifte sich. Sie mochte die Gegenwart von Männern nicht. Nicht mehr, genauer gesagt. Bis auf wenige Ausnahmen schienen sie in ihren Augen

Wesen zu sein, denen man zunächst einmal misstrauen musste. Aber Virlingbrodt, dieser gutmütige, freundliche Mann, den Elsbeth schon von Kindesbeinen an kannte? Und sein argloser Neffe? Diese Begegnung musste sie durchstehen, Elsbeth konnte nicht auf ewig allen Männern ausweichen.

»Die Suppe ist fertig«, beschloss Aleidis. Sie wickelte ein Tuch um den Griff, nahm den schweren Topf vom Herd und trug ihn zum Tisch. Dann setzte sie zügig den Wasserkessel aufs Feuer und streute ein paar getrocknete Minzblätter in einen Krug. Elsbeth stand unschlüssig neben ihr. Als es an der Küchentür klopfte, setzte sie sich schnell auf die Wandbank.

»Wir sind fürs Erste fertig«, verkündete Johann Virlingbrodt. Höflich blieb er im Türrahmen stehen. »Die gebrochenen Latten nehmen wir mit und bringen dir heute noch neue. Und ich habe mir überlegt …«

»Kommt doch herein«, bat Aleidis. »Es gibt Suppe und einen Minztrunk.«

»Gern, aber nur kurz«, entgegnete der bärtige Schreinermeister. »Grüß dich, Elsbeth.« Er legte seinen Mantel über eine Truhe neben der Tür und lächelte sie an. »Das ist mein Neffe«, stellte er seinen Begleiter vor. »Merten Pilgrum. Er kann essen wie ein Scheunendrescher. Wenn ihr nicht aufpasst, frisst er euch die Haare vom Kopf.«

»Das kann nicht schaden«, schmunzelte Aleidis. »Die müssen eh mal wieder geschnitten werden.« Sie beobachtete, wie Elsbeth den Männern einen raschen Blick zuwarf und dann wieder wegsah. Immerhin flüchtete sie nicht aus dem Raum.

Aleidis beeilte sich, Suppe in die Schalen zu füllen und sich neben ihre Freundin zu setzen. »Etwas Brot dazu?«, fragte sie.

»Nicht nötig«, erwiderte Merten. Er nahm seine Mütze vom Kopf und legte sie neben sich auf die Bank. Sein Haar war lockig, aber platt gedrückt und hatte sich seit Längerem keiner Schere mehr genähert. Hungrig machte er sich über die Suppe her. »Gut«, murmelte er nach dem ersten Löffel. Leise schlürfend sog er die heiße Brühe durch die Zähne.

Elsbeth hatte ihre Schale noch nicht angerührt.

»Wirklich schmackhaft«, stellte auch Virlingbrodt fest. Er sah kurz zu Elsbeth hinüber und aß weiter.

Die junge Frau schien zu zögern und griff dann nach ihrem Löffel. Erleichtert verfolgte Aleidis aus dem Augenwinkel, wie sie die Hand zum Mund führte, und stand kurz auf, um das siedende Wasser auf die Minzblätter zu gießen. Elsbeth nahm einen zweiten Löffel Suppe. Dann ließ sie den Arm sinken und gähnte.

»Müde?«, fragte Virlingbrodt.

Die junge Frau nickte.

»Ich auch«, warf Merten ein. »Die Nacht war nicht sehr erholsam. Eine Maus hat mich wach gehalten.«

»Tatsächlich?«, fragte sein Onkel.

Der Junge löffelte nickend seine Suppe weiter. »Hat geraschelt und gekratzt wie ein ganzes Heer von Mäusen, bis zum frühen Morgen. Ein rauschendes Mäusefest.«

Er hatte seine Schale leer gegessen, und Aleidis füllte ihm ungefragt nach. Virlingbrodt kam noch einmal auf ihr Bett zu sprechen. Er schlug vor, es etwas höher zu stellen und darunter einen Bettkasten anzulegen, in dem sie Decken und andere Dinge aufbewahren konnte.

Während er erzählte, verteilte Aleidis Becher mit heißem Minztrunk. Sie fand den Vorschlag gut, schließlich musste sie in dem kleinen Raum all ihre Habe unterbringen.

Elsbeth legte ihre Hände um den warmen Becher, trank aber nicht. Dafür gähnte sie erneut.

»Dann machen wir es so«, hielt Virlingbrodt fest. Er klopfte Merten, der soeben seine dritte Suppenschale geleert hatte, auf den Arm. »Komm jetzt, wir gehen.«

Der Junge setzte seine Mütze auf, bedankte sich für das Essen und folgte seinem Onkel zur Tür. »Nachher bringen wir die neuen Latten«, verabschiedete sich Virlingbrodt. Die Haustür fiel ins Schloss.

Aleidis sah Elsbeth an, die immer noch ihren Becher umklammerte. Sie fühlte sich erleichtert. Manchmal konnten fremde Menschen alles vereinfachen. Anregung von außen war wichtig. Immer nur sie beide allein in diesem Haus, das war nicht gut. Im Sommer hatten sie häufiger Begegnungen mit anderen gehabt, waren hinausgegangen, in den Garten. Aber jetzt, im Winter …

»Gut, dass du etwas gegessen hast«, lobte Aleidis. »Nimm doch noch einen Löffel. Ich hänge die Wäsche auf.« Sie hüllte sich in ihren wollenen Umhang und trat in den Hof. Schwer und kalt lagen die Wäschestücke im Korb, und nur mit Mühe konnte sie sie über das Holzgestänge hängen.

Elsbeth lag auf der Küchenbank und schlief, als sie ins Haus zurückkam. Aleidis schob ihr vorsichtig ein gefaltetes Tuch unter den Kopf und setzte sich mit ihrem Minztrunk auf die Bank gegenüber. Es musste im Leben eines Menschen immer wieder Dinge geben, die ihn in Furcht versetzten und ihm seine Schwäche vor Augen führten; das lehrte ihn Demut und brachte ihn näher zu Gott. Aber warum erfuhren manche Menschen so viel Leid und andere so wenig? Sie selbst konnte einiges verkraften; größer war ihre Sorge um Elsbeth. Sie hatte das Gefühl, alles, was irgendwie beunruhigend oder angsteinflößend war, von ihr fernhalten zu müssen.

Neuerdings gab es Gerüchte um einen Wolf, der Menschen anfiel, gar nicht weit von hier. Die Nachbarin hatte ihr davon erzählt. Aleidis nahm einen Schluck von ihrem lauwarmen Getränk. Hoffentlich war es nicht wahr.

Tag vier, 16. Dezember 1510

Der nächste Morgen graute und tauchte den Raum in fahles Licht. Rutger Jansen lag eine Weile da, um seine Augen an die morgendliche Dämmerung zu gewöhnen. Sein Kopf fühlte sich schwer an.

Er hatte gestern Abend noch in seiner Werkstatt gesessen, als keine Glocke mehr schlug und alle anderen längst schlafen gegangen waren. Rund um die Schusterkugel hatte eine Insel aus Licht gebrannt: Der Schein der Kerzenflammen wurde von dem mit Wasser gefüllten Glaskolben derart verstärkt, dass es ihm möglich gewesen war, trotz der späten Stunde am Stiefelpaar für den Ratsbürgermeister weiterzuarbeiten. Der Rest der Werkstatt hatte in tiefer Dunkelheit gelegen, und es drängte sich ihm der Gedanke auf, dass es sich bei der Suche nach dem jungen Jacob Hemmers ähnlich verhielt: Einen sehr kleinen Teil der Geschichte konnten sie sehen, was dahinterlag, war Schwärze.

Jansen wälzte sich auf die Seite und schlug die schwere Bettdecke zurück. Seine Gelenke schmerzten und verliehen seinen Bewegungen eine Steifheit, die ihm missfiel. Er stellte den Fuß seines gesunden Beines auf den Boden, stützte sich am Fensterbrett ab und öffnete den Holzrahmen und die Klappläden. Das grelle Licht schmerzte in den Augen. Nicht gefallener Schnee lastete schwer in den Wolken, die dicht über der Stadt hingen. Unten im Hof pickten Hühner nach Essbarem, und aus dem Abtritt drang ein trockenes Husten.

Jansen schloss das Fenster, setzte sich aufs Bett und griff nach der Kleidung, die er am Vorabend über das Fußende geworfen hatte. Hemd und Hose fühlten sich klamm und kalt an. Er stemmte sich mit Hilfe des Geländers Stück für Stück die Treppe hinunter und nahm seinen Gehstock zur Hand, der unten am Aufgang lehnte.

Auf dem Abtritt roch es übel, trotz der Kälte. Die frische Luft draußen war ein Segen. In seiner Hüfte zog es, als er zum Haus zurückhumpelte. Meist ließ der Schmerz im Laufe des Tages nach.

Seine Frau Lises hatte bereits das Frühstück bereitet und den Herd angefacht, seine jüngste Tochter streckte ihm quengelnd die Arme entgegen und verteilte dabei Klumpen von Brei auf dem Dielenboden. »Guten Morgen, Vater«, murmelten die Kinder, die am Tisch saßen und Getreidegrütze aßen.

Jansen strich der Kleinen über das Haar und setzte sich ans Kopfende des langen Tisches. Lises trat neben ihn und stellte ihm eine dampfende Schüssel hin. Er legte ihr einen Arm um die Mitte und sah sie an. Ihre dunklen Züge wirkten angespannt, die Augen müde. »Wie geht es?«, fragte er.

»Gut«, sagte sie. »Ich bin nur müde. Wie üblich.« Sie lächelte schwach.

»Ich muss heute mit Herrn Jordis noch einmal nach Liedberg«, verkündete Jansen, während er nach seinem Löffel griff. »Kinder, ihr helft eurer Mutter.« Er hob den Blick und sah seine älteren Töchter an, die einvernehmlich nickten.

»Ich mache meine Näharbeit zusammen mit Agnes«, teilte Ursula mit.

»Aber quasselt nicht wieder die ganze Zeit, sondern tut auch was«, neckte Veit seine Schwester.

»Willst du deine Strümpfe selber stopfen?«, fragte das Mädchen schnippisch.

»Die stinken doch«, piepste der kleine Paul. Einige der Kinder kicherten.

»Esst weiter«, mahnte Lises.

Ursula warf ihren langen Zopf über die Schulter und rammte den Löffel in die Schale. »Mutter ist dabei, dass du's nur weißt!«, fuhr sie ihren Bruder an.

»Ihr werdet das schon schaffen«, beendete Jansen das Gespräch. »Grete, hol mir meinen Mantel.« Er erhob sich und gab seiner Frau zum Abschied einen Kuss auf die Nase.

Als er auf der Brückstraße eintraf, fielen die ersten Schneeflocken vom Himmel. »Wir sollten uns sputen«, bemerkte er mit Blick nach oben.

Jordis trat einen Schritt vor und sah hinaus. Die schwarze Kleidung vor dem Hintergrund des dunklen Flures ließ sein blasses Gesicht in der Luft schweben. »Allerdings«, antwortete der Kaufmann. »Theil! Wir brauchen den Wagen.«

»Ist gleich bereit«, antwortete die Stimme des Knechtes vom Hof aus.

»Um das Wappen kümmern wir uns später«, sagte Jordis. »Ich

habe Papier und Tinte bereitgelegt, damit Ihr es aufmalen könnt. Aber nun kommt.«

Jansen folgte ihm in den Hof.

»Soll ich Euch fahren, Herr?«, fragte Theil Kop. Seine lange, dünne Gestalt steckte in weiten Kleidern, die aussahen, als seien sie für jemand Dickeren genäht worden.

»Nicht nötig«, erwiderte Jansen. »Ich fahre.« Er legte seinen Stock auf den Sitz und zog sich am Gestänge hoch, wobei er Theils Angebot, ihm zu helfen, einsilbig ablehnte. Es wäre doch gelacht, wenn er nicht allein auf diesen Mistkarren käme, er war schließlich kein zittriger Greis! Die ihm angereichte Decke und das Fell nahm er jedoch dankend entgegen, denn frieren wollte er auch nicht.

Theil Kop öffnete das Hoftor und hob die Hand zum Gruß, während das Fuhrwerk auf die Straße rumpelte. Vereinzelte Schneeflocken fielen vom Himmel und setzten sich auf Jansens graues Haar. Er nahm die Zugleine in eine Hand und zog sich mit der anderen die dicke Filzmütze tiefer ins Gesicht.

Sie verließen die Stadt durch die Zollpforte und folgten zunächst der Straße nach Jülich und Aachen, die von allen Wegstrecken der Umgebung am besten ausgebaut war. Jordis entdeckte Aleidis Wintz in ihrem Gartenstück an der Stadtmauer, wo sie etwas aufsammelte, das verstreut am Boden lag. Er rief ihren Namen und wedelte mit einem Arm, und sie richtete sich auf und winkte mit ausholenden Bewegungen zurück. »Ich muss sie bald besuchen«, stellte Jordis fest und hustete. »Ich werde ihr ein paar Krüge von ihrem liebsten Wein bringen, gleich morgen.«

Sie fuhren schweigend durch den verhalten fallenden Schnee. Als die Glehner Kirche in Sicht kam, hielten sie sich rechts und holperten über die Spurrillen einer ausgefahrenen Kreuzung. Kühe muhten, ein Säugling weinte, und das Klopfen eines Schmiedehammers folgte ihnen, bis sie das Ende der Ortschaft erreicht hatten. Eine alte Frau, die Kochwasser vor ihre Haustür schüttete, bestätigte ihnen, dass es hier zum Wohnsitz der von der Bahlens ginge.

Sie umrundeten eine Schar Hühner und fuhren durch eine Allee auf ein großes Gebäude zu, das von einem spiegelnden Wassergraben umgeben wurde. Der Zugang erfolgte über den dem Haupthaus vorgelagerten Wirtschaftshof. Jansen lenkte das Fuhrwerk durch ein mächtiges Torhaus und musterte beeindruckt die rund um das zweistöckige Herrenhaus aufragenden Nebengebäude. Steinerne Treppengiebel, Erker und zahllose Fenster gaben dem Anwesen ein herrschaftliches Aussehen. Man würde hier nicht vor Freude jauchzen, wenn die Tochter des Hauses mit einem Hufschmied daherkam.

Vor der Tür eines Anbaus tauchte ein blonder Mann in der Kleidung eines Knechtes auf, der auf einem Strohhalm kaute. »Ihr wünscht?«, fragte er kurz angebunden.

Jansen fiel auf, dass er seine Worte nur an Jordis richtete, der – wie es sich für einen Herrn gehörte – hinten im Wagen saß.

»Wir würden gern mit dem Hausherrn sprechen«, erwiderte Jordis. Jansen stellte wieder einmal fest, wie entschlossen und selbstsicher die Stimme des Buckligen klang, ganz im Gegensatz zu dem Eindruck, den seine kleine, verwachsene Gestalt vermitteln mochte, wenn man ihn das erste Mal sah.

Hinter ihnen klappte eine Tür, und ein weiterer Mann kam auf sie zu. Er war von mittlerer Größe und trug gediegene, aber zweckmäßige Kleidung, bestickt mit einem kleinen Wappen; in einer Hand hielt er einen Bogen Papier, den er im Gehen zusammenrollte. »Seid gegrüßt. Kann ich helfen?«, wandte er sich fragend an die Neuankömmlinge.

»Sie möchten zum Hausherrn«, mischte sich der Knecht ein und spuckte den Strohhalm auf den Boden.

Der Mann mit dem Papierbogen trat näher an das Fuhrwerk heran. Er hatte ein ebenmäßiges Gesicht mit hellen Augen. Sein braunes Haar fiel bis über die Ohren, und auf Kinn und Wangen lag der Schatten eines Bartes. »Ich bin Jost Quentin, Amtsjäger«, stellte er sich vor. »Und Ihr seid …«

»Mein Name ist Augustin Jordis, und dies ist mein Gefährte Rutger Jansen. Wir kommen aus Neuss und suchen nach Jacob Hemmers.«

»Hemmers, Hemmers …«, überlegte Quentin. »Ist das nicht der junge Mann, der vermisst wird? Ich war in letzter Zeit nicht oft in der Gegend, aber ich habe davon gehört.«

»Richtig«, mischte sich Jansen ein, um klarzustellen, dass er nicht nur der Fuhrknecht war. »Er ist spurlos verschwunden. Seine Mutter hat uns beauftragt, ihn zu suchen. Und es gibt Hinweise, die uns hierherführten.«

»Welche Hinweise?«, wollte Quentin wissen. Dann lachte er. »Ach, verzeiht. Ich fühle mich bisweilen für Dinge zuständig, die mich nichts angehen. Was den Hausherrn anbelangt: Der hatte einen Unfall und wird nicht mit Euch sprechen können.«

Jordis sah zu den Fenstern und Giebeln des Haupthauses auf. »Oh. Das tut uns leid. Und seine Gemahlin?«

»Herr von der Bahlen ist Witwer«, teilte Quentin ihnen mit. »Ihr könntet allenfalls mit seiner Schwester sprechen, wenn es denn unbedingt jemand von der Familie sein muss.« Er wirkte ein wenig gehetzt, so als kämen die Fragen zu einem ungelegenen Zeitpunkt.

»Ja. Das würden wir gern«, sagte Jordis mit Bestimmtheit.

»Wohl denn. Ich werde hineingehen und Frau von Schillinc fragen, ob sie Zeit für Euch hat. Ich muss ohnehin mit ihr sprechen. Wenn Ihr bitte warten würdet.«

Mit großen Schritten eilte Quentin zum Herrenhaus hinüber. Der blonde Knecht rief ihm nach: »Soll ich erst noch im Stall weitermachen?«

»Mach das«, erwiderte der Amtsjäger, ohne sich umzudrehen. »Wir treffen uns später.«

Der Strohhalmkauer wandte sich ab und verschwand im Stall.

Jansen nahm die Decke hoch, die auf seinen Knien lag, und schüttelte sie aus. Geschmolzene Schneeflocken hatten die Oberfläche durchweicht. Unwirsch faltete er den Stoff zusammen und schob sich zum Rand des Sitzes vor. »Ich hänge die Decke zum Trocknen im Stall auf«, verkündete er. »Was ist mit Eurer? Soll ich sie mitnehmen?«

»Hier, bitte.« Jordis reichte ihm mit Leidensmiene eine Decke und zwei Felle. Sein Gesicht lugte blass unter der Kapuze hervor. Jansen war froh, keine gar so schwächliche Natur zu haben wie der Kaufmann.

»Ist da wer?«, rief er, als er in den Stall humpelte, was im Grunde frei von Sinn war, da er wusste, dass der Knecht hier sein musste. Bewundernd musterte er die beiden Pferde, die ihn aus ihren Pferchen heraus ansahen. Sie waren hochbeinig und schlank und hatten seidig glänzendes Fell.

Hinter einem Mauerwinkel war das Schnauben und Hufescharren weiterer Pferde zu hören, begleitet vom gleichmäßigen Schleifen einer Heugabel, die über den Stallboden schrappte. Das Geräusch verstummte. Der Knecht trat um die Ecke und hob fragend das Kinn. »Ja?«, brummte er, einen frischen Strohhalm im Mund.

»Ob ich wohl die Decken zum Trocknen aufhängen könnte?«, fragte Jansen.

Der Blonde wies mit dem Kopf auf ein Gelass mit Gerätschaften und verschwand wieder im hinteren Teil des Stalles.

»Alleruntertänigsten Dank«, murmelte Jansen. Er wählte einen Sattelbock und zwei an der Wand hängende Zaumzeuge, um die feuchten Stoffe darauf auszubreiten. Anschließend trat er an den vorderen Pferch und strich dem Rappen dort über die Stirn. Sein eigenes Pferd hätte sofort nach Leckerbissen verlangt und mit weichen Lippen seinen Arm abgeknabbert. Dieses Tier sah ihn nur ruhig an.

»Braver Bursche«, lobte Jansen und ging zum nächsten Pferch, um das zweite Pferd zu streicheln, eine braune Stute, die unruhiger war als ihr Kumpan und mehrmals die Nase hob, um seine Hand abzuschütteln. Eine ungewöhnliche Blesse zierte ihre Stirn, ein auf dem Kopf stehender weißer Haken.

»Ihr habt es gut«, sagte Jansen. »Habt jeder ein eigenes Zimmer.« Er mochte Pferde, und diese beiden waren besonders seltene und schöne Exemplare. Neugierig beugte er sich vor und spähte um die Ecke.

Der blonde Knecht wandte ihm den Rücken zu und schaufelte Heu in die Raufen von fünf weiteren Tieren, die so aussahen wie die meisten Pferde dieser Gegend: stämmig und von niedriger Höhe. Er schien seinen Blick zu spüren und drehte sich um. Sein Gesicht drückte leisen Unmut aus, während er mit einer Hand den Strohhalm von der Unterlippe zupfte.

»Schöne Tiere«, sagte Jansen anerkennend und wies mit dem Daumen über die Schulter.

»Ja, nicht wahr?«, antwortete der andere mit Stolz in der Stimme. »Die Stute gehört Quentin und der Hengst dem Alten.« Er tätschelte einem der Arbeitspferde den gewaltigen Kopf und ranzte einen Jungen an, der mit zwei Wassereimern um die Ecke bog. »Kommst spät.«

»Ich gehe dann wieder nach draußen«, entschuldigte sich Jansen.

Als er auf den Hof trat, sah er, dass Jordis aus dem Wagen gestiegen war und die Leinen der Pferde in einer Art und Weise um einen

Balken gewickelt hatte, die es selbst einer Fliege erlaubt hätte, sich mit geringstem Kraftaufwand zu befreien. Jordis stand nun in der Nähe der Toreinfahrt und sprach mit einer jungen Frau, die ein großes Wolltuch unter dem Kinn zusammenhielt und frierend die Schultern hob. Sie war ärmlich gekleidet und sehr klein, an den Füßen trug sie einfache Holztrippen. Nun verabschiedete sich Jordis von ihr und kam zum Fuhrwerk zurück.

»Ein Mädchen aus dem Weiler.« Er wies mit dem Kopf in Richtung der Hofstellen außerhalb des Anwesens. »Sie arbeitet hier als Magd. Ich habe sie gefragt, ob sie Jacob kannte, aber sie hat nur mit dem Kopf geschüttelt.« Jordis schüttelte, wie um seine Rede zu unterstreichen, ebenfalls mit dem Kopf. Er wischte sich eine Schneeflocke aus dem Auge und rückte seine Kapuze zurecht.

»Dann habe ich sie nach Barbara gefragt. Wir werden leider nicht mit ihr sprechen können: Sie ist krank. Die Magd bringt ihr manchmal Essen und Trinken aufs Zimmer.«

»Welche Krankheit ist es denn?«

»Tja. Ein studierter Arzt war bei ihr, doch was er gesagt hat, wissen die Dienstboten nicht. Man munkelt allerhand: Antoniusfeuer, Nervenfieber, Blutgang, Ihr könnt's Euch vorstellen. Die Magd sagt, das Mädchen sei leichenblass und behielte kein Essen bei sich, läge den ganzen Tag im Bett und könne vor Schwäche nicht sprechen.«

»Oh«, sagte Jansen mitleidig. »Die Familie scheint wahrhaft von Unglück gestraft zu sein.«

Er ging zu dem Balken an der Wand und band die Pferde ordentlich fest. Als er sich umwandte, sah er Jost Quentin im Eingang des Haupthauses stehen und sie heranwinken. Während sie auf ihn zugingen, der eine hinkend, der andere auf nur einem Bein humpelnd, ließen sich in seiner Miene weder Mitleid noch Spott erkennen. Das spricht für ihn, dachte Jansen. Manch anderer Mann hätte seinen Hohn, sein Gefühl der Überlegenheit kaum verbergen können.

»Frau von Schillinc erwartet Euch«, sagte der Amtsjäger. »Ich möchte Euch bitten, Euch kurzzufassen, sie ist ein wenig unpässlich. Aber sie möchte bei der Suche nach dem Jungen helfen, wenn es ihr möglich ist. Ich empfehle mich, ich muss eine Wolfsjagd vorbereiten.«

»Viel Glück«, warf Jordis ein. »Ähm … glaubt Ihr, dass es ein einzelner Wolf ist?«

»Ja«, antwortete Quentin, während er zwei Stufen hinunterging, »wir haben bisher nur Losung und Spuren eines einzelnen Tieres gefunden, allerdings eines sehr großen. Ihr findet Frau von Schillinc gleich rechts, wenn Ihr hineinkommt.«

Damit eilte er über den Hof davon. Sie hörten ihn mehrere Namen rufen, während sie in eine Eingangshalle traten, die in einen langen Flur mündete. Durch eine offene Tür fiel ein schimmernder Streifen Licht auf den Steinboden. »Ich bin hier«, sagte eine schwache Frauenstimme.

Sie folgten der Stimme in einen großen Raum, der mit kostbaren Wandbehängen und Läufern geschmückt war. Jansen beobachtete, wie Jordis, der ein Freund edler Einrichtung war, seinen Blick zunächst über die farbenfrohen Stoffe gleiten ließ, bevor er ihn auf die schmale Frau richtete, die in einem niedrigen Sessel vor dem Kamin saß. Über dem Stuhl ihr gegenüber hing ein Wollumhang, aber es saß niemand darin.

Die Flammen warfen warmes, flackerndes Licht auf den roten Läufer, der vor der Feuerstelle lag. Zusätzliche Helligkeit spendeten die Kerzen in einem Kronleuchter, der in der Mitte des Zimmers hing. Jansen musste sich eingestehen, dass er froh darüber war, sich in Begleitung eines wortgewandten und gebildeten Menschen wie Augustin Jordis zu befinden. Er selbst war zwar auch nicht auf den Mund gefallen, aber er unterhielt sich viel zu selten mit adeligen Damen, als dass er darauf hätte vertrauen können, in ihrer Gegenwart die richtigen Worte zu finden.

Und Herr Jordis enttäuschte ihn nicht. Vornehm und rücksichtsvoll erläuterte er den Grund ihres Kommens und blieb stehen, bis ihnen Frau von Schillinc einen Platz anbot.

Sie war sehr schlank und blass und trug ein nachtschwarzes Kleid mit eng anliegendem Oberteil und viereckigem Ausschnitt. Die angesetzten tiefblauen Ärmel waren, wie es der neuesten Mode entsprach, vielfach geschlitzt und ließen den darunterliegenden schwarzen Stoff durchschimmern. Auf ihrem Kopf saß ein flacher Hennin mit nur leicht angedeuteten Hörnern, der von gesteiftem Stoff bedeckt war und an der Stirn eng anlag. Unter dem bestickten Samtrand lugte glattes, schwarzes Haar hervor, in dem einzelne weiße Strähnen blitzten, und um ihre Schultern lag ein großes Wolltuch.

»Nun denn, meine Nichte …«, nahm Frau von Schillinc den Faden wieder auf. »Ja, Barbara mag diesen Jungen gekannt haben, ganz wie sein Freund es andeutete, das streite ich nicht ab. Aber ich bin gewiss, dass ihre Bekanntschaft oberflächlicher Natur war und sie Euch nicht würde weiterhelfen können.«

Sie sah hinunter auf ihre schmalen, weißen Hände, die sie im Schoß gefaltet hielt. Jansen fiel auf, dass sie ungewöhnlich lange Finger hatte. Und dass sie von Jacob in der Vergangenheit sprach, als würde sie nicht an seine Wiederkehr glauben.

»Jacob und sein Onkel, manchmal auch dessen Sohn, haben unsere Pferde zum Beschlagen abgeholt und wieder zurückgebracht. Dabei ist sie mit ihm ins Gespräch gekommen. Sie sind im gleichen Alter.«

Sie schien noch etwas sagen zu wollen, vielleicht ein Eingeständnis machen zu wollen, dass die beiden jungen Leute einander gemocht hatten. Aber womöglich wurde ihr bewusst, dass aufgrund des Standesunterschiedes eine solche Feststellung sinnlos und irreführend wäre, und so schwieg sie. Es konnte aber auch sein, dass sie gar nicht wirklich mitbekommen hatte, was sich zwischen ihrer Nichte und dem Schmiedegesellen abspielte, und dass sie es nun bereute. In den Köpfen vieler Frauen gingen Gedanken lange, verschlungene Irrwege, das war kein Geheimnis.

»Und nun ist Eure Nichte erkrankt?«, fragte Jordis teilnahmsvoll.

Frau von Schillinc verschränkte die Finger ineinander und sah ihn an. Ihr Gesicht wirkte starr und müde. »Ja«, sagte sie. »Sie wurde untersucht, aber … der Arzt kam zu keiner eindeutigen Feststellung. Es könnte verschiedene Ursachen haben. Wir werden abwarten und hoffen … müssen.«

Jordis klemmte die Hände zwischen die Oberschenkel und beugte sich ein wenig vor. »Wir hoffen, dass es Eurer Nichte bald besser gehen wird. Ist sie schon länger krank?«

Frau von Schillinc nickte langsam, die Augen ins Leere gerichtet. »Seit mehr als zwei Wochen. Ihr ist immerzu übel. Das arme Kind.«

»Verzeiht meine Dreistigkeit«, bat Jordis, »aber falls sie Jacob als ihren Freund betrachtet hat, könnte die Sorge um sein Verschwinden Einfluss auf ihr Befinden nehmen. Kummer und Krankheit sind ein trautes Paar.«

Die dunkelhaarige Frau presste die Lippen zusammen. Dann sagte sie etwas, mit dem Jansen nicht gerechnet hätte: »Daran habe ich auch schon gedacht. Sie ist ein ängstliches Mädchen und leicht aus der Fassung zu bringen. Schon als Kind hat sie sich gegrämt, wenn jemandem ein Leid geschah. Aber dies … Sie ist tatsächlich krank, man sieht es ihr an. Sie liegt den ganzen Tag im Bett. Und wie ich schon sagte: Dieser Junge war nicht ihr Freund.«

Jansen fand, dass es nun an der Zeit war, sich in das Gespräch einzuschalten. »Hat sie manchmal das Gut verlassen? Um Blumen zu pflücken oder Beeren zu sammeln?«

Frau von Schillinc runzelte die Brauen und sah ihn streng an. »Was wollt Ihr damit andeuten?«

»Gar nichts«, erwiderte Jansen und hob die Hände. »Aber es könnte doch sein, dass sie Jacob ab und an bei einem Spaziergang getroffen hat.«

»Spart Euch solche Unterstellungen. Glaubt Ihr nicht, dass ich davon etwas mitbekommen hätte?« Ihre blauen Augen funkelten.

»Nun …« Jordis streckte seine Hände in Richtung Feuer und rieb sie aneinander. »Eure Nichte muss sich bei Euch gut aufgehoben fühlen. Hat sie ihre Mutter schon früh verloren?«

Frau von Schillinc sah für einen Augenblick so aus, als habe sie nicht vor, auf weitere Fragen zu antworten. Sie zog ein besticktes Taschentuch aus dem Ärmel und putzte sich die Nase. Jansen fragte sich, ob sie weinte, aber als sie weitersprach, klang ihre Stimme gefasst. »Sie war noch sehr klein, als sie starb. Das arme Mädchen. Nun muss sie auch noch um ihren Vater bangen.«

»Davon hörten wir«, sagte Jordis. »Er hatte einen Unfall, das ist sehr bedauerlich.«

»Einen Jagdunfall«, erklärte die edel gekleidete Frau mit leiser Stimme. »Es geht ihm nicht gut. Wenn Ihr mich nun entschuldigen wollt. Ich fühle mich unpässlich. Es tut mir leid, wenn ich Euch nicht weiterhelfen konnte.« Sie hustete und sah ihre Besucher ernst an. Die Haut unter ihren Augen war dünn und dunkel, als habe sie schlecht geschlafen.

»Kommt«, sagte Jordis zu Jansen und stand auf. »Wir wollen Frau von Schillinc nicht länger zur Last fallen.« Er deutete eine Verbeugung an und bedankte sich in aller Form für das freundliche Entgegenkommen. Jansen tat es ihm gleich und erhob sich. Leider mussten sie dem warmen Feuer nun den Rücken kehren.

Jordis wandte sich noch einmal um. »Verzeiht, eine letzte Frage: Gibt es jemanden auf dem Gut, der Jacob näher gekannt hat?«

»Die Pferdeknechte hatten natürlich mit ihm zu tun. Ansonsten gab es nur die üblichen Gespräche mit den Bediensteten, soweit ich das beurteilen kann.«

Jordis bedankte sich erneut, wünschte den Kranken der Familie baldige Genesung und ging Jansen voraus in den Flur. Als sie die prachtvoll geschnitzte Haustür öffneten, schlug ihnen eiskalte Luft entgegen. Der Schneefall hatte sich verstärkt.

»Wir sollten machen, dass wir nach Hause kommen«, knurrte Jansen und schloss den obersten Haken seines Mantels.

»Einen Augenblick noch«, erwiderte Jordis. »Mit dem Mädchen kommen wir derzeit nicht weiter. Ich möchte rasch mit dem Amtsjäger sprechen. Vielleicht kann er mir etwas über Wilderei in diesen Wäldern sagen. Hansi hat gestanden, dass er mit Jacob Hasen gejagt hat. Wer weiß, ob nicht auch größeres Getier in den Kochtopf kam.«

Jordis zog seine Kapuze über und folgte einer Reihe von Fußabdrücken, die durch die dünne Schneeschicht auf die Scheune zuliefen.

Jansen humpelte zum Pferdestall und sammelte ihre feuchten Decken und Felle ein. Auf sein Rufen antwortete niemand. Abgesehen vom Schnauben und Malmen der Rösser war es still. Wahrscheinlich nahmen alle Knechte des Gutes an der Jagd teil. Er fütterte ihre eigenen Pferde und wartete unter dem Vordach, bis Jordis zurückkam.

Umständlich legte der Bucklige ein Fell auf die Rückbank und breitete ein Taschentuch darüber, bevor er sich setzte.

»Bereit?«, fragte Jansen mit Blick nach hinten.

»Beinahe«, antwortete Jordis. »Wir werden wohl einen Umweg über einen Weiler namens Drölsholz machen müssen. Es ist nicht weit«, fügte er hinzu, als er Jansens missbilligendes Gesicht sah. »Dort lebt jemand, der des Wilderns verdächtigt wird. So, ich bin bereit, Ihr könnt die Pferdchen anspornen.«

Der besagte Weiler bestand aus so vielen Kotten, wie ein Würfel Augen hat. Umgeben von Ställen, Schuppen und geflochtenen Weidezäunen, duckten sich die strohgedeckten Hütten klein und verwinkelt an den Rand des Waldes.

In der Ferne brüllte ein Tier. Eine Kuh vermutlich, sagte sich Jordis. Eine Kuh, die kalbte. Ein Wolf würde ganz andere Laute ausstoßen, natürlich würde er das. Außerdem konnte das Untier inzwischen längst aufgespürt und erlegt sein. Er sah zu Jansen hinüber, der sich Schnee von der Hose wischte und das seltsame Brüllen nicht zur Kenntnis nahm. Jordis schüttelte seine Mütze aus und setzte sie wieder auf. »Er heißt Willems und wohnt in der Hütte, vor der der Brunnen steht«, sagte er leise.

Jansen blickte zweifelnd auf den Brunnen, dessen Mauerwerk so alt und verwittert aussah, als hätten es noch die Römer gebaut. »Und Ihr wollt einfach dort hineingehen und sagen: ›Willems, ich habe gehört, Ihr wildert, kennt Ihr Jacob?‹ Hm?« Er drehte sich um und hob zweifelnd die buschigen Brauen.

»Natürlich nicht«, erwiderte Jordis. Der Schuster war wirklich eine Plage! Jordis schob sich an den Rand der Sitzfläche und kletterte nach unten. »Ich werde sagen, dass wir nach dem Jungen suchen und mit allen Leuten sprechen, die sich in den Wäldern auskennen. Ihr könnt hierbleiben und etwas essen, wenn Euch der Sinn danach steht.«

Jansen zog einen Dörrfisch und ein Stück Brot aus dem Korb, der unter seiner Sitzbank stand. »Ich werde etwas essen, aber ich komme mit. Da drinnen schneit es aller Wahrscheinlichkeit nach nicht.«

Da wäre ich mir nicht so sicher, dachte Jordis mit Blick auf die Dächer der Kotten, die allesamt verrottet und überholungsbedürftig aussahen.

Jansen griff nach den Decken und Fellen, die ihnen als Schutz gegen die Witterung dienten, und stopfte sie ungeduldig unter seinen Sitz. Der Schnee fiel sanft, aber beständig und schluckte beinahe jedes Geräusch. Bis auf das leise Knistern der Blätter in einem nahen Strauch war nichts zu hören.

Das Klopfen an der Tür von Willems' Hütte klang laut und störend durch die Stille. Hinter einem kleinen, mit Tierhaut bespannten Fenster im Nebenhaus tauchten die Umrisse eines Kopfes auf.

Gleichzeitig wurde die Tür vor ihnen aufgerissen, und ein zottiger Hund schoss heraus. Jordis fuhr erschrocken zurück. Jansen stand unbeeindruckt da und ließ das riesenhafte Tier an seiner Hand schnüffeln. Als hätte er nicht schon genug Körperteile eingebüßt! Jordis versuchte, nicht daran zu denken, dass der Hund nur wenig kleiner war als er selbst und bedeutend schärfere Zähne hatte.

Er richtete seine Aufmerksamkeit auf den klein gewachsenen, knochigen Mann, der vor ihnen im Türrahmen stand. »Jordis und Jansen«, stellte er sie vor. »Wir suchen einen jungen Mann. Er wird seit Längerem vermisst. Dürfen wir kurz hereinkommen?«

Der hagere Mann machte keine Anstalten beiseitezutreten. Er hatte ein Gesicht mit dunklem Hautton und tiefen Falten um den Mund. Hinter ein paar dünnen Haarsträhnen blitzten schwarze Augen. »Warum das?«, knurrte er.

Das kann ja heiter werden, dachte Jordis. Er beschloss, sich nicht einschüchtern zu lassen. »Seid Ihr Willems?«, fragte er.

»Und wenn?«, kam es zurück.

»Dann würden wir gern mit Euch sprechen. Ihr wurdet uns als Kenner des Waldes genannt.«

»Dann kommt halt rein, aber nur kurz, auf ein Wort«, erwiderte der dunkle Mann und machte ihnen Platz, wobei seine Miene Misstrauen und eine Art vorsichtiger Neugier verriet. Wahrscheinlich hatten sie diese Einladung der Tatsache zu verdanken, dass es Jansen gelungen war, den Hund an seine Seite zu locken und ihm das Fell zu zausen – und weniger den großartigen Überredungskünsten des Augustin Jordis.

Im Inneren des Kottens stank es derart, dass man kaum zu atmen wagte. Über einem offenen Feuer blubberte etwas in einem abgestoßenen Topf, und der ganze Raum war von Qualm erfüllt. Jordis spürte, wie der Rauch in seine Kehle kroch und zu kratzen begann. Er tastete nach seinem Taschentuch, aber das lag im Fuhrwerk; er musste in einen Ärmel hineinatmen, um Qualm und Gestank fernzuhalten. Allerdings konnte er nicht bis Weihnachten mit dem Ärmel vor dem Mund in dieser Hütte stehen. Er hatte Fragen zu stellen.

Dankenswerterweise kam Jansen, den der Qualm nur zu einem winzigen Räuspern verleitete, ihm zu Hilfe. »Willems, es geht um Folgendes …« Freundlich tätschelte er dem zottigen Hund den Kopf.

Das große Tier hatte sich an sein krankes Bein gelehnt, als wolle es ihn stützen. »Es gibt da diesen Gesellen. Einen Jungen aus Neuss, der bei seinem Onkel in einer Hufschmiede arbeitet, oben in Liedberg.«

Während Jansen sprach, ging Willems zur Feuerstelle hinüber und rührte im Topf. Der Duft verkochten Gemüses stieg auf, wurde aber von dem üblen Geruch überlagert, der aus jedem Winkel des Raumes zu kriechen schien. Jordis zog sich seinen Mantel bis über die Nase und atmete in den Stoff. Er stellte fest, dass Willems' Wolljacke am Rücken schmutzig war und ausgefranste Ränder hatte. Sein Nacken war kräftig und stark gerötet. Außer ihm und dem Hund schien niemand in dieser ärmlichen Hütte zu hausen.

»Seit bald zwei Wochen wird er vermisst, und seine Familie bat uns, ihn zu suchen«, fuhr Jansen fort.

Der hagere Mann kostete schlürfend mit einem übergroßen Holzlöffel von seiner Mahlzeit. Als er sich wieder den Besuchern zuwandte, ließ Jordis den Mantel sinken und ergänzte Jansens Ausführungen.

»Jacob Hemmers heißt der Junge. Achtzehn Jahre alt. Er streicht gern durch die Wälder, darum suchen wir Leute, die sich im Wald auskennen und ihn vielleicht gesehen haben. Am Sonnabend vor Sankt Nikolaus oder später. Wir hoffen, dass er noch lebt«, fügte er hinzu, um die Dringlichkeit ihres Anliegens zu unterstreichen.

»Und welcher Schlaumeier hat Euch zu mir geschickt? Brockhausen? Von Merode? Kamp?«, wollte Willems wissen. »Nein, ich weiß es: Quentin.« Die Liste seiner Widersacher schien lang zu sein. Er hielt seinem Hund den Löffel hin und sah zu, wie er ihn gierig abschleckte.

»Das tut nichts zur Sache«, antwortete Jordis. »Wir haben uns umgehört.«

»Ach.« Der hagere Mann fischte mit den Fingern etwas aus dem Topf und ließ seinen Hund danach schnappen. Jordis schluckte und hoffte von Herzen, dass man ihm in diesem Haus niemals Speis und Trank anbieten würde.

»Es ist bekannt, dass Euch die Gegend hier bestens vertraut ist«, fuhr er fort. »Womöglich ist Euch der Junge vor Kurzem begegnet, und Ihr könnt uns weiterhelfen. Er ist groß und hat glattes braunes Haar. Jacob Hemmers. Kennt Ihr ihn?«

»Das hat Euch doch Quentin aufgetischt, dieser Geck! Dem dreh ich die Gurgel um. Verbreitet Lügen über mich, der Eselsarsch.« Willems spuckte auf den Boden.

Jordis war vorübergehend sprachlos und hoffte auf die Unverfrorenheit von Rutger Jansen.

Dieser schnalzte mit der Zunge und fuhr fort, den zottigen Hund zu streicheln. »Wer war noch gleich Quentin?«, fragte er arglos.

»Das weißt du genau!«, ranzte Willems, nahtlos vom »Ihr« ins »Du« übergehend. »Bist auch so ein Eselsarsch. Die ganze Hütte voller Eselsärsche, der ganze Wald voll!«

»Gemach, gemach«, erwiderte Jansen ruhig. »Wir sind nicht hier, um über die Ärsche von Eseln zu streiten. Was du mit diesem Quentin zu tun hast, ist uns schnurz. Wir wollen wissen, wo der Junge ist.«

Willems zog die Nase hoch und röchelte, sagte aber nichts.

»Ist Quentin nicht dieser Schönling, der auf dem Gut der von der Bahlens herumstolziert und sich damit brüstet, Amtsjäger zu sein?«, forschte Jansen weiter.

Der kleine dunkle Mann sah ihn misstrauisch an. Dann öffnete er unvermutet den Mund zu einem gackernden Lachen. Dabei stieß er einen unangenehmen Geruch aus und zeigte gewaltige Zahnlücken, und Jordis war froh, als er seinen Mund wieder schloss.

»Schönling!«, wiederholte Willems und lachte erneut. »Eselsarsch. Schön blöd wie ein Eselsarsch. Der will mich doch drankriegen! Aber ich krieg *den* dran. Und die anderen Frettchen auch!« Er grunzte etwas Unverständliches und kratzte sich im Schritt.

»Lassen wir Herrn Quentin einmal außen vor«, brachte sich Jordis wieder ins Gespräch ein. Er versuchte, alle unschönen Eindrücke in dieser Hütte aus seiner Wahrnehmung zu verbannen, und sah Willems direkt ins Gesicht. »Kennt Ihr Jacob Hemmers?«

»Wie soll der aussehen, hast du gesagt?«

Jordis räusperte sich. »Groß, schlankwüchsig, braunhaarig. Schlicht gekleidet.«

»Große Füße?«, wollte Willems wissen.

»Wie meinen?«, entgegnete Jordis verwirrt.

»Na, ich will wissen, ob der Kerl große Füße hat, bist du taub?«

»Große Füße?«, wiederholte Jordis.

Willems seufzte schwer, als würde ihn die Dummheit seiner Besucher zermürben.

»Ihr wisst schon: Füße«, sagte er langsam und mit belustigtem Unterton. »Die Dingelchen, die einem unten ausm Bein wachsen. Den meisten jedenfalls«, ergänzte er mit Blick auf Jansens fehlenden Unterschenkel. Dann wurde sein Ton wieder ernst. »Spuren. Es geht um Spuren, da hättet ihr auch selbst drauf kommen können. Seid ihr dumpf?« Er griff hinter sich und rührte mit einer Kelle im Topf.

Jansen sah Jordis an und schürzte die Lippen.

»Hört zu«, fuhr Willems fort. »Ich bin im Wald, und da seh ich Abdrücke. Spuren. Von Tieren, aber auch von Menschen. Und jetzt fragt mich.«

»Ähm …« Jordis hustete gegen den Rauch an, während er nachdachte. Wie sollte er wissen, welche Frage der Grobling von ihm hören wollte? »Habt Ihr in jüngster Zeit Spuren gesehen, die Euch unbekannt waren?«

»Kann schon sein«, feixte Willems.

»Von großen Füßen?«, warf Jansen ein.

»Kann schon sein. Aber wenn ihr mehr wissen wollt, das kostet. Seht euch um. Ich bin ein armer Tropf. Könnt was Geld gebrauchen.« Er grinste. Einer seiner Vorderzähne stand schief und war dunkel verfärbt. »Dafür sag ich, was ich beobachtet hab.«

»Und woher wissen wir, dass du uns nicht zum Narren hältst und dir die Taschen füllst, indem du uns irgendeinen Unsinn erzählst?« Jansens Stimme hatte einen strengen Klang angenommen.

»Ihr müsst schon vertrauen, anders geht's nicht, sonst könnt ja jeder Ziegenarsch hier reinwackeln und mich aushorchen. Quentins Schergen vielleicht. Nä! Ohne mich.«

»Also gut.« Jordis griff in die Innentasche seines Mantels und brachte einen Lederbeutel zum Vorschein. »Hier.« Er schüttete Willems einige silbrig schimmernde Münzen in die schmutzige Hand. »Mehr haben wir nicht dabei.«

»Tja.« Der kleine Mann warf einen Blick auf die Ausbeute. »Reicht wohl nicht.« Er steckte das Geld in seine Hosentasche. »Kommt wieder und bringt richtig Geld mit, und dann sag ich euch was.«

»Und das wäre?«, fragte Jansen gereizt.

»Das seht ihr dann. Jetzt glotz nicht so! Könnt froh sein, dass ihr *mich* gefragt habt. Jeder andere Eselsarsch hätte euch nix gesagt. Sollt ich rauskriegen, dass euch jemand auf mich gehetzt hat, zieh ich euch eins über, aber gewaltig, da hört ihr die Glocken klingen, aber mit Sicherheit! Da steht ihr nie wieder auf! So, und jetzt raus, ich hab Hunger, und die Suppe reicht nicht für euch Tranlappen mit, also ab!«

Er zog die Tür auf und schob sie förmlich hinaus. Der zottige Hund sah ihnen mit traurigem Blick nach. Jordis war einerseits froh, dem Qualm und Mief entronnen zu sein, andererseits hätte er gern mehr darüber erfahren, was Willems über Jacob zu wissen schien. Oder zu wissen vorgab.

»Ich weiß nicht«, sagte Jansen, der ähnlich zu denken schien. »Der Kerl ist mir nicht geheuer. Hat er etwas mit Jacobs Verschwinden zu tun? Oder lügt er und tut nur so, als wüsste er etwas? Hm. Muss das jetzt schneien?« Verdrossen kletterte er auf seinen Sitz und ließ die Leine über die Pferderücken schwingen, noch bevor Jordis sich richtig hatte setzen können.

»Obacht!«, warnte der Bucklige und schimpfte leise vor sich hin, während er versuchte, es sich einigermaßen bequem zu machen. Was angesichts des schaukelnden Gefährts, der Kälte und des unablässig fallenden Schnees nahezu unmöglich war.

»Jansen«, sagte er, »ich wäre Euch dankbar, wenn ich meine Heimatstadt lebend erreichen würde. Müsst Ihr fahren wie ein Wahnsinniger?«

»Ja«, knurrte Jansen. Der Wagen knallte in ein Schlagloch, dem er nicht ausgewichen war.

»Vielleicht sollte es deutlich mehr schneien«, bemerkte Jordis spitz. »Ein weicher Belag käme den Fahrkünsten eines Wahnsinnigen entgegen.«

Jansen sagte nichts. Jordis beschloss, ihn nicht weiter zu reizen. Der Schuster hatte ein hitziges Gemüt und würde ihn womöglich zwingen, das Fuhrwerk selbst zu lenken. Dann kämen sie niemals an ihr Ziel, denn die Pferde würden einfach laufen, wohin sie wollten. Und als er an den Wolf dachte und die tapferen Männer, die sich ihm im Wald entgegenstellten, wollte er nur noch eines: weit weg von diesem Wald und der heulenden und mordenden Bestie.

Sie erreichten das freie Feld. Ein böiger Wind wehte ihnen den

Schnee von der Seite ins Gesicht. Jordis seufzte. Er konnte Jansen verstehen. Er selbst hatte auch keine Lust mehr, auf diesem wackligen Gefährt durch die Kälte zu rollen.

»Jansen?«, rief er nach vorn.

»Ja«, brummte der Einbeinige.

»Habt Ihr beim Verlassen des von der Bahlen'schen Gutes einen Blick nach oben geworfen?«

Jansen schüttelte den Kopf.

»In das obere Stockwerk? Zu dem Fenster ganz rechts?«

»Hab ich nicht. Wenn ich fahre, gucke ich nicht in die Luft, sondern nach vorne.«

»Verständlich.« Jordis machte eine kleine Pause. »Hinter diesem Fenster stand jemand. Ich könnte schwören, es war ein Mädchen mit langen dunklen Haaren.«

***

Die Frau des Abdeckers war eine kleine, zierliche Person mit dichtem Haar, das ihr in wirren braunen Strähnen über die Schultern fiel. Die zu dieser Stunde nackt waren. Und kalt. Sie schauderte und griff nach der Bettdecke. Sämtliche Federn hatten sich im Fußteil zu einem Klumpen zusammengeballt; sie hielt nur leeren Stoff in den Händen. Frierend rollte sie sich darunter zusammen.

So sah das Bett jedes Mal aus, wenn ihr Mann zu ihr gekommen war. Oder wenn er sie gepackt hatte, wo auch immer sie gerade stand, und auf das Lager geworfen hatte. Um ihr Kleid hochzuschieben und das zu tun, was er wollte. Wofür ein Weib da war, wie er nicht müde wurde zu sagen.

Manchmal fand sie es erregend, dass er so wild auf sie war, und ließ sich mitreißen, kehrte nach einer Weile verschwitzt und atemlos in die Wirklichkeit zurück. Aber oft hatte sie keine Lust und wollte lieber das Gewand fertig nähen oder die Suppe würzen oder eben das tun, was sie gerade tat. Und ihm nicht zu Willen sein. Denn er konnte sehr grob sein, mit seinen Händen und seinem »Schwert«. So nannte er das Ding. Sie nannte es »Fisch«, denn so roch es oft. Es war nicht immer schön mit ihm. Manchmal tat er ihr sogar weh. Dann schlug er sie oder legte ihr die Hände um den Hals und drückte zu, bis sie hustete. Aber was blieb ihr anderes übrig, als ihm zu gehorchen und ihn in sich aufzunehmen, wann immer er wollte.

Sie legte einen Arm unter den Kopf und folgte ihm mit den Augen. Er nahm ein Stück Brot vom Tisch und ging zum Fenster. Während er kaute, pulte er mit einem Finger in den Unebenheiten rund um den Fensterrahmen, den Löchern im Lehm, durch die der Wind pfiff. Sein Rücken war breit, erstaunlich breit für seine Größe. Das Hemd hatte einen Riss am Saum, den würde sie flicken müssen. Darunter leuchtete weiß sein kleiner Hintern.

»Musst du was ausbessern, Tönn?«, fragte sie schläfrig. Wenn die Dämmerung kam, kam die Müdigkeit. Sie würde bald nach nebenan gehen und ihre Töchter holen müssen, sie waren schon seit Mittag bei der Nachbarin.

»Frag nicht so blöd. Ich guck nur was. Außerdem kann ich mit meinen Fingern machen, was ich will.« Er drehte sich um und grinste. Mit einem Satz war er bei ihr, schlug die Decke zurück und klatschte eine Hand auf ihre Hüfte. Sie zuckte zusammen, sagte aber nichts. Er ließ seine Hand weiter wandern und stieß ein tiefes Brummen aus, weit hinten im Hals.

»Ich muss die Kinder holen«, murmelte sie und versuchte, aus dem Bett zu kommen. Mit einem Arm angelte sie nach ihrem Unterkleid, das er ihr vorhin, wie alles andere auch, vom Leib gerissen und hinter sich geworfen hatte.

»Nichts da«, erwiderte er, klemmte sie zwischen seinen Oberschenkeln ein und legte eine Hand auf ihre Brust. »Es ist noch hell draußen, guck. Wir haben Zeit.«

Sie folgte seinem Blick zum Fenster. Durch die dünne gegerbte Tierhaut schimmerte matt das letzte Tageslicht. Es war heller als sonst. Das kam durch den Schnee. Sie musterte sein dunkles Gesicht von unten. Es hätte schön sein können, manchmal war es das auch. Wenn es nicht so schmutzig wäre. Wenn er nicht so herrisch gucken würde. Wenn er nicht so grob wäre. Warum sah er nur immerzu auf dieses Fenster? Oder war es der Rahmen?

Tönn wandte ihr sein Gesicht zu, fing ihren Blick ein und kniff sie in die Brustwarzen. Dann beugte er sich vor und näherte seinen Mund dem ihren, ohne die Augen von ihr abzuwenden. Es würde nichts bringen, sich aufzulehnen, er würde seinen Willen bekommen, ob sie nun mittat oder nicht. Während er sich an ihr zu schaffen machte, betrachtete sie den Ausschnitt seines Hemdes. Ein Knopf fehlte. Sie würde neue Knöpfe besorgen müssen, in der Schale im Regal waren keine mehr. Auch der Branntwein ging zur Neige, das war nicht gut, denn ihr Tönn mochte Branntwein. Genauso war es mit den getrockneten Kirschen, hoffentlich hatte ihre Mutter noch welche. Ach ja, und das Schneidemesser durfte sie nicht vergessen, das von Hedwig nebenan. Sie hatte es sich geliehen, weil ihres stumpf war, sie musste es dringend schärfen. Wenn ihr Mann fertig wäre, würde sie damit anfangen. Es konnte nicht mehr lange dauern, er gab schon diese Geräusche von sich.

Als er fast am Ende war, klopfte es an der Tür. Er grunzte ärgerlich, machte aber weiter. Mit geschlossenen Augen, vor und zurück. Vor und zurück, und schneller das Ganze. Es klopfte wieder. »Tönn?«, rief eine Männerstimme vor der Tür. Vor und zurück, noch schneller. Dann stöhnte er. Seine Arme, mit denen er sich neben ihren Schultern abstützte, zitterten. Er hielt einen Moment inne und senkte den Kopf, seine wilde dunkle Mähne berührte beinahe ihr Gesicht. Sie nahm den ranzigen Geruch wahr, den seine Kopfhaut verströmte.

Einen Atemzug später war er schon auf dem Weg zur Tür, im Gehen stieg er in seine Hose. Dass sie nackt und bloß im Bett lag, wo jeder, der einen Schritt in den Kotten tat, sie sehen konnte, schien ihn nicht zu kümmern. Hastig kniete sie sich hin und suchte nach ihrem Kleid. Ein Zipfel ragte unter der Bettdecke hervor. Sie riss es an sich und beeilte sich, den Kopf durch den Ausschnitt zu stecken. Als die Tür in den Angeln knarrte, kämpfte sie immer noch mit dem Stoff. Schnell zog sie die zerknüllte Bettdecke über ihren Unterleib.

»Ich wollte dir was sagen«, hörte sie Evalds Stimme. Bitterkalte Luft strömte in den Raum. Im Licht des schwächer werdenden Feuers sah sie Schneeflocken durch den Türspalt wehen. Sie schüttelte sich vor Kälte. Als Evald den Kotten betrat, drehte sie sich zur Seite und sprang aus dem Bett. Sicherlich sah er ihren nackten Rücken, bevor das Kleid nach unten glitt, aber er ließ sich nichts anmerken.

»Da war ein Mann hier«, sagte er. »Einer aus Neuss. Der hat sich nach dem Toten erkundigt. Und wollte alles wissen über den Wolf.«

Evald blieb mitten im Raum stehen und machte keine Anstalten, sich zu setzen. Dennoch brachte er Ruhe in den Raum, fand sie. Er lief nicht rastlos herum wie Tönn und machte auch nichts mit seinen Armen, er stand einfach nur da, die Hände in den Taschen, und wartete. Sie beobachtete ihn, während sie sich vorbeugte und ihre Strümpfe anzog. Warf einen verstohlenen Blick durch den Vorhang aus Haar, der in zerzausten Strähnen über ihr Gesicht fiel.

Als ihr bewusst wurde, dass es unziemlich war, fremden Männern mit offenem Haar zu begegnen, packte sie ihre schwere braune Mähne und wickelte sie um die Hand. Wo ihre Haube war, wusste sie nicht. Nun, das spielte auch keine große Rolle mehr, schließlich hatte er ihre Kehrseite gesehen, bevor das Kleid darüberrutschte, was machte also das bisschen Haar?

Sie wunderte sich selbst über ihre Unverfrorenheit und warf einen schnellen Blick auf Tönn, der sich mit einer Hand am Ohr kratzte und mit der anderen Holz aufstapelte, um das Feuer neu zu entfachen. Ihn schien es nicht zu stören, dass ein anderer Mann im Raum war, während sie unschicklich gekleidet herumlief. Vielleicht war er sogar stolz darauf, sie vorführen zu können, sein fügsames Weib, das ihm stets zu Willen war. Evalds Frau hatte lange gebraucht, um ein Kind zu empfangen. Tönn vermutete, sie lägen auch nicht allzu oft beieinander. »Wundert mich nicht«, hatte er gesagt. »Ein derbes Gesicht hat das Weib, und 'nen klobigen Körper. Ist nicht so 'ne feine Kleine wie du.«

Sie richtete sich auf und sah Evald an. Er nickte ihr zu und lächelte. Wollte er sie begrüßen? Oder sie beruhigen, damit sie nicht peinlich berührt war, weil er sie ertappt hatte und weil dieser Geruch noch in der Luft hing, der Geruch nach Mann und Frau. Vielleicht dachte er ja auch darüber nach, wie es wäre mit ihr … Wo er doch allem Anschein nach unterversorgt war. Er war kein schöner Mann, nicht so wie Tönn – wenn Tönn friedlicher Stimmung war –, aber doch ansprechend. Er hatte warme Augen und einen gutherzigen Ausdruck im Gesicht, und er war sehr groß. Sie neigte den Kopf und zog ihr Haar zu einem festen Knoten zusammen.

Tönn sprang auf die Füße und stopfte sich das Hemd in die Hose. »Und? Was hab ich damit zu tun? Der Wolf ist abgehauen, und der Tote ist im Saalhof.« Fragend richtete er seine dunklen Augen auf Evald.

»Ich wollt's dir nur sagen. Weil du ihn doch durchsucht hast. Er wollte wissen, wer das war, der ihn durchsucht hat. Kann sein, dass er wiederkommt.«

Tönn stöhnte auf. »Warum sollte er? Was war das überhaupt für 'n Kerl?«

»Ein zäher Bursche. Hat ein Bein verloren, hat er mir erzählt. Im Krieg.« Evald dachte einen Moment nach, bevor er fortfuhr. »Da war etwas in seinem Blick ... Ich glaube, er lässt nicht so rasch locker. Er sucht nach einem Jungen, er und noch zwei Männer. Sie dachten erst, der Tote aus dem Wald könnte dieser Junge sein. Nun wissen sie, dass er's nicht ist. Aber der andere, dessen Spuren wir gefunden haben und der in den Wald geflohen ist, der könnte ja der gesuchte Junge sein. Nach dem werden sie jetzt suchen.«

»Aha«, brummte Tönn. »Sollen sie mal. Ich hab nix zu sagen. Der Tote war tot, unbewaffnet, das war's. Bis auf die leere Flasche und das olle Stück Wurst war da nix.« Er lachte. Als seine Frau an ihm vorbei zum Feuer gehen wollte, hielt er sie fest. Während er weitersprach, legte er eine Hand auf ihr Hinterteil. »Dieser Junge, den sie suchen, ist das der aus Liedberg?«

Sie blieb starr stehen und hielt den Blick gesenkt.

Evald nickte. Er sah zwischen Tönn und der zierlichen Frau hin und her. »Ja, den suchen sie.«

Tönn rieb sich das Kinn. »Hab davon gehört. Den finden sie nicht mehr, der ist längst hinüber. Sieh dir das Wetter an!«

»Vielleicht ist er davongelaufen«, schlug Evald vor, »mit Absicht.«

»Mit Absicht nicht, aber vielleicht mit 'nem schönen Mädchen«, lachte Tönn. Er drückte das weiche Fleisch seiner Frau durch den Stoff hindurch und gab ihr einen Klaps. »Du kannst Essen machen, ich bin am Verhungern.«

Sie sagte nichts und huschte leichtfüßig zum Feuer hinüber, wobei sie Evalds Arm im Vorübergehen streifte.

Tag fünf, 17. Dezember 1510

Hennes Kreitfisch saß am Esstisch und spülte seinen Mund mit Wein, dem er zerstoßene Heilwurzeln beigefügt hatte. Er ließ die warme Flüssigkeit von der rechten Wange in die linke fließen und wieder zurück. Es gab schmackhaftere Tränke. Aber er musste etwas gegen die wunde Stelle tun, die ihn seit Tagen plagte, wozu war er Barbier?

Ihm gegenüber beugten sich Jordis und Jansen über einen Bogen Papier, auf den ein Wappen gemalt war. Keine schlechte Leistung für einen Schuster, fand er. Jansen hatte die Zeichnung mit Jordis' Gänsekiel und Tinte angefertigt. Sie zeigte das Wappen, das auf die rechte Vorderseite des Mantels gestickt war, den man ihm gezeigt hatte. Den Mantel des unbekannten Toten.

Kreitfisch erinnerte sich mit Widerwillen an den zerfleischten Körper, der im Kleinenbroicher Saalhof aufgebahrt lag. Wenn man wüsste, wer der Tote war, würde man seine Geschichte weitererzählen können. Und vielleicht auch herausfinden, wer der andere Mann war, der ihn begleitet hatte und dem die Flucht vor der Bestie gelungen zu sein schien. Könnte es Jacob gewesen sein? Oder gar eine Frau, eine heimliche Geliebte? Wie weit mochte er oder sie gekommen sein? Kreitfisch spuckte die bittere Brühe in eine Schale und ging um den Tisch, um besser sehen zu können. Er war gespannt.

Jansen tippte mit dem Zeigefinger auf drei Streifen in der Mitte des Blattes. »Diese Sparren waren rot«, sagte er. »Und diese beiden Löwen auch. Die anderen waren schwarz. Die hatten keine Kronen und nur einen Schwanz.«

»Hm?« Kreitfisch hob eine Augenbraue und sah genau hin. Tatsächlich, den löwenähnlichen Tieren links oben und rechts unten im Wappen wuchsen zwei Schwänze aus dem … wie auch immer man diesen Teil bei Löwen nannte. Er hatte das Wappen in der Umgebung schon oft gesehen, aber ihm war noch nie aufgefallen, dass die Tiere zweischwänzig waren. Hoch aufgerichtet, mit wilden Zacken an Mähne und Tatzen, fauchten sie einander an. Oder wohl nicht einander, sondern jemanden außerhalb des Wappens, den fremden Machthaber.

Jordis rührte sich nicht. Er hielt seine dunklen Augen auf das Bild gerichtet und schien in Gedanken versunken. Kreitfisch musste bei seinem Anblick an einen Vogel denken, der einen Wurm beäugt. Jordis' seitlich geneigter Kopf schien ohne Hals auf dem gebeugten Rücken zu sitzen, und sein grün gemustertes Gewand mit wellig geformtem Kragen erinnerte an buntes, bauschiges Gefieder.

»Die Hintergrundfarbe bei den schwarzen Löwen ist gelb«, stellte der Bucklige fest.

»Das hatte ich vergessen«, sagte Jansen. »Dafür konnte ich mich an die Doppelschwänze erinnern, das ist, wenn Ihr mich fragt, ebenso beachtlich.«

Jordis beachtete ihn nicht. Er deutete auf die einzelnen Teile des Wappens und zählte auf: »Ravensberg, Berg, Jülich. Der Tote stand in Diensten des Herzogs von Jülich-Berg.«

Jansen nickte. »Und nicht in irgendeinem Dienst«, ergänzte er. »Das war kein stümperhaftes Anfängerwerk auf dem Mantel. Das war eine prächtige Stickerei in leuchtenden Farben. Der Mann muss ein höheres Amt bekleidet haben.«

»Wie uns seine übrige Kleidung schon vermuten ließ«, fügte Jordis hinzu.

Kreitfisch ging zu seinem Hocker zurück und setzte sich. »Fragt sich nur, was er da im Wald getrieben hat.«

Jordis fuhr mit einem Finger unter den Kragen seiner bestickten Jacke, als sei sie ihm zu eng. »Zunächst müssen wir herausfinden, wer er war. Und dann, welche Verbindung er zu Jacob Hemmers gehabt haben könnte. *Falls* Jacob Hemmers der zweite Mann im Wald war.«

»Ich würde ergänzen: falls überhaupt ein zweiter Mann im Wald war«, warf Jansen ein. »Ist das nicht alles etwas voreilig?«

Jordis schien ihn nicht gehört zu haben. »Hm«, überlegte er. »Jülich-Berg, Jülich-Berg … Gefolgsleute des Herzogs gibt es viele. Lasst uns nachdenken … Im Oktober war die Hochzeit der Tochter des Herzogs von Jülich-Berg im Düsseldorfer Schloss, einer der herzoglichen Residenzen. Ihr werdet davon gehört haben. Sie wurde mit Johann dem Friedfertigen aus Kleve vermählt, möge sein Name bezeichnend für die Ehe sein. Ich habe Wein für die Feierlichkeiten geliefert und kenne den Mundschenk dort. Vielleicht weiß er, welcher Gefolgsmann seit Längerem abgängig ist.«

Er ließ sich auf der Sitzbank nieder und strich mit den Fingern über Jansens Zeichnung. »Es ist noch früh am Tag«, stellte er fest. »Ich werde zum Hafen hinuntergehen und mir ein Schiff suchen, das mich nach Düsseldorf bringt. Mit etwas Glück erwische ich den Holländer noch, der gestern Wein und andere Waren an Bord genommen hat.«

»Falls Ihr den Kerl meint, der abends im ›Sternen‹ war«, mischte sich Jansen ein, »da wäre ich vorsichtig. Ich sah ihn blitzeblau in Richtung Hafen taumeln, im Kreise seiner Lieben: einer Rotte Matrosen, denen das aufrechte Gehen schwerfiel. Einer zog es vor, über den Boden zu kriechen, ich weiß nicht, ob er das Schiff inzwischen erreicht hat.«

»Vielleicht solltet Ihr es lieber gleich mit Schwimmen versuchen, Herr Jordis«, schlug Kreitfisch vor.

»Natürlich. Ihr hattet noch nie einen klügeren Gedanken«, erwiderte Jordis lächelnd, »das sommerliche Wetter lädt geradezu dazu ein.«

Kreitfisch sah aus dem Fenster. Schneeflocken rieselten spärlich, aber unaufhaltsam vom Himmel. Es war heller geworden seit gestern, der Schnee ließ den Innenhof leuchten. Über die weiß gepuderte Wäschestange spazierte ein schwarzer Vogel, dessen Füßchen ein Muster aus Strichen hinterließen. Er musste an die tiefen Wälder denken, in denen der Wolf umging. Seine Pfoten würden ebenfalls Spuren im Schnee hinterlassen. Es würde nun leichter sein, ihn zu jagen. Was das anging, war das Wetter ein Segen. Er wandte sich wieder seinen Freunden zu.

Jordis hatte seine Kladde aus der Tasche gezogen und blätterte darin, die Brauen gerunzelt und die Augen aufmerksam auf das Papier gerichtet. »Ich schlage Folgendes vor«, begann er. »Ich selbst begebe mich nach Düsseldorf.«

Jansen holte Luft, um etwas zu sagen, aber Jordis ließ sich nicht unterbrechen. »Ob mit dem Holländer oder ohne. Lasst das meine Sorge sein. Und nun zu Euch. In den Wäldern wurde in letzter Zeit arg gewildert – wie ich erfahren habe, sehr zum Leidwesen der Obrigkeit. Es könnte sein, dass Jacob darin verwickelt war. Möglicherweise kann dieser Willems uns dazu etwas sagen.« Ohne die Augen vom Papier zu nehmen, zog er einen Beutel aus der Tasche und ließ ihn auf den Tisch plumpsen; man hörte das metallische Scheppern von Münzen. »Hier ist das Geld für ihn.«

»Seltsamer Vogel«, murmelte Jansen, während Kreitfisch gleichzeitig fragte: »Wer ist Willems?«

»Ein seltsamer Vogel«, wiederholte Jansen. »Er leugnet es, aber ich würde mein Bein darauf verwetten, dass er Wilderer ist. Der Amtsjäger, den wir auf dem Gut der von der Bahlens trafen, hat uns seinen Namen genannt. In seiner Hütte stank es wie im Bürzel einer verwesten Ente. Vielleicht hat er, als er uns klopfen hörte, schnell ein paar Hirschköpfe unters Bett getreten. Vom Geruch her ... Wie auch immer: Er hat gesagt, wenn wir ihm Geld bringen, erzählt er uns Hilfreiches über Jacob. Was ich sehr bezweifle.«

»Außerdem«, fuhr Jordis fort, »gab es die Wolfsangriffe bei Gladbach. Ich wiederhole: Eines der Opfer war ein holländischer Händler, das andere ein unbekannter Mann, grausam verstümmelt. Die Mönche der Abtei haben ihn bestattet.« Er sah auf. »Man könnte hinfahren und ergründen, ob Jacob dieses zweite Opfer war.«

»Könnte man«, seufzte Jansen. Er sah hinaus in den Schnee. »Man könnte auch am Feuer sitzen und ein heißes Süppchen essen. Aber wir werden wohl fahren müssen, Kreitfisch. Zieh dich warm an, du weißt, wie klein und schwach du bist. Mir scheint, das Wetter arbeitet gegen uns. Wir sollten uns mit allem, was wir tun, beeilen.« Er wandte ihnen sein hageres Gesicht zu und musterte sie aus schmalen grauen Augen. »Glaubt Ihr, dass der Junge noch lebt?«

Kreitfisch sog Luft durch die Nasenlöcher. Jordis räusperte sich. »Ich glaube es nicht«, sagte er, »doch ich hoffe es.«

***

Jansen ließ seine Augen über die kleinen Gehöfte von Drölsholz schweifen, die sich unter knorrigen Bäumen in die morgendlichen Schatten duckten, und suchte nach dem alten Brunnen. »Kreitfisch, du darfst ein Loblied auf mich anstimmen: Dies ist der gesuchte Ort! Ich habe ihn gefunden.«

Kreitfisch sah ihn stumm von der Seite an. Er stieß einen einzelnen Ton aus und brummte: »Da! Gefiel dir das Lied?«

»Ein schmählicher Versuch, mein Freund, und meiner unwürdig, wie du sehr wohl weißt. Dort ist es, halt an!« Er wies auf einen kleinen Kotten, der unter dem weit vorstehenden verschneiten Dach schier zusammenzubrechen schien.

Sie banden die Pferde an einen Zaunpfosten und klopften. Ein Hund schlug an. Sein tiefes, grollendes Bellen klang in der schneebedeckten Stille erschreckend laut.

»Ich vergaß, dir zu sagen, dass hier ein mannshohes Hündchen wohnt«, sagte Jansen. Von drinnen kamen ein Klappern und ein gereiztes Raunen. »Aber keine Bange, es mag keine Barbiere, es bevorzugt Häppchen aus dem Suppentopf«, fügte er flüsternd hinzu.

Das dunkle, zerfurchte Gesicht von Willems erschien im Türspalt. Sein Mienenspiel ließ sich im besten Fall als übellaunig bezeichnen. Der große Hund schoss heraus und drängte sich schwanzwedelnd an Jansens Bein.

»Du kennst mich noch, kleines Zottelchen«, lobte der Einbeinige. »Ihr auch, Willems?«

»Solch garstige Fratzen vergess ich nicht.« Die tief liegenden schwarzen Augen nahmen Kreitfisch in den Blick. »Wo hast du den Buckligen gelassen?«

»Der hat zu tun«, erwiderte Jansen und fügte leiser hinzu: »Wenn es Euch um das Geld geht, das er Euch in Aussicht gestellt hat: Das haben wir dabei. Doch nur im Austausch gegen Hinweise, die uns von Nutzen sind.«

Hinter dem kleinen Fenster im Nebenhaus zeichneten sich die dunklen Umrisse eines Kopfes ab, genau wie bei ihrem letzten Besuch. Dann knarrte Holz, und das Antlitz eines alten Mannes erschien kurz im Fensterspalt, bevor es wieder verschwand.

Willems verkniffenes Gesicht wurde noch runzliger. Doch er stieß seine Tür auf und ließ sie eintreten. »Eselsärsche«, hörte Jansen ihn murmeln.

Der Gestank in der Hütte war übelkeiterregend. Kreitfisch hustete und wedelte sich mit einer Hand vor der Nase herum. Der Rauch schien nicht durch den Kamin zu entweichen, sondern sich ungehindert im Raum zu verteilen.

»Nun …« Jansen wartete nicht auf die Aufforderung, sich zu setzen – die aller Wahrscheinlichkeit nach ohnehin nie erfolgen würde –, sondern ließ sich ungefragt auf einem Schemel nieder. Dieser grobschrötige Kerl sollte nicht glauben, dass sie ihn so schnell wieder vom Haken lassen würden.

Willems blieb stehen und sah sie aus zusammengekniffenen Augen an. Der Hund schaute zwischen ihm und Jansen hin und her und schien sich für das freundlichere Gesicht zu entscheiden, denn er legte sich zu Füßen des Einbeinigen auf den gestampften Lehmboden.

»Ihr hattet angedeutet, dass Ihr etwas über den Jungen wüsstet, nach dem wir suchen«, fuhr Jansen fort. »Aufgrund Eurer … Kenntnisse des Waldes, wenn ich recht verstanden habe.«

»Du kommst dir wohl ganz schlau vor«, giftete Willems.

Jansen beachtete den Einwurf nicht. »Ihr sagtet etwas von Spuren, die Euch aufgefallen seien. Großen Füßen.«

Willems grinste und ließ seinen schiefen, dunkel verfärbten Vorderzahn sehen. »Das haste dir gemerkt.«

»Allerdings. Aber es bedeutet nichts. Viele Menschen hinterlassen Spuren im Wald. Wenn Ihr Geld wollt, müsst Ihr uns schon mehr verraten.«

»Lass erst sehen, das Geld.«

Jansen nahm den Münzbeutel heraus, schüttelte ihn, dass es klirrte, zog das Band auf und ließ Willems einen kurzen Blick auf eine Handvoll blinkender Weißpfennige werfen. In den dunklen Augen schien ein Licht zu glimmen. Wahrscheinlich bekam der Mann nicht oft derart viel Geld zu sehen.

Jansen zurrte den Beutel wieder zu. »Zuerst brauchen wir einen Beweis für die Verwendbarkeit Eures Wissens. Wir hören.«

Kreitfisch, der an der Feuerstelle wartete und gerade einen Blick in den schwarzen Kessel geworfen hatte, wandte sich um und verschränkte die Arme.

Willems' Zunge schnellte vor und befeuchtete die Lippen. »Zuerst eine Münze.«

»Zuerst einen Hinweis«, beharrte Jansen.

»Ich muss euch Eselsärschen gar nichts erzählen! Kein Wort muss über meine Lippen kommen!« Willems zog Schleim hoch und spuckte auf den Boden.

»Dann nicht.« Jansen steckte den Beutel wieder ein und machte Anstalten, sich zu erheben. »Komm, Hennes.«

»Wartet«, knurrte Willems. »Nicht so hastig.« Er setzte sich auf eine kurze Bank, deren Füße so weit gespreizt waren, dass die Sitzfläche beinahe den Boden berührte. Man sah ihm an, dass er nicht recht wusste, wo er anfangen sollte, er hatte die Hände verschränkt und verzog angestrengt das Gesicht.

»Wie schon gesagt«, begann Willems. Wieder glitt seine Zunge über die Lippen wie ein kleiner roter Fisch. »Bin ab und an im Wald unterwegs.«

Gelächter!, dachte Jansen. Der Bursche war vermutlich Tag und Nacht im Wald unterwegs. Es juckte ihn zu fragen, was er dort zu tun habe, aber es war nicht seine Aufgabe, Wilddiebe an den Galgen zu bringen. Er wollte nicht vom Kern der Sache ablenken, und der Kern der Sache war Jacob.

»Unterbrich mich nicht!«, fuhr Willems Kreitfisch an, der lediglich ein Schnauben von sich gegeben hatte. »Wenn ihr was wissen wollt, haltet das Maul!«

Reizender Knabe, dachte Jansen. Der Hund als ständiger Bewohner dieses Hauses tat ihm leid, und er strich ihm sanft über das filzige Fell.

»Ihr wollt was über den Jungen wissen. Also Maul! Hab ihn ein paarmal gesehen, mal allein, mal mit noch einem, so 'm dürren Knaben mit gelben Haaren. Auch mit 'm Mädchen, aber da wollt er nun gar nicht gesehen werden.« Er grinste.

»Wobei habt Ihr ihn denn gesehen?«, wagte Jansen zu fragen.

»Du sollst das Maul halten, Kratzfurz, bist du taub?«

Jansen räusperte sich und klopfte auf den Münzbeutel in seiner Tasche. »Ein wenig Zurückhaltung wäre angebracht«, warnte er.

»Dämliche Frage«, fuhr Willems unbeeindruckt fort. »Er ist rumgestromert. Hat Kleingetier gefangen, im Bach gefischt, inner Sonne gelegen.«

»Und Ihr seid ihm dabei begegnet?«, warf Kreitfisch ein.

»Sag ich doch.«

Jansen wollte fragen, wie man das alles wissen konnte, wenn man nur ab und an im Wald unterwegs war, aber stattdessen sagte er: »Kann es sein, dass er auch größere Tiere gejagt hat? Verbotene Tiere?«

»Woher soll ich das wissen? Wenn, dann hat er mich nicht um Erlaubnis gebeten.«

»Nun gut. Und was war mit dem Mädchen?«

»Na, was? Isser dir abgefallen, oder was fragst du so dämlich? Klar isser dir abgefallen, genau wie das Bein! Dem Jungen jedenfalls nicht. Der hat sich an dem Mädchen zu schaffen gemacht. Doch da kam ich, jammerschade. Da sind sie mal schnell woandershin.«

»Wie sah das Mädchen aus?«

»Hm. Das kleine Miststück hatte schwarze Haare. Hübsches Antlitz, netter Arsch …«

»Gut, so viel dazu. Kommen wir nun zu den Spuren, die Ihr gesehen haben wollt.«

Willems zeigte sich zunehmend ungehalten. »Hör mal, wenn du noch mal dazwischenschwatzt, sag ich nix mehr, dann könnt ihr euch eure Münzen sonst wohin stecken!« Er schwieg grollend und trat mit dem rechten Fuß, der in abgetragenen, mit Lederband umwickelten Stiefeln steckte, vor einen Eimer, der daraufhin scheppernd durch den Raum rollte.

Als draußen etwas knackte, sprang er auf und sah aus der Tür, setzte sich aber gleich wieder hin. Allmählich beruhigte er sich. »Wollt ich grad drauf kommen, auf die Spuren, aber wenn ihr dauernd dazwischenschwatzt! So. Zuhören. Merkt euch das, der Bursche, den ihr sucht, hat große Füße. So was fällt auf, gibt ja überall Spuren. Seine hatt ich ja auch schon mal gesehen. Also. Ich ging in den Wald. Am Sankt-Nikolaus-Tag. Und da sah ich seine Spuren wieder, im Schlamm am Bachufer. Waren ganz frisch, höchstens paar Stunden alt. Und was meint ihr?«

Er hielt inne und stützte seine breiten Hände auf der Bank ab. »Da waren noch mehr Spuren. Ein rechtes Getrampel, wenn ihr mich fragt. Fußspuren, Schleifspuren. Kreuzten sich mit seinen und liefen nebenher.«

»Schleifspuren? Welcher Art, was glaubt Ihr?«

»Was weiß ich! Lieg ich den ganzen Tag am Boden und –«

»Von wie vielen Füßen?«, fragte Kreitfisch knapp.

»Was?« Willems zog den Kopf zwischen die Schultern. »Da fragste mich was, fetter Freund. Das waren zwei, drei Stiefelpaare. Und ’n paar Hundespuren, glaub ich. So gründlich hab ich mir die nicht angesehen. Aber bevor ihr mich weiter plagt: Ich weiß nicht, wo die hinliefen. Ich konnt doch nicht ahnen, dass hier zwei Vögel auftauchen und Fragen stellen würden! So. Nun rüber mit den –«

»Sehr schön, Willems«, warf Jansen ein. »Und wo spielte sich das alles ab?«

»Im Wald, du Nuss.« Der kleine Mann stöhnte. »Wo denn wohl sonst? Aber die Spuren sind fort, mein Freund, weißt du, wann Sankt Nikolaus war? Was nützt euch also die Frage? Wirf mir das Geld rüber.«

»Wir möchten dennoch wissen, wo es war.«

»Ihr Eselsärsche könnt mich mal! Ich hab euch gesagt, was ich weiß, und jetzt will ich mein Geld!«

»Wo, Willems?«

»Kratzfürze!« Willems schlug mit der Faust auf die Bank. »Das ist das Letzte, was ich sag, ich schwör's! Danach ist mein Mund versiegelt! Im Hoppbruch war's. Nicht weit von hier, aber wie gesagt: Jetzt sind die Spuren zugeschneit, und wo sie hinführten, weiß ich eh nicht, also was soll's?«

»Im Hoppbruch … Wir wissen, dass hier mehrere Herzogtümer und Reichsherrschaften aneinanderstoßen. Gehört das Hoppbruch zu Liedberg? Zu Dyck? Oder schon zu Myllendonk?«, fragte Jansen.

Willems hielt sich eine Hand vor den Mund, riss die Augen auf und schüttelte den Kopf. Für ihn war die Angelegenheit erledigt. Er öffnete seine andere Hand und wedelte mit den Fingern.

Jansen reichte Kreitfisch den Münzbeutel und ließ ihn zwei Silberlinge und einige Kupfermünzen in Willems schmutzige Pranke abzählen.

»Schade«, bekundete er. »Wir hätten uns gern noch ein wenig mit Euch über Wilderei unterhalten, aber nun, da Ihr stumm seid … Jacob wird wohl nicht der Einzige sein, der unerlaubt auf Beutejagd ging. Die Spuren, die Ihr fandet, beweisen das. Wie auch immer: An der Straße nach Krefeld haben sie letztes Jahr einen Wilderer aufgeknüpft und ein Weilchen hängen lassen, damit alle wissen, wie verbotene Jagd geahndet wird. Hab ihn selbst gesehen, war kein schöner Anblick. Im Gegenzug taten sich nämlich die Tiere an ihm gütlich …«

Willems hatte die Münzen in seine Tasche gesteckt, sah zur Seite und verdrehte die Augen.

Jansen ergriff seinen Gehstock und erhob sich. Der Hund winselte und drückte sich an sein Bein. »Aber was rede ich«, fuhr er fort. »Ihr habt damit ja nichts zu tun, denn Ihr seid nur ab und an im Wald unterwegs. Sollte Euch dennoch etwas Bedeutsames einfallen, lasst es uns wissen. Wir zahlen gut, wie Ihr wisst.« Er grinste Willems an und wartete, bis Kreitfisch die Tür aufgezogen hatte.

»Wo bewahrt Ihr eigentlich Eure Fallen auf?«, fragte er im Weggehen. »Es muss irgendwo einen Verschlag dafür geben, oder?«

»Eselsärsche, verdammte«, knurrte Willems. »Raus, lasst Euch nie mehr blicken!« Er knallte die Tür so kräftig zu, dass Jansen Druck auf den Ohren spürte. Der Hund jaulte traurig hinter ihnen her.

»Was, bitte, ist ein Kratzfurz?«, fragte Kreitfisch, als sie auf ihr Fuhrwerk zugingen.

»Weiß ich nicht, meine kratzen nicht, die duften nur«, gab Jansen zur Antwort und stemmte sich ächzend auf den Fahrersitz. »Keine Ahnung, was der Kerl isst, dass er Kratzfürze von sich gibt.«

»Genau das wollte ich hören«, murmelte sein Freund, während er die Pferde losband. »Ein liebreizender Zeitgenosse, dieser Willems. Und inwiefern seine Geschichte uns weiterhelfen soll …? Hm. Dass Jacob oft im Wald war, wussten wir bereits. Und dass er dort andere traf, die ihre Beute wegschleppten: Wen wundert's? Es ist Winter, die Leute hungern. Schauen wir, ob wir in Gladbach mehr herausfinden.«

»Ja. Wir wollen es hoffen«, sagte Jansen. Er wühlte in seiner Tasche und zog ein ausgefranstes Tuch hervor, das er sich um den Hals knotete.

»Schmuckes Städtchen, dieses Gladbach. Das letzte Mal war ich als Hochzeitsgast dort, ist 'n Weilchen her. Das Brautpaar ist inzwischen verstorben. Meine Base Gertrud und ihr Mann, Gott hab sie selig. Die drei Söhne hat es in alle vier Winde verstreut, einer war vor Kurzem auf Besuch in Neuss.«

»Drei Söhne in *vier* Winde verstreut?«, fragte Kreitfisch, während er den Wagen wendete. »Wie das denn?«

»Kreitfisch, du bist ein spitzfindiger Dorsch«, rügte ihn Jansen. »Pingeliger als ein Weib. Und jetzt halt deine Knollennase in den Wind und nimm Fahrt auf! Aber vergiss nicht, in Giesenkirchen anzuhalten. Ich muss Lises' Vetter dieses Päckchen geben«, er neigte den Kopf in Richtung Ladefläche, »und Leder einholen. Der Vetter ist ein fabelhafter Gerber. Für mich lohnt sich die Fahrt in jedem Fall. Oje. Du siehst tatsächlich aus wie ein Dorsch, Kreitfisch, derselbe stiere Blick.«

»Können Dorsche ein Fuhrwerk lenken?«

»Natürlich, sonst säßen wir doch nicht hier. Glotz nicht so böse, mein Freund, ich beliebe zu spaßen. Fahr zu!«

***

Als Jordis den Stadtknecht, der an der Pforte zur Anlegestelle Wache hielt, nach einem Boot fragte, das heute noch rheinabwärts fahren würde, erfuhr er, dass von den vier Kähnen, die an der Brücke ankerten, nur eines in Frage kam. Das des trinkfreudigen Holländers. Die anderen warteten entweder noch auf Waren, die sie in den nächsten Tagen aufnehmen wollten, oder würden rheinaufwärts fahren.

Jordis bat zwei Schiffer, die gerade aus ihrem Boot auf die steinerne Landebrücke kletterten, für ihn nach einem Platz an Bord des holländischen Schiffes zu fragen. »Nur bis Düsseldorf«, fügte er hinzu, obwohl die beiden Männer sich Ähnliches wohl schon gedacht hatten, da sie ihn gutmütig, beinahe mitleidig, unter ihren Mützen hervor angrinsten. Mit seiner gediegenen, farbenfrohen Kleidung, den an der Spitze modisch verbreiterten Schuhen, dem Buckel und den feingliedrigen weißen Händen war er vom Bild eines waschechten Seemannes so weit entfernt wie ein Huhn vom Cembalospiel.

Die Matrosen ruderten zum Schiff des Holländers und kehrten rasch wieder zurück. »Sollt später wiederkommen, gegen Mittag«, sagten sie. »Für einen Silberling lässt er Euch in Düsseldorf aussteigen.«

»Gut, ich danke Euch«, erwiderte Jordis. Während er noch überlegte, ob er den beiden ein Trinkgeld geben sollte, hatten sie sich bereits abgewandt und auf den Weg in die Stadt gemacht.

Der Stadtknecht an der Hafenpforte unterhielt sich derweil lautstark mit einem Kameraden, der zwischen zwei Zinnen von der Brustwehr der Stadtmauer herabsah. »Jammert, sobald sie die Augen aufschlägt, und kotzt, was das Zeug hält!«, rief er nach oben. Der Mann war einige Schritte zurückgetreten, die Lanze locker über der Schulter, und schirmte seine Augen mit einer Hand gegen das grelle Winterlicht ab. »War beim letzten Kind auch so, genau das Gleiche!«

»Oi! Kenne ich solcherart nicht!«, antwortete der andere. »Mein Weib hat Tag und Nacht Essen geschaufelt, ansonsten ging's ihr gut!«

»Verzeiht«, wandte Jordis sich zaghaft an den Mann mit der Lanze. »Würdet Ihr dem Holländer bitte sagen, ich zahle, was er verlangt, aber er möge bitte nicht ohne mich abfahren?«

Der Stadtknecht sah ihn kurz an und sagte: »Ist recht, Herr Jordis«, bevor er sich wieder seinem Freund auf der Brüstung zuwandte.

»Habt Dank«, erwiderte Jordis, »und gute Besserung für Eure Frau.« Er drehte sich um und ging auf die Pforte zu.

Die Weisheiten über schwangere Ehefrauen drangen ihm noch ans Ohr, bis sie auf Höhe des Kaufhauses vom Geschrei eines Fischers übertönt wurden. »Frischer Flussbarsch!«, verkündete der Mann und schwenkte einen großen, gestreiften Fisch hin und her.

Jordis winkte ab, wich dem Handkarren eines Bäckers aus und bog in die Brückstraße ein. Stimmen und Geklapper verstummten, als er sein Haus betrat.

Er würde einen Krug von Aleidis' liebstem Wein aus dem Lager holen und ihr bringen. Sollte er dann noch Zeit haben, wäre es angebracht, die Witwe Hemmers aufzusuchen und sie über den Stand der Dinge in Kenntnis zu setzen. Dass sie ihren Sohn jemals wiedersehen würde, glaubte er zwar kaum noch, aber ein Rest Hoffnung bestand. Die arme Frau. Sterbenskrank und einsam, welch schweres Los.

Jordis rief nach Klara, doch sie gab keine Antwort, das Haus war leer. Er stieg mit einer Tranlampe in den Keller und holte einen Krug Riesling herauf, bevor er wieder vor die Tür trat und die Brückstraße hinunterging.

Am Kloster der Minderbrüder sah er durch das offene Kirchenportal einen hageren Mönch im Dämmerlicht den Boden kehren. Ein unangenehmer Geruch stieg ihm in die Nase, und er machte einen großen Bogen um einen feuchten Haufen, der inmitten der Straße im Schnee lag. Pferdeäpfel oder ein menschliches Vermächtnis? Man konnte das Unerfreuliche, was auch immer es war, noch dampfen sehen.

An der Ecke zur Mohrengasse rutschte er beinahe auf einem flachen Pflasterstein aus, der von einer dünnen Eisschicht überzogen war. Er würde die Straßenränder meiden, da dort das ausgeschüttete Koch- und Waschwasser schnell zu einer glatten Fläche gefror. Der beiseitegefegte Schnee, der sich nie ganz von den Steinen löste, tat sein Übriges, um Zweibeiner zu Fall zu bringen. Er dachte an Jansen, der als Einbeiniger noch größere Schwierigkeiten haben musste, von hier nach dort zu gelangen. Achtsam ging er weiter.

Vor einem Schusterladen am Ende der Gasse war der Klappladen heruntergelassen. Ein Schuhmacher, dessen Name Jordis nicht geläufig war, hatte einige Paar Stiefel und Schuhe darauf ausgebreitet und war ins Gespräch mit zwei dick vermummten Bürgerfrauen vertieft. Sie beachteten Jordis nicht, als er an ihnen vorbeihinkte. Der Weinkrug wurde von Schritt zu Schritt schwerer.

Jordis war froh, als er die Straße, die Hinter den Minderbrüdern genannt wurde, erreichte. Mit dem Rücken zu Aleidis' Haus hatte man einen freien Blick auf das Zolltor und die angrenzenden Mauerbögen. Er klopfte an die Tür und beobachtete einen Schwarm Krähen, der über den Gärten und Feldern jenseits der Stadtmauer kreiste.

Aleidis öffnete ihm selbst. Ihr langes Haar schien in letzter Zeit silbriger geworden zu sein, ihr Gesicht ein wenig schmaler. Als sie ihn umarmte, empfand er es als tröstlich, dass sie ansonsten rund und weich war wie eh und je.

»Oh, und du bringst mir Wein!«, stellte sie erfreut fest. »Komm schnell herein, bevor er zu Eis wird.«

»Oder ich«, erwiderte Jordis scherzhaft. »Ich werde wahrscheinlich eher zu Eis als dieser Wein, ich armes, zartes Männchen.«

Er folgte Aleidis durch den kalten Flur in die angenehm warme Küche. Ihm fiel auf, dass sie immer noch schwerfällig ging und das rechte Bein nachzog. Die Beinschrauben, die man ihr im letzten Jahr während ihrer Gefangenschaft im Blutturm angelegt hatte, mussten ihren Knochen arg zugesetzt haben.

»Nimm Platz, Augustin. Möchtest du vom Eintopf kosten?« Aleidis wies auf die Sitzbank und machte sich am Herd zu schaffen.

Jordis setzte sich. Über ihm an der Decke hingen einige Bündel getrockneter Kräuter, die einen leichten Duft nach Sommer verströmten. »Wo ist Elsbeth?«, fragte er. »Wie geht es ihr?«

Aleidis seufzte, während sie im Suppenkessel rührte. »Nicht gut. Sie ist erschöpft und niedergeschlagen und empfindet, wie soll man sagen … keine Freude mehr. Alles ist ihr einerlei. Sie kommt nicht über die Geschehnisse im letzten Jahr hinweg. Im Augenblick schläft sie.«

Jordis fuhr mit einem Finger die Tischkante entlang. »Das tut mir leid.« Er schwieg eine Weile und sah aus dem kleinen Fenster in den Hof. »Kann ich etwas tun?«

»Ich weiß nicht«, erwiderte Aleidis. »Ich weiß wirklich nicht, wie man ihr helfen kann. Vorgestern war Virlingbrodt mit seinem Gesellen hier, um mein Bett zu richten, da konnte sie sich zumindest überwinden, mit uns zu essen. Wenn auch nur aus Höflichkeit, wie ich vermute. Ansonsten kann ich sie nur selten dazu anspornen, sich zu beschäftigen. Oder etwas zu essen. Ausgegangen ist sie seit Wochen nicht mehr.«

Aleidis hob den Suppenkessel vom Herd und trug ihn zum Tisch. Jordis nahm den Geruch von Weißkohl und Salbei wahr.

»Sofern Gäste sie aufmuntern können, bin ich gern bereit, mich zum Essen einladen zu lassen.« Er lächelte ein schwaches Lächeln.

Aleidis drückte seine Hand und begann, Eintopf in tönerne Schalen zu füllen. Jordis hatte keinen Hunger, da Klara ihm zum Frühstück eine Portion Getreidebrei vorgesetzt hatte, die sämtliche Bewohner der Brückstraße gesättigt hätte. Aber Aleidis zuliebe tauchte er seinen Löffel in die dickflüssige Suppe und kostete. Sie schmeckte ein wenig süß und war erfreulich warm.

»Wie ist dein Befinden, werte Aleidis?«, fragte er.

»Ich kann nicht klagen«, antwortete sie. »Ich springe nicht herum wie ein Füllen, aber warum sollte ich? Danke der Nachfrage.«

Sie griff nach ihrem Löffel, und er wunderte sich wieder einmal, wie klein und kindlich ihre Finger im Vergleich zu ihrer Statur waren.

»Und du? Du siehst blass aus, mein Lieber, ein wenig übernächtigt.«

Jordis schnitt eine Grimasse und fischte ein Kohlstück aus seiner Suppe. »Es ist diese finstere Angelegenheit … Der junge Mann, den wir suchen. Zwar gibt es Spuren, die wir verfolgen können, aber ich fürchte, einen glücklichen Ausgang wird es nicht mehr geben.«

Er berichtete ihr so kurz und übersichtlich wie möglich von den Ereignissen der letzten Tage. Als er geendet hatte, war seine Schale zum zweiten Mal gefüllt worden, und ein Becher Wein stand neben seinem Gedeck. Im Stockwerk über ihnen knarrten die Dielenbretter. Aleidis sah zur Zimmerdecke hinauf.

»Jacob Hemmers …«, sagte sie nachdenklich. »Otilia Hemmers' Sohn.«

»Richtig. Hast du auch ihn auf die Welt geholt?«

»Das habe ich, mein Guter.«

Jordis nickte. Aleidis hatte in den drei Jahrzehnten, die sie als Hebamme tätig war, so manch Neugeborenem den Weg ins Leben geebnet, unter anderem auch ihm, vor beinahe dreißig Jahren. Er sah, dass sie zögerte. »Was ist?«

»Eigentlich dürfte ich es dir nicht sagen«, erwiderte sie. »Aber da ihr Sohn verschwunden ist … Womöglich kann es helfen, ihn zu finden.«

»Was kann helfen? Jetzt sag schon!« Sie war doch sonst nicht so zauderlich.

Aleidis legte ihre Hände um den Weinbecher und sah ihn an. »Der alte Hemmers ist nicht sein Vater.«

»Wie bitte?« Er hatte sich doch wohl verhört!

Sie seufzte. »Er war Salzhändler, das weißt du, und oft auf Reisen. Auch zu der Zeit, als Jacob gezeugt wurde. Seine Frau behauptete später, das Kind sei viel zu früh gekommen, aber der Junge war schwer wie ein Sack Mehl, von wegen zu früh gekommen! Dass sie mir das nicht weismachen konnte, wusste sie, und darum hat sie mich angefleht, nichts zu sagen.«

»Und?«

»Na, ich habe nichts gesagt. Ging mich doch nichts an. Ich wollte die Frau nicht verraten. Der Kleine war gesund und wurde gut versorgt. Wer sein Vater ist, habe ich nie erfahren, falls du mich das jetzt fragen willst.«

»Schade. Das wollte ich dich gerade fragen.« Jordis rieb sich die Stirn. »Herrje. Und du hast keinen Verdacht, mit wem sie damals …?«

Aleidis schüttelte den Kopf. »Der Knecht, den sie zu jener Zeit hatten, war ein Greis. Und Otilia ist nie viel ausgegangen, sie war schon früher nicht sonderlich gesellig.« Als auf der Treppe eine Stufe knarrte, beeilte Aleidis sich hinzuzufügen: »Ich habe keine Ahnung, wer es war. Aber ich werde mich bemühen, etwas herauszufinden. Oder willst du die Witwe selber fragen?«

»Um Gottes willen, nein!«, flüsterte Jordis.

In diesem Moment schwang die Küchentür auf, und Elsbeth trat ein. Als sie Jordis sah, nickte sie matt. Ihm fiel auf, wie mager sie geworden war, die Haut spannte über den Wangenknochen, und ihre Brust verschwand völlig unter den Weiten des Gewandes. An den Füßen trug sie wollene Socken, die ihr zu groß waren und vorn abstanden, ihre dünnen Beine ragten daraus hervor wie ein Storch aus dem Gezweig seines Nestes.

»Sei gegrüßt, Elsbeth, ich freue mich, dich zu sehen«, sagte Jordis und versuchte, munter und zuversichtlich zu klingen. Er hätte längst einmal vorbeikommen sollen.

Elsbeth stand mit hängenden Schultern da und schien nicht recht zu wissen, was sie tun sollte.

»Komm, Elsbeth, setz dich, das Essen ist fertig«, lud Aleidis ein.

Das Mädchen ließ sich stumm auf der Wandbank nieder. Mit ihrem zerzausten Haar und ihren aufgesprungenen Lippen bot sie ein Bild des Jammers.

»Aleidis hat mich genötigt, eine Unmenge Suppe zu verzehren«, ließ Jordis in munterem Ton vernehmen. »Eigentlich müsste ich nun doppelt so groß und schwer sein wie zuvor.«

Elsbeth schenkte ihm ein mattes Lächeln.

»Ich muss nun gehen«, sagte er und erhob sich. »Ich darf mein Schiff nach Düsseldorf nicht verpassen.« Beim Gedanken an das Boot des Holländers und die eisigen Tiefen des Rheins wurde ihm mulmig zumute, und er trank rasch seinen Wein aus.

»Ich werde bald noch einmal vorbeikommen. Und selbstverständlich könnt ihr mich jederzeit besuchen. Auch du, Elsbeth.«

Die junge Frau nickte verzagt, aber er deutete es als gutes Zeichen.

»Und koste den Eintopf, er ist köstlich«, riet er im Weggehen. Von der Tür aus sah er, wie sie langsam nach dem Löffel griff. Aleidis begleitete ihn in den Flur.

»Danke für deinen Besuch. Ich melde mich, wenn ich etwas höre«, sagte sie leise und umarmte ihn zum Abschied.

***

Bei Lises Jansens Vetter in Giesenkirchen hatten sie sich einen heißen Eintopf einverleibt und ein Dutzend Lederbündel in ihren Wagen geladen. Zur Mittagszeit waren sie hinter Mülfort nach Norden abgeschwenkt und hatten feststellen müssen, dass der Wald näher an die Straße heranrückte.

»Muss es ausgerechnet jetzt anfangen zu schneien?« Verdrossen blinzelte Jansen zur dichten Wolkendecke hinauf.

»Solange wir vorankommen, stört es mich nicht.« Kreitfisch kaute auf einem dünnen Speckstreifen und hielt die Augen auf den Weg gerichtet. »Im Gegenteil. Ich mag Schnee. Er macht das Antlitz der Erde freundlicher und dämpft alle Laute.«

So war es. Die Räder der Reifen glitten lautlos durch den frisch gefallenen Schnee, die Welt rundum erschien friedlich und still.

Bis ein unerwartetes Geräusch diese Stille durchbrach: Ein schrilles Heulen hallte von fern über die Bäume.

Die Pferde wurden unruhig. Hug schnaubte und versuchte, seitlich auszubrechen, Änni blieb ängstlich stehen.

»Scht, ruhig, es ist nur ein Hund«, beruhigte Kreitfisch sie, »nur ein Hund.«

»Oder ein Eheweib, dessen Mann zu lange in der Schänke saß«, warf Jansen ein.

Noch einmal ertönte das Heulen. Der Ton stieg auf und brach, bevor er sich erneut erhob.

Die Pferde schossen nach vorn und rissen das Fuhrwerk jählings mit sich. Kreitfisch hörte die Deichsel knirschen und zog die Leine an. Er stemmte seine Fersen auf den Bretterboden und lehnte sich mit seinem ganzen Gewicht nach hinten. »Hoo!«, rief er. »Langsam, ihr Braven. Alles ist gut, alles ist gut!«

Die beiden Pferde kamen zum Stehen. Mit angelegten Ohren tänzelten sie unruhig auf der Stelle und wirbelten Schnee auf, der in nebligen Schwaden gegen den Karren wehte.

Kreitfisch sah Jansen an. An der Größe seiner Atemwolke konnte er erkennen, wie aufgeregt der Einbeinige war. »Das klang nicht gut«, sagte er. »Es könnte der verdammte Wolf sein.«

Sie schwiegen und warteten. Weitere Laute blieben aus. Jansen beugte sich zur Seite und hob die Decke auf, die von seinem Knie gerutscht war. »Fahr weiter«, schlug er vor. »Es kam von hinten. Wir sollten schnellstens nach Gladbach gelangen.«

Kreitfisch sagte nichts, sondern schwang die Leine. Die Pferde gehorchten und liefen los – aber ohne Fuhrwerk!

Kreitfisch wurde aus dem Sitz gerissen und nach vorn geschleudert und konnte sich gerade noch an der Verkleidung festhalten, jedoch nicht, ohne die Leinen loszulassen. Er richtete sich auf und sah ungläubig zu, wie die Pferde sich entfernten und Teile der gebrochenen Deichsel hinter sich herschleiften.

Jansen stieß einen scharfen Pfiff aus. Die weiße Stute verlangsamte ihren Lauf, wurde aber von Hug weitergezogen.

Als erneut das unheimliche Heulen ertönte, gab es kein Halten mehr. Beide Pferde preschten in vollem Galopp die Straße entlang und verschwanden in einer wirbelnden Wolke aus Schnee. Das Klackern der über den Boden gezerrten Holzstücke und Eisenhaken wurde leiser und leiser, bis es schließlich ganz erstarb.

Kreitfisch prustete und blickte zu Jansen hinüber, der gebeugt neben ihm stand. Der Karren hatte sich vornübergeneigt und steckte im Schnee fest. Wäre die Sitzverschalung nicht so hoch gewesen, hätte es sie beide aus dem Wagen geschleudert.

»Grundgütiger«, murmelte Kreitfisch und kletterte vorsichtig hinaus. Der Einbeinige tastete nach seinem Gehstock und tat es ihm nach. Angestrengt lauschten sie in die Stille, aber der Wald blieb stumm.

Jansen schlug wütend mit seiner Krücke vor den zusammengebrochenen Wagen. »Mistkarren!«

Kreitfisch rückte seine Mütze zurecht und sah die verschneite Straße hinunter. »Was ist, wenn der Wolf die Pferde …?«

»Ein einzelner Wolf wagt sich nicht an zwei Pferde heran. Außer, er ist vollkommen wahnsinnig und tollwütig. Was wir aufgrund der Tatsache, dass wir hier allein im Wald stehen, nicht annehmen wollen. Gib mir doch mal den Wein.«

Kreitfisch hob den umgekippten Essenskorb aus dem Fuhrwerk und entkorkte den Weinkrug. Er reichte Jansen das Gefäß und nahm sich selbst ein Stück Brot.

Der Einbeinige nahm einen tiefen Schluck. »Sie laufen bis zum nächsten Hof. Wir finden sie da, wo es was zu fressen gibt, darauf wette ich.«

»Einer von uns könnte weitergehen«, schlug Kreitfisch vor, »und der andere hier warten.«

»Auf den Wolf?«, entrüstete sich Jansen. »Ein unfassbar armseliger Plan, mein Freund. Wer weiß, ob hier jemals jemand vorbeikommt.«

Sie warteten eine ganze Weile, aber es kam niemand.

Der Einbeinige vertrieb sich die Zeit damit, mit seinem Stock Löcher in den Schnee zu bohren. Kreitfisch lehnte an einem Baumstamm und beobachtete den Wald.

»Sag mir, wenn du den Wolf siehst, damit ich …«

Jansen verstummte, als er sah, wie sein Freund eine Hand hob. Sie lauschten schweigend, während sich von fern Stimmen näherten.

Ein Reiter in Helm und Brustpanzer kam langsam um die Wegbiegung. Es folgten zwei Fuhrwerke, die von kräftigen Pferden gezogen wurden. Das Ende des Zuges bildeten eine Handvoll Fußgänger und zwei Reiter. Mit jedem Schritt war der kleine Tross besser zu hören. Ein Lachen erhob sich über das gedämpfte Gemurmel der Männer, große Reifen ächzten unter dem Gewicht schwerer Lasten, Lederriemen knarrten im Geschirr der Pferde, und Atemwolken hingen dunstig blau vor dem dunklen Hintergrund der Bäume, als die Ersten das beschädigte Fuhrwerk erreichten.

»Wie Ihr seht, sind unsere Pferde ohne uns weitergezogen«, begrüßte Jansen sie.

»Deichselbruch«, ergänzte Kreitfisch.

»Oh. Schlechter Ort dafür. Wartet.«

Der Vorreiter des Trosses wandte sich an einen Mann, der auf dem mit Leder überspannten Fahrersitz des ersten Wagens saß.

»Lächle, Kreitfisch«, raunte Jansen, »du siehst aus wie ein Meuchelmörder, niemand wird dich mitnehmen wollen.«

Kreitfisch konnte nicht lächeln, weil seine Gesichtshaut starr gefroren war.

Der behelmte Reiter kam mit ernstem Gesicht zu ihnen zurück. Als er ihnen anbot, ihr Gefährt bis Gladbach zu ziehen, atmete Kreitfisch erleichtert auf.

Dass er zu Fuß gehen musste, wurde ihm erst bewusst, als er sich am Ende des Trosses wiederfand, beim Fußvolk, während Jansen neben einem vierschrötigen Fuhrmann Platz nehmen durfte. Trotz der Kälte stand er schnell im Schweiß.

Neben ihm schritt ein Mönch im Habit der Benediktiner, der einen Esel am Zügel hielt und auf dem Rückweg zur Abtei in Gladbach war. Er hatte die Kapuze seines schwarzen Skapuliers weit vorgezogen, sodass von seinem Gesicht nicht viel mehr zu sehen war als eine schmale, rot gefrorene Nase. Von ihm erfuhr Kreitfisch, dass der Händlertross aus dem Bergischen Land kam und mit einer Fuhre Waffen und Werkzeuge auf dem Weg nach Brabant war, um dort Tuch einzuholen. Kreitfisch hörte nur mit halbem

Ohr hin. Er wurde erst wacher, als der Mönch auf den Wolf zu sprechen kam.

»Ein bösartiges Tier. Wir haben eines seiner Opfer bestattet«, erzählte er. »Einen jungen Mann. Bruder Hendricus war blass wie ein Leintuch, nachdem er ihn untersucht hatte. Möge die arme Seele in Frieden ruhen.« Keiner seiner Mitbrüder ginge mehr allein in den Wald, fuhr er fort. Er habe sich für den Hin- und Rückweg Anschluss an eine bewaffnete Gruppe gesucht, und er könne ihnen nur dasselbe raten.

Kreitfisch murmelte etwas Zustimmendes. Er sah voraus zu der Stelle, an der sich die Helligkeit der verschneiten Straße mit der Dunkelheit des Waldes mischte. Türme und Mauern will ich sehen, dachte er, und die hell erleuchteten Fenster einer Schänke.

***

Die Überfahrt versetzte sein Gemüt und seinen Magen arg in Aufruhr. Augustin Jordis wusste nicht, ob es an der Strömung, am starken Wind, an dem Schiff, das sie fast gerammt hatte, oder am Branntweinverbrauch der Besatzung lag, auf jeden Fall war der Aufenthalt an Bord des Holländerschiffes eine Qual. Er kam sich vor wie das ärmste Ding auf Erden, eine Möhre im Kochtopf eines Wahnsinnigen, hin- und hergeschleudert in brodelndem Wasser. Die Wellen des Rheins erzeugten Wellen der Übelkeit in seiner Magengegend, und er war unsagbar erleichtert, als die Fahrt sich dem Ende näherte. Dabei war er, wie er sich eingestehen musste, nur auf die andere Rheinseite gereist und nicht, wie dieser Spanier Kolumbus, um die halbe Welt. Aber jedem das Seine, er war für die Seefahrt jedenfalls nicht geboren.

Außerdem hatte ihm beim Besteigen des Schiffes der Besuch bei der Witwe Hemmers noch im Magen gelegen. Sie selbst hatte ihn nicht empfangen können, hinfällig, wie sie war, aber er hatte sie weinen gehört, nachdem die Magd ihr seine Nachricht überbracht hatte. »Wir suchen weiter nach Eurem Sohn!«, hatte er gerufen, bevor er das Haus verließ. In trübsinniger Stimmung war er an Bord des Holländerschiffes gestiegen und nicht enttäuscht worden: Es war schrecklich.

Man hatte ihn gleich zu Beginn der Fahrt um das verabredete

Geld erleichtert und dann gebeten, nicht im Weg, das heißt: nirgendwo, zu stehen. Wo, bitte, sollte er sich denn aufhalten auf diesem Holzhäufchen, das kaum größer war als seine Wohnstube? Ganz gleich, wo er sich zaghaft niederzulassen versuchte: Er wurde verscheucht, von Männern, die alles andere als gut und auch alles andere als nüchtern rochen. Einmal stand er zu nah am Mast, dann zu nah am Ruder, und dann wieder kamen sie wegen ihm nicht an ihre Taue. Er hasste Taue, sie sahen aus wie fette Würmer.

Warum musste Düsseldorf auch so schrecklich weit entfernt liegen? Für die Rückfahrt würde er die Fähre wählen, um die Verweildauer auf dem Wasser zu verkürzen. Rheinaufwärts könnte er sich dann einen Platz auf einem Fuhrwerk sichern. Ihm war speiübel.

Das letzte Stück Fahrt über klammerte er sich am Heck des Schiffes an die Reling und versuchte, an etwas anderes zu denken als an die Übelkeit, die ihn plagte, seit sie in Neuss abgelegt hatten und den Zubringer zum Rhein hinaufgefahren waren. Erleichterung durchströmte ihn, als sie um die letzte Flussschleife bogen und er die ersten Höfe sah, die das rettende Ufer zierten.

Hinter schützenden Wällen erhob sich die kleine Stadt Düsseldorf nah am Ufer des Stroms. Dicht an dicht drängten sich Türme und Häuser, dunkel ragten Fahnen und Kreuze von hohen Dachspitzen in den bleigrauen Himmel. Womöglich wird es gleich schneien, dachte Jordis.

Im Näherkommen konnte er die Flügel der Windmühle im Süden der Stadtbefestigung ausmachen. Er sah den Schwimmkran und die hohen Mauern an der Anlegestelle und bald darauf die beiden Türme der trutzigen Schlossanlage. Dahinter ragte der hohe Turmhelm der Sankt-Lambertus-Kirche auf, dessen schiefe Dachflächen das Winterlicht spiegelten. Glockenschläge wurden über das dunkel rauschende Wasser zu ihnen herübergeweht und zeigten die *hora nona*, die Mitte des Nachmittags, an. Viel Zeit bliebe ihm nicht, um noch vor Einbruch der Dunkelheit nach Hause zu gelangen.

Der Wind hatte aufgefrischt. Die Segel wurden knatternd eingeholt, und das flachbodige Frachtschiff bahnte sich seinen Weg an zahllosen Fischerbooten vorbei auf den Hafen zu.

Der Holländer war ein schlaksiger Kerl mit überlangem Haar und einem Bart, über den er bald stolpern würde. Da er nicht auf Anhieb einen günstigen Liegeplatz fand, ankerte er an einer geschützten Stelle, ließ ein Beiboot zu Wasser und stellte es Jordis frei, sich mit diesem an Land rudern zu lassen oder an Bord des Schiffes zu verbleiben, bis sie die Nordsee erreichten.

Jordis musste wohl oder übel mittels einer wackligen Leiter in eine Nussschale klettern, die mit einem Seemann besetzt war, dessen Gesicht die Farbe und Starrheit von Eichenholz hatte. Der Hölzerne ruderte mit kräftigen Zügen zum Uferdamm hinüber und legte wieder ab, kaum dass Jordis sich in Sicherheit gebracht hatte. Er setzte seinen Fuß in Düsseldorf an Land und atmete erst einmal tief durch.

Mit gleichmäßigem Klatschen entfernten sich die Ruder. Auf die Nachfrage eines Mannes im Kapuzenumhang, ob es ihm gut ginge, antwortete Jordis mit »Hervorragend«, obwohl das gelogen war, bedankte sich und wandte sich von der Anlegestelle ab.

Seine Knie fühlten sich weich an, als er über den belebten Schlossplatz wankte. Dennoch erschienen ihm das harte Steinpflaster und das Gewimmel von Menschen, Pferden und Fuhrwerken beruhigend und tröstlich nach der Unsicherheit, die das Wasser bot. Er trat beiseite, als zwei Hafenarbeiter ein großes Fass auf ihn zurollten. Es musste etwas Schweres darin sein, Nägel vielleicht, oder Kupferscheiben, da sie selbst zu zweit Mühe hatten, die hölzerne Tonne zu bewegen.

Einem Bäcker, der unter einem Baldachin aus Stoff vor seinem Karren stand, kaufte er einen Kräuterfladen ab, da er es für angebracht hielt, seinen gequälten Magen zu beruhigen. Das Gebäck war so frisch und wohlschmeckend, dass er gleich einen zweiten Fladen erwarb. Kauend ging er um eine Schänke herum, vor der trotz der Kälte einige Gäste saßen, und steuerte auf das Schloss zu. Als er an den hohen Mauern hinaufsah, fielen die ersten Schneeflocken. Weiß und schwerelos schwebten sie aus dem Schiefergrau des Himmels auf ihn zu.

Er rückte seine Umhängetasche zurecht und begab sich zum Eingangstor, über dem die Flagge des Herzogtums Jülich-Berg wehte. Einer der Wachmänner konnte sich noch erinnern, dass Jordis im Vorfeld der herzoglichen Hochzeit im Oktober mehrmals das Schloss besucht hatte. Er pries die Qualität seines Weines und ließ ihn ohne weitere Fragen zum Mundschenk vor. Einen Buckel zu haben, barg trotz aller Entbehrungen auch gewisse Vorteile: Man erinnerte sich.

***

Aleidis Wintz hatte im Laufe ihres Lebens gelernt, sich nicht über Nebensächlichkeiten aufzuregen. So nahm sie den bitteren Kräutersud, den Tilde Coenen ihr reichte, klaglos hin. Nun saß sie in Tildes Küche auf der Bank und breitete die Tücher aus, die sie für ihre Freundin bestickt hatte.

»Meisterhaft«, sagte Tilde mit Blick auf die säuberlich gefertigte blaue Umsäumung. »Danke. Hätte ich selbst nicht besser gekonnt. Wie gern würde ich … Aber die Zeiten sind vorüber.« Die alte Frau sah auf ihre knotigen Hände herab und setzte sich. »Sehr hübsch, meine Gute. Und? Was gibt es Neues bei dir?«

Aleidis sprach ein paar belanglose Dinge an, bevor sie zum Kern der Sache kam. »Weißt du, ich mache mir Gedanken«, begann sie. Tilde nippte an ihrem Becher und sagte nichts. »Otilia Hemmers' Sohn wird vermisst, davon hast du wohl gehört.«

Tilde Coenen nickte, ohne den Becher abzusetzen. »Spricht sich rum.«

»Ja. Augustin Jordis hilft bei der Suche nach dem Jungen. Jeder, der etwas wissen könnte, wird befragt. Dabei … aber du musst versprechen, mit niemandem darüber zu reden.«

»Du kennst mich, sprich weiter.«

»Dabei können auch unangenehme Dinge ans Licht kommen.«

Tilde Coenen setzte den Becher ab. Ihre hellen Augen richteten sich auf Aleidis. »Und?«

»Tilde, du hast in Hemmers' Haus Dienst getan, als Jacob geboren wurde …«

»Stimmt.«

»Nun … ich habe mir Gedanken über seinen Vater gemacht.« Aleidis faltete die Hände auf dem Tisch und hob den Blick.

Die alte Frau lehnte sich ein Stück zurück. »Ich weiß, worauf du hinauswillst. Die Vaterschaft des alten Hemmers.«

»Ja«, bestätigte Aleidis. »In einer Notlage müssen Geheimnisse bisweilen offenbart werden, auch wenn sie unliebsam sind. Ich war damals sicher, dass der alte Hemmers nicht Jacobs Vater sein konnte. Ich habe geschwiegen, weil Otilia mich darum bat. Nun würde ich gern wissen, wer den Jungen tatsächlich gezeugt hat, da es bei der Suche nach ihm von Belang sein könnte.«

»Puh.« Tilde Coenen schob ihren Schemel zurück und stand schwerfällig auf. Sie nahm einen Krug und zwei kleine Becher von einem Wandbrett und schenkte ihnen großzügig Branntwein ein.

Nachdem sie daran genippt hatte, hustete sie und wischte sich die Lippen. »Den Verdacht hatte ich auch. Allzu früh erblickte der Knabe das Licht der Welt, und allzu kräftig war er. Es passte nicht mit den Reisezeiten seines Vaters überein. Aber ich war nie sicher, wer an seiner statt –«

»Denk nach, Tilde.«

»Tu ich doch.« Tilde nahm noch einen Schluck Branntwein. »Also, Otilia war keine solche. Die hatte nichts mit anderen Kerlen. Das wär mir aufgefallen.«

»War sie denn oft außer Haus? Hatte sie Verabredungen?«

Tilde Coenen lachte rau. »Das ist lange her, meine Gute. Weißt du noch, wann du vor zwanzig Jahren Brot gekauft hast? Nein, sie ging nur selten aus. Besorgungen machen und dergleichen. Koste doch von dem Branntwein.«

Aleidis kam der Bitte nach und musste sich bemühen, nicht zu husten. »Es gab keinen Knecht oder Händler, der häufiger als gewöhnlich in ihr Haus kam?«, erkundigte sie sich.

»Nein, gab's nicht.«

»Und von denen, die regelmäßig ein und aus gingen, käme da jemand in Frage? Für eine Liebschaft?«

Tilde erwiderte nichts und drehte ihren Becher in den Händen.

»Denkst du, dass es gar keine Liebschaft war?«, folgerte Aleidis. »Sondern dass ihr Gewalt angetan wurde?«

Tilde schluckte. »Ja. Das denke ich. Dass er sie sich genommen hat. Und sie nur zu gutherzig war, um das Kind wegmachen zu lassen.« Ihr Ton war bitter geworden.

Aleidis nickte. »Es erscheint naheliegend, wenn man Otilia kennt. Aber wer könnte es gewesen sein? Versuch dich zu erinnern, Tilde.«

Tilde Coenen beugte sich vor, verschränkte die dünnen Arme auf dem Tisch und versuchte, sich zu erinnern.

***

Als sie das Rasthaus in Gladbach endlich erreichten, kam es Kreitfisch vor, als sei er um die halbe Welt gerannt. Sein Herz klopfte, seine Beine fühlten sich bleischwer an, und seine Achselhöhlen waren klebrig vor Schweiß. Der Vorteil: Er fror nicht mehr. Der Nachteil: alles Übrige.

Zu allem Überfluss war es ihm noch nicht einmal vergönnt, sich – wie er es verdient hätte – unverzüglich mit einer Speiseplatte und einem Bier ins warme Bett zu verziehen. Nein, sie mussten zuerst den Berg hinaufklimmen und sich im Kloster nach dem toten Unbekannten erkundigen. Nun gut, so würden sie wenigstens in Frieden schlafen können! Oder eben nicht, je nachdem, was sie zu hören bekämen, aber sie hätten dann wenigstens getan, was sie konnten.

Ihre Pferde hatte ein Bauer auf einem Hof vor der Stadt für sie abgefangen. Nun waren sie sicher in den Stallungen der Herberge untergebracht, und der Einbeinige und er standen mit verschneiten Kapuzen vor der Pforte der Abtei. Kreitfisch legte den Kopf in den Nacken und sah an den Mauern des langen zweistöckigen Gebäudes empor. Hinter einem Fenster des Münsters zu ihrer Rechten leuchtete es gelb, ansonsten war kein Licht zu sehen, obwohl es inzwischen recht dunkel war. Die Geräusche der Siedlung nahe der Abtei waren kaum zu hören, von Weitem schlug ein Schmiedehammer, und ganz in der Nähe rief eine Kuh, ansonsten war es sehr still.

»Klopf noch einmal«, schlug Jansen vor. Er hatte die Schultern hochgezogen und lehnte an der Wand. Kreitfisch klopfte. Eine Klappe im Tor öffnete sich, und hinter einem Gitter erschien das von unten angestrahlte Gesicht eines Mönches.

»Was ist Euer Begehr?«, fragte er. Ein grauer Haarstreifen oberhalb der Ohren zierte seinen ansonsten kahl geschorenen Kopf. Die flackernden Schatten des Lichtes, das er in den Händen hielt, verliehen seinem zerfurchten Antlitz einen abweisenden Ausdruck.

»Gott zum Gruße, Bruder, wir kommen von weit her«, erklärte Kreitfisch. »Wir würden gern mit Bruder Hendricus sprechen. Es geht um den unbekannten Toten. Möglicherweise handelt es sich um einen Jungen aus Neuss, der seit Längerem vermisst wird.«

Der Mönch beugte sich näher ans Gitter, hob seine Laterne und musterte die Besucher. Dann nickte er und schloss die Klappe. Jansen stieß sich von der Mauer ab in der Erwartung, dass ihnen aufgetan werde, aber die in das Tor eingelassene niedrige Tür blieb verschlossen.

»Was?«, entrüstete er sich. »Wo rennt er denn hin, unser frommer Freund? Hat sich wohl wieder in sein Kämmerchen verzogen und trinkt seinen Wein allein. Von wegen christliche Gastfreundschaft!« Er stützte sich an der steinernen Umrandung des Portals ab und hob seinen Stock, um zu klopfen.

»Warte«, riet ihm Kreitfisch. »Ich glaube nicht, dass es hier geschätzt wird, wenn Besucher ungestüm an die Pforte hämmern.«

Jansen brummte und lehnte sich wieder gegen die Wand.

Der Wind hatte sich gedreht und wehte den stetig fallenden Schnee von der Seite in ihre Gesichter. Das gelbe Licht hinter dem Kirchenfenster flackerte, als käme es von einer unruhig brennenden Kerze. Kreitfisch trat ein Stück zurück und sah den Abteiberg hinunter. Am Fuß des Hügels blinkten einzelne Lichter. Undeutlich konnte er das Stadttor erkennen, durch das sie gekommen waren. Die dunklen Flecken dahinter mussten die Weiher sein, die vom Gladbach gespeist wurden. Kalt und zugig war es hier oben! Er wandte der Begrenzungsmauer den Rücken zu und ging zurück zum Kloster.

Nach einer Weile schnarrte es, und die Tür wurde langsam geöffnet.

Jansen humpelte los und wäre beinahe über den fest stehenden unteren Teil des Tores gestolpert. »An Einbeinige denkt wie üblich niemand«, knurrte er. Kreitfisch schüttelte sich die Flocken vom Umhang und trat ebenfalls ein.

Vor ihnen stand ein schlanker Mönch in schwarzer Kutte, der deutlich jünger war als erwartet. Er hatte ein ernstes Gesicht und wachsame helle Augen, die von einer Kapuze beschattet wurden. »Bruder Hendricus?«, fragte Kreitfisch.

Der junge Benediktiner nickte. Bevor sie etwas sagen konnten, bedeutete er ihnen, ihm zu folgen. Er führte sie in einen kleinen Raum unweit der Pforte, der karg eingerichtet war. Außer einer Bank, einem Tisch und einer Kerze stand nichts darin. Bruder Hendricus stellte seine Laterne ab und bot ihnen die Bank als Sitzplatz an. Er selbst blieb stehen. Sein langer Schatten fiel über das schlichte Wandkreuz und erstreckte sich bis zur Decke.

»Ihr habt den Unbekannten untersucht, der vom Wolf angefallen wurde?«, begann Kreitfisch ohne Umschweife. Er wollte möglichst rasch zurück in die Herberge, da ihm kalt war und seine Kleidung feucht an der Haut klebte.

»Ja. Das habe ich«, antwortete Hendricus. Er hatte eine sanfte, ruhige Stimme, und man konnte sich nur schwerlich vorstellen, wie er sich gleichmütig über eine verstümmelte Leiche beugte.

»Was könnt Ihr uns über ihn sagen?«, fragte Jansen. »Ihr müsst wissen, wir suchen im Auftrag einer Witwe nach deren Sohn und müssen damit rechnen, dass er der Tote ist.«

Hendricus hob das Kinn und sah auf einen Punkt an der fensterlosen Wand gegenüber. Sein Adamsapfel bewegte sich, als er schluckte. »Ich kann Euch nicht viel sagen. Ein Tier … oder mehrere Tiere hatten ihn gefunden. Sein Leib war zerstört. Ich bete, dass seine arme Seele in Frieden ruhen möge.«

»Ja.« Kreitfisch räusperte sich. »Wo wurde seine Leiche entdeckt?«

»Im Wald, nicht weit von hier, auf dem Weg nach Korschenbroich.«

»Und … wie sah er aus?«, wollte Jansen wissen. »Ich meine das, was noch von ihm übrig war.«

»Ich glaube, dass es ein junger Mann war. Groß. Ärmlich gekleidet.« Bruder Hendricus stand still da und hielt seinen Blick ruhig auf die Wand gerichtet, als würde er die Bilder vor seinem inneren Auge lebendig werden lassen.

Kreitfisch holte Luft. »Welche Farbe hatte sein Haar?«

Der Mönch senkte den Blick. Dann sah er Kreitfisch an. »Es war rot.«

»Rot, sagt Ihr? Nicht braun?«

»Nein. Es war von einem hellen Rot. Man konnte …«, er hob eine Hand an den Kopf, »einen Teil noch sehen.«

Jansen atmete laut aus. »Dann ist er nicht der, den wir suchen. Armer Teufel. Zumindest fand er ein würdiges Begräbnis.«

»Nun, das war's dann.« Jansen klopfte sich auf die Oberschenkel und stand auf. »Habt Dank, Bruder Hendricus, Ihr habt uns sehr geholfen.«

»Warte noch.« Kreitfisch hielt ihn am Ärmel fest und musterte den jungen Mönch. »Ihr seht nachdenklich aus, Bruder. Habt Ihr noch etwas auf dem Herzen?«

»Ihr erwähntet den Wolf.« Hendricus rieb sich mit einer schmalen Hand das Kinn.

»Ja. Und?«, fragte Jansen, als er nicht weitersprach.

»Man bat mich als Heilkundigen, den Leichnam für das Begräbnis vorzubereiten. Und … es ist gewiss, dass ein Tier ihn zerfleischt hat. Aber das kann auch … später geschehen sein. Ich fand eine Schlagwunde am Hinterkopf. Ich glaube, dass er von einem Menschen niedergeschlagen wurde, bevor das Tier kam.«

»Womöglich ist er nur unglücklich gestürzt«, wandte Jansen ein.

»Das mag sein. Mir kam es dennoch seltsam vor. Nun, für Euch ist es ohne Belang. Womöglich geriet er an Strauchdiebe. Ich will Euch nicht länger aufhalten, Ihr seht erschöpft aus.«

»Das sind wir, Bruder, wir freuen uns sehnlichst auf ein Bier und ein Bett. Gehabt Euch wohl.« Jansen lächelte dem jungen Mann zu und humpelte zur Tür.

Bruder Hendricus führte sie zurück zur Pforte. »Gott sei mit Euch!«, sagte er und schloss das Tor, während sie in das dichte Schneegestöber hinaustraten.

Kaum hatten sie sich abgewandt, hörten sie hinter sich ein Knarren. Kreitfisch blickte über die Schulter und runzelte die Stirn. Die hoch gelegenen Fenster des Klosters lagen still und dunkel da, die Pforte blieb geschlossen. Aber im Eingang des angrenzenden Münsters rührte sich etwas. Undeutlich war eine schwarze Gestalt zu erkennen, die eine Laterne hielt und ihnen mit dem anderen Arm zuwinkte.

»Kommt hierher«, rief eine hohe Altmännerstimme.

Sie verständigten sich mit einem Blick und näherten sich dem mächtigen Kirchenportal. Ein schmaler Mann im Habit der Benediktiner erwartete sie schweigend, sein weißer Haarkranz schimmerte im Licht der Lampe. Er schob den schweren Türflügel auf, sodass sie in den dunklen Innenraum des Münsters blicken konnten. Dann trat er unvermutet zurück und nötigte sie so, ihm zu folgen.

»Bruder, würdet Ihr …«, versuchte Jansen, mit ihm zu reden, aber der Alte eilte wortlos vor ihnen her durch das Kirchenschiff.

Steinerne Wände, Säulen und Spitzbögen ragten erhaben in das Dunkel der Kuppel, spärlich beleuchtet von einer einzigen Fackel, die dem hölzernen Heiligen zu ihrer Linken Leben einzuhauchen schien. Flackernde Schatten tanzten auf seinem Gesicht, und Kreitfisch sah hinunter auf die Bodenplatten, um sich nicht einbilden zu müssen, dass die Augen der Skulptur ihnen folgten. Das Knarren seiner Stiefel und das Klackern von Jansens Gehstock begleiteten sie durch das stille Gebäude.

Weit hinten fing sich das letzte Tageslicht in den Scheiben schmaler, hoher Buntglasfenster. Im Altarraum davor brannte das Ewige Licht, ein winziges Pünktchen in der Finsternis. Der Benediktiner führte sie am Chor vorbei in die Sakristei, vor deren Mittelsäule er endlich stehen blieb. Seine Laterne warf einen schaukelnden Ring aus Licht auf Unmengen runder Kiesel, die kunstvoll zu einem gemusterten Fußboden zusammengefügt waren.

»Hier ist es ruhiger«, sagte der alte Mann und legte eine Hand um das Holzkreuz, das er um den Hals trug. »Was ich sage, muss nicht jeder hören.«

»Und was habt Ihr zu sagen, Bruder?«, fragte Jansen ein wenig ungehalten. Allmählich war ihm anzumerken, dass auch er ein Bier und ein Bett brauchte.

»Ich hörte, dass Ihr von dem Toten spracht und von einem vermissten Jungen … Er ist nicht der Einzige, der vermisst wird, müsst Ihr wissen.«

»Ja, wissen wir«, knurrte Jansen. »Und?«

»Wieso habt Ihr uns hereingebeten?«, milderte Kreitfisch die Worte seines Freundes. Er fand, dass der Alte angespannt und mitgenommen aussah, und wollte ihn nicht noch weiter belasten.

»Da gibt es drei Händler, nach denen gesucht wird.« Der Blick des Geistlichen huschte unsicher über Jansen und blieb an Kreitfisch hängen. »Nach einem wurde gestern erst gefragt, da war jemand an der Klosterpforte. Und dann …«

»Und dann?«, wiederholte der Einbeinige.

»… sind Leute aus der Gegend verschwunden. Ein Schneidermeister und … mein Neffe.« Der Benediktiner hielt einen Moment inne, und sie konnten hören, wie er atmete. »Und eine junge Frau aus der Judenstraße«, fuhr er fort. »Man sagt, sie sei mit meinem Neffen durchgebrannt. Nach Limburg, ein neues Leben anfangen. Aber ich glaube das nicht. Das hätte er nicht getan. Diese Frau war –«

»Hört zu, Bruder«, unterbrach Jansen ihn. »Das ist alles sehr bedauerlich, ja. Aber was haben wir damit zu tun?«

»Ihr sucht einen Jungen«, sagte der Alte zaghaft. »Ich habe es zufällig gehört. Womöglich stoßt Ihr bei der Suche auf meinen Neffen. Er heißt Wolfgang Voss.«

»Wir werden darauf achten«, erwiderte Jansen und nickte. »Wenn wir ihm begegnen sollten, sagen wir, dass Ihr in Sorge um ihn seid und auf Nachricht wartet.«

»Seine Mutter ist wie von Sinnen vor Angst«, murmelte der Alte, als hätte er ihn nicht gehört. »Sie fürchtet, der Wolf habe ihn geholt. Als er sich mit dieser Gretgen im Wald traf.«

Er hob den Blick und fuhr mit festerer Stimme fort: »Der Abt möchte nicht, dass wir uns mit Gerüchten befassen. Wir sollen uns nicht um weltliche Dinge sorgen. Aber ich bitte Euch: Solltet Ihr eine Spur von Wolfgang finden, ganz gleich, welcher Art, dann lasst es mich wissen. Mein Name ist Anselmus. Habt Dank. Ich bringe Euch nun zur Tür.«

Seufzend schritt er ihnen voran durch das dunkle Münster und verabschiedete sich leise, bevor er rasch zur Klosterpforte hinüberging.

»Noch einer mehr, nach dem gesucht wird«, stellte Jansen fest. »Wir leben in finsteren Zeiten, Kreitfisch. Lass uns gehen, bevor weitere Ratlose nach uns verlangen.«

»Was für ein Elend.« Kreitfisch zog die Nase hoch. »Hoffentlich nimmt diese Sache bald ein Ende.«

Im Dämmerlicht gingen sie die abschüssige Straße hinunter, die zu ihrer Herberge führte. Die Dächer, Giebel und Traufen der eng stehenden Häuser warfen bizarre Schatten auf das unebene Pflaster.

Nun wussten sie zwar, dass Jacob nicht der unbekannte Tote war, aber das war auch der einzige Grund zur Freude, fand Kreitfisch, während er die ausgetretene Treppe des Rasthauses hinauftrottete und die Tür zu ihrem Zimmer öffnete. Sie saßen hier in diesem Nest am Ende der Welt, umgeben von Wald und wilden Tieren, Menschen verschwanden, Wölfe heulten, der Schnee fiel unablässig, ihr Fuhrwerk war zusammengebrochen, und er hatte keine Kleidung zum Wechseln dabei, wenngleich dies, wie er zugeben musste, ihr geringstes Problem war.

Ärgerlich streifte er seine Jacke ab und legte sie über die Stuhllehne neben den Filzumhang, der durchweicht und schwer bis auf den Boden herabhing. Selbst sein Hemd fühlte sich klamm an, vor allem an Kragen und Ärmelaufschlägen. Ebenso seine Hose und die wollenen Strümpfe, die nass waren wie ein Schwamm. Er würde einen Teil der Kleidungsstücke unten am Feuer trocknen müssen. Sicher nicht alle, denn sonst müsste er die Gaststube betreten, wie Gott ihn schuf, und das wollte er weder sich noch den anderen Gästen zumuten. Ein nackter Dickwanst, der seine Wäsche am Kamin aufhängte – es gab Dinge, die die Leute lieber sehen wollten. So viel Bier konnte man dort unten gar nicht vorrätig haben, wie die Zecher brauchen würden, um über diesen Anblick hinwegzukommen.

Es musste reichen, dass er für eine Weile ins Bett kroch, um sich aufzuwärmen, in der Hoffnung, sich dort nicht in der Gesellschaft von Wanzen und Flöhen zu befinden. Kühl war es in dieser Kammer im oberen Stock, fernab vom großen Kamin der Gaststube. Man konnte den kalten Luftstrom spüren, der sich am Fensterrahmen vorbeistahl. Draußen war es mittlerweile stockdunkel. Die Federbetten sahen dünn aus und rochen muffig, aber alles war besser, als sich weiter durch Schnee und Wind zu kämpfen und sein Leben aufs Spiel zu setzen.

Er sah hinüber zu Jansen, der auf einem Schemel neben dem Essenskorb saß. Fragend streckte der Einbeinige ihm den Weinkrug entgegen. Kreitfisch schüttelte den Kopf, zog sich die nassen Strümpfe von den Füßen und setzte sich aufs Bett. Die Matratze war durchgelegen. Er strich mit einer Hand über den leinenen Bezug und versuchte, die Strohbuckel darunter flach zu drücken. Das Kissen sah einigermaßen unbenutzt aus, dennoch drehte er es um, damit sein Kopf nicht dort zu liegen kam, wo schon hundert anderen beim Schlafen der Sabber aus dem Mund gelaufen war.

»Allerliebst, deine Aufmachung«, frotzelte Jansen mit Blick auf die Unterkleidung seines Freundes. Er hatte gut lachen, in seinem Lederbeutel hatten sich trockene Hosen und ein Hemd befunden. Letzteres war ein teures Obergewand aus englischem Tuch, das Jordis ihm geschenkt hatte. An Jansen, der sich ansonsten nicht darum scherte, welcher Stoff an ihm herabhing, sah es reichlich ungewohnt und ein wenig verkleidet aus. Aber es war trocken und warm, und darum konnte man ihn nur beneiden.

Nachdem er seine feuchten Beinlinge auf dem Bretterboden ausgebreitet hatte, schlug Kreitfisch die klumpige Daunendecke zurück und ließ sich erleichtert ins Bett fallen.

»Willst du dich schon zur Ruhe betten, mein Freund?«, fragte Jansen. »Wollen wir nicht noch runtergehen und ein Bier trinken?«

»Später, mein Freund«, erwiderte Kreitfisch. »Ich möchte mich nur kurz ausruhen.«

»Du siehst nicht aus wie jemand, der gleich wieder aufsteht, mein Freund. Was nicht verwundert, denn du bist so schnell gelaufen wie ein Pferd.«

»Mir blieb nichts anderes übrig, mein Freund.« Kreitfisch gähnte.

»Nun gut. Ich habe allerdings auch schon schönere Pferde gesehen.« Jansen griff nach seinem Stock und erhob sich. »Wenn du gestattest, gehe ich ohne dich hinunter.«

»Ich gestatte es.« Kreitfisch spürte ein Kribbeln in den Füßen. Er hatte die Decke eng um sich gewickelt und fühlte, wie der kühle Stoff langsam warm wurde.

»Ich nehme Herrn Jordis' Geldbeutel mit, auf dass sein Inhalt meinem Leibeswohl dienen möge. Die Laterne lasse ich dir hier. Ruhe wohl, mein Freund«, verabschiedete sich der Einbeinige.

»Trinke wohl, mein Dorsch«, gab Kreitfisch zurück.

»Schade. Soeben kam der aberwitzige Gedanke in mir auf, dir etwas zu essen mitzubringen, aber nun, da du mich einen Fisch heißt, kann ich das vor meinem Gewissen nicht verantworten.« Jansen lachte. Die Tür quietschte, und das Klackern seiner Krücke entfernte sich zügig den Gang hinunter.

Kreitfisch drehte sich auf den Rücken und genoss die Wärme des Bettes. Aus der Gaststube drangen gedämpfte Stimmen und leises Klirren zu ihm herauf. Der Wind pfiff um das Haus und rüttelte an den hölzernen Läden. Er würde sie später schließen. Notfalls mussten sie eben offen bleiben. Ganz gleich. Es gab schließlich auch noch den lieben Jansen, zwei Arme hatte er ja.

Ab und an wurden Schneeflocken in Böen gegen die Fensterbespannung geweht, und es gab ein weiches, knisterndes Geräusch. Im Nebenraum hustete jemand und ging mit schweren Schritten auf dem knarrenden Holzboden hin und her. Das verwaschene Brummen zweier Männerstimmen drang gedämpft durch die Wand. Fürs Erste waren sie in Sicherheit.

Kreitfisch zog sich die Decke bis unters Kinn und dachte an seine Frau und den Sommer und gebratenes Schwein mit knuspriger

Kruste. Er kam jedoch nicht dazu, den eingebildeten Braten zu verzehren, da er eingeschlafen war, bevor er hineinbeißen konnte.

***

Ottel Böttcher, der Mundschenk, freute sich zwar, Jordis wiederzusehen, aber er war sehr beschäftigt und hatte nicht viel Zeit. Für den Abend wurden zahlreiche Gäste zu einem Bankett erwartet, und es gab noch eine Menge vorzubereiten.

Sie saßen in einer kleinen Kammer neben der Hauptküche. Durch das hoch gelegene Fenster fiel kaum Licht, dennoch war es hell im Raum, da an den Wänden und auf dem Tisch mehrere Kerzen brannten. Böttcher zerlegte gerade einen gegrillten Barsch mit der Gabel und schob sich einen Bissen in den Mund.

»Hm. Ich würde meinen, dazu passt ein weißer Châteauneuf-du-Pape, kostet Ihr einmal.« Er reichte Jordis die Gabel und wartete.

»Ich könnte mir auch einen fruchtigen Spätburgunder vorstellen«, sagte Jordis, nachdem er probiert hatte. »Die roten Früchte würden den kräftigen Geschmack des Fisches wunderbar abrunden.«

»Ihr habt recht«, bestätigte Böttcher kauend und stand auf. »So machen wir's. Über den Wein zur Nachspeise denke ich später nach.«

Er ging zur Tür und rief seinen Untergebenen einige Befehle zu. Ein Bäckergehilfe kam mit mehlbestäubter Schürze herbeigeeilt und fragte etwas. Durch die halb offene Tür konnte Jordis mehrere Mägde und einen wohlbeleibten Mann geschäftig in der hallenartigen Küche hin und her eilen sehen.

An der rückwärtigen Wand führte eine Treppe mit gedrechseltem Geländer auf eine Art Galerie. Hinter einer der beiden Türen lag vermutlich der herzogliche Speisesaal. Ein großer Leuchter hing von der hohen Küchendecke und warf bizarre Schatten an Balken und Wände; mit seiner Hilfe wuchsen dem Geweih über der Tür ungeheuer lange Enden, die einem Hirsch von der Größe eines Zweimasters angestanden hätten. Auf einem großen Tisch nahe der Kochstelle walkte eine Magd mit aufgekrempelten Ärmeln einen Klumpen Teig, während neben ihr ein Junge etwas vom Boden aufsammelte, das dort nicht hingehörte.

Jordis konnte gerade noch die kupfernen Töpfe und Pfannen aufblitzen sehen, die an Haken über dem Kamin hingen, bevor sich die

Tür schloss und Ottel Böttcher sich ihm mit gefalteten Händen gegenübersetzte. Er war klein und drahtig von Gestalt, nicht feist und behäbig, wie man es von einem Mundschenk erwarten mochte, und er hatte unten am Kopf mehr Haar als oben. Die Gepflegtheit seines Bartes und die Erlesenheit seiner Kleidung wiesen darauf hin, dass er einen wichtigen Posten im herzoglichen Schloss bekleidete.

»Ich muss Euch bitten, Euch kurzzufassen, und ich weiß, dass Euch das gelingen wird«, sagte er in der ihm eigenen forschen, aber höflichen Art. »Ich erwarte gleich eine Reihe von Lieferanten für das Bankett heute Abend. Der Herzog wird morgen mit großer Gefolgschaft zur Wildschweinjagd nach Burg an der Wupper aufbrechen, da braucht's am Tag zuvor eine kräftige Stärkung.« Er lächelte und wies mit dem Kopf zur Tür. »Ein Glas Wein?«

»Nein, habt Dank«, lehnte Jordis ab, der erst wieder etwas trinken würde, wenn er sicher auf der anderen Rheinseite angelangt wäre. Dann aber unverzüglich.

Er zog seine Kladde aus der Tasche und bemühte sich, Böttcher in kurzer, aber verständlicher Form all das mitzuteilen, was er für wichtig befand. Als er das Wappen beschrieb, das der Tote getragen hatte, sah der Mundschenk unwillkürlich auf die farbenfrohe Stickerei hinab, die er selbst am Wams trug.

»... und so wollte ich Euch fragen«, schloss Jordis, »ob Ihr wisst, welcher höhere Dienstmann des Herzogs womöglich seit einigen Tagen nicht bei Hofe gesehen wurde.«

Böttcher klopfte mit einem Finger leise auf den Tisch und machte ein ernstes Gesicht. »Dienstleute gibt es Dutzende, die höfische Gesellschaft ist groß«, sagte er, nachdem er eine Weile nachgedacht hatte. »Zum ›höheren Kreis‹, wie ich es einmal nennen möchte, gehören zehn, zwölf Männer, die regelmäßig hier im Schloss zusammentreffen oder hier leben.«

»Und die Ihr somit kennt?«, warf Jordis ein.

»Und die ich somit kenne.« Böttcher strich sich den ordentlich gestutzten graubraunen Bart. »Nun lasst mich überlegen ... wen habe ich seit Längerem nicht gesehen? Von wem weiß ich, dass er einen Auftrag fern dem Hofe zu erfüllen hat? Hm.« Er richtete seinen Blick auf einen Punkt über Jordis' Kopf.

»Da ist zum einen der Kanzleirat. Er ist vor Tagen nach Kaster aufgebrochen, um dort die Schenkungsurkunde für ein Kloster entgegenzunehmen. Ihr wisst sicher, dass es immer wieder Streitigkeiten wegen Grundstücken gibt, eine Menge Ärger, kann ich Euch sagen, und wahrhaft viel zu tun für die hohen Herren. Ja, und der Leibarzt des Herzogs, der ist auch seit einer Weile abgängig. Soviel ich weiß, soll er in Köln Heilmittel abholen, die es in hiesigen Apotheken nicht gibt. Ja. Dann fallen mir noch zwei Männer ein, die in den letzten Tagen ebenfalls nicht vor Ort waren, wobei mir aber die Gründe ihres Fernbleibens unbekannt sind. Alle anderen habe ich vor Kurzem noch gesehen.«

Es klopfte an der Tür, und ein blasses Gesicht mit abstehenden Ohren schaute herein. »Warte«, wies Böttcher den Eindringling zurecht. »Wenn die Tür geschlossen ist, heißt das: warte! Nun verschwinde, ich komme gleich.« Das Gesicht verschwand.

»Ich schlage vor, ich erkundige mich nach allen Abgängigen und gebe Euch sobald als möglich Bescheid. Ich sehe ja, dass es eilt.«

Jordis nickte. »Das wäre sehr freundlich von Euch.« Er schob seinen Stuhl zurück und packte die Kladde ein.

»Wie gedenkt Ihr, nach Neuss zurückzukommen?«, fragte Böttcher. Als jemand, der sich um die Verknüpfung zahlreicher Angelegenheiten kümmern musste, hatte er einen guten Blick für Zusammenhänge.

»Die Hinfahrt den Rhein hinunter war sehr unerquicklich, zurück möchte ich lediglich die Fähre nehmen und ein Stück über Land reisen.«

»Das braucht Ihr nicht. Als Ihr kamt, luden zwei Fischer aus Heerdt gerade ihre Ware aus, sie können Euch mit zurücknehmen. Kommt, wir wollen sehen, ob wir sie noch antreffen.«

Ohne eine Antwort abzuwarten, stand Böttcher auf und ging Jordis voran zur Tür. In der Küche gab er ein paar kurze Anweisungen und marschierte zielstrebig in den Innenhof. Zwei Männer in schmutzigen Mänteln lehnten an einer Wand und scherzten mit einer hübschen Magd. In den Händen hielten sie Becher, aus denen weißer Dampf aufstieg. Als das Mädchen Böttcher sah, lächelte es verlegen und eilte mit einem Holzbrett unter dem Arm zurück in die Küche.

Böttcher stellte sich mit verschränkten Armen vor die beiden Männer, und eh man sichs versah, hatte er für Jordis eine Überfahrt auf dem Fischerboot gesichert. Die beiden Fischer sahen nicht aus wie Menschen, denen man sich ohne Vorbehalt anvertrauen mochte, aber zumindest waren sie nicht betrunken und machten ein freundliches Gesicht.

Die Männer stellten sich als Brüder vor und versicherten, dass sie ihn selbstverständlich ohne Bezahlung mit hinüber nach Heerdt nehmen würden, schließlich müssten sie eh dorthin, und zwar schleunigst, um unnötigen Ärger mit ihren Weibern zu vermeiden. »Die meine ist schnell mit der Bratpfanne bei der Hand«, verriet der größere Bruder. »Wenn die das Mägdchen hier gesehen hätte, ui, ui, ui.«

Böttcher nahm die leeren Trinkbecher an sich, verabschiedete sich in aller Form und sagte, er ließe bald von sich hören. Jordis zog seinen Hut in die Stirn und folgte dem klappernden Handkarren seiner Weggefährten über das Kopfsteinpflaster.

In einem Winkel des Hofes war ein Gerüst errichtet, dem ein mächtiger Stapel Sandsteinblöcke zu Füßen lag. Allem Anschein nach waren die Maurer, Steinmetze und Zimmerleute, die sich seit dem Schlossbrand vor einigen Jahren unentwegt mit Aufbau- und Erweiterungsmaßnahmen beschäftigten, vom Winter überrascht worden.

Sie durchschritten einen Arkadengang und ein Torhaus, in dem zwei Schildwachen in bunten Wappenröcken einander anschwiegen. »Hier stinkt's nach Fisch«, sagte der Jüngere von ihnen mit gehässigem Unterton.

Jordis sah, wie der Kopf des kleineren Fischers herumfuhr, doch bevor er etwas sagen konnte, war der zweite Wachmann schon für ihn und seinen Bruder in die Bresche gesprungen: »Lass sie in Ruhe, Bechtolt, es sind deine Füße, die stinken, und sonst nichts. Euch eine gute Heimfahrt.«

Sie gingen über die steinerne Brücke auf den Schlossplatz und wandten sich den Masten zu, deren Spitzen hinter der Hafenmauer in den schnell dunkler werdenden Himmel ragten. Ein kräftiger Mann kam ihnen raschen Schrittes entgegen, gefolgt von einem Burschen, der nicht so recht mithalten konnte und ungelenk einen Fuß vor den anderen setzte. Jordis glaubte zu wissen, warum das so war; die Lösung lautete: eben überstandene Schifffahrt.

Das Gesicht des ersten Mannes kam ihm vage bekannt vor, er konnte es jedoch nicht gleich einordnen. Dem Fremden ging es ähnlich: Sein Blick streifte die Fischer und blieb dann an Jordis hängen, während sein Schritt sich verlangsamte.

Jordis sah das amtliche Wappen auf der Brust und wusste plötzlich den Namen, er zog ihn wie eine Spielkarte aus dem Ärmel. »Scheiffart von Merode.«

Der Liedberger Amtmann runzelte die dunklen Brauen und sah ihn zweifelnd an.

»Wir sind uns am Saalhof in Kleinenbroich begegnet«, frischte Jordis sein Gedächtnis auf. »Mein Freund und ich haben die Leiche des Mannes begutachtet, den man im Wald fand.«

»Aah, ja, natürlich«, fiel es von Merode ein, und sein kantiges Gesicht verzog sich zu einem Lächeln. »Leider ist mir Euer Name nicht mehr geläufig.«

»Augustin Jordis. Verzeiht, ich muss weiter, meine Begleiter warten.« Er hob die Hand an den Hut und hinkte den Fischern hinterher.

»Wart Ihr gerade im Schloss?«, rief der Amtmann ihm ungläubig nach. »Habt Ihr …?«

»Ja, ja«, gab Jordis über die Schulter zurück. »Der Mantel, das Wappen … gehabt Euch wohl.«

»Aber Ihr könnt doch nicht … Wieder wart Ihr vor mir zur Stelle.« Seine Stimme klang erstaunt und ein wenig zornig. »Ihr greift in meine Befugnisse ein!«

»Die Sache hat rein persönliche Bedeutung für mich. Nichts für ungut!«

Jordis schmunzelte, als er weiterging. Von Merodes Unmut bereitete ihm Genugtuung. Der musste sich sputen, wenn er schneller sein wollte als der Bucklige! Anscheinend hatte der Amtmann später als sie von dem im Wald gefundenen Mantel mit dem Jülich-Berger Wappen erfahren. Aber das war sein Problem. Er musste die Herkunft des Toten ohnehin aus anderen Gründen klären als Jordis und seine Freunde. Für sie ging es nur um Jacob.

Die beiden Fischer warteten an der Hafenmauer auf ihn. Jordis' gute Laune verflog, als ihm zu Bewusstsein kam, dass er nun wieder auf ein Schiff steigen musste. Und das bei Schneefall! Das Wasser würde eisig kalt sein, sollte er hineinfallen. Er trottete hinter den beiden her wie ein Lamm zur Schlachtbank und war überrascht, als die Rückfahrt sich nicht halb so schlimm gestaltete wie die Hinfahrt.

Die Brüder halfen ihm aus Rücksicht auf sein Gebrechen an Bord, ohne ihn herablassend zu behandeln, ließen ihn auf einer Bank sitzen, von der aus er das Wasser nicht sehen musste, und gaben sich alle Mühe, schnell die andere Rheinseite zu erreichen. Von seinem überdachten Platz aus sah er den dunkler werdenden Himmel und blieb gleichzeitig von Wind und Wetter verschont.

Sie legten in Heerdt an, noch bevor sein Magen Gelegenheit fand, in Aufruhr zu geraten. Und als hätten sie nicht schon genug getan, lief einer der Brüder gleich nach ihrer Ankunft los und verschaffte ihm einen Platz auf dem Wagen eines Fuhrmannes, der zur Neusser Furth fahren wollte, um Bierfässer in einer Schänke abzuladen, und nicht zögerte, Jordis unaufgefordert bis nach Hause zu bringen. Er war der Vetter der Base der beiden Brüder, soweit Jordis verstanden hatte, aber in erster Linie war er ein freundlicher Mann.

Erstaunlich, dachte Jordis, es gibt solche Menschen und solche. Manche helfen dir, und manche lassen dich mitten im Rhein aussteigen. Und das Schlimme ist: Du siehst es ihnen nicht an. Du weißt nicht, wie es in ihrem Inneren aussieht, ob sie freundlich sind oder grob, ob sie nur das eigene Wohlergehen im Auge haben oder auch an andere denken.

Sie erreichten das Rheintor, als es bereits stockfinster war. Wie aus dem Nichts fielen Schneeflocken. Man sah sie erst, wenn sie kurz über dem Kopf in der Luft schwebten. Insgesamt wirkte die Landschaft heller durch das viele Weiß, friedlicher und auch weniger bedrohlich. Dennoch: Es ging ein Wolf um, der Böses tat, und es gab einen Jungen, der verschwunden blieb.

***

»Barbara?« Vorsichtig öffnete Magdalen von Schillinc die Tür zum Zimmer ihrer Nichte. Die Luft roch abgestanden und muffig, obwohl die Hausmagd nachmittags noch gelüftet hatte. Auf dem Tisch in der Mitte des quadratischen Raumes brannte ein Talglicht, ein weiteres stand auf der kleinen Truhe neben Barbaras Bett. Die Farben des großen Wandbehanges wirkten blass und verwaschen im dämmrigen Licht, Landschaft und Figuren waren kaum erkennbar. Auch die rot gemusterten Bettvorhänge sahen farblos aus und ließen nichts von der Pracht erahnen, die sie tagsüber entfalteten.

Magdalen trat auf die Fenster zu, um die Läden zu schließen, besann sich aber eines Besseren. Noch verbreitete der Kaminschacht Wärme im Raum, erst zum Ende der Nacht hin würde es kühler werden. Der Schnee machte den Abend ein wenig heller, und vielleicht brachte es Barbara Abwechslung, den friedlich fallenden Flocken bei ihrem Tanz zuzusehen. Das Mädchen lag auf der Seite, mit Blick auf das Fenster zum Hof. Die Bettvorhänge verdeckten einen Teil seines Kopfes und ließen nur ein paar Locken frei, die auf das weiße Nachtgewand herabfielen.

»Barbara?«, fragte die Tante noch einmal. Barbara schwieg, doch Magdalen wusste, dass sie mit offenen Augen dalag, wie so oft.

Das Zimmer verfügte über zwei Eckfenster: Eines wies auf den Innenhof, das andere in den Garten. Magdalen ging um das breite Bett herum und trat an das Fenster zum Garten, der zu dieser Stunde still und verloren dalag. Gemüsebeete, Rabatten, Buchsbaumhecken und Obstbäume waren zugeschneit, es ließ sich nur noch erahnen, was unter den kleinen Hügeln und Verwehungen verborgen lag. Der Kirschbaum nah am Fenster hatte seine Zweige ausgestreckt, um den Schnee aufzufangen und sich ganz in Weiß zu kleiden.

Plötzlich wurde die abendliche Stille durchbrochen: Ein Wildschwein bahnte sich lautstark einen Weg durch den Zaun, der den Garten vom Wald trennte, und wühlte unter dem Schnee nach Essbarem. Barbara, die nicht gesehen hatte, was es war, sondern nur den Lärm hörte, fuhr erschrocken auf. Magdalen hörte, wie ihre Füße über das Laken rutschten und sie entsetzt nach Luft schnappte.

»Es ist nur ein Wildschwein«, beruhigte sie das Mädchen. Barbara atmete laut und schnell. Im Flur knarrten die Dielen, als zwei Mägde leise plaudernd vorübergingen, um zu ihren Schlafkammern im Dach hinaufzusteigen.

Magdalen eilte ans Bett, setzte sich auf die Kante und legte ihrer Nichte eine Hand auf den Arm. »Ruhig, Barbara. Es war nur ein Wildschwein. Alles ist gut, ganz ruhig.« Behutsam strich sie dem Mädchen über den Arm. Barbara hatte die Arme um den Leib gelegt und schöpfte gehetzt Atem. Ihre Augen waren groß und dunkel auf etwas gerichtet, das nicht im Raum war.

»Barbara.« Magdalen fasste ihre Nichte an den Schultern und versuchte, ihr ins Gesicht zu sehen. »Beruhige dich. Ich werde einen der Knechte bitten, das Tier zu verjagen. Hast du mich verstanden?« Barbara starrte weiter geradeaus, dann wanderten ihre Augen zu ihrer Tante, auf deren Hände. Sie vermochte es nicht, den Blick zu heben und ihr ins Gesicht zu sehen.

Magdalen sah ihre Nichte nachdenklich an. Angst. Was sie da gesehen hatte und immer noch sah, war nackte Angst. Wovor fürchtete Barbara sich? Wie konnten ein Knacken und Schnauben im Garten sie derart aus der Fassung bringen? Ihr Gemüt war in Aufruhr, sie schlief schlecht, sie machte sich Sorgen um diesen Jacob. Aber reichte das aus, um sie solchermaßen zu verstören? Magdalen streckte sich nach der Bettdecke, zog sie hoch und steckte sie um Barbara herum fest. Nachdem das Mädchen sich derart erregt hatte und in Schweiß geraten war, würde es schnell frieren.

»Barbara«, sagte sie und bemühte sich, ihre Stimme ruhig und sicher klingen zu lassen. »Du musst dich nicht fürchten. Dir kann kein Leid geschehen. Es war nur ein Wildschwein.«

Die junge Frau schnappte flatternd nach Luft. Es war schwer zu erkennen, ob sie nur Atem holte oder sich ein Weinen verkniff. Magdalen hätte sie gern in den Arm genommen und getröstet, aber sie fürchtete, Barbara zu verschrecken, wenn sie ihr zu nahe trat. Körperhaltung und Gesichtsausdruck des Mädchens strahlten Ablehnung aus. Es wollte in Ruhe gelassen werden und brauchte doch gleichzeitig Sicherheit und Nähe.

»Wovor fürchtest du dich?«, fragte Magdalen. »Was hast du gedacht, dass es sein könnte?«

Barbara antwortete nicht. Sie hatte schon seit Tagen kein Wort mehr gesprochen.

»Möchtest du nicht endlich mit mir reden? Du kannst mir vertrauen, das weißt du. Es muss doch etwas vorgefallen sein! Hat es mit diesem Jacob zu tun?«

Keine Antwort, nur das unstete, furchtsame Atmen.

»Wenn du dich vor etwas fürchtest, sag es mir, bitte. Vielleicht können wir deine Angst aus der Welt schaffen. Es kann sein, dass du dich in etwas hineinsteigerst. Jacob könnte doch wieder auftauchen, noch gibt es Hoffnung! Gestern waren zwei Männer da, die nach ihm suchen, sie machten einen vertrauenswürdigen Eindruck. Falls es … falls es das ist, was dir Kummer macht.«

Magdalen seufzte und sah zum Fenster hinüber. Eben war ihr zum ersten Mal bewusst geworden, dass die schlechte Verfassung ihrer Nichte nicht allein auf einer körperlichen Erkrankung beruhen konnte, und auch nicht auf dem bloßen Verschwinden des jungen Jacob. Selbst wenn sie ihn sehr mochte – eine Möglichkeit, die sich Magdalen nur schwer eingestehen konnte – oder gar in ihn verliebt war, erklärte das nicht ihr rasend ängstliches Verhalten heute Abend.

Hatte Barbara etwas Schlimmes erlebt, über das sie nicht sprechen konnte? Es kam vor, dass Menschen, die Furchtbares durchlitten hatten, ihre Sprache verloren. Konnte dies auf Barbara zutreffen? Oder war es, wie der Arzt gesagt hatte, ein Fall von Nervenfieber, noch nicht stark ausgeprägt, aber durchaus behandlungsbedürftig?

Besorgt betrachtete sie das hübsche, angespannte Gesicht ihrer Nichte. Blass ruhte es auf den an der Bettwand aufgetürmten Kissen. Die Augenlider waren geschlossen und flatterten unruhig. Die Haut unter den spröden Lippen war wund.

Magdalen sah hinaus in den unaufhörlich fallenden Schnee. Woher rührte diese Angst? Wovor mochte das arme Mädchen sich derart fürchten?

Tag sechs, 18. Dezember 1510

Als Augustin Jordis am nächsten Morgen mit kalten Füßen die Treppe hinabstieg, hatte es aufgehört zu schneien. Beim Aufziehen des Bettvorhangs war er von Sonnenstrahlen geblendet worden. Sie erschienen ihm wie ein kleines Wunder nach all den düsteren Tagen.

Auf den Fensterbänken lagen Teppiche aus Schnee, die in der Sonne glitzerten und funkelten wie prachtvolles Geschmeide. Die Welt zeigte ihr freundlichstes Antlitz. Selbst die Eisblumen in den Ecken der Fensterscheiben muteten nicht so frostig an wie am Vortag. Nehmen wir es als gutes Zeichen, dachte Jordis. Sonne, erhelle uns den Weg.

Ob Kreitfisch und Jansen etwas herausgefunden hatten? Inzwischen mussten sie von ihrer Ausfahrt zurück sein. Vielleicht hatten sie in einer Herberge am Wege übernachtet. Er würde warten, bis sie sich bei ihm meldeten. Bis dahin hatte er noch genug zu tun.

Er nahm ein spärliches Frühstück ein – da Klara nicht anwesend war, um es zu verhindern – und begab sich in sein Kontor. Er hatte den Verdacht, dass sein derzeitiger Warenbestand nicht mit den Rechnungsbüchern übereinstimmte, und er würde sie Zeile für Zeile durchgehen müssen. Womöglich waren beim Ausladen im Hafen ein paar Weinfässer abhandengekommen. Er schickte einen Weinschröder in die Keller- und Lagerräume nebenan und ließ ihn die letzten Lieferungen zählen. Ein Fass schien zu fehlen, eines aus dem Rheingau, schade um den guten Tropfen, aber er würde es verschmerzen.

Jordis arbeitete bis zur Mittagsstunde. Als er es sich gerade mit einer Schale Erbsensuppe am Kamin gemütlich gemacht und die Füße hochgelegt hatte, klopfte es an der Haustür.

»Klara?« Wo steckte sie, wenn man sie brauchte? Seufzend stellte er seine Schale ab und ging zur Tür.

Draußen stand ein mittelgroßer, sehniger Mann mit rötlichem Haar, der gekleidet war wie ein Schiffer, mit hohen Stiefeln, kurzer, dicker Jacke und tief in die Stirn gezogener Mütze. Er schirmte seine Augen mit einer Hand gegen die Sonne ab, die ihm von Süden her ins Gesicht schien. »Tag«, sagte er. »Hensen mein Name. Ich bringe Nachricht von Ottel Böttcher.«

Es knallte, als sich vor dem Lagerhaus hinter ihm eine Kiste aus der Halterung löste, die zum Speicher hinaufgezogen werden sollte. Mit dumpfem Krachen donnerte sie auf die verschneite Straße und blieb erstaunlicherweise unversehrt.

»Du Sohn eines rottigen Wiesels!«, schrie eine Stimme aus dem Speicherfenster dem verdatterten Knecht zu, der mit einem losen Seil in der Hand neben der Kiste stand. »Hättest dich besser mal selbst druntergestellt. Kannst du's nicht anständig festmachen?«

»Wir sollten hineingehen«, sagte Jordis und öffnete die Haustür. Er bot Hensen eine Schale Suppe an, doch der lehnte ab.

»Ich habe nicht viel Zeit, muss zum Abladen in den Hafen. Ich soll Euch das hier von Ottel geben.« Er zog einen gefalteten Papierbogen aus der Tasche und gab ihn Jordis.

»Habt Dank. Richtet Ottel Grüße von mir aus, wenn Ihr ihn seht.«

»Das wird ein Weilchen dauern«, erwiderte der Rothaarige. »Heut geht's nach Köln. Ein Kinderspiel bei dem Wetter.« Er zwinkerte Jordis zu und ging pfeifend die Brückstraße hinunter.

Jordis eilte zurück zum Kamin und entfaltete gespannt das Papier. In Ottel Böttchers gleichmäßiger, aber rasch hingeworfener Handschrift standen dort drei Namen. Daneben hatte der Mundschenk ein paar kurze Anmerkungen gemacht. Drei Namen, drei Titel, drei Männer, die unter dem Wappen derer von Jülich-Berg auf Reisen waren. Einer von ihnen mochte der Tote aus dem Wald sein. Jordis starrte auf die Namen.

Den einen hatte Ottel bereits erwähnt, als er ihn im Düsseldorfer Schloss aufgesucht hatte: den des Kanzleirates, der eine Schenkungsurkunde in Kaster abholen sollte. Kaster lag hinter Grevenbroich. Zu weit südlich, wenn man es genau nahm, daher nicht die erste Spur, der sie folgen würden.

Der Zweite auf der Liste war ein Jägermeister namens von der Bahlen, der unterwegs war, um neue Jagdwaffen einzuholen. Von der Bahlen? Jordis kniff die Augen zusammen. Konnte das ein Verwandter der Familie sein, deren Gut sie vorgestern besucht hatten? Oder war es bloßer Zufall? »Brabant?« hatte Ottel klein hinter den Namen geschrieben. Der Weg in das Herzogtum Brabant führte westwärts durch ausgedehnte Waldgebiete, in deren Mitte die Gladbacher Abtei lag. Der Fundort der Leiche bei Eickerend lag abseits davon. Dennoch konnte es einen Zusammenhang zwischen von der Bahlens Reise und Jacobs Verschwinden geben.

Noch besser gefiel ihm allerdings die dritte Möglichkeit: Ein gewisser Schleifenstein war vor einer Woche nach Kaarst aufgebrochen, um bei seiner Familie Hochzeit zu feiern. Kaarst lag nicht weit vom Fundort der Leiche entfernt. Von Neuss bis dorthin waren es ebenfalls nur wenige Meilen. Diese Angaben würden sich leicht überprüfen lassen, er musste nur Theil auf den Weg schicken.

Zufrieden schluckte er einen Löffel kalte Erbsensuppe.

***

Vorsichtig zog die alte Frau das Leintuch von der klebrigen Wunde. Sie hatte es mit Goldrutenaufguss getränkt, um die Heilung zu beschleunigen, aber es ging nicht recht vorwärts. Die Verletzung an der Schulter wollte sich nicht schließen. Sie legte den fleckigen Lappen zum Einweichen in eine flache Schale.

Ihre kleinen lederbraunen Hände schlugen zwei Flintsteine aneinander, um Feuer zu entfachen. Während sie im Wald nach Brennholz gesucht hatte, waren die Flammen im Kamin erloschen. Durch ihre Zahnlücken blies sie behutsam Luft auf das unter dem Zunder angehäufte Stroh. Sie roch ihren fauligen Atem. Sie hatte heute noch nichts gegessen. Der Krug mit den getrockneten Beeren war beinahe leer, und die Getreidesäcke wurden immer dünner. Wenigstens hatte sie das Fleisch, auch wenn sie es nur leidlich kauen konnte.

Ihre Arme begannen zu schmerzen. Endlich knisterte es. Schnell hielt sie dürre Zweige in das lodernde Stroh und sorgte dafür, dass auch die größeren Brocken Feuer fingen. Das Holz knackte und zischte. Während sie zusah, wie die Flammen auf die dicken Keile übergingen, legte sie sich die heruntergerutschte Decke um die Schultern und wickelte sie fest um sich. Ein Scheit knallte, er war noch feucht. Zischend presste die Hitze die Feuchtigkeit aus ihm heraus.

Sie musste schon wieder raus, Wasser lassen. Immerfort musste sie raus, und es schmerzte auch wieder da unten. Sie schloss die Tür hinter sich, damit die Wärme im Kotten blieb. Die Decke nahm sie mit. Sie ging nicht weit. Wozu auch, hier wohnte ja sonst niemand. Sie zog die Röcke hoch und hockte sich hin. Ihren Schurz hatte sie nicht an, der hing zum Trocknen am Kamin. Sie schüttelte sich und stand auf. Ihr Rücken tat weh. Im Vorbeigehen nahm sie etwas Schnee von einem Busch und rieb sich die Hände ab. Heute war es freundlicher als an den Tagen zuvor, die Sonne schien, es blendete in den Augen. Kalt war es trotzdem.

Sie zog die Tür auf und ging zurück in die Hütte. Im Stall blökten Schafe und Ziegen nach Futter. Ja, ja, sie würde gleich kommen. Rauch brannte in ihrer Kehle, sie musste husten, so stark, dass Schleim hochkam. Sie spuckte ihn in den Kamin. Dann setzte sie den Kessel auf, um Wasser zu erhitzen.

Während sie wartete, kratzte sie etwas Butter aus dem Fass. Blass klebte sie am Messer, Winterbutter war dünn. Sie bereitete einen Becher vor, streute getrocknete Kräuter hinein, Salz, fein gehackte Wurzeln. Sie goss das heiße Wasser darüber, fügte einen Schuss Schafsmilch hinzu und löste die Butter auf. Die Fettaugen schwammen glänzend auf der milchigen Flüssigkeit. Sie rührte ein paarmal um.

Dann stand sie auf und scheuchte die magere Henne beiseite, die auf dem Boden nach Krümeln pickte. Je näher sie der Bettstatt kam, desto stärker wurde der Geruch nach Eiter, Urin und Schweiß. Sie setzte sich auf die Strohmatratze und sah den Verletzten an.

Still lag er da und schlief. Ihre kleine knotige Hand tastete nach seiner Stirn, die immer noch heiß war. Gleich würde sie die Wickel um seine Waden erneuern. Aber zuerst musste er essen, ohne Essen würde es nichts werden mit ihm. Schlafen konnte er immer noch.

Sie schob ihm eine Hand unter den Nacken und stützte seinen Kopf. Das Haar im Nacken war feucht und verfilzt. Behutsam setzte sie ihm den Becher an die Lippen. Der erste Schluck ging daneben, lief über sein Kinn und tropfte auf die Bettdecke, aber als sie den Becher das nächste Mal hob, öffnete er den Mund und schluckte. Sie nickte beifällig. Ohne Essen würde es nichts werden mit ihm. Sie versuchte es gleich noch einmal.

***

Der Gerstenbrei schmeckte ein wenig angebrannt, aber ansonsten nicht übel, und so nahm sich Kreitfisch gern einen Nachschlag. Kauend musterte er seinen Freund.

»Du siehst aus wie ein toter Vogel, hast du schlecht geschlafen?«

»Kopfschmerzen«, knurrte Jansen. Sein graues Haar stand an einer Seite ab, und sein Hals ragte sehnig und mager aus dem Oberhemd. Er erinnerte Kreitfisch an einen Graureiher.

Um sie herum saßen vereinzelt Männer und kleine Reisegruppen, die sich leise unterhielten, während sie ihr Morgenmahl einnahmen. Ein zahnloser Alter am Nebentisch schlürfte sein Frühstück aus einer Schüssel und hustete.

»Wenn wir Glück haben, ist der Stellmacher fertig mit unserem Wagen«, sagte Kreitfisch munter. Auch ihm schmerzte der Kopf, und seine Glieder fühlten sich bleischwer an, aber die Sonne vor dem Fenster und der sättigende Brei gaben ihm Schwung.

»Der Kurt ist flink, der macht das schnell«, mischte sich ein blonder Mann hinter ihnen ein. Er hatte ein Bier vor sich stehen und zählte einige kupferfarbene Münzen ab.

»Das wäre erfreulich«, stellte Jansen fest. Er reckte sich und sah aus dem kleinen Fenster in den Hof, wo eines der Fuhrwerke aus dem Bergischen gerade zur Abfahrt bereit gemacht wurde.

Der Wirt stand mit Augenringen, die den Namen wirklich verdienten, hinter dem Ausschank und zog Trinkbecher durch einen Wasserbottich. »Welchen Weg wollt Ihr zurück nach Neuss nehmen?«, fragte er nun. »Denselben, den Ihr gekommen seid?«

»Wahrscheinlich«, nickte Kreitfisch. »Wäre das Einfachste. Große Straßen, wenig Kreuzungen, keine Gelegenheit, sich zu verfahren.«

»Für dich schon«, murmelte Jansen.

»Aber der Weg über Korschenbroich ist kürzer«, meldete sich ein schmaler Mann mit dunklem Backenbart zu Wort. Er hatte ein grünes Tuch um den Hals gewickelt und saß mit verschränkten Armen vor seinem Trinkkrug. Kreitfisch glaubte sich daran zu erinnern, ihn gestern Abend vor dem Schankraum stehen gesehen zu haben.

»Wenn man ihn kennt«, widersprach der Wirt. »Wenn man ihn nicht kennt, kann man sich leicht im Wald verirren. Es gibt Abzweigungen noch und nöcher und keine Schilder. Wenn man daran denkt, was so geschieht in jüngster Zeit …« Er kratzte mit dem Fingernagel Dreck vom Rand eines Bechers. »Ich würde denselben Weg zurück nehmen.«

»Wenn Ihr die Zeit habt.« Der Mann mit dem Backenbart zuckte mit den Schultern. »Aber er ist um einiges länger.«

Jansen hatte sein Mahl beendet und schob die Schale von sich weg. »Und Ihr meint, er ist leicht zu finden?«

»Ist er nicht«, widersprach der Wirt. »Außerdem ist das Gebiet sehr sumpfig. Und waldreich, wie gesagt.«

»Denkt an den Wolf«, bemerkte der Blonde, der hinter ihnen saß und sein Geld zählte.

»Wölfe jagen in der Dämmerung«, nuschelte der alte Mann am Nebentisch, »weiß doch jeder.«

»Im Winter kann man den Weg durch die Nierssümpfe getrost nehmen, der Boden ist gefroren. Viele machen das. Den Umweg über Mülfort könnt Ihr Euch sparen.« Der Mann mit dem grünen Tuch wies zum Fenster, durch das die Sonne strahlte. »Seht, es ist hell und trocken, was sollte misslingen? … Ich könnte Euch begleiten, ich muss eh in diese Richtung.«

Kreitfisch kratzte sich die Bartstoppeln. Er war nicht sicher, ob ihm die große Straße über Mülfort und Liedberg nicht lieber wäre. Andererseits hatten sie dort das Wolfsheulen gehört und einen Deichselbruch erlitten.

Dem Wirt schien es sauer aufzustoßen, dass jemand mehr Einfluss auf seine Gäste nahm als er selbst. »Wer seid Ihr überhaupt?«, wandte er sich an den Backenbart-Träger. »Warum mischt Ihr Euch ständig ein?«

»Regt Euch doch nicht auf«, entgegnete der Dunkelhaarige. »Ich wollte den beiden nur einen Rat geben.«

»Es ist schon gut«, beschwichtigte Kreitfisch. »Wir werden darüber nachdenken. Wir müssen ohnehin erst wieder fahrtüchtig werden. Komm, Rutger«, er stand auf und klopfte auf den Tisch, »lass uns den Stellmacher heimsuchen.«

Wenig später konnten sie sich vom Wahrheitsgehalt der Aussage des Blonden überzeugen: Kurt, der Stellmacher, war schnell. Ihr Fuhrwerk stand bereits abfahrbereit mit gerichteter Deichsel auf dem Hof der Stellmacherei. Kurt hatte eine neue Querstange eingebaut und

Befestigungshaken für die Geschirre darin verschraubt. Der Preis, den er verlangte, war erfreulich niedrig.

Sie beschlossen, es mit der kürzeren Strecke nach Neuss zu versuchen: direkt nach Osten durch das Sumpf- und Waldgebiet des Niersbruches. Sie hatten schon genug Zeit verloren. Man durfte sich von den Schauergeschichten über Wölfe und Vermisste nicht einschüchtern lassen.

Der Mann mit dem Backenbart beendete eben sein Gespräch mit einem gut gekleideten Kaufmannspaar, als sie nach Begleichung ihrer Zeche aus dem Wirtshaus traten. Sein Doppelgespann stand angeschirrt vor einem leeren Karren.

»Besteht Euer Angebot noch?«, fragte Jansen.

»Sicher. Ihr müsst lediglich hinter mir herfahren.« Er wies mit dem Kopf auf die Ladefläche. »Ich habe Holzkohle nach Gladbach geliefert, jetzt fahre ich zurück nach Hause. Die beiden da kommen ebenfalls mit, sie wollen über Kaarst zum Kloster Meer.« Er nickte hinüber zu einem Fuhrwerk, auf dessen Ladefläche ein Mann stand und eine Reihe in Wachstuch eingewickelter Stoffballen überprüfte. Lauter rief er: »Seid Ihr bereit?«

Der Mann nickte und stieg zu seinem Gefährten auf den Fahrersitz.

Hintereinander rollten sie vom Hof und fuhren an Werkstätten mit aufgeklappten Verkaufsläden und dicht stehenden Wohnhäusern vorbei, an deren überhängenden Obergeschossen Wäscheleinen aufgespannt waren. Eine Gruppe übermütiger Halbwüchsiger folgte ihnen bis zum Weihertor, wo sie von einem Wachmann mit knochigem Gesicht zurückgescheucht wurde.

Gleich hinter dem Tor wandte ihr kleiner Tross sich ostwärts und hielt sich im Schatten der Stadtmauer, bis die letzte Mühle außer Sichtweite war. Sie ließen vereinzelte Gehöfte und Hütten hinter sich und bogen auf einen schattigen Waldweg ab. Die Sonne wanderte gerade von Ost nach Süd und pflasterte den verschneiten Pfad mit kurzen Schatten. Kreitfisch war froh, dass er nicht fahren musste, da er das Lichterspiel aus Sonnenstrahlen, Dunkelheit und hell leuchtenden Schneestreifen als störend empfand. Jansen saß neben ihm, die Leine in der Hand, die Augen zu Schlitzen zusammengekniffen.

Der dunkelhaarige Mann mit dem Backenbart war ein gutes Stück vorausgefahren und stand nun an einer Biegung des Weges und wartete. Mit seinem leichten, unbeladenen Gefährt kam er schneller voran als die beiden nachfolgenden Wagen. Kreitfisch sah sich nach dem Fuhrwerk hinter ihnen um. Der Fahrer hatte die Zugleine zwischen die Knie geklemmt und bückte sich nach einem braunen Tonkrug, der zu Füßen seines Sitznachbarn stand.

»Die Burschen hinter uns haben sich beim Wirt mit Branntwein eingedeckt, wie mir scheint«, raunte er Jansen zu.

»Klug von ihnen«, gab der Einbeinige zurück. »Wir Trottel sind ohne Wegzehrung unterwegs.«

»Ich bin guter Hoffnung, dass wir alsbald am gedeckten Tisch sitzen werden. Falls unsere Weiber nicht aus Wut über unser Fernbleiben alles selbst verdrückt haben.«

Der Wald zu ihrer Rechten lichtete sich und gab den Blick auf ein Gehöft frei, aus dessen Kamin eine schmutzig weiße Rauchfahne in den makellos blauen Himmel stieg. Ein zottiger Hund schoss aus dem Haus und jagte hinter ihnen her, bis er von einer brummigen Männerstimme zurückgerufen wurde. Ihr Begleiter wartete an einer von Obstbäumen umstandenen Weggabelung und bedeutete ihnen mit einem munteren Pfiff, ihm zu folgen.

»Ich muss gestehen, dass es nicht die schlechteste Idee war, sich einen Führer zu suchen«, stellte Jansen fest. »An dieser Stelle wäre ich mit Sicherheit falsch abgebogen. Die Kreuzung ist auf Herrn Jordis' Karte gar nicht verzeichnet.« Er warf einen kurzen Blick auf den zerknitterten Plan und stopfte ihn wieder in die Tasche.

Kreitfisch wandte sich nach hinten um. »Was habt Ihr geladen, wenn man fragen darf?«

»Wir bringen den Nönnekes im Kloster Meer eine Ladung Stoffe aus Limburg und Brabant. Die wollen Gewänder nähen, für ein heiliges Fest im Februar.«

»Sehr lobenswert. Und woher kommt Ihr?«

»Uerdingen. Krefeld.« Der Beifahrer wischte sich den Mund und hustete. »Und Ihr?«

»Hatten was zu erledigen«, rief Kreitfisch. »Sind jetzt auf dem Rückweg nach Neuss.«

Er beugte sich ein Stück zur Seite und kniff die Augen zusammen. Unter den Bäumen an der hinter ihnen liegenden Kreuzung glaubte er, eine Bewegung gesehen zu haben. Ein schwarzes Huschen.

»Ist was?«, fragte Jansen.

»Da hat sich etwas bewegt«, murmelte Kreitfisch, immer noch nach hinten blickend.

»Nuschel nicht in deinen Mantel. Was ist?«

»Ich dachte, da hätte sich etwas bewegt.« Er wandte sich wieder nach vorn.

»Du denkst dauernd, dass sich etwas bewegt«, meckerte Jansen. Er sagte eine Weile nichts. Dann siegte wohl doch die Neugierde: »Was war es denn?«

»Das weiß ich eben nicht. Hab nur was huschen sehen.«

»Vielleicht der Hund von dem Hof gerade.« Er blickte kurz über seine Schulter.

»Alles in Ordnung?« Einer der Männer auf dem Fuhrwerk hinter ihnen drehte sich ebenfalls um.

»Der Köter ist uns wohl gefolgt«, erwiderte Jansen.

»Solange es nicht der Wolf ist ...«, sagte der Mann.

»Der wird wohl kaum bei hellstem Sonnenschein drei Fuhrwerke anspringen«, wandte sein Begleiter ein.

»Wenn er nicht bei Sinnen ist, schon. Du weißt doch, was man erzählt. Ein tollwütiges Viech ist das!«

»Jetzt mal nicht den Teufel an die Wand. Guck nach vorne! Du kommst vom Weg ab.«

Schweigend fuhren sie weiter. Die Pferde zuckelten über die schmale Straße, schnaubten ihre Atemwolken in die blaue Luft und zogen die Fuhrwerke beinahe geräuschlos hinter sich her. Ab und an knarrte oder klapperte es, wenn ein Wagen durch ein Schlagloch fuhr oder über Steine knirschte. Einmal glaubten sie, das Bellen eines Hundes zu vernehmen oder vielleicht auch das Röhren eines Hirsches – der Laut war zu weit entfernt, als dass man ihn genauer hätte bestimmen können.

»Fürwahr, hier ist es sumpfig, da möchte man nicht im Dunkeln unterwegs sein«, stellte Jansen fest.

Kreitfisch sah hinunter auf den schmalen Knüppeldamm, den sie gerade überquerten, und musterte misstrauisch die dicken Holzbohlen und Bindeweiden, die unter den rollenden Reifen sichtbar wurden. Er war froh, dass Jansen die Augen geradeaus hielt und keinen Branntwein getrunken hatte.

Während sie langsam weiterfuhren, wurde das Unterholz buschiger, das Dach der Zweige niedriger und dichter. Eschen und Erlen säumten den Weg. Unter den Bäumen standen gefrorene Pfützen, manche klein, manche breit, manche halb unter verschneiten Blättern verborgen. Aus ihrem graublauen Eis ragten gebrochene Äste hervor, als versuchten sie, sich dem frostigen Griff des Wassers zu entwinden. Kreitfisch zog die Schultern hoch. An dieser Stelle wirkte der Wald düsterer, kälter, die Sonnenstrahlen schienen in den Wipfeln der Bäume stecken geblieben zu sein.

An der nächsten Abzweigung wurde es wieder ein wenig lichter, wenn auch nur für ein kurzes Stück. Eine behäbige Weide breitete ihre schneebeladenen Zweige über eine Lichtung, an deren Saum ein kleiner Fluss entlangfloss, in dem sich Himmel und Baumstämme spiegelten. Kreitfisch war so in die Betrachtung der Landschaft vertieft, dass er zusammenzuckte, als ihr Führer einen grellen Pfiff ausstieß.

»Da kommt wohl wieder eine Kreuzung«, vermutete Jansen, während sie über eine schmale Holzbrücke mit schiefen Bohlen ratterten. »Ist das die Niers?«

»Kann gut sein«, meinte Kreitfisch und gähnte. Sein Magen knurrte, das Frühstück war schon allzu lange her. »Haben wir wirklich nichts mehr in unserem Speisekorb?«

Jansen schien ihn nicht gehört zu haben.

»Rutger?«, hakte Kreitfisch nach.

»Sssst«, machte sein Freund. »Hier stimmt was nicht.«

Er sagte das in einem Ton, der keinen Zweifel zuließ. Er musste etwas gehört oder gesehen haben, das ihm Anlass zur Sorge bot. Kreitfischs Muskeln spannten sich an. Doch ihm fiel nichts Verdächtiges auf, der Wald umfing sie weiterhin mit schneebedeckter Stille. Ihr Führer wartete mit seinem Fuhrwerk ein Stück voraus. Er sah sich nach ihnen um und pfiff erneut. Dann rollte er weiter und verschwand um die Wegbiegung.

Jansen saß kerzengerade auf seinem Sitz und gab den Pferden langsam mehr Leine. Kreitfisch nahm aus dem Augenwinkel eine Bewegung wahr. Er fuhr mit dem Kopf herum und sah einen Schatten auf sich zustürmen, gleichzeitig krachte es vor ihnen, und ein Baumstamm fiel quer über den Weg und wirbelte Wolken von Schnee auf.

Zweige knackten, und jemand hinter ihm schrie.

***

Augustin Jordis rieb sich verärgert die Hände in einer Schüssel mit warmem Wasser und nach Nelken duftendem Seifenschaum. Seine Freunde in Venedig hatten der letzten Kleiderlieferung eine Kiste venezianischer Seife beigelegt, die angenehm roch und zu allerlei Reinigungszwecken dienlich war. Doch der Duft konnte ihn nicht über die Lästigkeit der Schrubberei hinwegtrösten.

Er hatte nicht nur eine Seite seines Geschäftsbuches mit Gallustinte bekleckert, sondern auch die Finger seiner rechten Hand; ihm hingen immer noch der saure Geruch von Galläpfeln und der metallische Hauch des Vitriols in der Nase. Seufzend schüttelte er seine Hände über dem Wasserbecken aus und trocknete sie ab. Er würde sich gleich daranmachen, die verdorbene Seite neu zu schreiben. Im Gehen schnupperte er an seinem Handrücken, um den Tintengeruch durch den Seifenduft zu verdrängen.

Kaum hatte er sein Kontor betreten, klapperten Hufe über das Kopfsteinpflaster des Innenhofes, und Theils ruhige Stimme gab den Befehl zum Halten. Da Kreitfisch und Jansen mit Jordis' Doppelgespann unterwegs waren, hatte der Knecht für den Ritt nach Kaarst sein eigenes Pferd nehmen müssen. An der Art, wie er sein rechtes Bein über den Widerrist schwang, ließ sich erkennen, dass seine besten Reitertage vorbei waren. Ächzend beförderte er seinen langen, dünnen Körper zu Boden. Jordis sah ihm von der Hoftür aus zu und beschloss, den treuen alten Knecht nicht mehr solch weite Strecken reiten zu lassen.

»Geht ruhig voraus, Herr Jordis«, bat Theil. »Ich will nur rasch das Pferd versorgen.«

Jordis nickte. »Ich bin in meinem Kontor. Klara!«, rief er ins Hausinnere. »Einen Teller Suppe für Theil. Und ein großes Bier!«

Er nahm ein Stück Stoff aus einem Kasten am Tischrand und tupfte damit die überflüssige Tinte vom Papier, sorgfältig darauf bedacht, sich nicht erneut die Finger zu beschmutzen. Das meiste war bereits eingezogen. Die hässlichen schwarzen Flecken, die sich über ordentliche Zahlenreihen und akkurate Schriftzüge ergossen hatten, stellten eine Beleidigung für sein Auge dar. Er legte ein Löschblatt ein und blätterte um.

Klara und Theil betraten gleichzeitig den Raum, Klara mit einem Holzbrett, auf dem eine dampfende Schale und ein Krug standen, und Theil mit roten Ohren und platt gedrücktem grauem Haar.

»Nimm Platz«, forderte Jordis seinen Knecht auf, während Klara auf ihren Holzschuhen davonklapperte.

Theil nickte, zog einen der geschnitzten Stühle näher an das Tischchen mit den Speisen und begann: »Es gibt nicht viel zu berichten, Herr. Der Mann, den Ihr sucht, war selbst nicht im Hause, seine Magd sagte mir jedoch, sie habe ihn am Morgen noch gesehen.« Er schlürfte einen Löffel Suppe und wischte sich übers Kinn. »Die Hochzeitsfeierlichkeiten sind beendet, und er wird morgen wieder an den Hof nach Düsseldorf zurückkehren.«

Jordis nahm seine Schreibkladde hervor und zog das Blatt heraus, dass Ottel Böttcher ihm hatte zukommen lassen. Theils Schlürfen drang in gleichmäßigen Abständen an sein Ohr, während er den Namen Schleifenstein durchstrich und einige knappe Bemerkungen danebenschrieb.

Blieben noch der Kanzleirat und der Jägermeister. Mit großer Wahrscheinlichkeit war einer von ihnen der Tote aus dem Kleinenbroicher Wald. Aber wer? Jordis ließ die Bilder der Leichenschau vor seinen Augen lebendig werden. Starre Glieder und edle Kleidung, Fleischwunden und geronnenes Blut. Da war etwas, das ihm zu denken gab, eine Kleinigkeit, die ihn störte.

Sein Herz schlug schneller, und er blätterte hastig zu den Aufzeichnungen zurück, die er im Keller des Saalhofes gemacht hatte.

***

»Eine Falle«, flüsterte Jansen.

Kreitfisch konnte nichts sagen. Entsetzt beobachtete er, wie mehrere Männer sich aus den Schatten und Schemen des Waldes lösten. Er sah vier, fünf vermummte Gestalten in abgerissenen Kapuzenmänteln, düstere Gesichter, lange, schwere Holzknüppel. Diese Männer kamen nicht, um nach dem Weg zu fragen, sie hatten Böses im Sinn. Sein eigener Knüppel war unter den Sitz gerollt. Er erwachte langsam aus seiner Starre und tastete mit dem Fuß danach. Die Wegelagerer waren in der Überzahl, trotzdem mussten sie versuchen, sich zu wehren!

»Scheiße«, zischte Jansen, »der hat eine Axt.«

Kreitfisch folgte seinem Blick. Einer der Männer, ein großer, breitschultriger Kerl mit krausem Bart und schmutzigem Gesicht, hielt eine mächtige Axt in der Hand, deren Schneide in der Sonne glänzte. Er feixte, während er sich ihnen näherte.

Jansen verlagerte sein Gewicht. »Stell dich dumm«, sagte er leise, »spiel den Dorfdeppen.«

Kreitfisch ließ sich zusammensacken und setzte ein, wie er hoffte, einfältiges Gesicht auf. Ob es etwas nutzte, wenn die Angreifer ihn für zurückgeblieben hielten? Vielleicht würden sie für einen Augenblick seine Kraft unterschätzen, dennoch blieben sie in der Überzahl.

Seine Handflächen waren glitschig vor Schweiß. Er zog sie aus den Fäustlingen, um besser nach seinem Knüppel greifen zu können. Die Wegelagerer kamen Schritt für Schritt näher, aus allen Richtungen schienen sie zu kommen.

Kreitfisch drehte den Kopf und sah in die entsetzten Gesichter der Fuhrleute hinter sich. Einer hielt immer noch den Branntweinkrug in der Hand, dem anderen zitterten die Lippen. Der Weg zurück war versperrt, breitbeinig stand ein langhaariger Mann dicht hinter den Fuhrwerken, seine Keule über der Schulter.

»Wollen spielen!«, rief Kreitfisch mit hoher Stimme und stieß ein glucksendes Lachen aus, vor dessen Absonderlichkeit er sich beinahe selbst erschrak. »Guck! Guck!« Er klatschte in die Hände und grinste dümmlich.

Das Unheimliche war, dass die Männer auch grinsten, bis auf einen. Und nichts sagten. Sie sagten nichts. Das war kaum auszuhalten. Kreitfisch wollte sich auf sie stürzen und ihnen die Worte aus dem Mund prügeln. Aber es war klüger, den schwachen Schutz, den das Fuhrwerk bot, zu nutzen, solange es möglich war.

Der Kerl, der ihm am nächsten stand, hatte helles, fast weißes Haar, das ihm in fettigen Strähnen in die Stirn hing. Seine Augen waren wimpernlos und kalt, der feixende Mund boshaft, hündisch, wie bei einem Tier, das die Zähne bleckte. Er starrte vor Schmutz. Kreitfisch glaubte, seinen Gestank über mehrere Schritt Entfernung hinweg riechen zu können, und bemühte sich, ihn weiterhin lächelnd und arglos anzusehen. Das Grinsen verschwand aus dem Gesicht des Bleichhaarigen und wich einem grausam abschätzigen Ausdruck.

»Ist schon gut, Fritz, die Männer tun dir nichts«, sagte Jansen und tätschelte Kreitfischs Bein.

»Männer tun nichts«, wiederholte Kreitfisch mit hoher, kindlicher Stimme.

Er hörte ein lautes Lachen und wandte den Kopf. Der Bärtige mit der Axt war vor ihr Fuhrwerk getreten und fasste Hug am Zaumzeug. Das Pferd schnaubte und wich ein Stück zurück.

»Nein, wir tun dir nichts«, sagte er in übertrieben freundlichem Ton, »armer Trottel. Wir zerhacken dich nur und stechen dir die Augen aus.«

Einer der Tuchhändler begann zu weinen. Der Mann mit dem hellen Haar sprang vor, riss ihn vom Sitz und schlug heftig auf ihn ein.

Jansen atmete schwer. Mit einer Hand hielt er die Leine, mit der anderen versuchte er, in seine Tasche zu langen.

»Hände weg, Alter!«, fuhr der Axtträger ihn an. »Absteigen und aufn Boden legen. Sorg dafür, dass der Trottel mitmacht.«

»Boden legen?«, wiederholte Kreitfisch. Er sah Jansen an, der mit erhobenem Kinn dasaß und nach vorn blickte. Suchte er einen Weg an dem umgestürzten Baum vorbei? Der Wald war viel zu dicht.

»Halt dich fest!«, rief der Einbeinige tatsächlich, knallte mit der Leine und feuerte die Pferde an. Hug entwand sich mit einem Ruck dem Griff des Bärtigen und preschte voraus auf den umgekippten Stamm zu, seine Gefährtin mit sich ziehend. Der Mann kam ins Straucheln. Er ließ seine Axt mit einem gewaltigen Hieb niedersausen, aber Jansen warf sich rechtzeitig zur Seite, sodass die Klinge ins Holz schlug und der Angreifer ein Stück neben dem Fuhrwerk herlaufen musste, um sie wieder herauszuziehen, was ihm letztendlich nicht gelang. Er brüllte vor Zorn und gab Befehl, dem Wagen zu folgen.

Nicht, dass wir weit kommen werden, dachte Kreitfisch, aber zumindest hatten sie einen kleinen Vorsprung herausgeholt, und er konnte seinen Knüppel unter dem Sitz hervorziehen.

Als die Pferde sich dem Hindernis näherten, verlangsamten sie ihren Schritt und blieben schließlich schnaubend stehen. Ein Wegelagerer stand am Straßenrand und sah ihnen entgegen, seine schwere Keule mit beiden Händen erhoben.

»Warte, bis sie nah am Wagen sind«, raunte Jansen. »Und dann hau sie weg.«

Deine Zuversicht in allen Ehren, Rutger, dachte Kreitfisch, aber die Lage ist äußerst verfahren. Es sah nicht gut für sie aus.

Der Anführer und ein anderer Kerl rannten über den zerfurchten Schnee auf sie zu. Die beiden Übrigen hatten mittlerweile auch den zweiten Tuchhändler vom Sitz gezerrt und droschen erbarmungslos auf die Männer ein, man hörte ihre verzweifelten Schreie und das Krachen von Holz auf Knochen.

Kreitfisch fühlte eine enorme Wut in sich aufsteigen. Er hatte keine Lust mehr, den Einfältigen zu spielen, er wollte sich wehren und sein Möglichstes tun, um das eigene Leben und das seiner Gefährten zu retten.

»Nimm du den Deppen«, wies der Bärtige seinen Gehilfen an, »der Alte ist biestiger.«

Kreitfisch wartete, bis der auf ihn gehetzte Kerl das Fuhrwerk erreicht hatte und Anstalten machte hinaufzuklettern. Dann griff er nach seinem Knüppel und schwang ihn mit aller Kraft gegen den Angreifer. Es war ihm gleich, welchen Körperteil er traf, er war bis zum Rand voll mit Wut, er wollte, dass dies hier ein Ende nahm. Mit einem überraschten Laut kippte sein Gegner hintenüber und schlug in den Schnee. Aus seiner Nase quoll Blut.

Kreitfisch hielt sich nicht damit auf, ihn näher zu betrachten, sondern fuhr herum, um Jansen zu Hilfe zu eilen.

Doch der saß nicht mehr auf seinem Sitz.

Zwei Männer, der Bärtige und ein Schmaler mit verfilzten Locken, hatten ihn vom Wagen gezogen und bis zu einem Baum am Wegrand geschleift. »Keule weg!«, befahl der Anführer. »Sonst stech ich ihn ab!«

Er drückte ein langes Messer an Jansens Kehle. Sein Gehilfe umklammerte den Einbeinigen mit beiden Armen und machte es ihm unmöglich, sich zu wehren; dennoch schaffte er es, den Kopf zu schütteln. »Hau ab!«, presste er hervor. Dafür verpasste ihm der Bärtige einen Schnitt mit dem Messer.

Kreitfisch stand auf dem Fuhrwerk, seinen Holzknüppel in der Hand, und wusste nicht, was er tun sollte.

Noch nie im Leben war er derart ratlos gewesen.

»Keule weg!«, bellte der Anführer. »Oder ich stech ihn ab!«

Ein Blick auf sein dunkles, verzerrtes Gesicht, und Kreitfisch wusste, dass er es vollkommen ernst meinte. Aber wenn er die Keule weglegte, würde man auch ihn töten. Man würde sie beide töten.

»Weg damit!«

Kreitfisch sah die angstgeweiteten Augen seines Freundes und das Blut an seinem Hals, er sah den wilden Blick der Wegelagerer und die Unerbittlichkeit in ihren Gesichtern. Er ließ die Keule sinken.

In seinen Ohren erhob sich ein Brausen. Er hörte einen Schrei und sank auf die Knie, während die Welt um ihn herum ins Wanken geriet.

***

Stirnrunzelnd stand Augustin Jordis vor einem niedrigen, aus Lehm und Holz gebauten Kotten, über dessen weit vorspringendes Strohdach eine Linde ihre verschneiten Äste breitete.

Nach einem erneuten Besuch im Leichenkeller des Saalhofes – er verdrängte den Gedanken an die Hautfarbe des Toten und seinen üblen Geruch – hatte er sich von Theil nach Eickerend fahren lassen. Ein Holz hackender Bursche hatte ihm das Haus von Evald, dem Schreiner, gezeigt, der den unbekannten Toten vor ein paar Tagen zum Saalhof gebracht hatte.

Während er klopfte, stand Theil einige Schritte entfernt und tätschelte dem alten Pferd, das sein Fuhrwerk tapfer über verschneite Wege hierhergezogen hatte, die Flanke. Es klapperte, als innen ein Riegel zurückgelegt wurde. Das Gesicht einer Frau erschien, jung, blass, ein wenig rau, mit schmalen blauen Augen und einem ausgeprägten Kinn.

»Ehm … Augustin Jordis«, stellte Jordis sich vor und versuchte, nicht zur Kenntnis zu nehmen, dass die junge Frau ihn ansah wie einen merkwürdigen Paradiesvogel. Der er hier wohl auch war, in diesem Ort am Rande der Welt – wie es schien –, in seiner schwarzen Houppelande mit rot bestickten Ärmeln und aufwendigen Zaddeln und der Mütze mit breiter Pelzkrempe. Und dem Buckel, nicht zu vergessen. Er versuchte, sie mit einem Lächeln all das vergessen zu lassen und den Eindruck zu erwecken, er sei ein argloser, freundlicher Mann.

»Ich bin Kaufmann aus Neuss und befasse mich derzeit mit den Rätseln, die der Wolf uns aufgibt.«

Sie hatte die Stirn gerunzelt und schien entweder nichts zu verstehen oder ihn für verwirrt zu halten. Er sprach dennoch weiter.

»Ich würde gern mit Eurem Mann sprechen. Ob er wohl etwas Zeit für mich erübrigen könnte?«

Sie sah ihn unverwandt an, die dunklen Brauen eng zusammengezogen. Dann sagte sie knapp: »Ist im Stall« und rief lauter: »Evald!«

Die schwere Stalltür knarrte, und ein hochgewachsener Mann mit schmalem, kantigem Gesicht sah heraus. »Ja?«

»Verzeiht die Störung, Herr …?«, sagte Jordis, während er auf den Stall zuhinkte.

»Heck, Evald Heck.«

»Augustin Jordis aus Neuss. Können wir uns kurz unterhalten? Es geht um den Wolf und … einen verschwundenen Jungen.«

»Dann seid Ihr ein Freund des Einbeinigen, der zuletzt hier war?«

Jordis bestätigte Hecks Vermutung und erklärte ihm, dass der Grund seines heutigen Erscheinens etwas heikel sei. Er würde gern mit dem Abdecker sprechen, der das Opfer des Wolfsangriffs untersucht habe. Ob Heck ihn dorthin begleiten könne, er kenne sich hier nicht aus und habe gehört, der Abdecker sei ein recht hitzköpfiger Geselle.

Nachdem Evald Heck seine Frau zurück ins Haus geschickt hatte, verschränkte er die Arme vor der Brust und sah Jordis aus hellen Augen prüfend an. »Was wollt Ihr ihn denn fragen?«

»Nehmt's mir nicht übel«, erwiderte der Bucklige, »aber das möchte ich nicht vorwegnehmen. Ich will Euch auch nicht in etwas hineinziehen. Es wäre schlicht freundlich von Euch, mir sein Haus zu zeigen und mich vielleicht kurz vorzustellen. Mein Freund Jansen hat Euch als besonnenen und klugen Mann geschildert.«

»Hat er das?« Heck wirkte nicht überzeugt.

»Ja. Hört, wir möchten niemanden aus Eurem Weiler in Verruf bringen, wir suchen einzig und allein nach Spuren, die uns zu dem vermissten Jungen führen könnten. Also?« Jordis steckte die Hände in die Taschen und musterte Hecks zweiflerisches Gesicht.

»Ich werde ohnehin zu diesem Abdecker gehen«, fügte er hinzu. »›Tönnes‹ oder wie auch immer er heißt. Ihr könnt mitkommen und bei dem Gespräch dabei sein, oder Ihr könnt es lassen.« Damit wandte er sich zum Gehen. Wenn der Schreiner ihn nicht begleiten wollte, musste er eben jemand anderen fragen oder an jede Haustür klopfen.

»Nun gut«, murmelte Heck. »Ich komme mit. Hier entlang.«

Jordis gab Theil ein Zeichen, am Wagen auf ihn zu warten, und folgte Evald Heck über einen verschneiten Weg, der zwischen Hütten, Schobern und Gärten entlangführte. Platt getrampelter Schnee zeigte an, wo die Bewohner des Weilers hin- und hergelaufen waren. Zahlreiche Füße hatten den Staub der Lehmböden aus den Häusern nach draußen getragen und das blendende Weiß braun verfärbt.

Sie umrundeten einen Brunnen – zu dessen Füßen der Schnee unerfreulicherweise gelb gesprenkelt war – und gelangten an einen schmalen Kotten, der am Ende eines Pfades unmittelbar am Wald lag. In näherer Nachbarschaft standen keine weiteren Hütten, nur ein großer Lehmschuppen, der einen bestialischen Gestank verströmte. Dahinter erstreckte sich ein freier Platz, unter dessen gefrorener und von gnädigem Schnee bedeckter Erde sich unzählige Tierkadaver stapeln mochten. Jordis hob den Arm an die Nase und atmete in den Stoff.

Schon von Weitem hörten sie eine jammernde Kinderstimme. Eine Frau sagte etwas, das Kind jammerte weiter. Die Frau sagte wieder etwas, das Kind jammerte immer noch. Schließlich rief ein Mann, alle sollten das Maul halten, und prompt kehrte Ruhe ein. In diesem Moment klopften sie. Genau genommen klopfte Jordis, nachdem er sich bei Evald Heck durch einen kurzen Blick vergewissert hatte, dass sie vor dem richtigen Haus standen, obwohl der Gestank des Schuppens nur diese eine Schlussfolgerung zuließ. Heck wirkte wenig begeistert, den Familienfrieden zu stören, was Jordis allerdings nicht aufhielt, da er den Eindruck hatte, der Frieden hinter diesen Lehmwänden sei ohnehin gestört.

Auf sein Klopfen hin geschah zunächst nichts. Die klagende Kinderstimme wollte sich wieder erheben, wurde aber durch ein gereiztes »Sssst!« zum Schweigen gebracht. Jemand näherte sich der Tür, und sie hörten das unwillige Gemurmel einer Frau.

Sie war klein, die Frau, stellte Jordis fest, als sie öffnete, und sie hatte ein breites Gesicht mit großen Augen. Sehr dichtes braunes Haar, bloße Füße, schmutzige Hände mit kurzen Fingern. Sie war von zierlicher Gestalt und trug einen schlichten Kittel mit einem breiten Gürtel, der einmal mehr deutlich machte, wie schmal sie war.

»Seid gegrüßt«, begann Jordis und setzte ein Lächeln auf.

Ihr Gesicht verdunkelte sich, als sie ihn sah. Hilfesuchend huschten ihre Augen zu Heck. Der räusperte sich und erklärte, er habe diesen Herrn aus Neuss hierher begleitet, da er mit ihrem Mann, Tönn, zu sprechen wünsche; es ginge um die Sache mit dem Wolf. Sie krauste die Nase, als seien ihr sowohl das unerwartete Erscheinen des seltsamen Fremden als auch sein Anliegen mehr als befremdlich.

Mit einer Hand die Tür haltend, wandte sie sich halb um, vermutlich, um ihren Mann zu rufen. Ihr schweres Haar hing ungekämmt und wirr bis zu den Hüften, und Jordis sah aus dem Augenwinkel, wie Heck sie musterte.

Bevor man ihn rufen konnte, stand er auch schon da: Tönn, der Abdecker. Auch sein Haar war länger nicht von eines Kammes Zinken berührt worden, kohlrabenschwarz und lockig reichte es bis zu den Schultern. Er trug einen Oberlippenbart und einen Bewuchs am Kinn, der noch ein Bart werden konnte, zurzeit aber nur etwas war, das irgendwie wuchs und dringend zurechtgestutzt werden musste, wie Jordis fand.

Der Abdecker schob seine Frau zur Seite und musterte die Besucher. Er verströmte einen aufdringlichen Geruch, den Jordis nicht recht einordnen konnte, und kaute auf etwas herum, das unter seinen Zähnen krachte und knackte. Die junge Frau lehnte sich mit dem Rücken an die Tür und stützte den Kopf ab. Als ein kleines Kind mit tränenden Augen und laufender Nase dahergerannt kam, stieß ihr Mann sie mit der Schulter an, grinste und wies mit dem Daumen nach hinten. Sie blickte kurz auf, verschwand aber ohne ein Wort mit dem Kind im Inneren der Hütte.

Jordis sah die Schemen eines Tisches und einer Bank in dem verqualmten, dämmrigen Raum. Immer noch kauend, hangelte der Abdecker mit den Füßen nach zwei Holzschuhen, die vor der Wand lagen, trat hinaus und zog die Tür hinter sich zu.

»Ich hab's gehört«, sagte er, ohne sich mit Begrüßungen oder Ähnlichem aufzuhalten. »Weshalb kommt Ihr zu mir?« Nach einem Blick auf Evald Heck fügte er hinzu: »Und was treibst du hier?« In seiner Stimme mischten sich Gereiztheit und Belustigung.

»Er hat mich nur begleitet«, kam Jordis dem hochgewachsenen Schreiner zuvor, »da ich ortsunkundig bin und ein Freund mir nahegelegt hat, seine Unterstützung einzuholen.«

Tönn, der mit vollem Namen vermutlich Anton hieß, zeigte ein schiefes Grinsen. Jordis sah, dass ihm unten ein Zahn fehlte und einer der oberen Schneidezähne halb abgebrochen war.

»Wie redet Ihr denn?«, fragte er und hustete lachend oder lachte hustend, es war unmöglich, die beiden Vorgänge voneinander zu trennen. »Schwatzen in Neuss alle so geschwollen daher?«

Bevor Jordis antworten konnte, lehnte Tönn sich zurück und schlug mit der Faust gegen die Tür. »Geh weg!«, polterte er. Er musste sehr feine Ohren haben. Oder seine Frau sehr gut kennen.

»Nennt es, wie Ihr wollt, es ist meine Art zu reden«, sagte Jordis. Er hatte nicht vor, sich von diesem ungehobelten Klotz einschüchtern zu lassen. »Wollen wir uns hier unterhalten? Oder wo?«

Tönn schnaubte. »Mir gleich. Hier. Wird eh nicht lange dauern. Du kannst gehen!«, fuhr er den Schreiner an.

Evald Heck blieb stehen und wartete. Jordis war sich nicht sicher, ob aus Neugierde oder aus Pflichtbewusstsein oder aus welchem Grund auch immer.

»Ja, Ihr könnt gehen, habt Dank, dass Ihr mich hergeführt habt«, wandte er sich an den großen Mann. Als er sah, wie Heck durch den Schnee davonging, wurde ihm ein wenig mulmig zumute – in seiner Gegenwart hatte er sich sicherer gefühlt. Andererseits war es helllichter Tag. Was wollte ihm der klein gewachsene Abdecker, der da kauend vor ihm stand, schon anhaben?

Tönn folgte Heck mit den Augen und wandte sich Jordis zu, eine Mischung aus Erheiterung und Überheblichkeit im Blick.

»Ihr habt die Leiche des Mannes untersucht, den man hier am Waldrand fand«, kam Jordis zur Sache.

»Der Zerfleischte, ja«, erwiderte Tönn. »Und?«

»Nun … Ich suche einen Jungen, der sich womöglich in seiner Begleitung befand, und möchte daher alles über den Verstorbenen wissen. Was hatte er bei sich, wo wollte er hin?«

»Das müsst Ihr den Verstorbenen schon selber fragen.« Wieder grinste der Abdecker.

»Ich frage Euch«, beharrte Jordis. »Was wir vermissen, ist ein Siegelring mit dem Familienwappen, den er an der rechten Hand trug. Habt Ihr ihn gesehen?«

Das Überhebliche verschwand aus Tönns Gesicht. Seine Augen wurden schmal, und Jordis sah etwas in ihnen, das ihn schaudern ließ.

»Nein«, sagte der Abdecker. Am Ende des Wortes hob er die Stimme, wie um deutlich zu machen, dass die Frage des Buckligen an Lächerlichkeit nicht zu überbieten war. Seine Augen ließen Jordis los, starrten auf einen Punkt hinter ihm und wandten sich dann gen Himmel, gereizt, beleidigt, ergrimmt.

»Ich habe mir den Leichnam eben noch einmal angesehen. Am Ringfinger befindet sich ein heller Streifen, dort, wo der Ring gesessen hat. Um den Knöchel ist verschmiertes Blut zu sehen, was bedeutet, dass ihm etwas vom Finger gezogen wurde. Es könnte doch sein, dass Euch bei Eurer Untersuchung ein Ring aufgefallen ist und Ihr ihn abgenommen habt, um ihn zu säubern … und dann womöglich vergessen habt.«

Jordis wusste, dass er damit eine dreiste Beschuldigung äußerte. Niemand, dem unterstellt wurde, er habe sich an einem Leichnam bereichert, blieb davon unberührt. Und dennoch: Der Verdacht war berechtigt. Die Aufzeichnungen in seinem Buch und seine jüngsten Beobachtungen sprachen für sich. Er bemühte sich, den Mann gegenüber ruhig anzusehen. Sie waren etwa gleich groß, aber in einem Kampf wäre der Abdecker haushoch überlegen.

Tönn schien dasselbe zu denken, seine Züge verhärteten sich, und Jordis wusste – ohne hinzusehen –, dass er die Fäuste ballte. In der Hütte begann abermals ein Kind zu weinen. Die Frau schimpfte, vielleicht verpasste sie dem Kind eine Ohrfeige, auf jeden Fall wurde das Geheule noch lauter.

Der Abdecker sah sich nicht um. Er musterte Jordis von oben bis unten und grinste erneut, diesmal allerdings bitterer und ohne den Beigeschmack der Belustigung. »Du kannst mich am Arsch lecken.« Damit drehte er sich um und wandte sich dem Kotten zu. Aus dem Kamin quoll eine dicke Wolke dunklen Rauches.

Jordis hielt die Luft an, als Tönn stehen blieb und den Kopf hob. Kommt er jetzt zurück?, dachte er. Schlägt er mich nieder?

Aber der dunkelhaarige Mann verschwand wortlos in der Hütte und schlug die Tür hinter sich zu.

***

»Willste um Gnade winseln?« Der Anführer der Wegelagerer drehte mit einer Hand spielerisch das Messer, mit der anderen packte er

Jansen grob am Kinn und zwang seine Lippen auseinander. »Oder zuerst das Blut deines fetten Freundes trinken? Oder 'ne andere Köstlichkeit? Ull, zieh schon mal deine Hose aus.« Er lachte gehässig, und Jansen fühlte seinen fauligen Atem im Gesicht. Der ihn umgebende Geruch war so scharf und stechend, dass er kaum zu atmen wagte.

Der Mann, den Kreitfisch niedergeschlagen hatte, hielt sich am Fuhrwerk fest und versuchte stöhnend, sich aufzurichten. Er strauchelte, als die Pferde ein Stück vorwärtsliefen. Aus einer Wunde an seinem Kopf floss Blut, das dunkel und schwer in den Schnee tropfte. Er klammerte sich an den Karren und blieb schwankend stehen.

Jansen hob den Blick und sah Kreitfisch an, der auf dem Fuhrwerk kniete, schwer atmend und mit vor Verzweiflung weit aufgerissenen Augen. Stumm schüttelte er den Kopf.

»Was hast du, Trottel?«, fragte der bärtige Anführer mit aufgesetzter Liebenswürdigkeit. »Willste nicht sehen, wie wir es deinem Freund hier besorgen? Oooch! Möchtest als Erster drankommen. Oder bist gar nicht so schwachsinnig, wie du aussiehst, und willst uns irreleiten?« Sein Tonfall hatte sich verändert.

Er schrie den Männern am hinteren Fuhrwerk zu, sie sollten rüberkommen. Jansen konnte nicht sehen, was sie mit den beiden Tuchhändlern gemacht hatten. Aber die Schreie waren verstummt.

»Die Beute später«, fuhr der Bärtige seine Gehilfen an, »erst die zwei.« Er ließ Jansens Kinn los und grinste ihn an, wobei sich die weiße Narbe auf seiner Wange kaum verzog. Sein Gesicht war dunkel vor Schmutz und schorfigen Stellen.

»Erst der Fette. Hör zu, Fetter! Leg die Hände vor dich. Wir schneiden dir ein paar Finger ab. Wenn du muckst, stechen wir deinem Freund die Augen aus. Wenn nicht, seid ihr frei.«

Einer der Männer lachte. Der Verletzte, der sich am Wagen festhielt, kam langsam herübergetorkelt.

Jansen wollte etwas sagen, den Kopf schütteln, aber seine Bewacher hielten ihm den Mund zu und gestatteten keinerlei Regung. Der Weißhaarige neben ihm roch stark nach Branntwein und Rauch, seine Finger stanken nach Urin. Jansen würgte. Schweißtropfen liefen ihm in die Augen. Er versuchte, sie wegzublinzeln und Kreitfisch dabei nicht aus dem Blick zu verlieren. Durch einen Tränenschleier sah er, wie sich der Anführer und ein weiterer Mann dem Fuhrwerk näherten.

Stell dich hin, Hennes, flehte Jansen leise, nimm die Axt, stell dich hin.

Plötzlich erklang ein Schrei. Etwas zischte. Jansen sah schemenhaft, wie der Bärtige hintenüberfiel und Kreitfisch auf die Füße kam. Der Klammergriff um seinen Leib lockerte sich, das Messer wurde von seinem Hals genommen. Er hörte Zweige brechen, Pferde wiehern und Stimmen durcheinanderrufen. Ein Schmerzensschrei drang an sein Ohr, entsetzlich laut und in einem qualvollen Röcheln endend. Endlich konnte er wieder sehen.

Kreitfisch stürzte auf ihn zu und fasste ihn am Arm. Mit einer Hand stützte er ihn, mit der anderen reichte er ihm seinen Gehstock. Um sie herum waren Männer mit Lanzen und Knüppeln, einer ließ eben seine Armbrust sinken, zwei andere rannten an ihnen vorbei in den Wald. Jansen versuchte zu begreifen, was geschehen war. Der Anführer der Wegelagerer lag vor ihnen im Schnee, in seiner Brust steckte ein Pfeil, und aus Mund und Nase sickerte Blut.

Ein Mann kam auf sie zu. Es war der mit der Armbrust. Jansen kannte ihn, er hatte das Gesicht schon einmal gesehen, aber wo, wollte ihm nicht einfallen. Einen Augenblick fürchtete er, die Armbrust könne gehoben und auf ihn gerichtet werden, aber der Mann hielt die Waffe gesenkt und schritt ruhig weiter. »Wir kennen uns«, sagte er. Auch seine Stimme war Jansen vertraut.

Langsam dämmerte es ihm. Sie waren sich auf dem Gutshof der von der Bahlens in Glehn begegnet, als er mit Jordis dort war, um nach Jacob Hemmers' Freundin zu suchen. Dieser Jäger hatte Frau von Schillinc über ihren Besuch in Kenntnis gesetzt.

»Richtig, ja, wir trafen uns in Glehn. Ihr seid …«

»Jost Quentin.«

Seine Bartstoppeln waren gewachsen und die Schatten um die Augen tiefer geworden, aber Jansen erinnerte sich an seinen hellen, ruhigen Blick.

»Ihr seid diesmal in anderer Begleitung unterwegs«, bemerkte Quentin.

»Ja.« Jansen spürte einen stechenden Schmerz am Hals und hob eine Hand.

Kreitfisch war sofort zur Stelle, umfasste sein Handgelenk und betrachtete die Wunde. Rasch entknotete er den Stofflappen, den Jansen um den Hals gewickelt trug, und presste ihn auf den Schnitt. »Sieht nicht schön aus, aber du wirst es überleben.« Der Barbier klopfte ihm auf die Schulter.

»Dem Herrn sei Dank, dass Ihr gekommen seid«, stellte Jansen fest. »Was führt Euch hierher?«

»Wir sind auf der Jagd nach dem Wolf«, antwortete Quentin. »Sind seiner Fährte gefolgt. Er hat bei Korschenbroich Vieh gerissen und ist zurück in den Wald.« Er rieb sich den Nacken und sah sich nach seinen Männern um. Zwei von ihnen standen über die beiden Fuhrleute gebeugt, die neben ihrem mit Tuch beladenen Wagen am Boden lagen.

Kreitfisch hob den Lappen an, den er gegen Jansens Hals gedrückt hielt, schaute darunter und drückte ihn erneut auf die Wunde. »Schon besser, halt fest.« Eilig stapfte er davon. Jansen sah, wie er auf das hintere Fuhrwerk zuging und neben den Opfern niederkniete.

»Ich kann Euch nicht genug danken.« Jansen fröstelte, der Schweiß auf seiner Haut kühlte aus. »Kamt Ihr zufällig des Weges, oder habt Ihr Geräusche gehört?«

»Er war nicht zu überhören.« Quentin warf einen Blick auf den bärtigen Toten. »Ich hatte schon seit Längerem den Verdacht, dass Wegelagerer in den Wäldern lauern. Die Angst vor dem Wolf ist zweckdienlich für sie. Niemand wundert sich über Vermisste.«

»Ihr meint, dass wir nicht die Ersten sind, die überfallen wurden?« Jansen blinzelte. »Da war ein Mann, ein Händler … Er hat uns angeboten, uns durch die Wälder zu führen. Hm. Könnte ihr Handlanger gewesen sein. Der Kerl war allzu erpicht darauf, uns zu begleiten.«

Jansen sah sich nach den Wegelagerern um. Wenige Fuß neben dem Bärtigen lag einer, dem eine Lanze aus dem Hals ragte. Ein weiterer war neben dem Fuhrwerk zusammengesackt, ein dritter lag mit gebrochenem Blick vor einem Baum, sein langes Haar hatte sich im dürren Gezweig verfangen, das den Waldboden bedeckte.

Waren es nicht fünf gewesen? Einer fehlte doch!

Quentin war zu den am Boden liegenden Räubern gegangen und stieß sie mit dem Fuß an. Keiner rührte sich, nur der starre Arm eines Mannes glitt zur Seite und blieb reglos im Schnee liegen.

Im Wald hinter ihnen knackte es. Jansen fuhr herum. Es waren Quentins Leute. Mit geschulterten Waffen bahnten sie sich einen Weg durch das Unterholz. Der Größere von ihnen wies mit dem Arm nach hinten.

»Ist er entkommen?«, fragte einer der Jäger, die bei Kreitfisch standen.

»Leider. Ist durch den Fluss gelaufen, da verloren wir die Spur.«

Die Männer fluchten. Quentin sagte nichts. Er legte die Armbrust beiseite und packte einen der toten Wegelagerer an den Füßen. »Helft mir«, forderte er die anderen auf. »Wir legen sie auf das Fuhrwerk.« An Jansen gewandt fügte er hinzu: »Es gibt keine andere Lösung, wir sind zu Fuß unterwegs. Lasst uns den Weg räumen. Wir brechen für heute ab!«, rief er lauter.

Schweigend hoben die Jäger die schweren Leichname auf die Ladefläche und bedeckten sie mit einer breiten Stoffbahn aus dem Bestand der Tuchhändler. Auch die Fuhrleute aus Krefeld wurden verhüllt – mit ihrem eigenen Tuch. Beide hatten den Angriff nicht überlebt.

»Der Baum ist umgehauen worden!«, rief ein älterer Jäger, der neben dem im Weg liegenden Stamm stand. »Man sieht die Spuren der Axt!«

Kreitfisch half, das Hindernis beiseitezuziehen, und wischte sich die Stirn. Er sah mitgenommen aus.

Jansen humpelte auf den Fahrersitz ihres Wagens zu und versuchte hinaufzuklettern.

»Hinauf kannst du, Rutger«, kam es von Kreitfisch, »aber du wirst nicht fahren. Ihr da, könnt Ihr ihm helfen?«

Zwei Jäger packten Jansen am Arm und wuchteten ihn, sosehr er sich auch sträubte, auf den Bock.

»Cuntze, nimm du die Leine«, ordnete Quentin an, und ein hochgewachsener Mann mit weit ins Gesicht gezogener Mütze setzte sich neben Jansen. Die anderen Männer verteilten sich auf die beiden Fuhrwerke und setzten sich, wo immer es möglich war. Jansen warf einen letzten Blick auf den zerwühlten, mit Blut befleckten Schnee.

Es knirschte, als der Wagen anrollte, die Pferde mussten sich anstrengen, um das erhöhte Gewicht durch den Schnee zu ziehen. Jansen sah, wie sich die Muskeln unter ihrem Fell bewegten.

»Ihr spracht von einem Mann, der Euch durch die Wälder geführt hat«, brachte Quentin an. Er hatte sich zurückgelehnt, um an Cuntze vorbei zu Jansen hinüberschauen zu können, einen Unterarm auf die Rückenlehne gestützt. »Kanntet Ihr ihn?«

»Nein. Er handelte mit … wartet. Was war es, Kreitfisch?«

»Holzkohle, glaube ich«, antwortete der Barbier von hinten.

»Ja, Holzkohle. Er hatte seine Ware ausgeliefert und wollte den Heimweg antreten, als wir ihn trafen. Das war im Rasthaus in Gladbach. Er hatte mitbekommen, dass wir nach Neuss zurückwollten, und bot an, uns den kürzeren Weg durch die Wälder zu zeigen. Ich habe gesehen, wie er auch andere Reisende ansprach. Die beiden Unglücklichen hier wollten Tuch nach Meerbusch bringen.« Er wies mit dem Daumen auf die Ladefläche.

»Wisst Ihr, woher er kam?«, wollte Quentin wissen.

Jansen dachte nach. »Das hat er nicht gesagt. Oder? Hat er, Kreitfisch?«

»Nicht, dass ich wüsste.«

Quentin nickte und wandte sich wieder nach vorn. Für eine Weile hörten sie nur das Knirschen der Hufe und das Reiben der Reifen im Schnee.

Jansen versuchte, die Gedanken, die durch seinen Kopf strömten, zu ordnen. »Wie geht es den Kranken der Familie von der Bahlen?«, fragte er.

Quentin hielt den Blick nach vorn gerichtet. »Darüber bin ich nicht unterrichtet. Als Amtsjäger des Herzogtums Jülich-Berg bin ich nicht oft in dieser Gegend, mein Land liegt weiter südwestlich. Ich bin nur zur Wolfsjagd hergekommen. Ihr wisst vielleicht, dass die Amtsjäger der verschiedenen Waldgebiete sich in Notlagen absprechen.«

»Nein, das wusste ich nicht. Aber es macht Sinn. Die Wälder beherbergen allerhand üble Geschöpfe. Wie weit ist es noch bis zum nächsten Ort?«

»Korschenbroich. Paar Meilen«, antwortete Cuntze.

»Der Büttel dort wird sich wundern. Herr im Himmel. Was für eine abscheuliche Geschichte!«

Jansen wandte sich zu Kreitfisch um, ohne seinen Hals unnötig zu bewegen. »Ich würde gern wissen, wie viele arme Seelen schon vor uns überfallen wurden«, überlegte er. »Denk an das, was der

Mönch im Münster uns erzählt hat, die vielen Vermissten. Es könnte sein, dass sie auch Jacob auf dem Gewissen haben.«

»Wie hätten sie sich denn an ihm bereichern sollen?«, fragte Kreitfisch.

»Bereichern nicht. Aber er könnte zur falschen Zeit am falschen Ort gewesen sein. Womöglich hat er einen Überfall beobachtet und wurde dabei erwischt.«

»Wäre möglich«, stimmte Kreitfisch zu. »Die werden sich gedacht haben: Wen wundert's, wenn noch jemand verschwindet, wo doch der Wolf umgeht. Unmenschen, verdammte!«

»Einen gibt es noch«, bemerkte Jansen. »Den Entflohenen. Wenn es uns gelänge, ihn zu finden …«

Der Jäger, der neben Kreitfisch auf der Rückbank saß, räusperte sich. Seine Stimme klang ungewöhnlich heiser, als er sprach. »Wer weiß, ob der noch lebt. Da war viel Blut im Schnee.«

Jansen nickte. Allmählich erreichten sie besiedeltes Gebiet. Hinter den Bäumen zeichneten sich die Umrisse eines Hofes mit hellen Lehmwänden und gekreuzten Balken ab. Im Näherkommen sahen sie, dass das Haus ein Ständerwerk hatte, um Bodenfeuchtigkeit abzuhalten. Die Hauptbalken ruhten auf schweren Steinplatten, die flache Erhebungen unter dem Schnee bildeten.

Jansen musste schlucken, als ihm bewusst wurde, wie knapp sie eben dem Tod entronnen waren. Diese Wegelagerer, wer waren sie? Knechte aus den umliegenden Ortschaften? Vogelfreie? Er dachte an den Anführer und den Weißhaarigen, der ihn festgehalten hatte. Ein Verdacht keimte in ihm auf, eine vage Vermutung. Er musste Kreitfisch davon erzählen. Wenn nur sein Kopf nicht so wehtäte!

Jansen kniff die Augen zusammen und richtete sie auf einen Mann, der ihnen auf einem schwarzen Pferd entgegenkam.

***

Jordis beschloss, wie es seine Art war, nicht sogleich aufzugeben. Von diesem unwirschen Abdecker würde er sich nicht so schnell verscheuchen lassen! Schließlich gab es gute Gründe für sein Erscheinen.

Bevor er Theil gebeten hatte, sein eigenes kleines Fuhrwerk anzuschirren und ihn unverzüglich nach Kleinenbroich zu bringen, war er in seiner Kladde auf die gesuchte Aufzeichnung der Leichenbeschau gestoßen: »... Schürfwunden an der rechten Hand, verkrustetes Blut und Dreck, verschmiert bis zu den Fingerspitzen, vor allem mittig.« Warum habe ich nicht früher daran gedacht?, hatte er sich geärgert.

Der Knecht am Saalhof hatte ihn nach kurzem Überlegen wiedererkannt, ihn mürrisch in den Keller geleitet und geknurrt: »Ihr habt Glück, morgen kommt er unter die Erde.«

Der Tote hatte noch schrecklicher ausgesehen als bei ihrem ersten Besuch. Es war Jordis äußerst schwergefallen, ihn zu berühren und das Blut an seiner rechten Hand abzureiben. Er schüttelte sich immer noch beim Gedanken daran. Aber sein Verdacht war bestätigt worden: Da war ein weißer Streifen am Ringfinger. Ein Streifen, wie ihn ein häufig getragener Ring auf der Haut hinterlassen würde.

Höhergestellte Persönlichkeiten trugen Siegelringe, die sie für das Kennzeichnen von Schriftstücken oder als Nachweis ihrer Herkunft mit sich führten. Die Spuren an der Hand des toten Jülich-Bergers wiesen darauf hin, dass ihm ein Ring vom Finger gezogen worden war, und zwar nicht lange nach seinem Ableben, sonst wäre das Blut schon zu trocken gewesen, um derart zu verschmieren.

Von den Männern, die den Leichnam gefunden und ins Dorf gebracht hatten, kam der Abdecker am ehesten als Dieb in Frage. Er hatte den Toten untersucht, und es wäre ihm ein Leichtes gewesen, den Ring an sich zu nehmen. In aller Heimlichkeit, beeindruckt von der Pracht des Schmuckstücks und dem ungewohnten Glanz. Dem Geschmack einer fremden Welt. Wen würde es nicht reizen, daran teilzuhaben, nahezu unbemerkt, wo dieser fremde Mann doch ohnehin tot war?

Für ihre Nachforschungen wäre es ungemein hilfreich, den verschwundenen Ring zu finden, denn wenn er – wie die meisten Siegelringe – ein Familienwappen trüge, kämen sie schnell dahinter, um wen es sich bei dem Toten handelte.

Jordis hielt sich einen Ärmel vor die Nase, als er an dem stinkenden Schuppen vorbeikam. Er ging ein paar Schritte weiter, trat hinter ein dichtes Gebüsch am Wegrand und setzte seine Überlegungen fort.

Diesem gröblichen Burschen namens Tönn konnte man alles

Mögliche zutrauen. Aber Gemach! Es mochte sein, dass jemand anderes den Ring an sich genommen hatte, vielleicht jemand, der früher vor Ort gewesen war. Evald Heck, der Schreiner? Eines der Kinder, die den Toten fanden? Oder jemand, an den sie noch gar nicht gedacht hatten, den sie noch nicht einmal kannten?

Augustin Jordis schaute sich um, sah die Dächer und Schornsteine der Kotten hinter einer Reihe von Büschen und Obstbäumen, den stillen Weg, die fedrigen Zweige des immergrünen Strauches neben sich. Vor der Hütte des Abdeckers regte sich nichts, lautlos stiegen Wolken von Rauch in den blauen Winterhimmel auf.

Tönn hatte einen Blick auf den Schuppen geworfen, als Jordis ihn auf den Ring ansprach, und dann die Augen zum Himmel verdreht. Er war gereizt gewesen, aufgebracht. Es war damit zu rechnen, dass die geäußerte Anschuldigung eine nachhaltige Wirkung auf ihn hatte.

Jordis sah durch die Zweige hindurch zum Haus. Etwas riet ihm, zu warten. Sollte er sich anschleichen und an den Fenstern lauschen? Wenn er auf die andere Seite des Weges wechselte, könnte er hinter Weidenzäunen und Beerenbüschen bis an den Kotten heranhuschen. Wie man halt als Buckliger zu huschen pflegte: nicht gerade elegant, aber das konnte ihm gleich sein, denn es lag nicht in seiner Absicht, sich dabei beobachten zu lassen.

Er hatte bereits einen Fuß auf den Weg gesetzt, als sich die Tür von Tönns Hütte öffnete. Schnell zog er sein Bein zurück und duckte sich hinter den Busch. Hoffentlich kam niemand des Weges!

Der Abdecker trat eilig vor die Tür und stapfte durch den Schnee auf den Lehmschuppen zu. Eine Tür knarrte. Es war eigentlich unmöglich, aber Jordis hatte das Gefühl, als würde der üble Gestank sich verstärken und einer dichten Wolke gleich über ihn kommen.

Was tatsächlich einer Wolke gleich über ihn kam, war das Entsetzen, das ihn packte, als sich plötzlich eine Hand auf seine Schulter legte.

***

»Der hat mir wahrhaftig noch gefehlt«, stöhnte Jost Quentin.

Das Gesicht des Reiters, auf den die Worte des Amtsjägers gemünzt waren, zeigte Verblüffung und Missmut, als er die Männer auf dem Gespann näher in Augenschein nahm. Dabei hat er die Toten unter dem Tuch auf der Ladefläche noch gar nicht gesehen, dachte Kreitfisch.

»Quentin, Ihr habt Euch wieder einmal in meinen Bereich verirrt«, sagte der Reiter, als er neben ihnen zu stehen kam. Er hatte dichtes graues Haar und einen ebensolchen Bart, aus dem Nase und Lippen hervorsprangen wie kleine Erker.

»Ihr wisst, dass wir zur Wolfsjagd die Grenzen der Territorien übertreten dürfen und auch sollen. Wir können nicht einer Fährte folgen und unvermittelt innehalten und warten, bis jemand vorbeikommt, der das rechte Wappen trägt.«

»Ihr wisst, was ich meine. Dieser Teil des Waldes untersteht der Reichsherrschaft Myllendonk, und ich erteile hier die Befehle. Wenn Ihr zur Wolfsjagd aufruft und wissentlich Grenzen überschreitet, habt Ihr mich vorab davon in Kenntnis zu setzen.«

Quentin ließ sich von den strengen Worten nicht einschüchtern. »Die von Dycks stellen sich nicht so an, wenn wir ihr Gebiet durchqueren. Und außerdem … ach, vergesst es!«

Dem grauhaarigen Reiter schienen erst jetzt die übrigen Männer aufzufallen. Rasch erfasste er ihr mitgenommenes Äußeres, die abgekämpften Gesichter und das Blut auf Haut und Kleidern. »Was ist geschehen?«, wollte er wissen und sah Quentin dabei eindringlich an.

Der Amtsjäger erwiderte nichts. Stattdessen kniete er sich auf den Sitz, beugte sich nach hinten und schlug das Tuch zurück, das die Toten auf der Ladefläche bedeckte. Ob durch die schnelle Bewegung oder den Hauch von Tod und Verderben, den die reglosen Leiber verströmten: Der Rappe des Grauhaarigen wich zurück und ruckte ängstlich mit dem Kopf; sein Herr hatte Mühe, im Sattel zu bleiben.

»O mein Gott. Was ist geschehen?«, wiederholte er.

»Ein Überfall«, entgegnete Quentin müde und ließ sich wieder auf die Sitzbank fallen. »Diese beiden«, er wies auf Jansen und Kreitfisch, »und zwei Tuchhändler wurden von Wegelagerern bedrängt. Wir kamen gerade recht, um weitere Morde zu verhindern.«

»Wir wären nicht mehr am Leben, wenn sie nicht gekommen wären«, bestätigte Jansen.

Der Reiter atmete laut aus. »Wegelagerer. Lasst mich ihre Gesichter sehen.«

Er ritt um das Fuhrwerk herum, stieg ab, reichte Kreitfisch die Zügel seines Pferdes und besah sich kopfschüttelnd die reglosen Leiber auf der Ladefläche. »Ich kenne sie nicht.« Seine Augen verweilten auf dem bärtigen Antlitz des Anführers, bevor er erneut den Kopf schüttelte. »Nein, ich kann es nicht sagen.«

»Die ganz rechts sind die Tuchhändler«, bemerkte Kreitfisch leise. »Sie haben ihnen das Gesicht zertrümmert.«

Der Grauhaarige sagte nichts, sondern verzog nur das Gesicht. Mit fester Hand zog er das Tuch wieder über die Leichname und sprang vom Fuhrwerk. »Ich werde Euch nach Korschenbroich führen«, sagte er bestimmt, erklomm den Sattel und setzte sich an die Spitze des Zuges. »Anschließend werde ich den Herren von Myllendonk Bericht erstatten.«

»Wir würden den Weg auch ohne Euch finden«, stellte Jost Quentin fest.

»Das mag sein.« In den Augen des Grauhaarigen lag ein spöttisches Schmunzeln. »Dennoch, es ist mein Wald und daher meine Aufgabe. Verzeiht, wenn ich mich nicht vorgestellt habe«, wandte er sich an die Übrigen. »Ich bin Barthel Kamp, Amtsjäger der Reichsherrschaft Myllendonk. Ist jemand von Euch nicht in der Lage weiterzureisen? Was ist mit Euch?«, fragte er Jansen mit Blick auf dessen blutbesudelten Umhang.

»Es geht schon«, erwiderte der Einbeinige. »Mir wird gern nachgesagt, dass ich mehr Glück als Verstand habe, und es scheint zu stimmen. Wir kommen übrigens aus Neuss, wo wir gerade beim Vorstellen sind. Kreitfisch und Jansen.«

»Die Übrigen sind meine Leute. Von den Wegelagerern konnte einer entkommen«, setzte Quentin hinzu, griff nach seiner Armbrust und stieg vom Fahrersitz. »Ich denke, wir werden nun nicht mehr gebraucht. Seht Ihr Euch imstande, das Fuhrwerk zu lenken?«, wandte er sich an Jansen.

»Wenn er mich lässt«, antwortete Jansen und deutete mit dem Daumen über die Schulter auf Kreitfisch.

Der Barbier stieg wortlos ab, kam nach vorn, betrachtete Jansens Wunde und knotete ihm den fleckigen Stofflappen wieder fest um den Hals.

»Es wäre überaus freundlich von dir, mich nicht zu ersticken, mein Freund«, röchelte Jansen.

Kreitfisch verpasste ihm eine Kopfnuss. »Es wäre freundlich von dir, kein wirres Zeug zu faseln. Fahr los, aber halt deinen hässlichen Schädel gerade.« Er stapfte zum Fuhrwerk der Tuchhändler hinüber und ließ Quentins Männer absteigen, bevor er selbst auf den Fahrersitz kletterte.

Barthel Kamp sah vom Sattel seines Pferdes griesgrämig auf die Jäger herab. »War es wirklich nötig, die Männer zu töten, Quentin?«, wollte er wissen. »Hätte es nicht gereicht, sie gefangen zu nehmen?«

Der Angesprochene, einen Fuß bereits im Wald, wandte sich um. »Nein, mein Amtsbruder, dann hätten sie Hackfleisch aus denen gemacht.«

»… was ich bestätigen kann«, setzte Jansen hinzu, »einen Atemzug später wäre ich tot gewesen.«

»Ihr habt den erschlagenen Händler gesehen«, blaffte ein hochgewachsener Jäger mit heiserer Stimme. »Was fragt Ihr noch?«

Kamp ging nicht näher darauf ein. »Einen Augenblick noch«, bat er. »Ihr sagtet, einer der Kerle sei entkommen. Wie sah er aus?«

»Er hatte weißes Haar«, erklärte einer der Männer, die dem Flüchtenden gefolgt waren. »War kräftig und pottdreckig.«

»Den hab ich auch gesehen«, murmelte Kreitfisch.

»Er ist durch den Fluss entkommen.«

»In welche Richtung?«, erkundigte sich Kamp.

»Nord«, sagte Quentin. »Damit befindet er sich innerhalb der Reichsherrschaft Myllendonk«, stellte er mit Betonung der letzten beiden Worte fest, »und deren Bedienstete sollen ihn auch suchen. Kommt, Männer.«

Er warf Kreitfisch und Jansen einen letzten Blick zu und schlug mit der Armbrust ein paar dürre Zweige beiseite, um den Weg in den Wald frei zu machen. »Euch eine sichere Heimfahrt.«

»Habt Dank«, rief Jansen ihnen nach.

Leise murmelnd verschwanden die Jäger im Dickicht. Das Raunen ihrer Stimmen und das Knirschen und Knacken ihrer Schritte entfernten sich schnell in südliche Richtung.

»Nun«, ergriff Barthel Kamp das Wort. »Lasst uns ziehen. Die Schatten werden länger. Wir werden die Angelegenheit zügig regeln, damit Ihr nach Neuss zurückkehren könnt.« Er schnalzte mit der Zunge und gab seinem Pferd die Zügel.

Wenig später erreichten sie den kleinen Ort Korschenbroich und folgten dem Myllendonker Amtsjäger durch ein Tor in den Innenhof eines großen Gebäudes mit einem amtlichen Wappen über der Tür. Als sie zu einer Kammer im hinteren Teil des Hauses geführt wurden, konnten sie durch eine halb offene Tür in einen belebten Schankraum blicken.

»Einen schmackhaften Wein gibt es hier«, verkündete Kamp, »und wenn Ihr wollt, könnt Ihr hier auch übernachten. Wenn Ihr nun bitte warten wollt, ich lasse nach dem Büttel schicken.«

Er ließ die Tür offen stehen und eilte den langen Flur hinunter davon.

Kreitfisch musterte den kargen Raum und ließ sich erschöpft auf eine Wandbank fallen. »Wie geht es dir?«, fragte er matt.

Jansen setzte sich ihm gegenüber an einen Tisch und stützte den Kopf in die Hände. »Was für ein Wahnsinn«, murmelte er.

Er sah mitgenommen aus, aber seine Augen waren wach und lebendig, wie Kreitfisch erleichtert feststellte.

»Gut, mein Kopf ist noch dran, es könnte schlimmer sein. Hör zu, mir ist etwas aufgefallen. Zwei von diesen Kerlen stanken höllisch nach Rauch. Als hätten sie sich in Feuer und Asche gewälzt! Ihre Gesichter waren schwarz und voller Brandnarben.« Jansen zog die Nase hoch. »Ich glaube, es waren Köhler. Zumindest zwei von ihnen. Die anderen werden Spießgesellen sein, die sie wer weiß wo aufgetrieben haben.«

Kreitfisch lehnte den Kopf gegen die Wand. »Das könnte sein, ja. Dann müsste es einen Kohlenmeiler geben … Der kann nicht weit sein.« Er dachte an den wortkargen Kerl, der im Kaarster Wald gehaust hatte, als er noch ein Kind war. Köhler lebten einsam in Waldhütten und konnten ihren Meilern nie längere Zeit fernbleiben, da sonst das Feuer verlosch. Manche von ihnen wurden wahnsinnig, vor Einsamkeit und vor Mangel an Schlaf.

Durch den Flur drangen Scheppern und Lachen aus der Gaststube.

Jansen kratzte sich am Kopf. »Es muss da ein Versteck geben, einen Unterschlupf, in dem sie sich zusammenrotten. Dort lassen sich womöglich Spuren von Jacob finden. Falls er ihnen tatsächlich in die Hände gefallen ist.«

»Was mich nicht wundern würde. Verdammt«, knurrte Kreitfisch.

»Ich halte das ehrlich gesagt für wahrscheinlicher als Herrn Jordis' Idee, dass er sich mit diesem reichen Kauz im Wappenmantel im Wald herumgetrieben hat, wenn du mich fragst.« Jansen fuhr sich mit einem Finger unter das blutbefleckte Halstuch und verzog das Gesicht. »Im Grunde müssten wir jetzt sagen: Lass den Köhler in seinem beschissenen Meiler verrotten und ab nach Hause! Aber …« Er kniff die Augen zusammen und schwieg.

Kreitfisch sah ihn an. »Aber wir stecken schon zu tief drin. Wir müssen wissen, was mit dem Jungen geschehen ist. Es würde uns keine Ruhe lassen.«

»Genau das meine ich«, stimmte Jansen zu. »Überdies wurde durch den feigen Überfall mein Zorn entfacht. Ich will sie drankriegen, die Mörder!« Er schlug die geballte Faust auf den Tisch. »Einer läuft noch frei herum.«

Draußen auf dem Hof wieherte ein Pferd. Sie hörten Stimmen und eine Tür, die ins Schloss fiel.

»Ich denke auch an die Witwe Hemmers«, sagte Kreitfisch. »Die arme Frau. Sie sollte vor ihrem Tode Frieden finden. Was machen wir, Rutger? Sagen wir diesem Kamp, was wir vermuten?«

Schwere Schritte kamen den Flur herunter in ihre Richtung.

Jansen nickte und sah ihm geradewegs in die Augen.

»Und suchen selbst nach dem Meiler?«, fügte Kreitfisch leise hinzu.

Jansen nickte erneut.

***

»Dürfte ich erfahren, was Ihr hier macht?«, zischte ein großer, kräftiger Mann Jordis an. Er hatte ihn am Kragen gepackt und blickte finster drein. Auf seinem Kahlkopf glänzte die Sonne. Jordis blinzelte gegen das Licht. Der Mann roch nach Tieren.

»Hä?! Was treibt Ihr hier?« Er schüttelte Jordis mit beiden Händen und ließ ihn ein Stück über dem Boden schweben. »Was seid Ihr für ein seltsames Vögelchen?«

»Bitte … lasst mich los.« Jordis bekam kaum Luft. Der Glatzkopf lockerte seinen Griff.

»Wenn Ihr mich loslasst, werde ich es Euch erklären«, stammelte Jordis, obwohl er nicht die geringste Ahnung hatte, was er diesem schrecklich großen, schrecklich nach Tier riechenden Kerl überhaupt erklären sollte. Er dachte darüber nach, einen Fluchtversuch zu wagen, aber da dies dem Davonkriechen eines Regenwurmes vor einem Pferd gleichkäme, nahm er schnell wieder Abstand von dieser Idee.

»Also …«, begann er. Und verstummte.

»Also?«, fragte der Riese drohend.

»Es verhält sich folgendermaßen«, druckste Jordis. Augustin, sagte er zu sich selbst, denk nach! »Ich bin hier, um …«

Als er nicht unverzüglich weitersprach und eine einleuchtende Erklärung für sein Hiersein aus dem Ärmel schütteln konnte, ergriff ihn der Kahle und schleppte ihn auf den Weg, der zum Haus führte.

»Euch werde ich lehren«, knurrte er. »Vor Tönns Kotten herumzulungern, in Eurem bunten Wämschen. Ihr seid wohl nicht bei Trost! Wollen mal hören, was Tönn dazu sagt!«

Lasst mich doch bitte, wollte Jordis sagen, aber heraus kam nur etwas, das klang wie: »Hassmichochbitt«, da die Umklammerung des Glatzkopfes ihm die Luft abschnürte. Er versuchte, seine Füße gegen den Boden zu stemmen, aber die Schuhe waren zu spitz, und anstatt Halt zu finden, schleiften sie hinter ihm her durch den Schnee wie die Krallen einer kränklichen Krähe.

Unvermutet lockerte der Riese seinen Griff. Jordis wurde schnell klar, warum er losgelassen worden war: Aus dem Schuppen drangen Stimmen, laute Stimmen, die eines Mannes und einer Frau.

»Sag's mir!«, kreischte die Frau.

»Hau ab!«, rief der Mann. »Geh ins Haus und keif dort!«

»Du sollst es mir sagen!«

Der Kahlkopf schüttelte den Kopf. »Schon wieder am streiten«, brummte er. Dann sah er Jordis an und fasste ihn am Arm. »Mitkommen.«

Aber Jordis blieb stehen und hob warnend eine Hand. »Wartet«, flüsterte er.

Aus irgendeinem Grund folgte der Kerl seiner Bitte. Es mochte an der Eindringlichkeit von Jordis' Stimme gelegen haben oder an der Art, wie er dastand, vielleicht aber auch an der Heftigkeit, mit der die beiden im Schuppen sich stritten. Auf jeden Fall blieb er, wo er war, und richtete seine Aufmerksamkeit auf das Gespräch hinter der Lehmwand.

»Lügner!«, schrie die Frau.

Es klatschte, und einem Aufschrei folgte ein Poltern. Der Kahlkopf an Jordis' Seite runzelte die Stirn. »Wartet«, flehte Jordis erneut.

»Du hast gesagt, da ist nichts«, heulte die Frauenstimme, »du hättest nichts! Aber ich hab ihn gesehen!« Bei der letzten Silbe wurde ihr Tonfall schrill.

»Du hast hinter mir hergeschnüffelt?« Die Stimme des Mannes klang nun leiser, drohender.

»Wenn du am Fenster rumpulst?« Leicht unterzukriegen war die Frau jedenfalls nicht, das musste man ihr lassen. »Wollt ich gucken, was du machst. Hab ich ihn gesehen. Dachte, was blinkt denn da?«

Wieder klatschte es. Die Frau keuchte. Von weiter weg, aus dem Kotten, war eine weinende Kinderstimme zu hören.

»Nichts hast du gesehen«, bellte der Mann.

Die Frauenstimme jammerte leise. Wer weiß, was er jetzt mit ihr anstellt, dachte Jordis. Der große Kerl neben ihm richtete sich auf und streckte den Rücken durch.

»Erzähl keine Lügen. Hure! Ab ins Haus!«

Die Frau wollte noch etwas sagen, konnte aber vor lauter Weinen nicht sprechen.

»Geh oder es setzt was!«, schrie der Mann.

Die Tür ächzte. Das Frauenweinen wurde lauter. Ohne sich abzusprechen, traten Jordis und der Kahlkopf einen Schritt zurück in den Schatten des Schuppens.

Die Frau schnappte schluchzend nach Luft. »Ich hab es doch gesehen«, sagte sie, wie um sich selbst zu bestätigen, dass sie nicht von Sinnen war.

»Ab! Dreckige Hure«, fuhr der Mann sie an. Die Tür knallte zu.

Die Frau ging einige Schritte auf das Haus zu und blieb dann stehen. Ihre zierliche Gestalt wirkte klein und verloren in der weißen Weite. Strähnen ihres dicken braunen Haares wehten ihr um die Schultern. Das Kinderweinen war verstummt.

Sie schien einen Entschluss gefasst zu haben. Ruckartig drehte sie sich um, schürzte ihr Kleid und eilte zügig den Pfad hinunter zum Hauptweg.

»Der Ring, von dem sie sprach, ist wichtig für mich«, flüsterte Jordis dem Glatzkopf zu. »Er wurde gestohlen, er gehört dem Toten aus dem Wald, und er kann uns vielleicht bei der Suche nach einem Vermissten helfen. Lasst mich gehen oder kommt mit!«

»Was?« Der Kahle blickte zweifelnd auf ihn herab.

»Ich muss mit der Frau reden.« Jordis setzte sich in Bewegung. Der dunkle Kittel der kleinen Frau verschwand mit wehenden Schößen um die Biegung des Weges.

Wortlos schloss sein Bewacher sich ihm an. Jordis spürte, dass er ihn immer noch mit harter Hand am Mantel festhielt, aber zumindest ließ er ihn gehen.

Eine alte Frau, die mit gebeugtem Rücken vor ihrem Kotten stand und ein Huhn mit einem Stück Brot ins Haus zu locken versuchte, rief ihnen etwas zu. Allerdings war kein Wort davon zu verstehen. Um den Brunnen herum liefen einige Kinder. Ein blonder Junge blieb stehen und starrte Jordis an.

»Glotz nicht so«, wies der Kahlkopf ihn an. »Was treibt ihr hier? Geht nach Hause!«

Das Weib des Abdeckers hatte nun fast die Linde erreicht, unter der Theil mit seinem Fuhrwerk wartete. Ihre Schritte verlangsamten sich. Würde sie den Knecht ansprechen? Oder sich nach rechts wenden und an Evald Hecks Tür klopfen?

Jordis kam ihr zuvor. »Falls Ihr mich sucht …«, rief er.

Die Frau fuhr herum. Ihr Kopf mit dem üppigen Haar wirkte beinahe zu groß für den schmalen Körper. Argwöhnisch wanderten ihre dunklen Augen von Jordis zu dem Kahlkopf an seiner Seite.

»Was machst du hier, Küppers?«, giftete sie Letzteren an.

»Hab den hier vor eurem Kotten aufgegriffen«, war die Antwort. »Wollte wissen, was er da macht.«

Ihre braunen Augen richteten sich auf Jordis. »Ich muss Euch sprechen. Aber allein.«

»Nun …« Jordis sah den großen Kahlen von unten herauf an. »Ihr habt's gehört.«

»Ich geh nicht weg«, erwiderte der Riese. »Wer weiß, was der Kerl im Sinn hat.« Er verschränkte die Arme und machte deutlich, dass er sich nicht vom Fleck rühren würde.

»Ist schon gut, Küppers«, sagte die Frau. »Du kannst hier stehen bleiben. Ich will nur kurz mit ihm reden.«

Jordis warf Theil, der wenige Schritte hinter ihnen stand, einen beruhigenden Blick zu, fasste die Frau am Arm und führte sie einen Steinwurf weit von den anderen weg. Als sie stehen blieben, wartete er. Er hatte die Erfahrung gemacht, dass Menschen oft mehr von sich preisgaben, wenn man sie nicht mit Fragen löcherte, sondern sie stattdessen der Art von Schweigen überließ, das durch seine Gewichtigkeit zum Reden verleitete.

Die zierliche Person vor ihm ähnelte eher einem Mädchen als einer Frau. Wären nicht die Falten zwischen ihren Augenbrauen und die vagen weiblichen Formen unter dem Kittelstoff gewesen, hätte man sie für ein Kind halten können. Sie hielt den Kopf gesenkt, als sie sprach.

»Hab gehört, wie Ihr Tönn nach dem Ring gefragt habt«, gestand sie. »Er … hatte ihn im Fensterrahmen versteckt.« Ihre Stimme klang einige Lagen tiefer als zuvor. »Ich sollte das nicht sagen, ich bin sein Weib und muss ihm dienen … Aber wenn er etwas gestohlen hat und schuld daran ist, dass jemand …« Sie stockte.

»Ich habe nicht gesagt, dass er schuld an etwas ist«, wandte Jordis ein, wobei ihm blitzartig ein Bild in den Kopf kam – von Tönn, wie er sich über den Leichnam beugte, allein. Wer konnte sagen, ob er nicht schon vor den anderen im Wald gewesen war?

Die Stimme der Frau riss ihn aus seinen Gedanken. »Was hat der Ring mit diesem Jungen zu tun, den Ihr sucht?«

Jordis räusperte sich. »Wenn es ein Wappenring ist, verrät er uns den Namen des Trägers. Der Junge könnte sich in seiner Begleitung befunden haben, versteht Ihr?«

Sie nickte.

»Ihr könnt uns helfen«, fügte Jordis hinzu.

Sie führte eine kleine, schmutzige Hand zum Kinn und strich sich fahrig darüber. Über ihre Schulter hinweg konnte Jordis sehen, wie der große, kahle Mann ungeduldig hin- und herging und in ihre Richtung starrte. Theil sagte etwas zu ihm, doch der Kahle winkte ab.

»Wie ist Euer Name?«, erkundigte sich Jordis.

»Brida«, antwortete sie leise. Blinzelnd sah sie ihn an. Die Sonne stand in seinem Rücken, er trat ein Stück zur Seite, damit sie nicht geblendet wurde.

»Brida«, wiederholte er. »Ihr könnt helfen, diesen Jungen zu finden. Könnt Ihr mir den Ring bringen?«

Sie schlug eine Hand vor den Mund und schluchzte auf. »Nein«, erwiderte sie, »das kann ich nicht. Wenn ich frage, schlägt Tönn mich tot. Im Fensterrahmen ist er nicht mehr. Ich weiß nicht, ob er ihn woanders versteckt hat oder verkauft … Er wird es Euch nicht sagen, er wird es niemals sagen!«

»Und Ihr habt keine Vermutung, wo der Ring sein könnte?«

Langsam schüttelte sie den Kopf. »Jetzt, wo Ihr ihn danach gefragt habt … Er wird ihn gut verstecken.«

»Oder verkaufen, sagtet Ihr. Habt Ihr eine Ahnung, wo sich solch ein Ring verkaufen ließe? Hat Euer Mann vorher schon einmal …« Er verstummte, als sie unvermittelt den Kopf hob.

Mit einer Hand wischte sie sich eine Träne aus dem Augenwinkel. »Ich kann Euch sagen, was drauf war«, flüsterte sie.

»Wie bitte?«, fragte Jordis und beugte sich vor.

»Ich hab den Ring gesehen, ich kann Euch sagen, was drauf war. Er war golden, mit feinen Rillen.«

Sie ging in die Hocke und malte mit dem Finger ungelenke Zeichen in den Schnee: Einen breiten Strich in der Mitte, darunter ein kleines Herz. Sie zögerte und drückte einen Punkt in die Mitte des Herzens. Dann setzte sie dieselben herzförmigen Gebilde noch zweimal über den Balken.

»Das war silbern«, erklärte sie und tippte auf ihre Zeichnung, »und der Rest dunkel.«

Aha, dachte Jordis verblüfft. Eindeutig ein Familienwappen. Darauf hatte er kaum noch zu hoffen gewagt. Die Frage war nun: Welcher Familie gehörte es? Er richtete sich auf und sah den kleinen blonden Jungen vom Brunnen neben einem Busch stehen. Das Kind starrte reglos in ihre Richtung.

»Komm endlich, Hannes!«, rief eine Frauenstimme.

Jordis streckte Brida eine Hand entgegen, um ihr auf die Füße zu helfen. Als er aufblickte, war der Platz neben dem Busch leer. Kinder, dachte er.

Küppers, der Kahlköpfige, sah ihnen stirnrunzelnd entgegen, aber als Brida ihm versicherte, es sei alles in Ordnung, und Jordis ihm versprach, nie wiederzukommen, ließ er sie ziehen, sichtlich froh darüber, den seltsamen Buckligen endlich los zu sein.

Jordis, erpicht darauf, sich näher mit dem Familienwappen zu befassen, murmelte halbherzige Abschiedsworte und stieg auf Theils Fuhrwerk.

Sie rollten an den letzten Kotten des Weilers vorbei, als er hörte, dass jemand hinter ihnen herlief. Langsam wandte er sich um und erkannte die hochgewachsene, schmale Gestalt von Evald Heck.

»Wartet!«, rief der Schreiner.

Theil brachte das Pferd zum Stehen.

»Verzeiht«, entschuldigte sich Heck und verlangsamte seinen Schritt.

Ein höflicher Mann, dachte Jordis. Was man nicht von allen Bewohnern dieses Dorfes behaupten konnte. »Habt Ihr mir noch etwas zu sagen, Heck?«, fragte er, während er sich mit Fellen und Decken für die Rückfahrt wappnete.

»Ja.« Der große Mann rückte seine Mütze zurecht. »Es könnte wichtig sein. Für Eure Suche.«

»Aha. Was ist es?«

»Ich habe Eurem Freund gesagt, dass wir im Wald Spuren von zwei Personen gefunden haben. Die des Toten und eine, die in den Wald führte. Nun glaubt Ihr wohl, die zweite wäre die des Jungen. Den Ihr sucht, meine ich. Aber …« Er rieb sich die Hände, bevor er wieder aufsah. »Ich war eben bei einem Bekannten. Er ist krank, darum hat er von dem, was in den letzten Tagen geschah, nicht viel mitbekommen. Er …«

Jordis musterte das kantige Gesicht des Schreiners und wartete.

»Nun, er hat mir gesagt, dass er, wenige Tage bevor wir den Toten fanden, im Wald gejagt hat. Bitte verratet ihn nicht.«

Als Jordis zustimmend nickte, fuhr Heck fort: »Ein Reh ist ihm entkommen. Es war angeschossen und hat geblutet. Er ist ihm gefolgt, nachdem er versucht hatte, es festzuhalten.« Evald Heck verzog das Gesicht und zuckte mit den Schultern.

»Demnach stammt die Spur, die in den Wald führte, von ihm«, folgerte Jordis. Entmutigt ließ er seine Augen über das Unterholz schweifen.

»So sieht es aus. Er war bei der Jagd gestürzt und hatte sich den Fuß verstaucht. Deshalb hat er sich wohl an den Baumstämmen festgehalten.«

»Ja.« Jordis zog das Fell enger um seine Schultern und runzelte die Stirn. »Das ist bedauerlich. Für Euren Bekannten ebenso wie für uns. Anscheinend war kein zweiter Mann am Unglücksort, an jenem Tag, das müssen wir hinnehmen.«

Sei's drum. Bei genauerer Betrachtung gab es auch keinen triftigen Grund, warum Jacob sich hier hätte aufhalten sollen. Diese Möglichkeit konnten sie nunmehr streichen. Ärgerlich rümpfte er die Nase. »Und dafür habe ich heute all diese … Aber das tut nichts zur Sache. Habt Dank für Eure Umsicht. Es war klug, mir das mitzuteilen. Wir werden an anderer Stelle weitersuchen müssen.«

***

Aleidis Wintz setzte ihr griesgrämigstes Gesicht auf, als sie auf das Haus des Mannes zuging, mit dem sie sprechen wollte. Keiner der zottigen Kerle, die hier herumlungerten, sollte es wagen, sie anzusprechen. Grölend standen sie vor einer Schänke und glotzten ihr nach. Ein schmächtiger Wicht machte eine Bemerkung über ihre Oberweite. Sollte sie sich das Männchen greifen? Nein, so etwas Schönes hatte der Wurm nicht verdient, er sollte auf ewig in der Kälte stehen und sich danach verzehren, von einer Frau gebeutelt zu werden.

Sie klopfte an. Eine Bekannte von Tilde Coenen hatte ihr den Weg hierher beschrieben. Das Haus sah heruntergekommen aus, im Schnee dampfte der Unrat. Sie wusste schon, warum sie nicht oft hierherkam – die Neusser Furth war eine verrufene Gegend.

Es schnarrte, und im Türspalt vor ihr erschien das Gesicht eines Mannes. Es war ein schönes Gesicht, stellte sie erstaunt fest. Hohlwangig und ungepflegt, aber fein geschnitten mit gleichmäßigen Zügen und wachsamen dunklen Augen. »Anders Welter?«, fragte sie.

Der Mann nickte. »Worum geht es?« Ein schwacher Geruch von Branntwein wehte ihr entgegen.

»Um …« Aleidis sah über die Schulter zu den Männern vor der Schänke. »Kann ich nicht reinkommen?«

»Wär mir nicht recht.« Er kratzte sich knisternd die Bartstoppeln. »Ich komme raus.« Welter schlüpfte in ein Paar Holzschuhe, legte sich einen Umhang um und trat vor die Tür.

Johlende Stimmen folgten ihnen, als sie die Straße hinuntergingen, vorbei an kleinen Häusern und verschneiten Schuppen.

Anders Welter war ein ganzes Stück größer als sie. Er hielt sich gebeugt und sah sie beim Sprechen nicht an. »Was willst du von mir?«, fragte er, nachdem sie sich vorgestellt hatte.

»Das ist schnell gesagt«, begann Aleidis. »Ich will weder deine noch meine Zeit verschwenden. Es geht um Jacob Hemmers.«

Welter blieb nicht stehen und zeigte auch keine Anzeichen von Verunsicherung. »Wer soll das sein?«

»Das weißt du nicht?« Aleidis sah ihn von der Seite an. »Ein junger Mann, nach dem ich suche. Du hast für seine Familie gearbeitet, vor annähernd zwanzig Jahren. Bis der Alte dich rauswarf, weil du ihn bestohlen haben sollst. Was deinem Ruf ziemlich geschadet hat, wie man hört. Und jetzt bist du hier. Und hältst dich als Tagelöhner über Wasser, mehr schlecht als recht. Wird man da nicht wütend?«

Anders Welter nickte einer jungen Frau im Vorbeigehen zu und blinzelte in die tief stehende Sonne. »Weiß nicht, was das soll«, murmelte er. »Was hab ich damit zu tun?«

»Man munkelt, du hättest dich aus Rache über Hemmers' Frau hergemacht. Und dabei sei Jacob entstanden.«

Er fuhr herum. »Frechheit! Das höre ich mir nicht länger an.« Welter machte auf dem Absatz kehrt und steuerte auf sein Haus zu. Der Geruch nach Branntwein folgte ihm.

»Demnach ist es unwahr?« Aleidis hatte Mühe, mit dem hochgewachsenen Mann Schritt zu halten.

Er schnaubte nur.

»Du weißt nichts von Jacob?«

»Kenn ich nicht. Lass mich jetzt in Ruhe.«

»Hast du ihn nie gesehen? Bitte, es ist wichtig!«, drängte Aleidis.

Anders Welter seufzte gereizt. Eine Strähne seines graubraunen Haares hing ihm ins Gesicht. »Warum hätte ich ihn treffen sollen? Lästiges Weib. Hau ab, such dir einen anderen.« Er hatte sein Haus erreicht und griff nach der Klinke.

»Willst du nicht wissen, warum ich dich nach ihm frage?«, versuchte sie es ein letztes Mal.

»Nein.« Welter betrat den dämmrigen Innenraum seiner Hütte und schlug die Tür hinter sich zu.

»Weil er verschwunden ist, spurlos.« Sie sagte es laut, aber sie wusste nicht, ob er sie noch hörte.

***

Dieser verdammte Wald war kein einladender Ort, doch er durfte nicht stehen bleiben. Sie mussten diese Sache zu Ende bringen.

In Korschenbroich hatten Jansen und er sich umgehört und mit einem Schmied gesprochen, der in der Vergangenheit öfter Holzkohle von zwei Köhlern gekauft hatte. Sie waren vor Kurzem weiter westwärts gezogen, hatte er gesagt. Wohin genau, wusste er nicht, aber er vermutete, dass sie sich nicht weit vom Bach entfernt hatten, dem Fluitbach. Für ihr Handwerk mussten sie Wasser in der Nähe haben. Niemand kannte sie, nein, es waren merkwürdige Kerle, er hatte ihnen Kohle abgekauft, das war alles. Den verlassenen Meilerplatz hatte er mit eigenen Augen gesehen, und er beschrieb ihnen auch, wo das gewesen war. Um den neuen Platz zu finden, würden sie dem Bach folgen müssen, hatte er ihnen geraten.

So waren sie bei einem Ort namens Raderbroich in den Wald gefahren, über Stock und Stein, bis der Weg vor einer umgestürzten, von Schnee bedeckten Eiche endete. Jansen hatte es nicht gepasst, beim Wagen zu bleiben, aber was wollte er als Einbeiniger in diesem Dickicht schon ausrichten? Außerdem musste jemand auf die Pferde achtgeben.

Kreitfisch ging nach Nordwesten, wie der Schmied es vorgeschlagen hatte. Es fiel ihm nicht leicht, die richtungsweisenden Zeichen zu deuten: Wolken waren aufgezogen und verdeckten die Sonne; der Moosbewuchs an den Baumstämmen war stellenweise zugeschneit. Es war ein finsterer und kalter Ort, und er würde froh sein, wieder auf dem Fuhrwerk zu sitzen.

Nun war er schon ein ganzes Stück gelaufen, und immer noch war kein Holzschlag zu sehen. Bald würde es dämmern. Er blieb einen Augenblick stehen. Nichts bewegte sich, außer der Atemwolke vor seinem Mund. Und still war es, kein Vogel sang, kein Tier raschelte. Doch im Westen glaubte er einen hellen Schimmer zu erahnen.

Zügig ging er weiter. Der Wald wurde licht und weit. Er hatte den verlassenen Meilerplatz gefunden. In großem Rund waren Bäume bis auf den Stumpf abgehackt worden. Unzählige Strünke stachen wie faule Zähne aus dem Boden. Inmitten der Lichtung befand sich eine ringförmige, leere Fläche, neben der eine Holzhütte mit Schrägdach stand.

Kreitfisch ging auf die Hütte zu und warf einen Blick hinein. Übler Geruch schlug ihm entgegen, obwohl es nicht vieles gab, was hier riechen konnte. Außer zwei aus Pflöcken, Ruten und Weidenbinden gefertigten Schlafstätten und einem zusammengebrochenen kleinen Tisch gab es keine Einrichtung. Auf einem der Betten lag ein schmutziges, zerrissenes Laken, ein weiteres lag zusammengeknüllt auf dem Boden. Der Raum war so klein, dass zwischen den beiden Schlafstätten kaum mehr als eine Armlänge Platz war. In der Ecke neben der Tür musste eine Truhe gestanden haben, ihr Abdruck im Lehmboden war noch erkennbar.

Kreitfisch schnüffelte. Mit angewidertem Gesicht hob er das Laken vom Boden auf und roch daran. Braune und rötliche Flecken verklebten die Fasern des Gewebes. Der Gestank war ekelerregend. Er ließ den Lumpen fallen und wischte sich die Hände an der Jacke ab, die er unter seinem Umhang trug. Mit einem flauen Gefühl im Magen verließ er die Hütte und schritt das Gelände ab. Ihm fiel auf, dass der Abstand zwischen den Baumstümpfen an einer Stelle größer war als an den anderen. Der Schnee bildete ein Viereck von der Größe eines kleinen Hauses.

Er stapfte zurück zur Hütte und holte den zusammengefallenen Tisch, um den Schnee damit beiseitezuschaufeln. Die gefrorene Erdkruste durchstach er mit seinem Messer. Nachdem er eine Weile gegraben hatte, wurde die Erde lockerer. Zwischen den dunklen Krumen entdeckte er etwas, das ihn vor Schreck erstarren ließ. Es war ein Gesicht. Ein fleckiges, starres Antlitz mit gebrochenem Blick, das halb aus dem Erdreich ragte. Strähniges, graues Haar, verzerrte Züge, ein halb geöffneter Mund, aus dem kleines Getier krabbelte.

Kreitfisch hielt die Luft an und grub weiter. Womöglich gab es noch mehr Leichen.

Er sollte recht behalten. Wenig später hatte er einen zweiten Toten ausgegraben. Ein Stück tiefer lagen drei weitere Leichname, fast schon Gerippe. Und darunter zwei, die nur noch aus blanken Knochen bestanden. Er machte sich nicht die Mühe, sie ganz hervorzuziehen. »Mein Gott«, flüsterte er und bekreuzigte sich.

Betroffen musterte er die Antlitze der beiden oberen Leichen, die noch als Gesichter erkennbar waren. Der Tod hatte sie gezeichnet, ihre letzte Stunde auf Erden musste eine schreckliche gewesen sein. Beide Männer waren in mittleren Jahren. Der eine trug Unterkleidung aus gutem, gebleichtem Stoff, der andere war nackt.

Den übrigen armen Seelen in diesem Grab würde man kaum mehr einen Namen geben können, das Einzige, was sie noch voneinander unterschied, waren letzte Reste von Haar und zerfranstem Stoff. Und doch waren sie jemandes Mann oder Frau gewesen, jemandes Kind und jemandes Freund.

Er betrachtete die sterblichen Überreste der Toten. Am Hinterkopf des einen fiel ihm eine tiefe Schlagwunde auf. Einem anderen Opfer war ein Arm gebrochen worden, einem weiteren fehlte eine Hand. Bruder Hendricus aus der Gladbacher Abtei hatte es bereits geahnt: Nicht allein der Wolf trieb in den Wäldern sein Unwesen. Menschliche Bosheit tat ihr Übriges.

Die beiden zuoberst Liegenden waren vor nicht allzu langer Zeit vergraben worden. Die anderen mochten schon viele Monate oder gar Jahre hier ruhen.

Jacob war nicht dabei.

Kreitfisch machte sich auf die Suche nach Ästen, um ein Kreuz zu errichten. Plötzlich hörte er Stimmen. Eine wütende Männerstimme, gefolgt vom hohen, verzweifelten Heulen einer Frau. Kreitfisch fuhr hoch und ließ seinen Blick über die Bäume schweifen. Im Westen stieg eine dünne Rauchsäule auf, kaum eine Meile entfernt. Die Stimmen kamen näher. Er lief hinüber zur Grabungsstelle, an deren Rand er seinen Knüppel abgelegt hatte, und nahm Deckung hinter der Hütte.

Auf der anderen Seite des Meilerplatzes konnte er nun dunkle Schemen durch das Gewirr der Äste sehen. Huschende Gestalten. Sein Herz pochte, und die eisige Luft, die er beim Laufen eingeatmet hatte, brannte in seiner Kehle. Er hörte jemanden um Hilfe rufen. Ein Mann taumelte auf das Schneefeld und brach nach wenigen Metern zusammen.

Für einen Augenblick wurde es still. Dann sah er eine Frau aus dem Wald stolpern und hörte sie keuchen. Sie trug eine Leine um den Hals und presste die Arme vor der Brust zusammen. Dicht hinter ihr kam ein Mann mit sehr hellem Haar. Er kannte ihn, es war der entflohene Wegelagerer. Sein brauner Umhang trug dunkle Blutspuren, aber er hielt sich aufrecht und schien nicht ernsthaft verletzt zu sein.

Kreitfisch fasste seinen Knüppel fester und trat hinter der Hütte hervor. »He!«, brüllte er.

Der Weißhaarige blieb stehen und sah zu ihm herüber. Ein wölfisches Grinsen breitete sich auf seinem Gesicht aus, bevor er an dem Seil riss und die Frau zu Boden warf.

Kreitfisch ging schweigend auf die beiden zu. Der Räuber trat ohne Hast zu dem am Boden liegenden Mann und rammte ihm ein Messer in den Leib. Dann sah er Kreitfisch geradewegs in die Augen. Ohne den Blick abzuwenden, griff er nach der Frau und wickelte eine Hand um ihr Haar. Kreitfisch begann zu rennen. Der Weißhaarige zog die Frau hoch und setzte ihr das Messer an die Kehle. Sein Gesicht war schwarz vor Ruß und Schmutz, sein Blick kalt und blass. Er flüsterte ihr etwas ins Ohr und schleppte sie rückwärts auf den Wald zu. Der Verletzte am Boden schrie vor Schmerzen.

»Lass sie«, forderte Kreitfisch. Er blieb stehen und hob eine Hand. Hinter dem Wegelagerer bewegte sich etwas, aber er wagte nicht, genauer hinzusehen. Tiefer im Dickicht knackte es. Wenn er Glück hatte, waren es Kamps Männer. »Was willst du dich mit ihr abgeben?«, fuhr er fort. »Lass sie hier, du wirst schneller vorankommen.«

Um den Mund des Wegelagerers zuckte es. »Ach«, spottete er. »Willst sie wohl für dich?« Er spuckte aus und zeigte mit dem Messer auf Kreitfisch. »Ich kenn dich doch. Du bist …« Er fuhr herum, als ein großer Mann hinter ihm aus dem Gebüsch stürmte.

Erst jetzt sah Kreitfisch, was der Weißhaarige um sein linkes Handgelenk gekettet trug: eine mit Eisendornen besetzte Kugel. Mit gewaltiger Kraft schwang er sie gegen den Angreifer, der sofort zu Boden ging und sein Schwert fallen ließ. Die Frau schrie auf. Der Weißhaarige riss sie wieder hoch und stieß sie auf Kreitfisch zu.

»Nimm sie«, zischte er. »Nimm sie! Ich hab sie oft genug gehabt. Aber beeil dich. Zeit, Lebwohl zu sagen.« Grinsend hob er die Eisenkugel.

Die Frau klammerte sich mit erstaunlicher Kraft an Kreitfisch fest und machte es ihm schwer, seine Arme zu bewegen. Der Wegelagerer trat näher an sie heran, Kreitfisch konnte das Blut auf den Stacheln der Kugel sehen. Herrgott, dachte er, lass es nicht wahr sein.

Der Weißhaarige holte aus. Ein erstaunter Ausdruck huschte über sein Gesicht, als ihn der Griff eines Schwertes mit voller Wucht am Kopf traf. Er taumelte rückwärts und ging in die Knie. Kreitfisch schüttelte die Frau ab und drückte den Verbrecher mit seinem ganzen Gewicht zu Boden. Ungläubig hörte er neben sich eine vertraute Stimme.

»Schaffst du das, Kreitfisch, oder soll ich ihm noch eine verpassen?« Rutger Jansen rappelte sich aus dem Schnee auf und stöhnte. »Ich sag doch, man kann dich nicht allein lassen.«

Mit einem Mal wurde es laut um sie herum, man hörte Rufe und brechende Zweige. Eine Gruppe bewaffneter Männer erreichte den Meiler; in einem von ihnen erkannte Kreitfisch den Korschenbroicher Büttel, mit dem sie erst kürzlich gesprochen hatten. Sie knieten neben dem Weißhaarigen nieder und fesselten ihn. Es war vorbei.

***

Aleidis zog mit geübtem Griff die letzten Wäschestücke von der Trockenstange, ein Hemd und ein Kopftuch, und warf beides in den Korb, den sie auf der Hüfte trug. Sie beeilte sich, ins Haus zu kommen. Gleich würde sie sich hinsetzen, eine heiße Brühe trinken und über das Gespräch mit Anders Welter nachdenken.

Ein eisiger Wind wehte dicke Schneeflocken in Böen über den Hof und fuhr heulend um den Holzschuppen. Innerhalb kürzester Zeit war es stockfinster geworden. Sie schlug die Tür zu und schauderte. Das Knistern des Küchenfeuers wetteiferte mit dem Wüten des Windes. Zufrieden stellte sie fest, dass Elsbeth am Tisch saß und Möhren klein schnitt, wie Aleidis es ihr aufgetragen hatte. Die Hand, die das Messer führte, war kraftlos, aber immerhin rührte die junge Frau sich.

Aleidis lächelte ihr zu und stellte den Wäschekorb auf den Tisch. Sie nahm ein Hemd heraus, ein schmales von Elsbeth, halb so breit wie das ihre, und schüttelte es. Der Stoff fühlte sich klamm an. Sie schob eine Bank vor die Feuerstelle, um die Wäsche darauf auszubreiten. In diesem Augenblick klopfte es. Elsbeth blickte erschrocken auf und hörte auf zu schneiden.

»Wer mag das sein, um die Zeit?«, wunderte sich Aleidis. »Vielleicht Augustin, er wollte doch bald wieder vorbeikommen.«

Sie trat in den kalten Flur, entriegelte die Haustür und zog sie auf. Vor ihr standen zwei Männer in verschneiten Umhängen, einer groß und massig, einer klein und einbeinig. Kreitfisch und Jansen. Und in ihrer Mitte: eine Frau. Ihr Gesicht wurde von einem wollenen Tuch beschattet und war unglaublich schmutzig. Das einzig Helle an ihr waren die Augen. Aleidis erschrak vor diesem Blick. Es lag so viel Angst darin, Angst gepaart mit Schmerz. Sie trat beiseite und öffnete die Tür.

Wenig später saßen sie um den Küchentisch und tranken heiße Brühe und Branntwein. Elsbeth hatte die fremde Frau gesehen und war sofort aufgestanden, um ihr etwas zu trinken zu holen, jetzt saß sie ihr gegenüber und lauschte betroffen den Worten der beiden Männer:

Im Waldgebiet zwischen Kleinenbroich und Gladbach hatten Wegelagerer seit geraumer Zeit Reisende ausgeraubt und getötet. In einigen Fällen, wenn ihnen die Gelegenheit zum Beseitigen der Opfer fehlte, hatten sie versucht, die Überfälle als Wolfsangriffe zu tarnen. Ob sie den Opfern dabei selbst Bisswunden zugefügt oder ein Tier auf sie gehetzt hatten, blieb ungeklärt.

Der einzige Überlebende der Bande schwieg beharrlich zu allem, was man ihn fragte, und würde wohl weiter schweigen, bis er am Galgen hing. Auf jeden Fall hatte die Tatsache, dass sich tatsächlich ein Wolf in den Wäldern umtrieb, den Unholden mehr genutzt als geschadet. Lange Zeit hatte kein Verdacht gegen sie bestanden, da alle glaubten, der Wolf sei an den Todes- und Vermisstenfällen schuld.

Rund um zwei Meilerplätze hatte man die Überreste von fünfzehn Menschen gefunden sowie die Gerippe zweier Pferde und eines Hundes. Außerdem eine Grube mit nicht brennbaren Teilen von Fuhrwerken, Karren und Truhen. Die Beute und die überlebenden Pferde mussten verkauft worden sein; es war sicher, dass es Handlanger gab, aber man hatte sie noch nicht aufgespürt. Die zuständigen Büttel und Amtsjäger kümmerten sich darum. Jacob Hemmers war nicht unter den Opfern gewesen.

Aleidis schüttelte den Kopf und sah die fremde Frau mitleidig an. Sie ahnte dunkel, welche Rolle sie bei dieser Geschichte gespielt hatte.

»Diese junge Frau«, erklärte Jansen, »wurde von den Unholden gefangen gehalten.« Die Fremde hatte ihr Kopftuch abgestreift und verströmte einen unangenehmen Geruch. Ihr Haar war beinahe schwarz vor Schmutz und Fett.

»Auf dem Weg hierher hat sie uns etwas erzählt«, fuhr der Einbeinige fort und legte die Hände um seinen Becher. »Sie kommt aus Gladbach. Die Familie ihres Freundes missbilligte ihre Herkunft, daher trafen sich die beiden meist im Wald. Hatten ein Versteck da. Eines Abends wurden sie überfallen. Den Mann hat man getötet, und sie …« Er brach ab und machte eine hilflose Geste. »Sie heißt Gretgen.«

»Gretgen«, wiederholte Aleidis sanft. Die Fremde saß immer noch mit gesenktem Blick da.

»Der Name ihres Freundes ist … war Wolfgang Voss. Als wir uns in Gladbach umhörten, bat uns jemand, nach ihm Ausschau zu halten. Wie hieß der alte Mönch gleich, Kreitfisch?«

»Bruder Anselmus«, antwortete der Barbier.

»Ja. Voss war sein Neffe. Die Todesnachricht wird ihn erschüttern, aber wir dürfen nicht vergessen, ihm Kunde davon zu bringen.«

Kreitfisch nickte. »Gretgen kann nicht mehr nach Hause«, sagte er. »Sie …« Er verstummte und sah die junge Frau an, die langsam den Kopf schüttelte, immer und immer wieder.

»Und da haben wir gedacht …«, ergänzte Kreitfisch, »du könntest dich vorerst um sie kümmern. Sie braucht Hilfe, sie wurde gehalten wie ein Tier. Wochenlang wurde sie …« Seine Stimme brach vor Wut. Er führte hastig den Becher zum Mund.

Die Frau neben ihm bewegte immer noch den Kopf.

Aleidis fasste einen Entschluss. »Elsbeth«, sagte sie ruhig. »Setz den Kessel auf. Wir bereiten ein Bad vor.« Sie hörte, wie Jansen erleichtert ausatmete. Die Frau namens Gretgen hatte aufgehört, den Kopf zu schütteln, und saß starr da.

»Hab keine Angst«, beruhigte Aleidis sie. »Die Männer gehen. Du kannst allein baden. Das warme Wasser wird dir guttun. Ihr seht ziemlich mitgenommen aus«, sagte sie zu Jansen und Kreitfisch. »Was ist das da an deinem Hals, Rutger?«

»Nur ein Kratzer«, wiegelte Jansen ab und erhob sich.

Kreitfisch tat es ihm gleich. »Du bist hier gut aufgehoben, Gretgen«, sagte er. »Du bist jetzt in Sicherheit.« Er legte ihr seine mächtige Hand auf die Schulter, nickte den anderen Frauen zu und ging zur Tür.

Aleidis begleitete die beiden Männer zum Ausgang, während Elsbeth die größten Kessel, die sie hatten, mit Wasser füllte und auf die Kochstellen setzte.

Tag sieben, 19. Dezember 1510

»Es ist unfassbar, was für ein verfluchtes Glück wir hatten«, sagte Jansen und lehnte seinen Kopf an das samtene Polster des Stuhles.

»So hätte ich es nicht ausgedrückt, aber: ja.« Augustin Jordis blickte hinunter auf sein Glas Apfelmost. Es war tatsächlich unfassbar. Die beiden waren dem Tod nicht nur einmal von der Schippe gesprungen. Er würde eine Weile brauchen, all ihre Auskünfte zu verarbeiten. »Es steht eindeutig fest, dass Jacob nicht unter den Opfern der Wegelagerer war?«, nahm er Bezug auf das, was sie ihm zuletzt erzählt hatten.

»Nun ja«, antwortete Jansen. »So eindeutig, wie man es sagen kann bei hundert Meilen Wald, oder was weiß ich, wie groß der Scheißwald ist. Da könnten noch mehr Leichen liegen.«

Stimmt, dachte Jordis. Aber sämtlichen Fährten in die Wälder waren sie gefolgt, und es hatte nichts erbracht. Seine Vermutung, Jacob sei mit dem Träger des Jülich-Berger Wappens im Wald gewesen, hatte sich ebenfalls zerschlagen. Die Spuren an den Bäumen stammten von einem Bekannten Evald Hecks. Seine Nachforschungen bezüglich des Familienwappens konnte er einstellen. Er hoffte nur, dass der liederliche Abdecker mit dem gestohlenen Ring nicht glücklich werden würde.

»Was machen wir jetzt?«, fragte Kreitfisch. Das Kaminfeuer verlieh seinem Gesicht Augenringe erschreckenden Ausmaßes.

»Ich würde Euch raten, nach Hause zu gehen und zu schlafen, Ihr wirkt alles andere als frisch«, stellte Jordis fest.

»Nicht bevor wir uns mit Euch beratschlagt haben«, widersprach Jansen. »Wir sind eigens hierhergekommen, zu dieser garstig frühen Stunde.«

»Ihr wollt weitersuchen?«, fragte Jordis.

»Wir können jetzt nicht aufgeben.«

Kreitfisch nickte bestätigend.

»Also gut.« Jordis stellte sein Glas auf das Beistelltischchen neben dem Sessel und strich die Zaddeln seiner Jacke glatt. »Ich werde mich noch einmal in Liedberg umhören. Vielleicht gibt es etwas, das wir übersehen haben. Aber ich fahre allein, Ihr solltet Euch ausruhen.«

»Sollten wir?«, fragte Kreitfisch mit unterdrücktem Gähnen.

Jansen musterte ihn von der Seite. »Ich kann dir sagen, was du solltest, mein Freund: nach Hause gehen, ein Bad nehmen und ein Schermesser ergreifen. Denn mit Verlaub: Du siehst erbärmlich aus.«

»Ganz im Gegensatz zu dir natürlich«, meinte der Barbier.

»Natürlich. Mir ist es nie besser gegangen. Nur meine Augen sind unpässlich, weil dein Anblick sie schmerzt.«

»Das ist bedauerlich.« Kreitfisch lachte. »Mach sie halt zu.«

»Das wär's dann«, sagte Jordis und erhob sich. »Unterhaltet Euch weiter. Ich breche auf. Theil! Mach dich bereit!«

Auf dem Weg zur Tür fiel ihm noch etwas ein. »Ach ... Ich hatte angedeutet, dass es strittig ist, wer Jacob Hemmers' leiblicher Vater ist, Ihr erinnert Euch? Aleidis wollte sich danach umhören. Ihr könnt mit ihr sprechen, wenn Ihr wollt. Nachdem Ihr geschlafen habt, versteht sich. Denn, verzeiht mir die Bemerkung, Ihr ähnelt greisen Maulwürfen. Kein Spiegel in ganz Neuss wäre erfreut über Euren Anblick. Alsdann!«

»Du hast es gehört, Kreitfisch«, sagte Jansen und folgte dem Buckligen zur Tür. »Tu der Stadt einen Gefallen und unternimm etwas dagegen.«

***

Die Nacht war unruhig gewesen, und Aleidis fühlte sich zerschlagen. Die junge Frau namens Gretgen hatte nicht schlafen können und war mehrfach aufgestanden und in ihrer Kammer umhergelaufen. Sie hatten ihr die Pritsche zurechtgemacht, die oben im Lagerraum stand, dort würde sie bleiben können, bis sich etwas Besseres fand. Ihre Wunden, die inneren wie die äußeren, brauchten Zeit, um zu heilen.

Inzwischen schlief sie wohl. Als Aleidis das Haus verließ, war es oben still gewesen. Wenn Gretgen aufwachte, konnte Elsbeth sich um sie kümmern. Dann würde sie vielleicht feststellen, dass es noch bemitleidenswertere Geschöpfe gab als sie selbst.

Es war ein kalter Morgen, und Aleidis ging langsam durch das Rheintorviertel. Ihre Augen suchten die Fassaden der Häuser nach einem Hängeschild ab, das den Buchstaben G trug. Fais Gilverath, Tilde Coenens zweiter Vorschlag. War er Jacob Hemmers' Vater?

Gilverath hatte vor vielen Jahren als Fuhrknecht für den Salzhandel des alten Hemmers gearbeitet. Die beiden Männer konnten sich gut leiden, hatte Tilde berichtet. Sie gingen oft gemeinsam in die Schänke. Bei einer Fahrt nach Venlo, etwa ein Jahr vor Jacobs Geburt, musste es zu einem handfesten Streit gekommen sein. Sie kehrten zurück und sprachen nicht mehr miteinander.

Beim Wäscheaufhängen hatte Tilde damals gehört, wie Hemmers einem anderen Knecht gegenüber abfällige Bemerkungen über Gilveraths Verlobte machte und behauptete, sie sei leicht zu haben. Fais Gilverath trank daraufhin noch häufiger einen über den Durst. Die Lage entspannte sich erst, als Hemmers zu einer langen Geschäftsreise auf die seeländischen Inseln aufbrach. Aber sie waren nie wieder gute Freunde geworden. Nach Hemmers' Tod hatte Gilverath sein eigenes Unternehmen gegründet und beschäftigte mittlerweile zwei Gehilfen.

Dies musste sein Haus sein. Ein verwinkeltes Gebäude am Viehmarkt, über dessen Einfahrtstor ein Schild hing, auf dem ein großes G und ein eisernes Fuhrwerk abgebildet waren. Eine Nebentür stand halb offen, und Aleidis sah den breiten, gebeugten Rücken eines Mannes.

»Fais Gilverath?«, fragte sie.

Der Mann drehte den Kopf, ohne sich aufzurichten. »Ist drinnen. Geh durch das Tor.«

Aleidis nickte und öffnete die in das Tor eingelassene Holztür. Im Innenhof standen zwei Fuhrwerke neben einem Stapel Fässer. Der kleine Garten, den sie durch den Mauerdurchbruch sehen konnte, war winterkahl und diente ein paar Kisten als Ablagefläche. Sie wandte sich dem niedrigen Wohnhaus zu und klopfte an eine Fensterscheibe, hinter der ein mattgelbes Licht flackerte.

Ein kräftiger Mann um die fünfzig mit blondem Haar und rotem Gesicht erschien. Über der linken Schulter trug er ein zusammengerolltes Seil.

»Bist du Fais?«

»Jo.«

Aleidis beschloss, behutsam vorzugehen und ihn nicht zu bedrängen. Sie nannte ihren Namen und erklärte, sie sei auf der Suche nach Jacob Hemmers und würde mit Menschen sprechen, die ihn kannten.

»Und da kommst du zu mir?« Ein mattes Lächeln huschte über Gilveraths breites Gesicht, während er eines der Fuhrwerke erklomm. »Ich kannte nur seinen Vater.«

»Die übrige Familie nicht?«

»Kaum.« Er nahm das Seil von der Schulter und begann, Fässer aneinanderzubinden.

Bevor sie sich nach Jacobs Mutter erkundigen konnte, stellte er eine Gegenfrage: »Was ist mit dem Jungen? Hab gehört, dass er vermisst wird.«

»Ja, leider. Man weiß noch nicht, was geschehen ist. Wie alt war er, als du bei Hemmers aufgehört hast?«

»Weiß nicht. Vielleicht zehn. Aber wie gesagt, hatte nie mit ihm zu tun.«

Aleidis rechnete nach. »Du bist dort geblieben, nachdem sein Vater gestorben war?«

Gilverath verknotete kraftvoll das Seil. Sein Gesicht war ausdruckslos. »Nur kurz. Gab ja nicht mehr viel Arbeit.« Er klopfte auf ein Fass und sprang zu Boden. »Bernd!«, rief er.

»Komme gleich«, antwortete eine Männerstimme aus dem Anbau.

»Du musst Jacobs Mutter recht gut gekannt haben«, stellte Aleidis fest.

Gilverath fuhr sich mit der Hand über den Mund und hielt nach seinem Helfer Ausschau. »Nein. Was soll das? Ich hab mit all dem nichts zu tun. Muss jetzt weitermachen.« Mit großen Schritten ging er über den Hof davon.

»Hast du Jacob in letzter Zeit gesehen?«, rief Aleidis ihm nach.

»Nein«, sagte Gilverath knapp und verschwand hinter einer Tür.

Hatte sie sich das nur eingebildet, oder war er rot geworden, als sie ihn nach Jacobs Mutter gefragt hatte?

***

Heute schien es ihm besser zu gehen. Die Schulterwunde schloss sich. Gut, gut. Noch etwas Goldrute darauf, Wegwarte und Klettenwurzel.

Sie äugte zu dem Bottich, in dem das schmutzige Fell einweichte. Es hatte sie arge Mühe gekostet, das Wasser zu erhitzen. Doch mit kaltem Wasser würde der Dreck nicht rausgehen. Die alte Frau humpelte zum Bottich und rührte in dem trüben Kräutersud. Wohlige Wärme stieg auf.

Jetzt seufzte er. Sie erhob sich und trat an sein Lager. Er war nicht wach, er träumte wohl. Oder er litt Schmerzen im Traum, wer wollte das sagen?

Sie sah sich nach dem Feuer um. Es brannte nieder, sie musste nachlegen. »Scht!«, machte sie zu dem Huhn, das auf die Bettstatt geflattert war, und scheuchte es fort.

Auf dem Tisch lag noch ein Kanten Brot, der letzte, den sie hatte. Neues würde sie so bald nicht backen können, dazu fehlte ihr die Kraft. Sie brach den Brocken in zwei Teile und tunkte einen davon in die Trinkschale. Nachdem er sich voll Milch gesogen hatte, schob sie ihn mit tropfenden Fingern in den Mund, wischte sich die Lippen am Ärmel ab und kaute genüsslich. Das war gut.

Sie setzte sich auf den Schemel, langsam, mit zittrigen Beinen, und nahm zum wiederholten Mal das zerknitterte Papier zur Hand, das sie in seiner Jackentasche gefunden hatte. Lesen konnte sie nicht, auch nicht ihren Namen schreiben, aber was das hier war, verstand sie. Eine Landkarte. Mit einem schmutzigen, abgebrochenen Fingernagel folgte sie den Kringeln, Punkten und Strichen. Wald könnte das sein. Und die geschlängelte Linie da am Rand vielleicht ein Fluss.

Ihr Kopf fuhr hoch, als sie draußen Schritte vernahm. In der Stille des Waldes war das Knarren von Füßen auf verkrustetem Schnee deutlich zu hören. Wer kommt da?, dachte sie aufgeregt. Sie lebte ganz allein hier draußen. Niemand sollte hierherkommen.

Die Schritte verharrten und kamen dann geradewegs auf die Hütte zu. Ängstlich suchten ihre Augen nach dem Beil, das neben dem Kamin an der Wand lehnte.

***

Es ist sehr unerfreulich, dass der Wind immer aus der Richtung zu kommen scheint, in die man fährt, dachte Augustin Jordis. Er hatte sich wie üblich von Kopf bis Fuß vermummt, aber seine Augen tränten. Er wusste nicht, wie Theil es da vorn aushielt.

Als sie Liedberg endlich erreichten, war er steif gefroren. Sein

Knecht kehrte im Wirtshaus ein, während er die wohlbekannte Gasse hochstapfte. Er würde versuchen, Hemmers' Nachbarn Auskünfte zu entlocken, die etwaig von Nutzen sein konnten.

Links der Hufschmiede lag ein kleines Haus mit niedriger Tür und einem einzigen Fenster. Dieses öffnete sich auf sein Klopfen hin, und heraus sah der Kopf eines alten Mannes. Sein schütteres Haar hing ihm bis tief über die Augen, während er Jordis finster musterte.

»Werter Herr, dürfte ich Euch kurz zu Eurem Nachbarn befragen? Jacob Hemmers?«

Der Alte kniff die Lippen zusammen. »Will mit der Keifziege und ihrer Sippe nichts zu tun haben. Troll dich!« Mit einem knirschenden Geräusch wurde das Fenster geschlossen, und das Gespräch war beendet. Die Damen des Hauses Hemmers schienen unter diesem Dach nicht sonderlich beliebt zu sein.

Da auf der anderen Gassenseite nur Scheunen und Mauern lagen, trottete Jordis an der Außenmauer der Schmiede entlang zu dem Haus, das sich rechter Hand anschloss. Auf sein Klopfen hin rührte sich nichts. Er wollte sich schon abwenden, als eine dralle Frau mittleren Alters die Tür öffnete. Sie hatte runde rote Wangen und muntere braune Augen, die unter der eng anliegenden weißen Haube blinkten wie Kohlen im Schnee.

Er stellte sich vor und sagte, er suche nach Hinweisen, die mit dem Verschwinden von Jacob Hemmers zu tun haben könnten.

Sie musterte ihn vorsichtig und schien nicht sicher, ob sie ihn ins Haus bitten sollte. Dann obsiegte ihre Höflichkeit, und sie ließ ihn in den Hausflur treten. Dort blieb sie stehen und wartete ab, was er zu sagen hatte.

Jordis fragte sie, wann sie Jacob das letzte Mal gesehen habe und ob ihr in den Tagen vor seinem Verschwinden etwas Verdächtiges aufgefallen sei. »Es geschah am Sonnabend vor Sankt Nikolaus, dem fünften Dezember«, fügte er hinzu.

Zu seiner Verwunderung wiegelte sie nicht gleich ab, sondern nickte mit dem Kopf. »Ich hab ihn an diesem Tag gesehen, aber ich weiß nicht, ob es wichtig ist …«

»Das werden wir sehen. Erzählt.«

»Mein Mann hatte mir zugesagt, das Fenster in der Schlafkammer abzudichten. Er wollte nach der Suppe nur rasch ein Bier trinken gehen und es dann erledigen. Nur, wisst Ihr, das sagt er oft, und dann sitzt er den ganzen Tag mit den anderen Taugenichtsen in der Schänke und lässt sich volllaufen.«

Jordis nickte mitfühlend und hoffte, sie möge bald zum Kern der Sache kommen.

»Irgendwann dachte ich mir, jetzt reicht's, ich geh den Kerl holen.«

»Zu welcher Tageszeit war das?«, unterbrach Jordis sie.

»Nachmittag«, sagte sie. »Es war noch hell, aber nicht viel später wurde es dämmrig. So. Ich ging also runter zur Schänke, um meinen Mann an seine Pflichten zu erinnern. Unterwegs sah ich ihn, den Jacob. Er stand an der langen Mauer, wisst Ihr, auf dem Weg zur Schänke, und stritt sich mit zwei Männern.«

»Das ist bemerkenswert. Habt Ihr gehört, worum es ging?«

»Um eine Frau, meine ich. Jacob rief etwas wie ›Lasst sie in Ruhe!‹, und der eine, der Kleinere, lachte und versuchte, ihn zu reizen. ›Komm doch, komm doch!‹ oder dergleichen.«

»Kanntet Ihr den Mann?«

»Nein, nur vom Sehen. Er ist, glaube ich, aus dem Nachbarort.«

»Aha. Und den zweiten Mann, kanntet Ihr den?«

»Sicherlich. Das war Goswin Hemmers.«

Jordis hob erstaunt die Brauen. »Jacobs Vetter war in den Streit verwickelt?«

»Der ist in so manchen Streit verwickelt. Ein Hitzkopf, wisst Ihr. Man konnte allerdings nicht recht sagen, wer da mit wem stritt. Sie schienen sich wegen dieser Frau allesamt uneins zu sein.«

»Näheres habt Ihr nicht erfahren?«

»Nein, ich konnte schlecht stehen bleiben und lauschen, wisst Ihr!«

»Habt Dank für Eure Aufmerksamkeit.« Jordis lockerte seinen Umhang am Kragen. Ihm war warm geworden. »Eine Frage noch: Habt Ihr Euer Wissen jemandem mitgeteilt?«

»Sicher habe ich das«, antwortete die rotwangige Frau. »Ich habe es Steffan Hemmers gesagt, sein Sohn war schließlich dabei. Aber er sagte, es sei nicht wichtig.«

Jordis runzelte die Stirn und nickte bedächtig, während er sich langsam zur Tür wandte.

***

Rutger Jansen hatte drei Stunden geschlafen und von einem Stier geträumt, der ihn über ein Schneefeld jagte. Glücklicherweise hatte er im Traum zwei Beine gehabt und konnte dem wütenden Tier davonlaufen.

Gähnend war er in seine Werkstatt gegangen, hatte Grete aufgetragen, ihm ein Brot mit Stockfisch zu bringen, und stand nun am Schustertisch. Er würde an den Stiefeln für den Stadtschreiber weiterarbeiten. Gefüttert sollten sie sein, der gute Mann saß am Schreibpult in seinem Kämmerchen und fror ständig. Er biss in sein Brot und griff nach der Flachzange.

Als es klopfte, dachte er sich nichts weiter dabei. Er hörte, wie Ursula zur Tür ging und erfreut zu plaudern begann. Agnes, dachte er. Das junge Mädchen, das in Jacob verliebt war, Hemmers' Nachbarin. Sie hatte sich in den letzten Tagen gut mit Ursula angefreundet. Umso erstaunter war er, als seine Tochter anklopfte und ihm mitteilte, Agnes wünsche zuerst mit ihm zu sprechen, allein.

Stirnrunzelnd bat er die junge Frau in die Werkstatt. Ihr derbes Gesicht war gerötet, und unter ihrer Haube hatten sich einzelne Haarsträhnen hervorgestohlen. »Was gibt es, Agnes?«, fragte er und lehnte sich gegen den Tisch.

»Ich habe etwas gehört«, sprudelte es aus ihr heraus. »Über Jacob.«

»Ach. Lass hören.«

»Eben sah ich Eure Bekannte, diese Hebamme, die dicke.«

»Die stattliche, meinst du. Aleidis Wintz.«

»Ja, die. Ich weiß, dass sie mit Euch und Herrn Jordis befreundet ist, und da dacht ich, sie sucht womöglich auch nach Jacob.«

Jansen fegte ein paar Lederstücke und Ahlen beiseite und setzte sich auf die Tischplatte. »Und?«

»Also, ich sah sie am Viehmarkt, da ging sie herum, als suche sie etwas. Da bin ich ihr gefolgt. Sie ging in das Haus von Fais Gilverath.«

Der Name kam Jansen bekannt vor, aber er sagte nichts, sondern ließ Agnes weitersprechen.

»Und da fiel mir ein, dass ich Jacob da mal gesehen hatte.« Sie biss sich auf die Unterlippe.

»Ihn gesehen?«, fragte Jansen und kniff die Augen zusammen.

»Ja, ähm … Ende November, am Tag des heiligen Andreas. Ich holte Feuerholz aus dem Schuppen; unser Garten grenzt ja an den von Fais. Da hab ich Jacob mit ihm sprechen gehört.«

»Worüber?«

»Weiß ich nicht. Die Stimmen waren laut, als stritten sie sich, aber als ich näher kam, sind sie weggegangen.«

Jansen dachte einen Augenblick nach und trommelte mit den Fingern auf die Tischplatte. »Du weißt also nicht, worüber sie gesprochen haben?«

Agnes schüttelte den Kopf.

»Und was war mit Aleidis?«, fragte er.

»Ach ja«, fuhr das Mädchen fort. »Sie ging in Fais' Hof, da bin ich schnell zurück und in unseren Garten gelaufen. Ich wollte hören, worüber die reden. Und … sie hat ihn gefragt, ob er Jacob in letzter Zeit gesehen hätte.«

Jansen sah sie fragend an.

Agnes holte Luft. »Und er hat Nein gesagt.«

Pech und Schwefel! Eine neue Spur, dachte Jansen.

»Und das stimmte ja nicht«, betonte das Mädchen. »Meint Ihr, er hat etwas verbrochen? Hätte ich das eher erzählen sollen?« Sie rieb sich die roten Wangen. »Ich hab nicht gedacht, dass es wichtig sein könnte. Erst als ich die Hebamme sah, dachte ich –«

»Agnes«, unterbrach Jansen sie, »beruhige dich. Es ist alles in Ordnung. Du hast richtig gehandelt, es ist achtenswert, dass du gekommen bist.« Er lächelte ihr zu und griff nach seinem Gehstock. »Geh zu Ursula und lass dir ein Stück Rübkuchen geben.«

Agnes sah ihn aus runden blauen Augen an. »Und wegen Jacob werdet Ihr …«

»Wir kümmern uns darum«, versprach er. »Behalte dein Wissen vorerst für dich, sprich mit niemandem darüber.«

Sie nickte und folgte ihm zur Tür.

»Ich habe zu tun!«, rief er in den Flur. »Wartet nicht mit dem Essen auf mich.«

Der Stadtschreiber wird noch ein Weilchen ohne seine gefütterten Stiefel auskommen müssen, dachte er, während er die Branntgasse hinunterhumpelte.

***

»Irm!«, rief eine heisere weibliche Stimme. »Wo bist du?«

Die alte Frau legte erleichtert eine Hand auf die Brust und holte tief Luft. Es war ihre Schwester. Doch das Gefühl der Erleichterung wurde sogleich von Besorgnis verdrängt. Sie durfte ihn nicht sehen!

Irm hastete zur Tür und riss sie auf. Die schnelle Bewegung ließ den Schmerz in ihrer Hüfte aufflammen, für einen Moment konnte sie sich nicht rühren. Dann trat sie hinaus in den Schnee und sah der Gestalt entgegen, die auf sie zukam. Ein kleines, rundliches Geschöpf mit dunklem Kopftuch.

»Was willst du?«, fragte Irm.

»Begrüßen könnste mich wenigstens.« Ihre jüngere Schwester hatte kaum noch Zähne. Ihr breites Gesicht war runzlig und rot vor Kälte.

Irm sagte nichts. Seit ihrer Vertreibung und dem Tod ihres Mannes war sie nur noch wenigen Menschen begegnet. Ein Amtsjäger hatte sie seinerzeit aufgestöbert, aber in Ruhe gelassen. Zwei Wilderer waren in ihre Hütte eingedrungen und über ihr Essen hergefallen, letzten Sommer. Der eine hätte sich beinahe auf sie geworfen, obwohl sie alt war und kein schöner Anblick; sie konnte dankbar sein, dass er sie verschont hatte. Ihre Schwester kam einmal im Jahr, zweimal womöglich, obwohl sie es nicht durfte und auch nicht sollte.

Die Familie hatte sie im Stich gelassen. Die konnten ihr alle gestohlen bleiben. Sie kam schon zurecht. Es würde ohnehin nicht mehr lange dauern, bis der Herr sie heimholte. Das Einzige, was sie hier draußen vermisste, war eine Kapelle, in der sie beten konnte. Und Gesellschaft. Das Alleinsein war schlimm. Darum hatte sie sich gefreut, als sie ihn fand, der jetzt da drinnen lag. Insgeheim hoffte sie, er würde bleiben. Ein junger Mann. Es wäre gut, wenn er blieb.

Rasch sah sie zur Seite. Das Stück Weidenzaun, auf dem sie ihn hergeschleift hatte, lehnte hinter der Hütte an der Wand, für ihre Schwester unsichtbar. Auch die Blutflecken konnte sie nicht sehen.

Ihre Schwester war neugierig. Und geschwätzig. Wenn sie ihn fand, würde sie ihn ihr wegnehmen. Dann kämen Männer und würden Fragen stellen und ihn auf ein Fuhrwerk laden. Dabei war er doch fortgelaufen von zu Hause! Man hatte ihm Böses angetan. Vermutete sie. Sehr Böses.

Zuerst hatte sie gedacht, er sei von einem Tier angefallen worden. Es gab Bisswunden, von einem Wolf. Ja, allem Anschein nach von einem Wolf. Aber da war die Pfeilwunde an seiner Schulter, noch gefährlicher als die Bisse. Sie hatte die Spitze herausschneiden müssen. Wenn man ihm da, wo er herkam, so etwas angetan hatte, dann wollte er doch wohl nicht mehr zurück?

»Warum biste gekommen?«, fragte sie ihre Schwester. Der Weg war weit, sie musste lange gelaufen sein.

»Willste mich nich reinbitten?« Die Jüngere zeigte mit dem Kopf zur Tür.

»Nein.«

»Aber Irm! Guck, was ich gelaufen bin, lass mich rein!«

»Hab dich nicht gebeten.«

Die dunklen kleinen Augen ihrer Schwester funkelten listig. »Willst was verstecken vor mir? Einen Braten? Gib mir was davon, bin auch gleich wieder weg.«

»Geht nicht. Hab … gebrochen, hinter der Tür. Stinkt. Alles voll, muss ich erst wegmachen. Warum biste hier? Sonst haste immer was mitgebracht, wegen dei'm schlechten Gewissen.«

Die kleine Frau hielt nichts dagegen. Sie warf einen misstrauischen Blick auf die Hütte und machte ein ernstes Gesicht. »Es ist wegen dem Claus. Es geht zu Ende mit ihm. Er würd dich gern noch mal sehen.«

Claus. Ihr einziger Sohn. Irm musste schlucken. Sie hatte ihn so lange nicht gesehen. Er war verbannt aus ihrem Herzen, wie all die anderen. Aber er blieb ihr Sohn.

»Was hat er?« Sie rieb sich die Stirn und holte Luft.

Ihre Schwester wiegte den Kopf. »Weiß man nich. Hustet Blut und spricht im Fieber. Aber er will dich sehen. Und? Kommst du?«

Irm zögerte.

»Das ist jetzt lange her.« Mit einer ausholenden Bewegung umfasste ihre Schwester die ärmliche Hütte, den Wald, das ganze Ausmaß des Exils. »Der Große ist tot. Du darfst zurück, um deinen Sohn zu sehen.«

»Darf ich nicht.« Irm schüttelte den Kopf.

»Doch. Hab gefragt. Und jetzt lass mich in die Hütte, ich muss ausruhen.«

»Kannst dich in den Stall setzen.«

»Den Stall?« Entrüstet rückte die kleine Frau das Wolltuch zurecht, das ihr Gesicht umrahmte. »Du bist ja närrisch! Übergeschnappt biste! Gut, dass du hier draußen wohnst.« Im Rückwärtsgehen sprach sie weiter. »Würd dich eh niemand mehr haben wollen, du bist ja irre! Bleib hier, bis du verschimmelst!«

Irm sah ihr nach, wie sie sich umdrehte und davonstapfte, über den verwucherten Pfad, der sich mit dem Dickicht verwebte, bis er nicht viel mehr war als ein schmaler Streifen zwischen den Bäumen.

»Sag Claus«, rief Irm, »ich bete für ihn.«

Ihre Schwester drehte sich nicht um, sie winkte nur ab, mit rasch zur Seite geworfener Hand.

»Sag ihm das!«, schrie Irm. Ihre Stimme brach. Was, wenn sie es ihm nicht sagte? Würde er überhaupt etwas mitkriegen, in seinem Fieber? Er hätte sie doch auch einmal besuchen können hier draußen. Hatte er aber nicht.

Sie betrat die Hütte, schloss die Tür und lauschte auf das leise Schnarchen des Fremden in ihrem Bett. Schlaf du, dachte sie, Schlaf heilt.

Schwer atmend lehnte sie sich gegen das kühle Holz und legte den Kopf in den Nacken. Sie musste nachdenken.

***

Das Schild über der Tür klirrte leise im Wind. Steffan Hemmers öffnete, nachdem Jordis dreimal geklopft hatte. Es gäbe nichts Neues über Jacob, teilte der Bucklige ihm mit, aber er würde sich gern noch einmal mit seinem Sohn unterhalten.

Hemmers' helle Augenbrauen zogen sich zusammen. »Wüsste nicht, was er Euch zu sagen hätte«, murmelte er, ließ ihn aber eintreten. Seine schwere Lederschürze roch nach Rauch und er selbst nach Schweiß. Auf seiner Stirn verliefen zwei fingerbreite Rußstreifen. »Inner Werkstatt«, sagte Hemmers und ging ihm voraus in den Flur.

Goswin stand an der Esse und schürte mit einem Blasebalg das Feuer. Er hatte die Ärmel hochgekrempelt und ließ zwei kräftige weiße Unterarme sehen.

»Der will mit dir reden«, sagte sein Vater. »Wegen Jacob.«

Der junge Mann hob den Kopf. Auf seinem Gesicht lag ein misstrauischer Ausdruck. Neben ihm wartete ein gedrungener Mann in einfacher Kleidung, der ein träge dreinblickendes Pferd am Zügel hielt.

Jordis wandte sich zu Steffan Hemmers um, der mit verschränkten Armen hinter ihnen stand. »Ich wäre Euch sehr verbunden, wenn Ihr die Arbeit Eures Sohnes übernehmen würdet, während ich mit ihm spreche.«

Hemmers antwortete nicht, drückte seinen Missmut aber dadurch aus, dass er betont langsam zur Feuerstelle ging und dem Jungen den Blasebalg aus der Hand nahm.

»Lass uns hier herübergehen«, bat Jordis und zog sich ein Stück weit in den Flur zurück. Goswin folgte ihm widerwillig.

»Ich werde es kurz machen, Goswin. Hör zu: Du erzählst mir jetzt alles, was du über den Streit weißt, den du mit Jacob und einem anderen Mann hattest, an dem Tag, an dem er verschwand. Ich höre.«

Der junge Mann starrte ihn missmutig an. »Welcher Streit denn, zum Teufel?«, fragte er.

Jordis trat näher an ihn heran. »Soll das jeder hören? Ihr wurdet gesehen, das weiß ich! Ich möchte von dir hören, worum es bei dem Streit ging und wie er geendet hat. Ich kann sonst sehr ungemütlich werden, glaub mir.«

Goswin schnaubte abfällig und warf einen raschen Blick den Flur hinunter. Du wirst mir nicht abhauen, dachte Jordis und stellte sich dem Jungen in den Weg. Goswin öffnete den Mund, um etwas zu sagen, drehte sich dann aber blitzschnell um und rannte in Richtung Werkstatt. Jordis hörte, wie ein schwerer Gegenstand umkippte und Werkzeug zu Boden fiel. Steffan Hemmers rief seinem Sohn etwas zu, wurde aber von lautem Wiehern und Hufgeklapper übertönt.

Als Jordis das Ende des Flures erreichte, sah er Goswin am Boden liegen und sich stöhnend die Schulter reiben. Der gedrungene Mann neben ihm redete beruhigend auf sein Pferd ein. Das Tier tänzelte auf der Stelle und ruckte mit dem Kopf, die Augen weit aufgerissen. Durch Goswins plötzliches Auftauchen musste es in Panik geraten sein und ihn umgeworfen haben. Steffan Hemmers sah erschrocken zwischen dem Buckligen und seinem Sohn hin und her.

Jordis wartete, bis Goswin sich halbwegs aufgerichtet hatte und den Kopf hob. Schwer verletzt war er wohl kaum. Man musste ihn nicht schonen. »Wenn du jetzt nicht redest«, sagte Jordis bestimmt, »dann redest du erst wieder vor dem Amtmann, das verspreche ich dir. Du kannst nicht davonlaufen. Sag endlich, was an jenem Tag geschah.«

Goswin verzog schmerzerfüllt das Gesicht, blieb aber stumm.

»Mach hinne, Goswin«, mischte sich zu Jordis' Überraschung sein Vater ein. »Sag ihm, was er wissen will. Geh jetzt mal, Hermann, wir machen später weiter«, wandte er sich an den Mann mit Pferd. »Goswin hat was beobachtet, und das soll er jetzt sagen.«

Der Mann nickte hastig und steuerte auf das Hoftor zu.

Jordis wartete. Doch Goswin schwieg. Erst als Steffan Hemmers ihm einen Tritt verpasste und sagte, er solle endlich das Maul aufmachen, begann er zu reden.

Er habe mit Adolph, einem Knecht aus Glehn, geschwatzt und einen Schluck getrunken. Plötzlich sei Jacob gekommen, und da habe es Streit gegeben. Wegen des Mädchens, Barbara. Nun ja, er selbst habe beizeiten versucht, mit ihr anzubandeln, aber Jacob sei ihm zuvorgekommen. Das habe ihn wütend gemacht und Adolph auch.

Jacob habe sie spüren lassen, dass er etwas Besseres sei und sie nie solch ein Mädchen bekommen würden. Immer wieder habe er sie damit aufgezogen, schon seit Langem. Und Barbara sei nicht besser gewesen, das Luder. »Schöne Augen hat sie mir gemacht«, erregte sich Goswin, »aber plötzlich war ich Luft für sie. So hat sie's mit allen gemacht, alle Männer sollten sie anhimmeln. Und dann kam die kalte Schulter.«

»Wie ging es weiter?«, brachte ihn Jordis auf die Ausgangsfrage zurück. »Wie endete der Streit? Was geschah mit Jacob?«

»Was soll geschehen sein?«, blaffte Goswin. Als er einen Arm aufstützte, um sich anders hinzusetzen, verzog er vor Schmerz das Gesicht. »Meint Ihr, ich habe ihn erschlagen? Was maßt Ihr Euch an?«

»Ich maße gar nichts«, erwiderte Jordis, »sprich einfach weiter.«

»Es gibt nichts zu sprechen, verflucht!« Goswin schrie fast vor Zorn. »Er hat gesagt, wir sollten Barbara in Ruhe lassen, und ging weiter. Das war alles!« Der junge Mann wischte sich einen Spucketropfen vom Mund. »Verflucht!«

»Wohin ging er?«

»Was weiß ich, wohin der Kerl ging? Die Straße runter. Ich hab nicht drauf geachtet.«

»Versuch, dich zu erinnern. Wie sah die Straße aus, war Volk unterwegs?«, fragte Jordis.

Goswin stützte einen Arm auf und zog Luft durch die Zähne. »'n paar Leute kamen vorbei, ich hab nicht hingesehen. Ähm … und an der Kreuzung unten saß jemand, auf der Bank da.«

»Mann oder Frau?«

»Hach!«, schnaubte der Junge. »Was weiß ich! Zu weit weg.«

Jordis seufzte tief. »Was tat der andere Mann, dieser Adolph?«

»Sich weiter streiten. Mit mir. Der war besoffen.« Goswins Stimme wurde leiser.

»Ist dir an Jacob etwas aufgefallen? War etwas Besonderes an seiner Kleidung oder an dem, was er bei sich trug?«

»Ach, lasst mich doch in Ruhe. Nein! Keine Ahnung! Er stand nur kurz bei uns und lief dann weiter, er hatte es eilig.«

Jordis griff nach seiner Tasche, um ein paar Anmerkungen in seine Kladde zu schreiben. »Ich weiß wirklich nicht, warum du das nicht schon früher erzählt hast. Wo finde ich diesen Adolph, falls ich mit ihm sprechen will?« Er sah, wie Goswin seinem Vater einen Blick zuwarf. »Was ist?«, fragte er. »Stimmt etwas nicht mit ihm?«

Steffan Hemmers räusperte sich. »Nein, er … Sag es ihm, Goswin.«

Der Junge starrte auf seine Schuhe. »Er hat mich immer weiter getriezt, hat nicht aufgehört! ›Schlappschwanz!‹, hat er gesagt. Ich bin weggegangen, ich … musste Ruhe haben, aber er kam mir nach. Und dann … haben wir uns geprügelt. Er ist gefallen, auf einen Stein. Es hat geblutet. Aber er wollte nicht mit zurückkommen, hat weiter nach mir getreten. Da bin ich gegangen. Und er ist … in den Sumpf geraten.«

»Und ertrunken?«, fragte Jordis. Er erinnerte sich dunkel, davon gehört zu haben.

Goswin nickte. Er war ganz blass geworden.

»Goswin dachte, man gibt ihm die Schuld, wenn er es sagt«, erklärte Steffan Hemmers.

Sein Sohn biss sich auf die Lippen. »Ich bin nicht schuld, ehrlich, ich schwöre es. Es war ein Unfall!«

Schweigend schrieb Jordis in sein Buch. Falls es stimmte, was Goswin sagte, wussten sie nun ein wenig mehr: Jacob war am Nachmittag, bevor er verschwand, den Hang hinuntergeeilt, in Richtung der Kreuzung, an der jemand auf einer Bank saß. Mitten im Winter. Hatte Jacob eine Verabredung mit ihm oder ihr gehabt? Oder war er im Begriff gewesen, den Ort zu verlassen? Wo, um Himmels willen, war der Junge hingelaufen?

***

Was sollte sie nur tun? Irm saß am Tisch, das Kinn auf eine Hand gestützt, und betrachtete den Schlafenden. Der Branntwein hatte ihren Kopf schwer gemacht, sie würde sich gern hinlegen, aber sie durfte nicht. Claus. Konnte sie damit leben, ihn in seiner letzten Stunde allein zu lassen? Wo sie doch in seiner ersten Stunde bei ihm gewesen war. Sie hatte ihn geboren, seine Windeln gewechselt, ihn übers Knie gelegt, ihm die Tränen getrocknet. Ach, es war so lange her.

Ihr war ein wenig übel. Sie hatte den Branntweinkrug nur hervorgeholt, um die Wunden des Verletzten zu reinigen. Aber dann hatte er da gestanden, neben dem Bett, und der scharfe Geschmack war ihr gerade recht gekommen. Sie trank noch einen Tropfen und drückte den mit Hanf umwickelten Holzstopfen zurück auf den Krug. Genug. Sie musste denken.

Die alte Frau erhob sich. Der Mann auf dem Bett bewegte die Lippen im Schlaf, seine dunklen Augenbrauen zogen sich zusammen. Sie trat an sein Lager und legte ihm eine Hand auf den unverletzten Arm, und sofort beruhigte er sich. Sein schmales Gesicht glänzte vor Schweiß, er war noch längst nicht gesund. Sie konnte ihn nicht allein lassen.

Auf unsicheren Beinen ging sie hinüber zum Kamin und überprüfte die Beinlinge, die sie gewaschen und zum Trocknen über den Ständer gehängt hatte. Noch feucht. Sie wendete die Hosen und rückte das schmale Holzgestänge näher ans Feuer. Es war Zeit für frische Scheite, der Korb war leer.

Ratlos stand sie inmitten ihrer kleinen Hütte. Dann humpelte sie zu dem Kreuz, das sie aus Eichenzweigen gebunden und an die kahle Wand genagelt hatte. Sie kniete nieder und murmelte ein Gebet. »*Consolator optime* …«, den mittleren Teil wusste sie nicht mehr, »… *dulce refrigerium. In labore requies. Amen.* Herr, gib mir die Kraft, mich richtig zu entscheiden«, fügte sie hinzu … Und wenn ich auch wanderte im finsteren Tal.

Sie bekreuzigte sich, stand auf und ging mit gesenktem Kopf unter der Brombeerranke hindurch, die sie an der flachen Balkendecke aufgehängt hatte. Verlasse ihn, Krankheit, verlasse ihn. Noch einmal schritt sie unter dem trockenen Zweig her. Verschone uns, Unheil, verschone uns.

Sie hatte sich entschieden. Sie musste Claus ihren Segen mit auf den Weg geben. Wenn sie sich beeilte, könnte sie noch am selben Abend zurück sein, sie musste nur früh genug aufbrechen.

Irm warf etwas zu essen in ein Leintuch und legte einen Zweig Dost dazu. Das Kraut würde helfen, den Leibhaftigen abzuwehren. Ihr Sohn sollte auf seinem Weg in die Unendlichkeit nicht die bösen Stimmen von Dämonen hören. Sie knotete das Tuch zu. Am nächsten Morgen würde sie gehen, gleich nach dem Melken.

Für den Kranken füllte sie Schafsmilch in eine Schale und rührte Weidenrindenpulver hinein. Sie stellte das Gefäß auf die Truhe und betrachtete ihn. Still lag er da und schlief. Das Leben schien in ihn zurückzukehren, sein Gesicht war nicht mehr gar so weiß. Die Wege Gottes, des Allmächtigen, waren wundersam. Der eine Sohn wurde ihr genommen, und ein anderer wurde ihr gegeben.

Die letzten Tage waren ein Gewirr aus Farben und Formen gewesen. Gestalten glitten über Moos und Holz, verschwanden in Senken, schwebten im Nebel über ihm. Schlafen.

Aufwachen. Die Welt war ein Schlitz. Ein schmaler Streifen. Sein Leib war schwer. Schlafen.

Etwas weckte ihn. Ein Murmeln. Ein Geruch. Da war es wieder, das Holz, braun und voller Rillen und Schatten. Es war über ihm und neben ihm. Eine Decke, eine Wand. Eine Bewegung in der Ecke. Nimm den Nebel vom Kopf. Eine alte Frau ging da. Sie flüsterte.

Er hatte ihre Hand gespürt. Hatte er das? Was war mit seinem Arm? Er wollte ihn bewegen, doch es gelang ihm nicht. Der Nebel kam wieder in seinen Kopf und drückte ihm die Augen zu.

***

»Agnes hat gesagt, dass sie Jacob mit Fais Gilverath am Andreastag gesehen hat«, wiederholte Kreitfisch. »Also wenige Tage vor seinem Verschwinden.«

»Richtig!« Jansen klopfte seinem Freund kräftig auf den Rücken. »Ich bin stets aufs Neue überwältigt von deinem Scharfsinn! Und jetzt lass uns ein Bier holen und uns zu ihm setzen.«

Der Schankraum des »Bunten Ochsen« lag im Dämmerlicht. Ein spärliches Feuer brannte im Kamin, und auf einigen Tischen standen dicke Kerzen, die im Luftstrom flackerten. Nahe der Tür waren sie schon fast niedergebrannt; das Wachs perlte in fetten Tropfen auf die Tischplatten.

Es war Sonnabend, und viele Durstige hatten sich unter der rauchgeschwärzten Balkendecke des »Bunten Ochsen« versammelt. Der Wirt hinter dem Ausschank nickte Kreitfisch freundlich zu, als sie sich einen Weg durch das Gewimmel bahnten.

»Dich kennt man wohl in jeder Schänke«, murmelte Jansen.

»Dich will man vielleicht nicht kennen«, erwiderte Kreitfisch und grinste milde auf seinen Freund herab. Leise fragte er: »Was sagen wir zu ihm?« Sie hatten den Tisch, an dem Fais Gilverath mit zwei anderen Männern saß, beinahe erreicht.

»Lass mich nur machen«, flüsterte Jansen. »Ist hier noch frei?«

Der Mann neben Gilverath nickte flüchtig, und sie setzten sich. Schon bald bot sich eine Gelegenheit, miteinander ins Gespräch zu kommen. Gilverath erwähnte den Wolf, der die Wälder unsicher machte, und befand, dass eine Fahrt mit dem Fuhrwerk über Land beileibe nichts für Angsthasen sei. Jansen pflichtete ihm bei und berichtete von dem Wolfsheulen, das sie bei Gladbach gehört hatten. Wenige Sätze später war es ihm unbemerkt gelungen, das Gespräch auf das Thema Kinder zu bringen.

»Ich für meinen Teil habe zwölf«, seufzte er. Die Männer lachten, und einer klopfte ihm auf die Schulter. »Hast du auch welche?«, wandte Jansen sich an Gilverath.

Kreitfisch beobachtete den blonden Fuhrmann aufmerksam; für einen flüchtigen Augenblick wirkte er angespannt.

»Keine, von denen er wüsste!«, lachte der Mann neben ihm und hob seinen Bierkrug.

Jansen nickte grinsend. »Wer weiß … Nichts für ungut. Im Fuhrgewerbe kommt man sicher viel herum und trifft allerhand Weibsvolk.«

»Ja, aber nicht so, wie du denkst«, erwiderte einer der Männer. »Leider!«

»Habt ihr keine Frauen?«, mischte Kreitfisch sich ein. »Schöne, stolze Recken wie ihr?«

»Doch, haben wir.« – »Ja sicher«, sagten die anderen beiden Männer. Gilverath sagte nichts.

Laut Aleidis hatte er verlegen gewirkt, als sie ihn nach Jacobs Mutter fragte. Womöglich war er einmal in sie verliebt gewesen. Oder er hatte sich an ihr vergangen und wurde immer noch von Gewissensbissen geplagt. Wegen dieser letzten Möglichkeit saßen sie hier. Vielleicht hatte er auch Jacob etwas angetan.

»Was ist mit dir?«, fragte Jansen unverblümt. »Kein Weib im warmen Bett?«

Fais Gilverath schüttelte nur den Kopf und griff nach seinem Trinkbecher.

»Seine Frau ist letztes Jahr gestorben«, erklärte einer seiner Begleiter. »Milzbrand.«

»Oh, das tut mir leid«, erwiderte Kreitfisch. »Üble Sache.«

Sie saßen einen Moment schweigend da.

»Und wo geht es morgen hin?«, fragte der Einbeinige munter.

Der Mann links von Gilverath kratzte sich am Kopf. »Nach Bergen. Wir –«

»Ich hab genug für heute, ich gehe«, warf Gilverath ein. Sein rotes Gesicht glänzte im Kerzenschein. Er suchte auf der Bank nach seinem Mantel und setzte eine verschlissene Wollmütze auf.

»Warte, wir kommen mit!«, rief einer seiner Begleiter.

»Wir müssen früh raus«, meinte der andere.

Und schon waren sie in der Menge untergetaucht.

»Mit dir kann man nirgendwo hingehen, Kreitfisch, die Leute nehmen sofort Reißaus.« Jansen verzog das Gesicht und trank seinen Krug in einem Zug leer. »Mit dem stimmt was nicht, sag ich dir. Lass uns ihm folgen. Wir müssen ihn ohne seine Schergen erwischen.«

Als sie aus dem Wirtshaus traten, war es bereits dunkel.

»Du weißt, was ich herausgefunden habe: Gilverath geht unlauteren Geschäften nach. Zumindest sagt das der Zöllner, den ich kenne.« Jansen fluchte, als sein Gehstock auf einem Stück Eis wegglitt. »Der eine Frevel folgt dem anderen gern nach.«

Sie eilten an hohen, dunklen Häusern vorbei die Niederstraße entlang. In vielen Fenstern brannte Licht, der schmutzige Schnee war mit gelblichen Schatten gesprenkelt. Unterwegs begegnete ihnen niemand, außer zwei Männern, die mit Hilfe einer Laterne versuchten, die Schiebewand eines Handkarrens wieder in die richtige Stellung zu bringen.

Der Viehmarkt an der östlichen Stadtmauer lag verlassen da, die weite weiße Fläche von zahllosen Spuren zerkratzt. Ein blasser Mond war aus den Wolken emporgetaucht und ließ den Brunnen mit seinem langen Hebebalken bedrohliche Schatten werfen. In einem der eng stehenden Häuser weinte ein Kind.

»Wie gehen wir's an?«, fragte Kreitfisch.

»Geradewegs!« Jansen pochte mit seinem Gehstock kräftig an Gilveraths Tor. »Wir dürfen ihm keine Zeit zum Überlegen lassen.« Er klopfte noch einmal. Jemand murrte, Schnee knirschte, ein Riegel wurde zurückgeschoben. Dann erschien Fais Gilveraths Gesicht über einer unruhig brennenden Laterne.

»Ihr?«, fragte er überrascht.

»Sieht ganz so aus. Wir müssen mit dir reden.«

»Seid ihr von Sinnen? Geht und schlaft euren Rausch aus!« Bevor Gilverath die Tür zuschlagen konnte, hatte Kreitfisch einen Arm dagegengestemmt.

»Wir wissen, dass du Jacob Hemmers vor Kurzem gesehen hast. Gib es zu, oder du hast Ärger am Hals.«

»Den Büttel, den Schultheiß, die Bürgermeister … du kannst dir einen aussuchen«, fügte Jansen hinzu. »Wir sind genauestens über deine ›Geschäfte‹ im Bilde.«

Fais Gilverath kniff die Augen zusammen und verzog das Gesicht.

»Wie war das mit Jacob?«, fragte der Einbeinige laut und warf einen prüfenden Blick auf die Nachbarhäuser.

»Scheißkerle.« Gilverath trat beiseite und ließ sie eintreten.

Jansen musterte die Fässer und Kisten, die sich im Hof stapelten. »Hier bewahrst du also die gestohlenen Waren auf, die dir von deinen Handlangern zugespielt werden«, stellte er fest.

»Was? Bist du irre? Das sind Messer und Scheren aus Ratingen, die ich morgen nach Bergen bringe! Ich kann euch den Frachtbrief des Händlers zeigen!« Gilverath hatte seine Laterne abgestellt und ballte die Fäuste.

»Brauchst du nicht. Wir glauben dir. Zumindest manches.« Jansen rieb sich das Kinn. »Leider weiß ich aus erster Hand, dass du Zollstellen umgehst und neben deinen rechtmäßigen Waren auch Diebesgut verhökerst. Man konnte es dir nur noch nicht nachweisen. Aber ich bin sicher: Wenn wir uns hier umsehen würden …«

»Wage es nicht!« Gilverath hatte sich zu voller Größe aufgebaut und sah den Einbeinigen hasserfüllt an.

Kreitfisch trat einen Schritt vor. »Sag uns, was du mit Jacob besprochen hast. Dann lassen wir dich in Ruhe.«

»Oder willst du auch noch des Mordes bezichtigt werden?«, fügte Jansen hinzu. »Hast du ihm etwas angetan? Oder verheimlichst du seinen Besuch, damit niemand kommt und in deinem Schuppen stöbert? Weil deine ›Geschäfte‹ gerade so gut laufen?«

Fais Gilverath schien in sich zusammenzusinken. Er schluckte und richtete seinen Blick auf die Fässer. »Er kam unvermutet zu mir. Wollte … wollte wissen, ob ich damals mit seiner Mutter ein Verhältnis hatte.«

»Und? Hattest du?«, fragte Jansen.

»Nein. Hatte ich nicht.« Gilverath rieb sich die Stirn. »Sie hätte mich eh nie genommen. Aber er dachte, ich … könnte sein Vater sein. Er hatte … er hatte im Haus seiner Mutter etwas gefunden, das der alte Hemmers geschrieben hatte. Da waren ihm Zweifel gekommen. Er sagte, er brauche den Nachweis seiner Ehelichkeit, um seinen Meister zu machen. Und selbstredend wolle er es wissen.« Gilverath hielt inne und holte Luft. »Seine Mutter sei sterbenskrank, und er wolle es wissen, wolle seinen richtigen Vater finden.«

»Und du bist das nicht?«, fragte Kreitfisch.

Gilverath schüttelte stumm den Kopf.

»Wie ist Jacob auf dich gekommen?«, wollte Jansen wissen.

Der Fuhrmann zuckte die Achseln. »Er wird sich umgehört haben. Ich war halt lange im Haus. Er kannte mich noch von früher.«

»Was hat er getan, als er erfuhr, dass du nicht derjenige bist, für den er dich hielt?«

»Nichts.« Fais Gilverath wandte den Blick zur Tür. »Er ist gegangen.«

Tag acht, 20. Dezember 1510

Sie saßen in seiner Wohnstube vor dem Kamin. Jordis musste feststellen, dass sie alle drei aussahen, als seien sie zu Fuß nach Rom und zurück gelaufen. Er wusste nicht, wer von ihnen die größten Augenringe und das käsigste Gesicht hatte.

Der Blick in den Spiegel heute Morgen hatte ihm jedenfalls Anlass zur Sorge geboten. Augustin, hatte er gedacht, das bist hoffentlich nicht du. Aber es nützte nichts: Er war es. Verwundern durfte ihn das nicht, nach nur drei Stunden Schlaf.

Auf dem Rückweg von Liedberg hatte er noch am Gut der von der Bahlens angehalten. Gern hätte er mit Barbara über den fünften Dezember gesprochen. Aber ein finster dreinblickender Knecht hatte ihn wissen lassen, dass es der Jungfer zwar besser ginge, sie ihn aber keinesfalls empfangen könne, da sie gerade erst auf dem Weg der Genesung sei. So war er unverrichteter Dinge von dannen gezogen.

Es hätte ohnehin nicht viel gebracht, zu erfahren, dass Jacob mit seiner Freundin verabredet gewesen war an jenem Tag, falls nicht jemand in diesem Zusammenhang etwas Verdächtiges beobachtet hatte. Das Mädchen selbst würde wohl kaum diejenige sein, die an seinem Verschwinden schuld war.

Kreitfisch und Jansen hatten sich ebenfalls die Nacht um die Ohren geschlagen. Nach ihrem Besuch bei Gilverath waren sie in den »Bunten Ochsen« zurückgekehrt, um sich zu beratschlagen. Die Beratschlagung hatte am frühen Morgen in Jansens Werkstatt geendet, unter Aufopferung einer halben Flasche Obstbrand.

»Die Stiefel für den Stadtschreiber sind wenigstens fertig«, verkündete der Einbeinige. »Kreitfisch allerdings auch.« Er verzog das Gesicht und rieb sich die Stirn.

Der Barbier nieste und nippte an seinem Becher.

Es war das erste Mal, seit sie sich kannten, dass keiner von ihnen Wein oder Bier trank. Klara hatte ihnen ein Gebräu aus Augentrost und Melisse vorgesetzt. Augentrost! Was sich Jordis' Augen bot, wenn er seine Freunde ansah, war nicht gerade tröstlich. Nicht einmal Jansen zeigte die Munterkeit, die man von ihm gewohnt war. Wenn er auch allmählich in Fahrt kam.

»Uns bleibt im Grunde nur eine Spur«, stellte er fest. »Die des unbekannten Vaters.«

»Es sieht so aus«, stimmte Jordis zu. »Aber ganz gleich, wer sein leiblicher Vater sein mag: Welchen Grund sollte er gehabt haben, Jacob zu beseitigen?« Er sah in seinen flüssigen Augentrost und runzelte die Brauen.

»Die Frage ist berechtigt«, pflichtete Jansen ihm bei. »Vielleicht ging es um Geld. Die Witwe Hemmers ist recht wohlhabend. Mag sein, dass er den Jungen erpressen wollte. Oder er wollte seinen guten Ruf nicht verlieren. Oder, solche Dinge hört man immer wieder, er hat ein eifersüchtiges Eheweib und wollte nicht von einer Bratpfanne erschlagen werden. Guck nicht so, Kreitfisch, du weißt, wie Frauen sind! Aber was reden wir? Womöglich lebt Jacob noch und hält sich nur vorläufig andernorts auf.«

»Ohne Nachricht zu hinterlassen?« Jordis blickte auf und gab einen missmutigen Laut von sich. »Das wage ich zu bezweifeln.«

Jansen musterte Kreitfisch. »Schon wach, Hennes?«, fragte ihn der Einbeinige.

»Teile von mir«, brummte Kreitfisch.

»Welche, wollen wir jetzt nicht wissen. Dein Kopf zählt jedenfalls nicht dazu. Wie ist deine Meinung zu dieser Sache?«

Kreitfisch nahm einen Schluck Kräuterbrühe. »Ich mache mir Gedanken über die Hintergründe. Frage mich, was der Junge wollte. Sieht aus, als habe er geplant, sich mit dieser Barbara ein eigenes Leben aufzubauen, vielleicht in Neuss, vielleicht in der Fremde. Daher musste er baldigst seinen Meister machen. Natürlich, sie ist von Adel, er wollte ihr etwas bieten.«

Kreitfisch unterstrich seine Ausführungen mit den Händen. »Aber um die Meisterwürde zu erlangen, würde er einen redlichen Schein und Kunde darüber brauchen, dass er ein eheliches Kind sei. So steht es in den Amtsbriefen. Als er – scheinbar durch ein persönliches Dokument – erfuhr, dass Hemmers ihn nicht gezeugt hatte, machte er sich auf, seinen leiblichen Vater zu suchen. Vermutlich, um mit ihm zu reden und ihn zu bitten, seine Absichten nicht zu durchkreuzen.«

Der Barbier faltete die Hände über dem Bauch und lehnte sich zurück.

»Kreitfisch!«, rief Jansen erstaunt. »Seit Jahrzehnten hast du keine

Rede dieser Länge gehalten. Es beruhigt mich, dass du eine Nacht gebraucht hast, sie dir auszudenken.«

Kreitfischs Lachen ging in ein Husten über.

Jordis knetete seine Unterlippe. »Es ist mir äußerst unangenehm, aber ich werde versuchen müssen, mit der Witwe Hemmers zu sprechen. Sie ist die Einzige, die sicher weiß, wer … Ihr wisst schon.«

»Sollte man annehmen.« Jansen schlürfte an seinem Aufguss. »Widerliches Getränk. Hm. Aleidis hat vielleicht auch noch einen Rat für uns, nachdem sie mit diesen Kerlen gesprochen hat. Sitz nicht so faul herum, Kreitfisch, frische Luft wird dir guttun!«

***

Hannes hatte das Kinn auf die Hände gestützt und beobachtete seinen Vater. Auf dem Tisch zwischen ihnen lagen allerhand Späne und Werkzeuge, und das Schrappen eines Hobels mischte sich mit dem Weinen seiner kleinen Schwester.

»Vater?«, fragte Hannes.

»Hm?« Vater wurde ungern beim Arbeiten gestört. Er machte gerade neue Fassdauben.

Der Junge strich sich eine blonde Haarsträhne aus dem Gesicht. »Da war doch dieser bucklige Mann. Der sucht nach einem Jungen, hab ich gehört.«

Sein Vater antwortete nicht, sondern zog weiter den Hobel über das Holz.

»Und ich … hab doch was im Wald gefunden. Das könnte dem Jungen gehören.«

Sein Vater stöhnte auf. »Fängst du schon wieder damit an! Ich will nichts von diesem Wolfsdreck hören.«

»Nein, Vater.«

Schweigend legte Hannes eine braune Wollmütze auf den Tisch.

Der große Mann ließ den Hobel ruhen und hob den Blick. »Könnte jedem gehören«, meinte er.

Sein Sohn schüttelte entschieden den Kopf. »Ich hab mich umgehört. Keiner aus dem Weiler kennt sie. Und sieh, hier ist ein Zeichen.« Mit einem schmutzigen kleinen Daumen bog er den Saum der Mütze um und zeigte einen sauber gestickten blauen Stern.

Sein Vater beugte sich vor. Eine Zeit lang sagte er nichts. Dann meinte er zu Hannes' Erleichterung: »Die müssen wir abgeben. Bring sie Evald oder Küppers, die wissen, was zu tun ist.«

»Nein, Rupert, mach du das selbst«, mischte sich seine Frau ein, die hinter ihnen auf der Bank saß und den Säugling stillte. »Küppers sagt, der Bucklige ist ein reicher Mann. Er wird dich entlohnen, wenn die Mütze von Wert ist.«

Hannes' Vater dachte nach. Dann fuhr er sich mit den Händen durch das dicke dunkle Haar und stand auf. »Ich frage Evald, wo wir den Buckligen finden.« Er warf sich seinen Mantel um und verließ den Kotten.

Hannes drehte die Mütze in den Händen und sah seine Mutter an.

»Du hast recht gehandelt, Hannes.« Die zierliche blonde Frau legte das Kind an die andere Brust und lächelte flüchtig. »Nimm dir einen Schluck Milch. Wenn Vater den Buckligen aufsucht, kannst du ihn begleiten.«

Hannes nickte. Seine Schwester Elße setzte sich zu ihm an den Tisch und spielte mit ihrer Strohpuppe. Wenig später kehrte der Vater zurück. Er hatte sich Evalds Fuhrwerk ausgeliehen. Sie zogen sich warm an und machten sich auf den Weg nach Neuss.

Hannes sah die Türme und Zinnen schon von Weitem. Der Spitzhelm des Münsters ragte höher in den Himmel als alles, was er bisher gesehen hatte. Einmal war er im Sommer hier gewesen, bei einer Tante seiner Mutter. Sie hatte Kuchen gebacken, mit Beeren und vielen Eiern. Auf der Rückfahrt war ihm übel geworden, weil er zu viel davon gegessen hatte, aber er erinnerte sich kaum noch daran.

Sie fuhren durch ein mächtiges Stadttor und sagten einem bewaffneten Mann, dass sie nichts zu verzollen hätten. Vater fragte eine dicke Frau nach der Brückstraße. Später fragte er eine dünne Frau nach dem Haus von Jordis. Jordis musste der Bucklige sein. Hannes fand, der Name passte zu ihm.

Sie hielten vor einem schönen Kaufmannshaus, und eine Magd, die streng dreinsah, sagte, sie sollten warten. Als der Bucklige an die Tür kam, stieg Vater vom Wagen und erklärte, warum sie hier waren.

Der Bucklige, Jordis, sah Hannes an. »Du hast im Wald eine Mütze gefunden? Warte, dich kenne ich doch, ich habe dich in Eickerend gesehen, als ich mit Brida sprach.«

Hannes streifte seine Kapuze ab und nickte, während er vom Sitz kletterte. Er zog die Mütze mit dem blauen Stern aus der Tasche und reichte sie Jordis. Der nahm sie entgegen und betrachtete sie eingehend. Sein Gewand hatte die Farbe von Blaubeeren und war am Kragen mit goldenem Garn bestickt. Als er wieder aufsah, war sein Blick ernst.

»Ich danke dir vielmals, Hannes«, sagte er. »Du hast uns sehr geholfen. Diese Mütze gehört dem, den wir suchen. Seine Mutter hat dieses Zeichen hier eingestickt.« Er deutete auf den Stern. »Bisher bezweifelten wir, dass er gemeinsam mit dem Mann, dessen Leichnam man fand, unterwegs war. Nun wissen wir, dass er tatsächlich im Wald war. Würdest du die Stelle wiederfinden, an der die Mütze lag?«

Hannes zog die Nase hoch. »Ich weiß nicht, Herr, ich glaube nicht. Sie lag einfach da auf der Erde. Es war nicht weit von der Stelle, an der …«

»Er meint, an der man den Leichnam fand«, ergänzte sein Vater.

Jordis strich sich übers Kinn. »In Ordnung. Euch danke ich ebenfalls. Ihr habt einen aufgeweckten Sohn. Wartet bitte, ich möchte Euch etwas geben.«

Er verschwand im Haus und kehrte mit einem kleinen Lederbeutel zurück, den er dem Vater wortlos überreichte. Seine Magd erschien mit einem Brett, auf dem zwei Becher mit heißem Apfelmost und ein Teller mit Wurstscheiben standen. Jordis fragte, ob sie sich im Haus aufwärmen wollten, aber der Vater lehnte dankend ab. Hannes fand das schade. Sie nahmen die Stärkung zu sich, sagten Lebwohl und stiegen auf ihr Fuhrwerk.

Kaum waren sie um die nächste Ecke gebogen, zog der Vater den kleinen Lederbeutel aus der Tasche und sah hinein. Überrascht schnappte er nach Luft und ließ ein paar blinkende Münzen in seine Hand gleiten. Dann drückte er Hannes fest an sich, was er nicht oft tat, und lachte fröhlich, was er noch seltener tat. »Davon können wir neue Kleider kaufen und neue Töpfe. Ein reicher Mann, dieser Bucklige! Mutter wird Augen machen.« Er schnalzte mit der Zunge und ließ das Pferd antraben.

Hannes freute sich. Er merkte, wie sein Gesicht sich zu einem Lächeln verzog, ohne dass er es beabsichtigte. Er freute sich über die Belohnung, aber vor allem freute er sich darüber, dass er bei der Suche nach dem Jungen geholfen hatte.

Er hoffte, sie würden ihn finden.

***

Er drehte sich auf die Seite und winkelte den Ellbogen an. Mit zusammengebissenen Zähnen richtete er seinen Oberkörper auf, stützte sich mit der linken Hand ab und blieb eine Weile so sitzen. Ihm war schwindelig, und sein Herz klopfte.

Er zog die Beine unter der Decke hervor und schob sie über den Bettrand. Kalt war es. Im Kamin glomm ein letzter Funke. Mit zittriger Hand griff er nach der Schale Milch, die neben ihm auf der Truhe stand. Die Bilder, die in seinen Kopf kamen, verdrängte er. Das, was geschehen war, war geschehen. Er konnte nur versuchen, Schlimmeres zu verhindern. Und dazu … Mühsam kam er auf die Beine und hielt sich schwankend an der Truhe fest.

Seine Kleider und Strümpfe entdeckte er über einem kleinen Holzgerüst vor dem verlöschenden Kamin. Als er sie anlegen wollte, fiel er fast vornüber. Kein Wunder, er hatte zu lange gelegen. Wie lange, war fraglich, er durfte keine Zeit mehr verlieren. Er wusste, wohin er zuerst gehen würde. Die Seinen zu warnen vor dem Bösen.

Um Schulter und Achsel hatte die alte Frau ihm einen Verband gewickelt; er beließ ihn dort und zog vorsichtig sein Leinenhemd an und darüber den wollenen Rock und den Mantel. Seine Kleider waren zerfranst und voller Blutflecken, aber wärmen würden sie ihn trotzdem.

Wo war der Gürtel mit dem Dolch und dem Beutel, in dem er seine Habseligkeiten aufbewahrte? Er sah in der Truhe nach, unter dem Bett, in einer Kiste neben dem Kamin, in mehreren Krügen und Töpfen, aber er fand ihn nicht. Falls die alte Frau ihn trug, wäre die Suche ohnehin vergebens. Er musste sich beeilen. Seine Feinde würden hoffen, er wäre tot, aber sie mussten damit rechnen, dass er überlebt hatte, und sie würden alles tun, um ihn zu finden.

Er trank die Milch aus und nahm ein Stück Käse vom Tisch. Die Würste an der Decke konnte er erreichen, ohne auf einen Schemel klettern zu müssen. Er schnitt zwei davon ab und wählte noch einen kleinen Schinken aus. Das Messer würde er ebenfalls mitnehmen. Die alte Frau hatte hoffentlich noch ein zweites. Er wollte ihr nicht schaden. Sie hatte ihm das Leben gerettet und ihn versorgt. Er erinnerte sich an ihre Hand auf seiner Stirn, ihre murmelnde Stimme und die Schemen ihrer gebeugten Gestalt. Er würde wiederkommen und ihr danken. Um ein Zeichen zu hinterlassen, nahm er einen getrockneten Kräuterstängel aus einem von der Decke baumelnden Strauß und steckte ihn so hinter das Wandkreuz, dass sie ihn sehen musste.

Nachdem er das Essen in ein Tuch geknotet hatte, zog er entschlossen die Tür auf und sah sich um. Die Hütte lag auf einer Lichtung, die rundum von Wald umgeben war. Frische Fußspuren führten nach rechts auf die Bäume zu. Vom Wohnhaus aus verlief ein bräunlich verfärbter Trampelpfad zum Stall, aus dem das leise Gackern von Hühnern klang. Er sah zum Himmel auf. Es war bedeckt, aber er konnte eine blasse Sonne durch die Wolken schimmern sehen und wusste, wohin er gehen musste. Nach Osten, weg vom Wald.

Er überlegte. Bei seiner Flucht hatte noch kein Schnee gelegen, aber nun würde jeder Schritt eine Spur hinterlassen. Wer die Hütte fand, würde auch ihn finden, solange es nicht weiter schneite. Er hoffte, dass in der Nähe ein Bach floss. Wer sich in dieser Einsamkeit niederließ, würde Wasser brauchen.

Das Gehen fiel ihm schwer. Er stellte fest, dass das Gelände nach Süden hin abfiel, und ging um die Hütte herum. Als er den Waldrand erreichte, hörte er das gedämpfte Murmeln von Wasser. Halb verborgen unter verschneiten Grasbüscheln sah er einen dunkel strömenden Bach. Er stieg hinein und war froh, dass seine Stiefel bis zu den Knien reichten. Die Kälte des Wassers umfing ihn mit nadelspitzem Griff und spornte ihn an, so schnell wie möglich weiterzugehen.

Er schulterte sein Bündel und watete mit großen Schritten davon.

***

Sie saßen bei einem fruchtigen Elsässer in Ottel Böttchers Wirtschaftskammer im Düsseldorfer Schloss und aßen Brothörnchen, die im Schein der Kerzen goldbraun schimmerten.

»Dieses Wappen kenne ich«, begann der Mundschenk und strich den Bogen Papier glatt, der vor ihm auf dem blank gescheuerten Tisch lag. Jordis hatte den von Brida in den Schnee gemalten Ring aufgezeichnet und Anmerkungen danebengeschrieben. »Schwarzer Schild mit silbernem Querbalken und drei Herzblättern. Dieses Wappen gehört der Familie von der Bahlen. Einer von ihnen steht hier in Diensten, Leopold von der Bahlen. Er ist der Jägermeister des Herzogs.«

Jordis hob die Brauen. »Von der Bahlen also«, wiederholte er. »Lebt seine Familie in einem Ort namens Glehn?« Nun war er sich sicher: Das konnte kein Zufall sein. Es gab eindeutig zu viele Hinweise auf die von der Bahlens in Jacobs näherem Umfeld.

»Allerdings«, bestätigte Böttcher. »Woher wisst Ihr das?«

»Eine Jungfer Barbara von der Bahlen war mit dem Jungen bekannt, nach dem wir suchen. Ich war auf dem Familiengut, um mit ihr zu sprechen. Sonderbar … Aber bitte, sprecht weiter über ihn und seine Aufgaben hier bei Hofe.«

Böttcher sah ihn mit leichtem Vorwurf im Blick an. Unterbrochen zu werden, war er nicht gewohnt. »Ja«, betonte er und fuhr dann fort: »Lasst mich etwas zu seinem Amt sagen, bevor ich zur Person komme. Als Jägermeister ist er der Schirmherr des Jagd- und Forstwesens der Herzogtümer Berg und Jülich. Er veranstaltet die herzogliche Jagd mit allem, was dazugehört: Er befehligt Amtsjäger, Falkner, Treiber und Jäger, stellt Hundemeuten zusammen, kümmert sich um Reise und Übernachtung. So viel in Kürze zu seinen Aufgaben.« Ottel Böttcher trank einen Schluck und strich abermals über das Papier.

»Leopold von der Bahlen steht in seinem dreißigsten Lebensjahr. Er ist der älteste Sohn des Friedhelm von der Bahlen. Ursprünglich stammt die Familie aus Elsen bei Grevenbroich. Dort wuchs er auf und trat als Knappe in den Dienst des Herzogs von Jülich-Berg. Er gilt als zuverlässiger und besonnener Dienstmann und umgänglicher Mensch. Frauen mögen ihn, weil er sanftmütig ist und nicht herumpoltert, habe ich mir sagen lassen.«

Er zwinkerte Jordis zu. »Stellt sich die Frage, ob Sanftmut tatsächlich von Vorteil ist. Nun gut, manche Frauen schätzen es. Fahren wir fort. Zu Eurer Frage nach seiner Abwesenheit … Das ist allerdings bedenklich. Von der Bahlen hat vor drei Wochen den Hof verlassen und wurde spätestens gestern zurückerwartet. Er ist ins Ausland gereist, um neue Jagdwaffen einzukaufen, Näheres ist nicht bekannt. Von der Bahlen ist kein Mann, der sein Inneres nach außen kehrt. Die Einzigen, die Einzelheiten wissen könnten, sind der Truchsess und der Kanzleirat, die derzeit beide selbst abgängig sind.«

Er brach sich ein Stück Hörnchen ab und fügte kauend hinzu: »Burg an der Wupper und Kaster. Ich kann Euch leider nicht sagen, wohin genau von der Bahlen wollte. Man vermutet«, er hob die Hände und machte ein zweifelndes Gesicht, »dass er in Richtung Brabant gereist ist, wie ich Euch bereits in meiner Nachricht mitteilte. Aber wir wissen es nicht. Er regelt seine Dinge wie ein Mann und spricht nicht viel darüber. Noch ein Schluck Wein gefällig?« Er hob die Karaffe.

»Ja. Ähm, nein, lieber doch nicht.« Jordis zog sein Glas zurück. Er dachte an die Rückfahrt mit dem Schiff. »Wein« reimte sich zwar auf »Rhein«, aber beides vertrug sich in Wahrheit nicht unbedingt miteinander. »Weiß man, ob von der Bahlen allein gereist ist? Oder hatte er einen Diener bei sich?«

Böttcher rieb sich mit beiden Händen die Wangen. Er sah müde aus. »Nein. Er war allein. Von den Jagdknechten ist niemand mit ihm gegangen.«

Augustin Jordis nickte bedächtig und leerte sein Glas. »Wisst Ihr, wie er gereist ist? Hatte er ein Pferd?«

»Ja, einen Fuchs, ein edles Tier. Eins der wenigen, die sich auf ein Schiff bringen lassen, ohne um sich zu treten.«

Wer kann es den armen Tieren verdenken?, dachte Jordis. Laut sagte er: »Wärt Ihr so nett, mir von der Bahlens Aussehen zu beschreiben?« Noch konnten sie nicht sicher sein, ob der Tote aus dem Wald tatsächlich Leopold von der Bahlen war.

»Natürlich. Mittelgroß, stattlich, dunkelhaarig. Seine Augen sind braun, wenn ich mich recht entsinne. Er trägt sein Haar etwas länger und hat keinen Bart. Stets sauber und sorgfältig gekleidet, was keine Selbstverständlichkeit ist, auch nicht unter höheren Dienstmannen. Ach, und natürlich weist ihn ein Wappen auf seiner Kleidung als Gefolgsmann des Herzogs aus.« Er klopfte auf seine Brust.

»Ja, das wissen wir.« Jordis zog die Nase hoch. »Ich fürchte, es handelt sich bei dem Toten aus dem Wald tatsächlich um von der Bahlen. Die Beschreibung trifft zu. Und die Wahrscheinlichkeit, dass jemand anderes mit seinem Wappenmantel und seinem Ring unterwegs war, ist äußerst gering.«

Ottel Böttcher runzelte die Brauen und sah ihn ernst an. »Das betrübt mich zu hören. Ein feiner Mensch, wahrhaftig.« Er senkte den Kopf und bekreuzigte sich.

Jordis gab ihm einen Augenblick, um sich zu sammeln. »Ich werde den Liedberger Amtmann über meine Ermittlungen in Kenntnis setzen, auf dass er das Nötige veranlasse.« Von Merode würde nicht gerade vor Begeisterung schäumen, wenn er feststellen musste, dass Jordis ihm erneut zuvorgekommen war, aber damit musste er leben.

Böttcher goss sich noch etwas Wein nach und leerte das Glas in einem Zug.

»Ich würde Euch raten, die traurige Nachricht erst bei Hofe zu verkünden, wenn ein Mitglied der Familie die Herkunft des Toten zweifelsfrei bestätigt hat«, legte Jordis dem Mundschenk nahe. »Und nun empfehle ich mich. Habt Dank für Eure Zeit und Eure Bemühungen. Und für den Elsässer natürlich.« Er schob seinen Schemel zurück und stand auf.

Ottel sah mitgenommen aus. Todesnachrichten waren niemals erbaulich. Wahrscheinlich arbeitete er auch einfach zu viel. Der Mundschenk brachte seinen Besucher zu dem langen Gang, der auf die Brücke führte, und verabschiedete sich.

Jordis hörte im Weggehen, wie ihn ein Mann wegen einer Fuhre Schinken ansprach, die keinen Platz mehr in der Speisekammer fand; dann verloren sich ihre Stimmen. Zu viele Schinken dieser Tage, dachte er. Schön, wenn man das von sich sagen konnte, oft genug war es andersherum. Aber er durfte nicht vergessen, dass er sich in der Residenz des Herzogs befand. Hier herrschte kein Mangel.

Das Klackern seiner Stiefel auf den Fliesen hallte von den steinernen Wänden wider, als er sich dem Lichtfleck des Tores näherte. Zwei behelmte Männer gingen schwatzend an ihm vorbei, ihre Schwertscheiden klirrten leise gegen die Gürtel.

Jordis trat hinaus auf die Brücke, während die neu aufmarschierten Wachposten ihre Kameraden ablösten. Zu seinem Leidwesen hatte es wieder zu schneien begonnen.

Auf dem Schlossplatz wurde er von einem Mann mit Kapuze angerempelt, der nicht um Verzeihung bat, sondern mit gesenktem Kopf auf eine der umliegenden Gassen zusteuerte.

»Grobling«, schimpfte Jordis. Er hielt nach den Fischerbrüdern Ausschau, die ihn mit ihrem Boot übergesetzt hatten, und fragte sich, was Leopold von der Bahlen an jene Stelle des Waldes geführt haben mochte, warum Jacob ihn begleitet hatte und wohin er so spurlos verschwunden war.

Nein, nicht spurlos. Es gab Handabdrücke an den Bäumen, und anscheinend stammten sie nicht nur von Evald Hecks Freund, der erfolglos ein Reh gejagt hatte. Jemand war in den Wald geflohen, vor welcher Gefahr auch immer, und sie mussten ihn finden.

***

Aleidis hatte lange über ihr Gespräch mit Anders Welter nachgedacht, dem Mann, zu dem Tilde Coenen sie zuerst geschickt hatte und der vorgab, nicht zu wissen, wer Jacob Hemmers überhaupt war. Etwas hatte sie gestört. Eine Ungereimtheit. Sie hatte geraume Zeit darüber nachgrübeln müssen, bis ihr einfiel, was es war. Nur eine Kleinigkeit, aber sie mochte von Bedeutung sein:

Sie hatte Welter gefragt, ob er Jacob wirklich noch nie gesehen habe. Und er hatte, wenn sie sich recht entsann, geantwortet: »Warum hätte ich ihn treffen sollen?« Treffen! Sie hatte nichts von einem Treffen gesagt. Wie kam er darauf? War er dem Jungen begegnet, oder hatte er gar eine Verabredung mit ihm gehabt?

Die Sache hatte ihr keine Ruhe gelassen, und so war sie gleich nach dem Gottesdienst noch einmal zur Furth gefahren; ein Fuhrwerk aus Uerdingen hatte sie mitgenommen. Sie hatte mehrfach an die Tür von Welters Hütte geklopft und versucht, durch die geschlossenen Fensterläden zu spähen, aber niemand hatte ihr geöffnet. Eine Nachbarin sagte, sie habe Welter vorgestern zum letzten Mal gesehen. Merkwürdig.

Den Rückweg hatte sie zu Fuß antreten müssen, da kein Fuhrwerk weit und breit zu sehen war. Die Straße lag nahezu unberührt vor ihr, nur wenige Reifenspuren zierten den frisch gefallenen Schnee. Sie ging durch das Niedertor und wählte den Weg an der Stadtmauer entlang nach Hause. Als sie um die letzte Ecke bog, sah sie Hennes Kreitfisch in einem wallenden Umhang auf ihr Haus zustapfen. Er erkannte sie und hob grüßend eine Hand.

»Kommst du mit ins Haus?«, fragte sie, als sie sich gegenüberstanden.

»Keine Zeit, ich muss dem Brinkmann einen Zahn ziehen. Nur kurz: Herr Jordis war bei der Witwe Hemmers, um sie nach Jacobs Vater zu fragen, aber –«

»Ach, du meine Güte!«, entfuhr es Aleidis.

»Ja, heikle Sache, doch sei unbesorgt: Er kam nicht so weit. Ihre Magd ließ ihn nicht hinein. Sie sagte, die Witwe werde von Erbrechen geplagt und könne keinen Besuch empfangen. Mit diesen Worten schloss sie die Tür.« Er grinste. »Er hat es mir erzählt, bevor er nach Düsseldorf fuhr, um etwas über das Wappen auf dem Ring herauszufinden, den der Tote trug. Derweil suchen Jansen und ich weiter nach Jacobs Erzeuger. Dieser Gilverath ist es nicht. Wer könnte es sonst sein? Du hast dich umgehört.«

Aleidis schob ihr Kopftuch mit beiden Händen tiefer ins Gesicht, um den Schnee abzuhalten.

»Anders Welter«, sagte sie und erklärte Kreitfisch, warum ihr dessen Äußerungen zu denken gegeben hatten. »Leider sieht es aus, als sei er ebenfalls verschwunden.«

***

Augustin Jordis hing seinen Gedanken nach, während die Winterlandschaft an ihm vorüberglitt.

Leopold von der Bahlen. Barbara von der Bahlen. Jacob. Welch merkwürdiger Zusammenhang mochte zwischen diesen dreien bestehen? Er musste mit dem Mädchen sprechen! Leopolds Tod würde er wohlweislich unerwähnt lassen, zumindest bei seinem heutigen Besuch. Die Stimmung im Haus der von der Bahlens war ohnehin trüb genug, er wollte sie nicht zusätzlich verschlechtern. Es würde Aufgabe des Amtmannes sein, die Todesnachricht zu überbringen.

Der baumbestandene Weg, der zum Gut der von der Bahlens führte, war tief verschneit. Niemand ließ sich blicken, als sie auf den Hof rollten. Auf sein Rufen hin erschien eine junge Magd im Hauseingang. Jordis erkannte sie als das Mädchen, mit dem er bei seinem ersten Besuch gesprochen hatte. Es wirkte aufgeregt, blickte über die Schulter ins Haus und winkte ihm hastig zu.

Er bat Theil, das Gespann zum Stall zu bringen, und beeilte sich, seine Decken abzuschütteln und vom Wagen zu steigen. Die zierliche Frau lief ihm in ihren Holzschuhen entgegen.

»Jungfer Barbara wünscht Euch zu sprechen, Herr«, flüsterte sie. »Sie hat gesagt, ich soll achtgeben, wenn Ihr das nächste Mal kommt, und dann soll ich Euch zu ihr führen.«

In der Eingangshalle war es dämmrig. Zwei Kerzen an der Wand beleuchteten die hohe Balkendecke und den breiten Treppenaufgang. Die gestickten Figuren auf einem großen Wandteppich blickten mit blassen, ernsten Gesichtern auf ihn herab. Jordis folgte der Magd durch den Flur in einen kleinen Speiseraum.

»Wartet hier, Herr«, bat sie. »Es soll niemand wissen, dass sie mit Euch spricht, Herr. Die Tante sagt, sie soll sich schonen und … Ja, wartet hier.« Jordis hörte, wie sie den Flur entlangklapperte und die Treppe hinaufstieg.

Wenig später kam das Klappern zurück, und Barbara von der Bahlen betrat das Zimmer, gefolgt von der kleinen Magd, die einen Trinkbecher in der Hand hielt.

Die junge Adlige trug ein tiefgrünes, am Ausschnitt aufwendig besticktes Gewand und ein großes Wolltuch um die Schultern. Ihr Haar sah aus, als sei es lange nicht gekämmt worden; in dunklen Wellen umrahmte es das schmale, blasse Gesicht. Ein hübsches Mädchen, ohne Zweifel, stellte Jordis fest. Er nickte ihr höflich zu und stellte sich vor.

»Ich weiß«, sagte sie mit belegter Stimme. »Ich habe gehört, dass Ihr nach mir fragtet. Und Euch vom Fenster aus gesehen. Vor einigen Tagen, als Ihr mit meiner Tante spracht.« Sie ließ sich auf einen Stuhl fallen und bat ihn mit einer matten Geste, es ihr gleichzutun. Die Magd stellte den Becher vor ihr ab und huschte aus dem Raum.

»Nun … es ist tapfer von Euch, das Gespräch mit mir zu suchen«, sagte Jordis. »Ich sehe, dass es Euch nicht gutgeht.«

Sie umklammerte die Enden ihres Wolltuches und warf ihm einen flüchtigen Blick zu. »Ich mag hier niemandem trauen. Habt Ihr Jacob …?« Ihre Stimme brach, und ihr Gesicht verzog sich schmerzvoll.

»Nein«, sagte Jordis sanft, »nein, wir haben ihn noch nicht gefunden. Deshalb bin ich hier. Ich sammle Hinweise, die sein Verschwinden erklären könnten. Da Ihr ihn besser kanntet als manch anderer, ist mir Eure Aussage besonders wichtig.«

Barbara von der Bahlen wischte sich die Augen und griff mit zittrigen Händen nach ihrem Becher. Ihre Oberlippe war sehr schmal, aber stark geschwungen.

»Bitte verurteilt mich nicht für das, was ich sage. Meiner Tante kann ich es nicht erzählen. Sie wird sagen: Du und ein Schmied? … Wir … haben uns getroffen, seit dem Sommer. Immer im Wald. Aber das tut nichts zur Sache.« Barbara war rot geworden, und ihre Augen huschten unruhig hin und her.

»Am Tag, an dem er verschwand, wartete ich auf ihn. Er wollte noch vor dem Dunkelwerden zu mir kommen. Für gewöhnlich wartet er im Stall. Aber als ich hinunterging, war da niemand. Er hängt immer einen Zügel an die Stalltür, damit ich sehen kann, dass er da ist. Doch … er war nicht da.«

Jordis wartete, aber sie schwieg und wischte sich eine Träne aus dem Augenwinkel. »Wollt Ihr Euch einen Augenblick ausruhen?«, fragte er vorsichtig.

»Nein, es geht schon.« Barbara hustete in die hohle Hand und sammelte sich. »Mehr kann ich Euch dazu nicht sagen.«

Jordis überlegte, wie er seine nächste Frage vorbringen konnte, ohne sie zu verschrecken.

»Wisst Ihr, ob Jacob in Schwierigkeiten steckte? Gab es jemanden, mit dem er unlängst Streit hatte?«

Barbara rutschte unruhig auf ihrem Stuhl hin und her. Ihre Stimme wurde leise, als sie weitersprach. »Gordt Brockhausen.«

»Wer ist das?«

»Einer der Leute des Amtmannes. Ein Jäger.«

»Gut.« Jordis beugte sich ein Stück vor. »Was hatte er gegen Jacob?«

Barbara seufzte tief. Ihre Atmung hatte sich beschleunigt, der Gedanke an diesen Brockhausen schien ihr Angst zu machen.

»Bei seinen Streifzügen im Wald«, erklärte sie, »stieß Jacob auf eine Hütte. Sie war verschlossen, das Fenster vergittert. Er wollte wissen, was es damit auf sich hatte, und versteckte sich. Und er sah Brockhausen, wie er etwas in die Hütte schleppte. Es waren Kisten und Taschen und Säcke, er brachte sie nach und nach herbei, vermutlich von einem Fuhrwerk, das irgendwo am Weg stand. Jacob glaubte, dass es sich um Diebesgut handelte. Daraufhin fing er an, Brockhausen zu beobachten. Er wurde unvorsichtig, und einmal ertappte Brockhausen ihn und drohte, ihm den Hals umzudrehen, wenn er ihn nicht in Ruhe ließe.«

Barbara schluckte und fuhr sich mit der Zunge über die Lippen. »Jacob hatte den Verdacht, dass Brockhausen mit Wegelagerern unter einer Decke steckte. Einmal sah er ihn mit einem zweiten Mann in die Hütte gehen, aber er konnte nicht sehen, wer es war.«

Die lange Rede hatte sie erschöpft. Barbara lehnte sich zurück und holte tief Luft. »Er hat mir die Hütte gezeigt, ich habe sie selbst gesehen.« Sie war sehr blass.

»Ist Euch nicht wohl?«, fragte Jordis.

»Es geht schon.«

»Gut. Was Ihr erzählt, ist sehr aufschlussreich. Kennt Ihr diesen Brockhausen persönlich?«

Sie rieb sich mit den Händen über die Arme und nickte. »Er kommt manchmal hierher, dienstlich. Er ahnt, dass ich von seinen Machenschaften weiß; dieser Tage hat er mehrfach vom Hof aus zu meinem Fenster hochgesehen. Ich fühle mich … bedroht. Vielleicht hat er …« Leise schluchzend beugte sie den Oberkörper vor und barg das Gesicht in den Händen.

Jordis zog ein Schnupftuch aus der Tasche und schob es ihr zu. »Wisst Ihr, wo er wohnt?«

Sie zuckte mit den Schultern. »In Liedberg, glaube ich.«

Jordis faltete seine Hände auf dem Tisch und dachte nach. »Barbara, wie sieht Brockhausen aus? Hat er besondere Merkmale? Als Dienstmann des Liedberger Amtmannes müsste er beispielsweise das Jülicher Wappen tragen, den Löwen.«

Barbara schnäuzte sich in das Tuch, bevor sie antwortete. »Er ist groß, von kräftiger Statur, hat braunes Haar und einen schiefen Mund. Und er trägt schlichten Loden, ein Wappen habe ich darauf noch nie … Doch, wartet! Da waren silberne Knöpfe am Wams, auf denen habe ich einen Löwen gesehen.«

Jordis rieb sich das Kinn. »Ihr sagtet, Brockhausen habe mit Wegelagerern gemeinsame Sache gemacht. Wisst Ihr Näheres darüber?«

»Nein, Jacob hat nicht viel dazu gesagt. Er wollte mich nicht beunruhigen.«

»Er scheint recht gehabt zu haben mit seinen Vermutungen. Vor Kurzem wurde eine Bande von Räubern im Wald gestellt. Nun mag die Aussicht bestehen, die Hintermänner zu finden, dank der Hinweise, die Ihr mir gegeben habt.« Jordis schob seinen Stuhl zurück und machte Anstalten aufzustehen.

»Bitte verratet mich nicht!«, flehte Barbara. »Brockhausen darf nicht wissen, dass ich –«

»Seid unbesorgt! Ich werde unser Zusammentreffen mit keinem Wort erwähnen. Weiß sonst noch jemand von Eurem Verdacht gegen ihn?«

»Nein, ich konnte nicht … Mir ging es eine Weile sehr schlecht. Und … es würde ohnehin niemand an seine Schuld glauben. Alle sind gut auf ihn zu sprechen, er ist sehr tüchtig.«

Jordis nickte und erhob sich. »Ach, Barbara …« Nun musste es ihm gelingen, das Gespräch auf Leopold von der Bahlen zu bringen.

Das Mädchen sah mit großen dunklen Augen zu ihm auf.

»Wie ist das Befinden Eures Vaters? Geht es ihm besser?«

Das Mädchen schüttelte langsam den Kopf. »Nein. Eher schlechter.«

»Das tut mir leid. Gibt es Menschen, die Euch beistehen können in dieser schweren Zeit?«

»Nur meine Tante.«

»Habt Ihr keine Geschwister?«

Barbara nippte an ihrem Becher und räusperte sich. »Doch, aber sie sind nicht hier, sie …« Sie fuhr herum, als sich plötzlich die Tür öffnete und die kleine Magd hereinhuschte.

»Eure Tante kehrt heim, Jungfer. Sie ist eben auf den Hof gefahren.«

Barbara stand auf, leicht schwankend, und stützte sich mit ihren schmalen weißen Händen auf dem Tisch ab.

»Ich danke Euch«, sagte Jordis und deutete eine Verbeugung an. »Ich werde tun, was ich kann, ich verspreche es.«

Sie nickte ihm schwach zu und ging mit gesenktem Kopf aus dem Zimmer.

Die junge Magd blieb zurück und bat Jordis, noch einen Augenblick zu warten. Frau von Schillinc habe der Jungfer jede Art von Aufregung untersagt und wäre sicher nicht erfreut, ihn hier anzutreffen. Jordis sagte, er verstünde das und werde warten. Nachdem er eine belanglose Bemerkung über das Wetter gemacht hatte, fragte er die Magd nach Barbaras Geschwistern.

»Es ist in Anbetracht der Umstände betrüblich für die Jungfer, dass sie nicht hier im Haus leben«, brachte er an.

Die kleine Frau murmelte etwas Zustimmendes, während sie vorsichtig aus der Tür in den Flur spähte. »Sie sind alle schon älter«, sagte sie leise. »Die Schwester ist im Kloster, der eine Bruder dient beim Herzog in Düsseldorf, der andere als Soldat in Italien. Ah, da kommt die Herrin.« Behutsam schob sie die Tür zu und lauschte auf Schritte im Flur.

Jordis atmete auf und überlegte, wie er auf die Schnelle noch mehr über Leopold von der Bahlen erfahren konnte. »Der Bruder aus Düsseldorf …«, begann er. »War er in letzter Zeit öfter im Hause? Nun, da es so schlecht steht um seinen Vater? Er hat es ja nicht weit.«

»Hab ihn länger nicht gesehen«, sagte die Magd. »Er sollte aber alsbald kommen, wenn er den alten Herrn noch lebend sehen will.«

»Oh, derart ernst ist es?« Jordis hob den Blick zur Decke. Über ihnen knarrten Dielenbretter.

Die kleine Frau öffnete behutsam die Tür. »Beim Jagen ist seine Saufeder gebrochen. Der Keiler hat ihn auf die Hauer genommen. Gott steh ihm bei. So«, sie zog die Tür weit auf, »Ihr könnt gehen, Herr.«

***

Der Bach führte ihn südostwärts. Er watete lange durch eisiges Wasser, bis er einen umgestürzten Baum erreichte. Zwischen den Zweigen und welken Blättern würde man seine Fußspuren nicht erkennen können. Er kletterte schwerfällig auf den Stamm und schob sich vorwärts. Als er weit genug vom Ufer entfernt war, stieg er ab.

Dumm, dass er nicht daran gedacht hatte, seine Strümpfe auszuziehen, bevor er ins Wasser ging. Mit tauben Füßen taumelte er über knackende Zweige hinweg in nördlicher Richtung davon. Vom Murmeln des Baches war nichts mehr zu hören. An einem Baumstrunk rastete er, goss das Wasser aus den Stiefeln und schnitt sich ein großes Stück Schinken ab. Die Wunde an seiner Schulter schmerzte. Er biss die Zähne zusammen und lief weiter in die Richtung, in der er sich ein Ende des Waldes erhoffte.

Einmal hörte er hinter sich ein Geräusch und fuhr herum, aber es war nur ein Sprung Rehe, der durch das Dickicht preschte. Er sah ihre graubraunen Leiber über ein Gewirr verschneiter Sträucher springen.

Es dämmerte bereits, als sich die Bäume zu seiner großen Erleichterung zu lichten begannen. Tatsächlich. Vor ihm lag ein Haus. Er erkannte ein hohes Strohdach und zwei Nebengebäude. Mit etwas Glück konnte er hier einen warmen Platz im Heu finden. Er würde es nicht wagen, sich bemerkbar zu machen; zu groß war die Gefahr, dass seine Widersacher den Bewohnern der umliegenden Höfe Geld versprochen hatten, wenn sie ihn verrieten.

So leise wie möglich näherte er sich dem unter hohen Buchen liegenden Gehöft. Fast glaubte er, den Duft gebratenen Fleisches zu riechen. Ein Schaf blökte. Dann brach plötzlich ein Tumult los, Gänse klagten, eine Frau schrie, Türen schlugen, und Vögel stießen ihre schrillen Warnrufe aus. Er hastete hinter einen Baum und lugte vorsichtig um den Stamm herum. Mit Entsetzen sah er ein großes Tier durch den Wald jagen. Es löste sich aus den Schatten der Mauern und fegte geradewegs auf ihn zu. In seinem Maul leuchteten die weißen Federn einer Gans. Es war ein Wolf.

Vorsichtig tastete er nach seinem Messer.

Der Wolf blieb stehen und sah ihn an, während das Blut der toten Gans von seinen Lefzen zu Boden tropfte.

Geh weiter!, dachte er verzweifelt. Zieh von dannen! Er bemühte sich, dem Tier nicht in die Augen zu sehen. Ganz langsam hob er den gesunden Arm und versuchte, einen der unteren Äste zu erreichen. Als er einen schnellen Blick nach vorn wagte, sah er, wie der Wolf sich zum Hof umsah, die Gans immer noch im Maul. Die Bauern hatten Eimer geholt und schlugen laut schreiend darauf ein. Es war ein ohrenbetäubender Lärm, der sich in der Stille des Waldes zu vervielfachen schien.

Der Wolf scharrte auf der Stelle, sah noch einmal zu ihm herüber und lief dann dicht an ihm vorbei. Das Tier kam ihm so nahe, dass er die dunkle Maserung in seinem Fell und die weißen Haarbüschel in seinen Ohren erkennen konnte. Sein Herz trommelte wie verrückt. Es beruhigte sich erst, als die hellen Hinterläufe des Wolfes immer kleiner wurden.

Noch bevor er tief Luft holen konnte, hörte er brechende Zweige und zwei Männerstimmen, die sich aus Richtung des Hofes näherten.

»Hier ist er lang«, sagte die tiefere Stimme.

»Ja, ich seh das Blut«, erwiderte die höhere atemlos.

Die Schritte der Männer verharrten nicht weit von dem Baum, hinter dem er stand. Er konnte sich vorstellen, dass sie Heugabeln in der Hand hielten, vielleicht auch Äxte.

»Der ist weg«, meinte die hohe Stimme.

»Hoffentlich kommt er nicht wieder«, ergänzte die tiefe. »Da wird er im ganzen Wald gejagt, und ausgerechnet hier taucht er auf. Komm!«

Das Knacken der Zweige entfernte sich und verstummte.

Leise schritt er auf das Gehöft zu. Hinter zwei Fenstern erstrahlte ein gelbes Licht. Behutsam pirschte er sich an das Tor heran und schlüpfte in den Garten. Als sich die Haustür mit einem Quietschen öffnete, verschwand er hinter einem verschneiten Strauch und duckte sich.

Zwei Männer kamen mit einer Laterne um die Hausecke, klappten die Fensterläden zu und gingen leise wieder hinein. Die Tür quietschte noch einmal, der Lichtschein hinter einem der Fenster erlosch. Mittlerweile war es völlig dunkel geworden.

Er richtete sich auf und huschte über den Innenhof zum Stall. Der tröstliche Geruch von Mist und Heu empfing ihn. Nur undeutlich konnte er die Abtrennungen einiger Pferche ausmachen. Er tastete sich an der Wand entlang, bis er an einen Verschlag gelangte, aus dem der Duft getrockneten Grases aufstieg. Er kletterte über die Sperrbretter und schaufelte sich eine Kuhle ins Heu.

Er war so müde. Jeder Knochen tat ihm weh, und die Wunde an seiner Schulter pochte. Er setzte sich auf, nahm seinen Umhang ab und aß ein großes Stück Wurst und eine Ecke Käse. Seine Füße waren kalt, aber er wagte nicht, die Stiefel auszuziehen, für den Fall, dass er übereilt aufbrechen musste.

Mit kraftlosen Bewegungen steckte er den Umhang um sich herum fest, bedeckte sich mit einigen Armvoll Heu und schloss die Augen. Wärme hüllte ihn ein. Noch bevor dunkle Erinnerungen in ihm wach werden konnten, war er eingeschlafen.

***

Theil hielt direkt unterhalb der Liedberger Burg und stieg ab, um die Pferde mit Futter zu versorgen.

Jordis gab ihm zu verstehen, dass es nicht lange dauern würde, und machte sich daran, den Hügel zu erklimmen. Es dämmerte bereits. Seine Knochen waren steif gefroren, sein Kopf schmerzte. Was war er die Reiserei bei dieser Kälte leid!

Am Torhaus schilderte er dem Wachmann, der an einen steinernen Vorsprung gelehnt dastand und heiße Brühe trank, sein Anliegen. Ein Bediensteter im Wappenrock erschien und führte ihn über die Brücke zur Hauptburg. Jordis folgte dem Mann eine Treppe empor bis zu einem Absatz, an dessen Schmalwand eine Fackel brannte. Trotz der dicken Mauern war es zugig in diesem Teil der Burg, und das Licht flackerte unruhig hin und her.

Sein Führer klopfte an eine Tür mit geschwungenen Eisenbeschlägen, murmelte etwas durch den Türspalt und huschte davon wie ein Schatten.

Die Tür schwang auf, und Scheiffart von Merode musterte ihn mit halb belustigtem, halb argwöhnischem Gesicht. »Ihr wieder?«, fragte er.

Jordis griff sich an die Mütze. »Ich bitte mein unangekündigtes Erscheinen zu entschuldigen. Dürfte ich kurz eintreten.«

»Wartet.« Der Amtmann schloss die Tür und zog sie gleich wieder auf. Eine junge Frau mit zerzaustem Haar wurde herausgeschoben. Sie hielt den Blick gesenkt und zog den Ausschnitt ihres Kittels zurecht, während sie die Treppe hinunterlief. »Komm nach der Vesper wieder«, rief von Merode ihr nach. Lachend trat er zur Seite und gewährte Jordis Einlass in sein Refugium.

Das Amtszimmer machte einen behaglichen Eindruck. Es hatte Fenster zu drei Seiten und lag im ersten Geschoss des viereckigen Turmes. Die Bodendielen waren breit und von honigbrauner Farbe. Vor einem Fenster stand ein breiter Tisch, der mit Papieren, Tintenfässern, Pergamentrollen, Federhaltern und Büchern übersät war. Ihm gegenüber befand sich ein riesiger offener Kamin. Bezeichnend für von Merodes Stellung war der hohe Aktenschrank, der zwischen zwei Fenstern stand. Er enthielt zahllose quadratische Schubfächer, unter deren Griffen Buchstaben auf das Holz gemalt waren. Daneben hingen Wandbehänge mit gestickten Jagdmotiven, ein Bogen und eine Armbrust.

Jordis riss seinen Blick los und wandte sich an von Merode. »Ich glaube zu wissen, wer der Tote im Wald war«, sagte er.

Das Lächeln des Amtmannes gefror. Seine Laune besserte sich auch nicht, als Jordis ihm erzählte, was er mit Ottel Böttchers Hilfe herausgefunden und welche Schlüsse er daraus gezogen hatte.

»Sieht aus, als wärt Ihr mir wieder zuvorgekommen.« Von Merode schnaubte.

»Ich bin untröstlich«, erwiderte Jordis und gestattete sich ein kleines Lächeln. »Nun obliegt es Euch, der Familie die traurige Botschaft zu überbringen.«

»Sagt mir nicht, was ich zu tun habe!«

»Verzeiht. Dürfte ich noch kurz eine Frage stellen?«

»Nur zu. Ihr werdet ohnehin weiterreden, auch wenn ich Nein sage.« Johann Scheiffart von Merode lehnte sich gegen seinen Tisch und verschränkte die Arme.

»In Euren Diensten steht ein gewisser Brockhausen.«

»Ja. Gordt Brockhausen, mein Amtsjäger. Fähiger Mann. Und?«

»Wisst Ihr, ob er mit Jacob Hemmers bekannt war?«

Der Amtmann stöhnte. »Jetzt fangt Ihr schon wieder damit an! Ich laufe doch nicht mit jedem Dienstmann mit, um zu sehen, wohin er geht und mit wem er spricht! Mag sein, dass Brockhausen dem Jungen im Wald begegnet ist, ich weiß nichts darüber. Und jetzt entschuldigt mich, ich habe zu tun.«

Er stieß sich vom Tisch ab und riss die Tür auf. »Gunther, das Fuhrwerk! Magda, meinen Mantel!« Keiner der Angesprochenen war zu sehen, aber er rief so laut, dass seine Stimme bis in den letzten Winkel der Burg zu hören sein musste.

Jordis beschloss, keine weiteren Fragen zu stellen. Die Torwache würde ihm den Wohnort von Brockhausen ebenso nennen können. Er wünschte von Merode gutes Gelingen und trat hinaus in das Treppenhaus, in dessen Spitze sich heulend der Wind fing.

Tag neun, 21. Dezember 1510

Es war schrecklich gewesen, Claus mit eingefallenem Gesicht darniederliegen zu sehen. Irm hatte an seiner Seite gekniet und gebetet, bis es vorüber war. Zusammen mit seiner Frau, die sie noch nie gesehen hatte. Doch am Totenbett eines Mannes zählte die Vergangenheit nicht.

Sie hatte nicht geweint, das konnte sie nicht, sie konnte nur beten für sein Seelenheil. Die Engel des Herrn würden sich um ihn sorgen, wie sie selbst es nicht vermocht hatte. Auch wenn sie immer in seiner Nähe gewesen war, nicht weit fort, nur ein Kirchspiel weiter, sie hatte stets über ihn gewacht. *Salve regina, mater misericordiae, salve, salve.*

Es war gut, dass sie gekommen war. Sie hatte viele Pflichten vernachlässigt, ihre letzte aber erfüllt. Kurz nach ihrer Ankunft hatte er seinen Atem ausgehaucht. Sie wusste nicht, ob ihre Gegenwart tröstlich für ihn gewesen war. Er hatte sie kaum gekannt, seine Mutter. Die ihn im Stich ließ. Um zu fliehen, mit Kuno, seinem Vater. Dass sie ihr Leben retten mussten, wollte keiner verstehen. Aber so war es.

Kuno hatte bei einer Prügelei einen Burschen hingestreckt, den Sohn von Hein dem Großen. Der Junge war mit dem Kopf auf eine Tischkante geschlagen und sofort tot gewesen. Sein Vater hatte Rache geschworen. Er wollte Kuno spießen und in Teile schneiden, und wer ihn kannte, wusste, dass er es ernst meinte. Sie waren geflüchtet, bevor es so weit kommen konnte. Den jungen Claus hatten sie bei ihrer älteren Schwester gelassen. Vergessen hatte sie ihn nie. Nun war es vorbei. Sie musste sich nicht mehr um ihn sorgen, denn er war heimgegangen zu Gott.

Sie hatte die letzte Nacht hier verbracht. Es war zu spät gewesen, noch nach Hause zu gehen, und so hatte Claus' Frau ihr ein Lager auf der Bank bereitet. Ohne Worte, es gab nicht viel zu sagen. Nach einem kargen Abendbrot in aller Stille war sie unter die dünne Decke gekrochen. Sie hatte nicht viel geschlafen. Im bleichen Licht des frühen Tages war sie noch einmal in die kleine Kammer geschlichen. Sie hatte Claus ein Kreuz auf Stirn und Brust gemalt und den

Zweig Dost zur Abwehr böser Mächte in seine gefalteten Hände gesteckt. Dann war sie gegangen.

Der Weg zurück kam ihr länger vor als gestern. Eisige Windböen erfassten sie und wirbelten Schnee von den Zweigen der Büsche in ihr Gesicht. Hinter Willich lag ein Stück freien Feldes, über das der Wind ungehindert hinwegfegen konnte. Er lachte geradezu über Hecken und Mauern, die sich ihm in den Weg stellten, und jagte heulend über die flachen Äcker. Vereiste Gräser am Wegrand beugten sich tief über den Schnee. Es gab kaum ein Vorankommen. Einige Male geriet sie vom Weg ab und musste nach den Stecken suchen, die in unregelmäßigen Abständen die Wegränder zeichneten. Manche waren derart eingeschneit, dass sie erst zu erkennen waren, wenn man in sie hineinlief.

Sie war erleichtert, als die Waldstreifen sich mehrten. Der Wind ließ nach. Sie umklammerte ihr Kopftuch unter dem Kinn und ging beharrlich weiter, auch wenn Hüfte und Rücken bei jedem Schritt schmerzten. Ihre groben Fäustlinge waren weiß vor Schnee und die Finger darunter taub. Auf einem Hof bei Unterbroich schlug ein Hund an, als sie in Sichtweite des Hauses kam. Sein Bellen verfolgte sie, bis es vom Rauschen des Windes übertönt wurde.

Endlich erreichte sie den großen Wald. Irm fühlte sich sicher unter den Bäumen, auch wenn es böse Dinge gab im Gebüsch. Für den Notfall hatte sie den Dolch des Verwundeten bei sich.

An einer umgestürzten Buche rastete sie kurz und ging weiter. Der Kranke brauchte ihre Hilfe, und die Tiere würden auch schon nach ihr schreien. Endlich sah sie das Geäst der drei hohen Buchen, die ihr vertraut waren, und hörte die Schafe blöken. Jaja, ich bin gleich da, dachte sie.

Schon als sie den schmalen Pfad betrat, der zu ihrer Hütte führte, wusste sie, dass etwas nicht stimmte. Ihr Herz begann zu rasen, als sie die Fußspuren im Schnee sah. Sie beschleunigte ihren Schritt und eilte auf das kleine Haus unter den Buchen zu. Die Tür stand offen. In ihren Ohren rauschte es.

Da waren Flecken im Schnee, dunkle Sprenkel. Sie stützte sich am Türrahmen ab und presste eine Hand vor den Mund. Der Innenraum der Hütte lag im Dämmerlicht, und bis auf das Rufen der Tiere und den Wind war es vollkommen still. Sie zog mit klammen Fingern den Dolch aus dem Gürtel und ging hinein. Alles war verwüstet. Jemand hatte Tisch und Schemel umgestürzt, Krüge zertrümmert und Wollkörbe ausgeschüttet. Das schmale Lager, auf dem sie in den letzten Tagen geschlafen hatte, war zertrümmert worden.

Ängstlich wandte sie ihren Kopf zum Bett. Er war nicht mehr da. Herr Jesus, was war in ihn gefahren, dass er ihr Heim zerstören musste?

Sie dachte an die Fußspuren draußen vor der Tür. War er es gar nicht gewesen? Hatten die, die ihn verwundet hatten, ihn hier gefunden? Um Gottes willen!

Sie tastete mit einer Hand nach der Bettkante, sank zittrig darauf nieder und blieb lange Zeit so sitzen.

***

Nachdem sie früh am Morgen in Herrn Jordis' Stube gesessen und über die neuesten Entwicklungen gesprochen hatten, waren Kreitfisch und Jansen aufgebrochen, um in den Siedlungen nördlich des Waldes nach einem verwundeten Fremden zu fragen, der möglicherweise dort aufgetaucht war. Sollte Jacob im Dickicht die Orientierung verloren haben und in die falsche Richtung gelaufen sein, würden sie ihn niemals finden. Überleben konnte er nur, wenn er auf schnellstem Wege in besiedeltes Gebiet gelangt war.

Sie begannen mit ihrer Suche in Kaarst.

Kreitfischs Schwester Ysa empfing sie mit offenen Armen und Ohren. Ihr Gehöft nahe der Kirche war ein Ort der Geselligkeit, der vielen Menschen Gelegenheit zum Austausch von Neuigkeiten bot. Besonders seit ihr Mann mit dem Ausschank von Bier begonnen hatte. Während Ysa mit Hilfe ihrer ältesten Tochter eine »kleine Brotzeit« vorbereitete, dachte sie über die Frage nach, die Jansen ihr gestellt hatte.

»Nein«, sagte sie. »Wenn hier ein Verwundeter erschienen wäre, hätte sich das herumgesprochen. An eurer Stelle würde ich in Ortschaften fragen, die näher am Wald liegen. Folgt der Alten Heerstraße in Richtung Unterbroich.« Sie wies mit einer Hand auf die Wand und wuchtete eine Platte mit Wurst, Käse, Butter, Brot und eingelegten Gurken auf den Tisch. »Ella, die Suppe!«

Das dunkelhaarige Mädchen schleppte einen schweren, dampfenden Topf heran, bevor es sich neben seinen Onkel auf die Bank fallen ließ. »Und du meinst, es war ein Wolf, Ohm«, fragte es aufgeregt, »der diesen Jungen angefallen hat?«

»Wir vermuten es, Ellalein.« Auch wenn sie inzwischen weitere Spuren verfolgten, die mit Jacobs Verschwinden zusammenhängen konnten, blieb die Tatsache, dass Leopold von der Bahlen von einem Wolf zerfleischt worden war. Und wenn Jacob sich in seiner Gesellschaft befunden hatte ...

»Meine Freundin sagt, der Vetter von ihrem Vater sagt, er hätte gestern einen Wolf vom Hof gejagt, drüben bei Unterbroich«, fuhr das Mädchen fort.

»Ja, das Biest läuft immer noch herum«, sagte Jansen. »Wir wollen hoffen, dass man ihm bald den Garaus macht. Ui. Das nennt ihr eine ›kleine Brotzeit‹?«

Man durfte sich nicht wundern, dass die Familie Kreitfisch fernab davon war, schwächlich und mager zu sein. Das Mädchen Ella bildete eine seltene Ausnahme, wahrscheinlich schlug es seinem Vater nach, der, wie Jansen wusste, ein hochaufgeschossener, sehniger Mann war.

Ysa lachte und schob eine braune Haarsträhne zurück unter die Haube. Jansen fand, dass sie aussah wie eine kleinere, aber deutlich hübschere Ausgabe von Kreitfisch. »Winzig klein, mein Guter«, sagte sie. »Nur ein Happen. Lasst es euch munden.«

Die Männer langten beherzt zu und verließen die warme Küche anschließend nur ungern. Schnee rieselte in kleinen Flocken auf die Strohdächer. Im Wegfahren sahen sie Ysa vor der Haustür stehen und winken, während Ellas schmale Gestalt mit einem Eimer in der Hand auf den Stall zuging.

Die steinerne Martinuskirche lag stolz und trutzig hinter ihnen auf dem Kirchberg. Ihr dreischiffiger Bau überragte verschneite Büsche und Kreuze und bot einigen Raben Obdach, die von den verschneiten Ästen einer mächtigen Eiche aufgeflogen waren. Schwarze Flügel, blasser Himmel, Schnee. Ein Bild ohne Farbe, dachte Jansen.

Sie folgten der Alten Heerstraße, die längs des Waldes an einzelnen Höfen vorbei verlief. Rechts des Weges erstreckten sich weiße Äcker bis zu einem Baumstreifen am Horizont.

»Was ist denn das da hinten?« Jansen kniff die Augen zusammen.

Auf dem Weg vor ihnen bewegte sich in einiger Entfernung ein dunkler Flecken zwischen Wald und Acker.

»Ein Tross?«, überlegte Kreitfisch.

»Frag mich nicht«, knurrte Jansen, »meine Augen sind zugefroren.«

Der braune Wallach zog zügig an, und schnell verkleinerte sich der Abstand zwischen ihnen und dem Tross.

Ein Fuhrwerk, wie man nun erkannte, hoch beladen, zwei Handkarren, mehrere Personen, bunt gekleidet. Beim Näherkommen konnte er ein Meer von Farben ausmachen: Blau, Grün, Rot, Violett, Goldgelb, Rosa und Braun. »Na, das ist mal ein munteres Trüppchen«, stellte Kreitfisch fest.

»Gaukler«, bemerkte Jansen.

Zwei der Männer steckten in Hosen mit verschiedenfarbigen Beinen, und auf einigen Köpfen saßen Mützen mit farbenfrohen Zipfeln, an deren Enden Schellen hingen; ihr sanftes Klingeln wurde zunehmend lauter. Die Frauen trugen bunte Kopftücher und bestickte Gewänder, eine hatte eine Sonne auf der Brust, eine andere einen Mond. Jede von ihnen war mit Ketten aus Nussschalen und Muscheln behangen, zahllose Armreifen klimperten im Takt ihrer Bewegungen.

Ein Mann mit einer grün-blauen Hörnerkappe löste sich aus der Gruppe, lief einige Schritte auf ihr Fuhrwerk zu und machte eine tiefe Verbeugung. Einen Arm spreizte er dabei weit ab, sodass sein blauer Ärmel bis zum Ellbogen herunterflatterte.

»Seid gegrüßt, edle Recken«, rief er, nahm seine Mütze ab und offenbarte einen blanken Schädel. »Wohin des Weges an diesem ungastlichen Tag?«

Eine der Frauen trat neben ihn und wiegte sich im Rhythmus einer gesummten Melodie, die Jansen vage bekannt vorkam. In ihr glattes braunes Haar hatte sie bunte Bänder geflochten, und ihre Haut war dunkel vom Reisen unter freiem Himmel. »Können wir Euch erfreuen mit einem Lied?«, sang sie. An ihren Ohren baumelten silbern glänzende kleine Kugeln.

»Ja, macht das, wenn's nichts kostet«, sagte Jansen leichthin.

»Zum Lautenspiel ist es zu frostig, Ihr werdet mit unseren Stimmen vorliebnehmen müssen«, rief ein großer Bursche mit hagerem Gesicht vom Sitz des Fuhrwerkes aus. »Für uns ist das von Vorteil, denn Singen wärmt. Lambert, erhebe dich!«

Er streckte einen Arm aus und weckte einen weiteren Mann, der auf dem Berg von Gerätschaften, Zeltplanen und Fellen hinter ihm geschlafen hatte. Jansen glaubte, die Köpfe zweier Kinder zu entdecken, die kurz aufblickten und sich dann wieder unter einer Decke verkrochen.

Als der Gesang begann, konnte Jansen nicht umhin, von der Vielfalt der Stimmen und der Schwermut der Melodie ergriffen zu sein. Ein klarer Sopran begann, dann setzten die tieferen Frauenstimmen ein, gefolgt von den Tenören und einem Bass, der mit seiner Stimmgewalt eine ganze Kirche hätte erfüllen können. Am Ende des Stückes tastete er, seinen Vorsätzen zum Trotz, nach Jordis' Geldbeutel und warf ihnen eine silbrige Münze zu, die hoch in die Luft flog, bevor sie von einer kleinen Frau mit krausem Haar gefangen wurde. Lächelnd knickste sie und schürzte ihre Gewänder, die in mehreren Längen und Farben bis auf ihre spitzen Stiefel herabhingen.

»Habt Dank!«, rief die Gruppe im Chor und trat beiseite, um sie vorbeifahren zu lassen.

»Einen Augenblick noch«, bat Kreitfisch. »Ihr seid ein Völkchen, das weit herumkommt –«

»Wohl wahr!«, unterbrach einer der Tenöre ihn, und die anderen lachten.

»Vielleicht könnt ihr uns Auskunft geben«, fuhr der Barbier fort.

»Lass hören, Recke«, forderte die Braunhaarige mit den Bändern im Haar ihn auf.

»Wir suchen einen Mann, der einen Wolfsangriff überlebt hat und seitdem vermisst wird. Er ist jung, groß und hat braunes Haar. Habt ihr ihn gesehen? Von ihm gehört?«

Die Gaukler sahen sich an und sprachen leise miteinander. Dann antwortete der Kahlkopf, der sie eben begrüßt hatte: »Fürwahr, so scheint's. Üble Kunde drang an unser Ohr, in die ein junger Bursch verwickelt war. Ob er es ist? Nun hört: Ein Kräuterweiblein tauchte auf, in jenem Ort«, er wies den Weg hinunter, den sie gekommen waren, »und sprach von einer Missetat. Es fiel das Wort ›Verletzter‹, es fiel das Wort ›Verwüstung‹. Wollt Näheres Ihr wissen, so fragt nach Wolfram. Des Büttels Name Wolfram ist, auch wenn er ihn beim Bier vergisst.«

Der Sprecher verbeugte sich, während die übrigen Vaganten lachten und applaudierten, und Jansen murmelte: »Was, zum Teufel, haben die getrunken?«

Kreitfisch räusperte sich. »Gut. Wir werden diesen Wolfram aufspüren und ihn befragen, habt Dank für Eure Hilfe. Und gebt acht, wenn ihr weiterzieht. Gestern wurde in dieser Gegend ein Wolf gesichtet.«

Eine der Frauen, eine jüngere mit hellem Haar und auffallend großen Augen, richtete ihren Blick auf den Wald und trat ein Stück näher an das Fuhrwerk.

»Wir hörten von der Bestie«, teilte ein grauhaariger Gaukler ihnen mit. Er nahm seine bunte Kappe ab, die von einer langen Feder geschmückt war, und setzte sie ordentlich wieder auf den Kopf. »Wir spielten in Burg Neersen auf, dort erzählte man uns allerhand Schauermärchen. Nun lebet wohl und Gott befohlen.«

Der Mann auf dem Fuhrwerk schnalzte mit der Zunge, und die Übrigen ergriffen ihre Handkarren und Tragebündel, nickten ihnen ein letztes Mal zu und zogen plaudernd und klingelnd von dannen.

»Wir sind von Herrn Jordis ja einiges gewohnt«, stellte Jansen fest, »aber so geschwollen wie die redet nicht einmal er.«

Sie setzten ihren Weg fort und fragten an einem Gehöft am Waldrand nach Wolfram, dem Büttel. Im nächsten Ort, sagte man ihnen, hinter dem Waldstück, das grüne Haus.

Was damit gemeint war, erfuhren sie bald: An einem Kotten mit Kuhstall und Schuppen rankten immergrüne Kletterpflanzen empor und hüllten das kleine Anwesen in ein Gewand aus Blättern. Sie klopften und wurden von einem vierschrötigen Mann mit hellblondem Haar eingelassen, der sich als Wolfram, der Büttel, zu erkennen gab.

»Beunruhigende Geschichte«, sagte er, nachdem sie die Bekundungen der Gaukler wiederholt hatten. »Ich konnte leider noch nicht zur Hütte gehen und mir selbst ein Bild machen, meine Kuh hat gekalbt.«

»Welche Hütte, guter Freund?«, warf Kreitfisch ein.

»Na, die, in der die Alte lebt, da im Wald. Sie muss seinerzeit dorthin verbannt worden sein, wenn ich sie richtig verstanden habe.«

»Was geschah in dieser Hütte?«

»Das …«, der blonde Mann kratzte sich am Kopf, »könnt ihr sie selber fragen. Sie ist nebenan. Muss sich ausruhen. Aber Obacht, sie ist etwas wirr im Kopf.«

Er ließ sie in eine Kammer zur Linken treten und blieb selbst im Türrahmen stehen. Es roch nach menschlichen Ausdünstungen und modrigem Bettzeug. Auf einem in die Wand eingebauten Alkoven lag eine alte Frau mit grauem Haar, das ihr wirr um den Kopf stand. Als Wolfram sie ansprach, fuhr sie hoch und sah die Besucher angstvoll aus tief liegenden Augen an.

»Wir tun Euch nichts«, beruhigte Kreitfisch sie. »Wir suchen einen jungen Mann. Bitte, Ihr müsst uns helfen, ihn zu finden. Ihr habt von Missetaten und einem Verwundeten gesprochen, sagt man. Was meintet Ihr damit?«

Die Alte rührte sich nicht. Nur ihre Augen bewegten sich. Sie sah von Jansen zu Kreitfisch und noch einmal auf Jansens Beinstumpf und den Gehstock.

»Da waren keine Spuren. Von … dem da.« Sie wies mit einem gekrümmten Zeigefinger auf den Stock.

Der Einbeinige verstand. »Nein. Wir waren nicht an Eurer Hütte, uns könnt Ihr vertrauen. Bitte sagt uns, was geschehen ist.«

Die alte Frau hustete röchelnd und lehnte sich an die Rückwand des Alkovens. Ihre knochigen Hände nestelten an einer Ecke des fleckigen Bettzeugs. Unruhig huschten ihre Augen zwischen den Gesichtern der Männer und Jansens Krücke hin und her, während sie nachdachte.

»Ich hab ihn im Wald gefunden«, sagte sie endlich. »Konnt' ihn nicht liegen lassen, hab ihn mitgenommen. Ging ihm schlecht, sehr, sehr.«

»Was hatte er?«, fragte Kreitfisch.

Sie fasste sich an die rechte Schulter, über der ein dünner, halb aufgelöster Zopf hing. »Schlimme Wunde. Pfeil.«

»Ein Pfeil … Hatte er auch Bisswunden?«

»'n paar. Böses Tier.«

»Verstehe. Wie sah er denn aus, der Mann, den Ihr fandet?«, wollte Jansen wissen.

»Jung. Mager. Haare braun.«

»Ihr habt Euch um ihn gekümmert. Hat er mit Euch gesprochen?«

»Nein. Geschlafen.«

»Gut. Was geschah weiter?«

»Ich musste fort. Claus. Sterbebett.« Sie bekreuzigte sich und senkte den Kopf.

Kreitfisch überlegte, ob sie es sich in den Jahren der Einsamkeit abgewöhnt hatte, in ganzen Sätzen zu sprechen.

»Der Herr sei mit ihm.« Jansen räusperte sich. »Und als Ihr zurückkamt?«, spornte er sie an.

»War er weg. Alles verwüstet da. Und Spuren vor der Tür.«

»Von wie vielen Leuten?«

»Glaube … hmm … zwei.«

Die alte Frau wirkte erschöpft. Kreitfisch trat näher an sie heran und hockte sich nieder. »Wie heißt Ihr?«

»Irm«, antwortete sie mit matter Stimme.

»Irm, Eure Beobachtungen sind sehr bedeutsam für uns. Versucht noch einen Augenblick, Euch zu sammeln. Sah es aus, als sei der Verwundete verschleppt worden? Habt Ihr seine Spuren bei den anderen gesehen?«

Sie atmete einige Male ein und aus, bevor sie antwortete. »Nein. Ich ging …«, sie kreiste mit einem knotigen Finger in der Luft, »herum. Er ist zum Bach gegangen. Die anderen auch, aber später, in seinen Spuren lag mehr Schnee.«

»Es könnte demnach sein, dass er denen, die ihn suchten, entkommen konnte.«

»Hoffen wir's.« Kreitfisch stützte die Hände auf die Knie. »Habt Ihr eine Vorstellung, wohin er gegangen sein könnte, Irm?«

Die alte Frau sah den Barbier an. Ohne den Blick von ihm abzuwenden, griff sie unter die Bettdecke und zog einen Lederbeutel hervor. Es knisterte, als sie ein gefaltetes Blatt zum Vorschein brachte, das sie Kreitfisch mit zitternder Hand überreichte. Jansen pfiff durch die Zähne und trat neben ihn.

Es war eine Landkarte. Sie erkannten den geschlängelten Verlauf des Rheins, die Städte Neuss und Gladbach und den dunkel schraffierten großen Wald. Im Nordosten der Karte hatte jemand mit rötlich brauner Tinte einen Punkt markiert: das Kloster Meer. Der Name war mehrfach von Hand umkringelt worden.

»Hm«, brummte Kreitfisch. »Ob er dorthin ist?«

***

Aleidis glaubte ihren Augen nicht zu trauen, als es an der Haustür klopfte und sie Anders Welter draußen stehen sah. Sein gut geschnittenes Gesicht war voller Schatten. Er sah aus, als hätte er die letzten Nächte in einem Straßengraben verbracht und kein Auge zugetan.

»Ach?«, entfuhr es ihr. »Jetzt willst du doch mit mir reden?«

Der hochgewachsene Mann nickte. Er roch noch stärker nach Branntwein als letztes Mal.

»Aber nicht hier.« Sie zog ihren Mantel vom Haken hinter der Tür und rief Elsbeth und Gretgen zu, sie ginge kurz weg.

Welter musste wohl oder übel neben ihr her in Richtung Oberstraße laufen.

»Wir gehen zu Herrn Jordis«, verkündete sie. »Er kennt die Hintergründe dieser unseligen Geschichte am besten.«

Wenig später saßen sie in der Küche auf der Brückstraße, und Welter verschlang eine große Portion Gerstenbrei, während Jordis in knappen Worten zusammenfasste, warum sie wissen wollten, wer Jacob Hemmers' tatsächlicher Vater war.

»Er brauchte einen Nachweis, nicht zuletzt für die Erlangung der Meisterwürde«, endete er. »Deshalb zog er los und hörte sich um. Hat er auch mit Euch gesprochen?«

Anders Welter nickte und wischte sich einen Tropfen vom Kinn. »Hab zuerst nicht mit ihm reden wollen. War mir peinlich. Schlimme Sache damals, bin nicht stolz drauf. Ich hätte sie auch nie … wenn der alte Hemmers nicht …« Er winkte ab und tauchte seinen Löffel in die Schale.

»Hast du damals schon getrunken?«, fragte Aleidis.

Welter verzog das Gesicht und aß weiter.

»Demnach ist Jacob tatsächlich Euer Sohn«, stellte Jordis fest.

»Scheint so. Er hat so 'n Brief gefunden, vom Alten, darin stand, er wüsste, dass er nicht sein Sohn wäre, aber er würde ihn dennoch anerkennen und ihm sein Erbe zusprechen und so weiter.« Es war schwer, Welter zu verstehen, da er recht verwaschen sprach. Der Gerstenbrei in seinem Mund machte die Sache nicht besser. »Er konnte wohl nicht, der Alte.«

»Wann habt Ihr Jacob getroffen?«, wollte Jordis wissen.

»'ne Weile nachdem er bei mir war. Er hatte gesagt, wo er wohnt. Und ich dachte, er ist mein Sohn, vielleicht kann er mir aushelfen …

Wo er mir ohnehin was geben wollte, damit ich die Geschichte nicht allerorts rumposaune.«

»Du wolltest Geld von ihm?« Aleidis schüttelte ungläubig den Kopf. Sie hätte dem Mann am liebsten den Löffel um die Ohren geschlagen. Eine Frau schwängern, abhauen, den Sohn niemals sehen und dann Geld von ihm verlangen? Sie schnaubte.

Jordis warf ihr einen beruhigenden Blick zu. »Wann wart Ihr bei ihm in Liedberg, und was geschah?«, fragte er nüchtern.

»Das war am Tag vor Sankt Nikolaus. Ich war kurz bei ihm an der Tür, und wir verabredeten, uns später unten an der Kreuzung zu treffen, er hatte noch zu tun.«

»Öffnete er Euch selbst die Tür oder jemand anderes?«

»Er selbst, warum –«

»Gut, weiter.«

Welter kratzte nachdenklich Breireste aus der Schale. »Ich saß 'ne Weile an der Kreuzung. Also da, wo die Landstraße und die Straße aus dem Dorf zusammentreffen. Zwei Männer kamen zu Fuß vorbei. Ein anderer Kerl mit 'nem Fuhrwerk hielt neben ihnen an und ließ sie aufsteigen. Als Jacob kam, sagte er ›Warte!‹ zu mir und rannte zu denen rüber. Er gab einem der Männer etwas, ich weiß nicht, was. Der Kerl, der das Fuhrwerk lenkte, sprach ihn an und packte ihn am Kragen, und Jacob wehrte sich. Der Kerl stieß ihn weg und fuhr mit den anderen beiden davon. Das war's.«

»Das war's?«

»Jacob kam zu mir und sagte, er habe keine Zeit, er müsse der Sache nachgehen. Oder etwas in der Art.« Welter zog die Nase hoch. »Jedenfalls ließ er mich stehen und folgte dem Fuhrwerk.«

Augustin Jordis rieb sich das Kinn. Aleidis kannte diesen Blick von ihm: So sah er aus, wenn er sich im Zustand höchster Aufmerksamkeit befand.

»In welche Richtung fuhr das Fuhrwerk?«, fragte er.

»Nach Osten, würde ich sagen, die Landstraße runter.«

»Könnt Ihr die Männer beschreiben?«

Welter wischte sich mit Daumen und Zeigefinger die Nase. »Ich könnt's versuchen. Hättet Ihr vielleicht 'ne kleine Belohnung für mich? Hat mich arge Mühe gekostet herzukommen.«

Jordis stand wortlos auf. An der Art, wie er die Tür öffnete, zurückschaute und die Hand länger als üblich auf der Klinke beließ, erkannte sie, wie sehr ihm das Anliegen des Besuchers missfiel. Doch er war schnell zurück und reichte Welter ein paar Weißpfennige. Der dunkelhaarige Mann nickte und ließ sie in die Tasche gleiten.

»Die beiden, die vorbeikamen, hatten Gepäck bei sich. Sie trugen Kapuzenmäntel und Stiefel und sahen aus, als wären sie weit gereist. Beide waren dunkelhaarig, glaube ich. Der eine war etwas kleiner und stämmiger als der andere.«

»Kannten diese Männer den Mann mit dem Fuhrwerk?«, fragte Jordis.

»Ich bin nicht sicher.« Welter rieb mit seinem Löffel über den Rand der Schale. »Der Kerl mit dem Fuhrwerk war groß, mehr kann ich über ihn nicht sagen. Er stand mit dem Rücken zu mir.«

»Schade. Worüber sie sprachen, habt Ihr nicht gehört?«

»Wie denn? Sie waren zu weit weg.«

Jordis spielte am obersten Knopf seines senffarbenen Wamses. »Nun gut, Welter. War das alles?«

»Nicht ganz.« Anders Welter wühlte in seiner Tasche und brachte etwas Kleines, Glänzendes zum Vorschein. »Das lag aufm Boden. Den hat Jacob wohl abgerissen, als er mit dem Kerl gerangelt hat. Ich wollt ihn schon verkaufen, aber dann dachte ich …«

Er öffnete seine schmutzige schmale Hand und zeigte ihnen einen silbernen Knopf mit einem Löwen.

***

Die Frau stand vor ihm in einem dünnen Kittel, der die Schultern frei ließ. Jordis fror schon allein beim Gedanken daran, wie kalt ihr sein musste. Der Wind pfiff scharf, und vom Dach der Außentreppe hinter ihr hingen Eiszapfen herab. Doch er hatte gleich herkommen müssen, nachdem ihm eingefallen war, wie Barbara ihm den Amtsjäger Brockhausen beschrieben hatte.

»Gordt ist nicht hier«, sagte sie in einem seltsam leiernden Tonfall und legte sich die Hände auf die Oberarme.

»Wann kehrt er denn zurück?«, fragte Jordis.

Sie zuckte nur die Schultern. Die Spitzen ihres nachlässig aufgesteckten braunen Haares streiften die blasse Haut.

»Könnt Ihr mir freundlicherweise sagen, wo er derzeit anzutreffen wäre?«

»Nee.« Ihr Gesicht war blass, bis auf die fleckigen Wangen und die rote Nase. Sie wandte sich zur Tür.

»Ich werde wiederkehren«, sagte Jordis. »Ich muss mit ihm sprechen. Er wurde mit jemandem gesehen, der verschwunden ist. Und man fand das hier ...«, er kramte den Knopf mit dem Löwen hervor, den Welter ihm gegeben hatte, »einen Wappenknopf. Fehlt ein solcher am Wams Eures Mannes?«

»Nicht, dass ich wüsste.«

Die Frau hob ihr Gewand an und eilte unter den Eiszapfen her die Treppe hoch. Ohne sich noch einmal umzusehen, verschwand sie im Haus. Sein Gespräch mit Gordt Brockhausen würde noch warten müssen.

Jordis rieb sich das Kinn und dachte nach. Welters Worte gingen ihm durch den Kopf: Zwei Männer waren aus dem Dorf gekommen und die Straße hinuntergegangen. Jacob hatte einem von ihnen etwas gegeben ... Sein Herz schlug schneller. Hastig öffnete er seine Tasche und blätterte in der Kladde.

Da stand es. Steffan Hemmers hatte ihnen ganz zu Anfang gesagt, am Nachmittag des fünften Dezember seien »noch zwei Männer gekommen«. Konnte es sein, dass dies die Männer waren, die Welter gesehen hatte, als er an der Kreuzung wartete? Und dass Jacob ihnen gefolgt war, weil einer von ihnen etwas in der Hufschmiede vergessen hatte?

Vorsichtig ging er um die Straßenbiegung und erschrak, als hinter einem Fenster dicht neben ihm jemand hustete. Seine Stiefel knirschten unsicher über den krustigen Schnee.

Er durfte sich nicht in die Idee verrennen, dass Gordt Brockhausen die Wurzel allen Übels war. Zumindest hatte er, falls er schuldig war, laut Barbara einen Mitstreiter. Einen Knecht? Einen Wilderer? Oder jemand aus den höheren Riegen, einen Amtsjäger wie Quentin oder Kamp? Obwohl diese beiden in weiter entfernt liegenden Waldgebieten tätig waren ... Vielleicht hatte auch Scheiffart von Merode mit der Beschlagnahmung von Diebesgut zu tun?

Oder lag er ganz falsch mit seiner Vermutung und musste innerhalb der Familie Hemmers nach demjenigen suchen, der Jacobs Verschwinden verschuldet hatte? Oder gar bei den mutmaßlichen Vätern, die sich mühelos zu bereichern suchten?

Vielleicht auch bei den von der Bahlens. Die Tante? Die Freundin? Jeder hätte einen Grund haben können, Jacob etwas anzutun, und sei es, ihm im Zorn einen folgenschweren Stoß zu geben.

Jordis seufzte. So kam er nicht weiter. Er brauchte handfeste Beweise.

Wie üblich musste er an der Schmiede mehrfach klopfen, bis ihm jemand öffnete. Hemmers' Eheweib, die mürrische Fronica, zog die Tür auf, wandte sich aber sogleich wieder um und schrie in den Flur hinein. »Jetzt warte!«

»Nix warten!«, kam eine Frauenstimme von oben.

Jordis war erleichtert, als Steffan Hemmers erschien und ihn zum Gespräch in die Werkstatt führte, auch wenn er äußerst mürrisch dreinblickte.

»Goswin muss beim Amtmann Rede und Antwort stehen«, brummte er, »wegen Adolph, dem Knecht aus Glehn, der in die Sümpfe geriet.«

»Zu Recht«, erwiderte Jordis, während er sein Tintenfass aufschraubte. »Aber wenn es ein Unfall war, kommt er mit einem blauen Auge davon.«

Hemmers gab einen Grunzlaut von sich und lehnte sich mit verschränkten Armen gegen die Wand.

»Ich habe noch eine Frage zum fünften Dezember«, erklärte Jordis. »Ihr sagtet, nachmittags seien zwei Männer gekommen. Eins der Pferde sei am Huf verletzt gewesen …«

»Üble Sache, ja«, meinte Hemmers. »Die Gäule hatten verflucht viele Meilen hinter sich, und die Eisen waren alt.«

»Demnach waren es Fremde auf der Durchreise?«

»Das nicht. Ich kannte sie, zumindest einen von ihnen, und Jacob auch.«

Überrascht hob Jordis den Kopf und ließ die Feder sinken.

***

Als die hohen Dächer des Klosters Meer in Sicht kamen, hingen schwere Schneewolken über dem Meerer Busch. Sie rollten durch das Torhaus in den Innenhof der weitläufigen Anlage, die einsam inmitten von Wald und Wiesen lag. Kreitfisch wusste, dass dem Kloster zahlreiche Ländereien und Höfe der Umgebung gehörten, so auch der Meererhof in Neuss, auf dem Güter feilgeboten wurden, die auf klösterlichem Gebiet angebaut und hergestellt worden waren.

Hier leben Damen, die dem irdischen Dasein abgeschworen haben, dachte Kreitfisch. Heilige Jungfrauen und Mägde Christi. Seines Wissens durften die Nonnen innerhalb der Klostermauern nicht sprechen. Die strengen Leitsätze des heiligen Augustinus verlangten es, dass sie in aller Stille beteten und sich mit Männern, selbst Anverwandten, nur in Briefform oder durch ein vergittertes Fenster unterhielten.

Welchen Grund mochte ein junger Mann wie Jacob Hemmers haben hierherzukommen? Zum Klosterbetrieb gehörte auch ein großer Wirtschaftshof mit einem Gasthaus für Reisende und Kranke. Vielleicht wollte er dort untertauchen und zu Kräften kommen. Aber wovor floh er?

»Kann ich Euch helfen?« Eine schlanke Frau trat aus einem Nebengebäude auf sie zu. Sie trug einen taubengrauen Kittel mit Schürze und sah aus, als habe sie gerade in der Küche gearbeitet, denn an ihren Ärmeln haftete Mehl, und ihr Gesicht war gerötet.

»Jansen und Kreitfisch«, stellte der Barbier sie vor und wies mit dem Daumen zuerst auf Jansen und dann auf sich selbst. »Meinem Freund hier ist unwohl«, fuhr er fort. »Man musste ihm vor Kurzem ein Bein abnehmen, und er leidet noch unter den Folgen.«

Jansen bemühte sich erfolglos, bemitleidenswert auszusehen. Der Verlust seines Beines lag fünfunddreißig Jahre zurück, aber sie hatten sich darauf geeinigt, als Kranker und dessen Helfer aufzutreten, arglose Reisende, die lediglich eine Nacht unter dem Dach der barmherzigen Schwestern verbringen wollten. Dies erschien ihnen Erfolg versprechender, als gleich mit der Tür ins Haus zu fallen und aufdringliche Fragen über andere Gäste zu stellen.

Die Frau sah sie ruhig an. Ihre rot gearbeiteten Hände hielten das Tuch unter dem Kinn zusammen, während ihre hellen Augen die fremden Gesichter musterten. »Wie lange wollt Ihr bleiben?«, fragte sie.

Am anderen Ende des Hofes führte ein Knecht ein kräftiges Pferd aus dem Stall. Der Hufschlag auf dem dick verschneiten Boden war kaum zu hören.

»Nur eine Nacht, Gnädigste. Wir«, Kreitfisch wühlte in seiner Manteltasche, »haben auch Geld dabei. Wir werden für die Übernachtung zahlen.«

Ein schwarz-weißer Hund mit dichtem Fell kam aus der Tür getrottet und blieb hinter der Frau stehen. Als sie ihn bemerkte, wies sie ihn durch ein Kopfnicken an, wieder ins Haus zu gehen, und er gehorchte sofort.

»Ihr könnt bleiben, es ist noch Platz«, sagte sie. »Bringt Euer Fuhrwerk da hinein. Zum Schlafen müsst Ihr in den ersten Stock. Essen gibt es unten.« Sie wies auf eine Tür des Gebäudeflügels gegenüber. »Ich muss zurück an meine Arbeit.« Ihr bisher ernstes Gesicht verzog sich zu einem Lächeln. Sie drehte sich um und ging mit langen Schritten davon; der geflochtene Zopf auf ihrem Rücken schwang bei jedem Schritt hin und her.

Sie ließen Pferd und Wagen in der Obhut eines schweigsamen Pferdeknechtes und stiegen die Treppe des Gasthauses empor, das in einem Trakt Nachtlager für Reisende und Pilger beherbergte und in einem anderen Schlafplätze und Heilmittel für Kranke.

Kreitfisch sprach einen mageren Knecht an, der ihnen mit einem übel riechenden Eimer in der Hand entgegenkam.

»Guter Freund, wir suchen einen jungen Mann, dessen Mutter im Sterben liegt. Sie bat uns, ihn schnellstmöglich zu ihr zu bringen. Er muss gestern oder heute hier angekommen sein.«

Der Knecht zog die Nase hoch und blinzelte sie aus kleinen Augen an. »Wie sieht er aus? Groß und schlank?«

»Ja, und vermutlich ist er verletzt.«

»Sitzt im Speiseraum. Ist eben angekommen, sieht arg erledigt aus«, sagte der Knecht und stieg mit schwerem Schritt die Treppe hinab. »Hier unten!«, ergänzte er.

Der Speiseraum war durch einen rund gemauerten Durchbruch von der Küche getrennt. Vor der Wand stand ein Tisch, auf dem Stapel von Tonschalen aufgereiht waren. In einer Ecke saßen drei Knechte und löffelten schmatzend eine stark dampfende Suppe. Am anderen Ende des Raumes hatte sich ein einzelner Mann niedergelassen.

Jansen zupfte Kreitfisch von hinten am Ärmel. Verstohlen musterten sie den bärtigen Dunkelhaarigen, der sich hungrig über seine Schale beugte.

Er spürte ihren Blick und sah auf. Sein Haar hing ihm lang und wild über die Ohren und war ebenso dunkelbraun wie sein Bart. An den Händen hatte er Kratzer, und unter dem Kittel, den man ihm hier augenscheinlich geliehen hatte, zeichnete sich an der rechten Schulter eine Verdickung ab.

»Jacob Hemmers?«, fragte Kreitfisch vorsichtig, während er sich dem Tisch näherte.

Die Augen des Bärtigen wurden schmal. Er ließ den Löffel sinken.

»Das ist er nicht«, flüsterte Jansen. »Ich kenne Jacob, und das ist er nicht.«

»Verzeiht«, entschuldigte sich der Barbier, »wir haben Euch verwechselt. Habt Ihr hier vielleicht einen Jungen gesehen, etwas jünger als Ihr? Er heißt Jacob.«

Der Bärtige sah zwischen ihnen hin und her und schien zu überlegen, wo er sie einordnen sollte. Seine Nase war von durchschnittlicher Länge und hatte einen leichten Höcker, seine Wangenknochen zeichneten sich unter der gebräunten Haut deutlich ab. Er schien sich viel im Freien zu bewegen. Ein gut aussehender Mann, dachte Kreitfisch, wenn man von den Schatten um die Augen und einer gewissen Magerkeit einmal absah.

Jansen stützte einen Arm auf den Tisch und sah den Fremden eindringlich an. »Kreitfisch und Jansen«, verkündete er. »Wir suchen nach Jacob Hemmers. Ist das Eure Karte?« Schwungvoll zog er den Papierbogen aus der Tasche, den die alte Irm ihnen gegeben hatte, und knallte ihn auf den Tisch.

Die Augen des Dunkelhaarigen bewegten sich unruhig hin und her. Mit gerunzelten Brauen sah er zu ihnen auf.

»Sie ist es!«, folgerte Jansen. »Eine alte Frau hat Euch im Wald gefunden und gesund gepflegt. War noch ein Junge bei Euch? Jacob?«

Als keine Antwort kam, stemmte der Einbeinige seine Hände auf die Tischplatte und senkte den grauen Schopf. »Hört zu, wir sind auf Eurer Seite. Wir wissen, dass Ihr verfolgt werdet. Von wem, zum Teufel?«

Als er merkte, dass die Männer am Ecktisch zu ihnen herübersahen, senkte er seine Stimme. »Herrgott! Ein Mann wurde aufgefunden, zerfleischt. Was mit dem Jungen geschehen ist, wissen wir nicht. Wir suchen ihn seit Tagen!«

»Langsam, Rutger«, bremste ihn Kreitfisch, der den Eindruck hatte, dass der bärtige Mann am Ende seiner Kräfte war und nicht wusste, ob er ihnen trauen konnte.

»Wir wollen Euch nicht bedrängen. Würdet Ihr uns freundlicherweise sagen, wer Ihr seid?«

Der junge Mann warf einen Blick aus dem hochgelegenen Fenster. Seine Augen flackerten. Als er endlich sprach, klang seine Stimme belegt.

»Gabriel von der Bahlen.«

***

Er war gerade eingeschlafen, als die junge Laienschwester ihn aufweckte.

»Ihr könnt zu ihr«, sagte sie. »Wartet an der Kirche. Die Magistra wird Euch abholen.«

Gabriel richtete sich vorsichtig auf und versuchte, den Schmerz in seiner Schulter zu missachten. Ihm gegenüber lag ein blasser alter Mann und schnarchte. Leise ging er aus dem Krankensaal.

Auf dem Weg durch den Innenhof hoffte er, nicht den beiden Männern zu begegnen, die ihn eben angesprochen hatten. Sie waren ihm nicht zwielichtig oder unehrenhaft vorgekommen, aber er durfte niemandem trauen. Beinahe hätte er mit ihnen über den Jungen gesprochen. Aber er war noch nicht so weit. Darum war er aufgestanden und gegangen. Der Einbeinige hatte ihm folgen wollen, aber der Dicke hatte ihn zurückgehalten. »Lass ihn sich ausruhen«, hatte er gesagt. »Guck ihn dir an.«

Gabriel schritt durch einen hohen Torbogen und näherte sich der Kirche. Zwei ältere Frauen standen dort, die eine wohlbeleibt, die andere groß und hager. Beide waren in wollweiße Oberkleider gehüllt und trugen schwarze Schleier.

»Ich bin Eva von Wels«, sagte die rundliche Nonne. »Ihr wisst, dass Ihr mit Schwester Martha nur in meinem Beisein sprechen dürft. Folgt mir in Andacht.« Bevor er etwas sagen konnte, wandte sich die Magistra um und ging ihm voraus über den Platz. Die hochwüchsige Schwester eilte mit wehenden Schößen neben ihr her.

Sie umrundeten die Kirche, schritten durch einen Durchgang und klopften an ein schmales Portal. Eine Prämonstratenserin mit rundem Gesicht öffnete die Tür, neigte ihr Haupt vor der Magistra und lächelte ihm sanft zu. Sie war die erste Schwester, die nicht streng durch ihn hindurchsah.

»Hol sie«, trug Eva von Wels ihrer hageren Begleiterin auf, die sich sogleich verneigte und im Gebäude verschwand. Die Magistra gab der rotgesichtigen Nonne an der Tür ein Zeichen, sich zurückzuziehen, und wandte sich ihm zu.

»Es ist nicht gestattet, weltliche Gerüchte in das Kloster zu tragen«, teilte sie ihm in ruhigem Ton mit und fügte entschieden hinzu: »Die Andacht der Schwestern darf durch nichts Weltliches gestört werden. Caecilia sagte mir, dass Ihr eine Verwundung am Arm habt.« Sie musterte ihn eindringlich. Ihre Brauen bestanden aus grauschwarzen Härchen, die in ungleichmäßigen Bögen über ihren Augen wucherten.

»Das gehört nicht hierher. Beunruhigt Schwester Martha nicht durch schlechte Neuigkeiten. Solltet Ihr es versuchen, ist das Gespräch beendet. Sie wird sehen, dass Ihr lebt, und das genügt. Beschränkt Euch bei Eurer Rede auf das Gebet.« Sie schwieg und faltete die Hände unter der Brust. Er sah, dass auf die weiße Stirnbinde ihres Schleiers ein schwarzes Kreuzchen gestickt war.

»Magistra«, begann er. »Ich habe Achtung vor Euren Regeln. Doch ich muss Euch ehrlich sagen, dass ich gekommen bin, um sie zu warnen. Mein Bruder wurde ermordet, und ich habe Anlass zu der Vermutung, dass jemand unserer Familie Böses will, und dieser jemand –«

Die Leiterin des Nonnenklosters hob die Hand. »Genug. Ihr werdet nichts von alldem sagen. Martha hat mit dieser Eurer Welt nichts mehr zu tun, sie ist eine Magd des Herrn. Ich kann Euch nichts weiter gestatten als ein kurzes Wort und ein gemeinsames Gebet. Nun geht. Dort vorne ist das Sprechgitter.«

Sie hatte schon eine Hand am Türknauf, als sie noch einmal innehielt. »Seid versichert, dass ich Eure Worte ernst nehmen und ein Auge auf sie haben werde. Sie wird die Klausur nur zum Kirchgang mit Mitschwestern verlassen und keinen Besuch mehr empfangen.« Die Magistra zog die Tür auf und trat in den dahinterliegenden Gang.

Sie empfängt häufiger Besuch?, dachte er und rief: »War außer mir kürzlich jemand bei ihr?« Doch die Schwester hörte ihn nicht oder wollte ihn nicht hören.

Er wandte sich nach rechts. Einige Schritte weiter befand sich über einer Fensteröffnung ein kleines Schutzdach, das sich auf drei

Querbalken stützte. Als er näher trat, sah er, dass der obere Teil des Spitzbogenfensters mit Stein vermauert war, während im unteren ein Holzgitter saß, dessen Schlitze sehr schmal waren. Er würde von Marthas Gesicht kaum etwas sehen können. Von innen wurde ein Schutzbrett zurückgeschoben, und er erkannte die Gestalt der Magistra.

Schweigend trat sie beiseite. Er räusperte sich und beugte seinen Kopf bis an das Gitter. Marthas schmales Gesicht schimmerte blass durch die Sehschlitze. Ihre dunklen Augen waren weit aufgerissen. Er konnte immer nur eines davon sehen, ganz gleich, wie er sich bewegte, das Gitter war ständig im Weg.

»Gabriel«, flüsterte sie.

»Ja«, erwiderte er und schluckte. »Gott sei mit dir. Martha. Bist du wohlauf?«

Seine Schwester blieb stumm. Er hörte ihren schweren Atem. Sie schien es nicht gewohnt zu sein, mit anderen Menschen zu sprechen. Leopold hatte ihm gesagt, er habe sie zuletzt im Sommer besucht. Er selbst war noch nie hier gewesen, aber er hatte ihr Briefe geschrieben. Allerdings ohne je eine Antwort zu erhalten. Ihre Profess musste nun schon ein Jahr her sein. Es fiel ihm schwer, sich an Marthas Kindheit und Jugend zu erinnern. Sie war um einiges älter als er und hatte stets ihr eigenes Leben geführt. Er wusste noch, dass sie ein lautes Lachen gehabt hatte, und einen starken Willen. Und wissbegierig war sie gewesen. Nun saß sie schweigend hinter diesem Gitter.

»Ich musste dich sehen«, fuhr er fort. Die Magistra, die für ihn unsichtbar neben seiner Schwester stand, räusperte sich.

»Martha«, wiederholte er.

»Gabriel«, sagte sie nur. Und dann, mit belegter Stimme: »Nein.«

»Was: nein?«, fragte er.

Doch bevor sie etwas erwidern konnte, wurde das Schutzbrett mit einem Ruck geschlossen, und das blasse Gesicht seiner Schwester unter dem schwarzen Schleier verschwand. »Sei achtsam!«, rief er und klopfte mit einer Faust gegen das Gitter.

Nein. Sie war nicht wohlauf, hatte sie das gemeint? Fühlte sie sich bedroht?

Gabriel von der Bahlen trat wütend vor einen vorspringenden Mauerstein und machte sich auf den Weg zum Pferdestall. Es gab hier nichts mehr zu tun für ihn. Er hatte Martha gesehen und ihrer Magistra gegenüber seine Bedenken geäußert, nun konnte er nur noch hoffen, dass seine Schwester hier tatsächlich in Sicherheit war. Das Gelände wurde gut bewacht. Besonders der abgeschirmte Bereich des Klosters war ein sicherer Hort.

Was er nun tun musste, war ihm bewusst. Er hatte noch eine zweite Schwester, um die er sich sorgen musste. Dass der Unfall seines Vaters tatsächlich ein Unfall gewesen war, glaubte er mittlerweile auch nicht mehr. Jemand wollte seine Familie auslöschen. Es war ein tragisches Unglück, dass der junge Jacob in die Verschwörung verwickelt worden war.

Gabriel betrat den Stall und straffte die Schultern. Der Name von der Bahlen war vor Ort wohlbekannt. Seine Schwester hatte dreißig Morgen Land als Mitgift in das Kloster eingebracht, sein Vater leistete regelmäßige Abgaben an den Orden.

Man würde es ihm kaum verwehren, sich hier ein Pferd zu leihen.

***

Nachdem Kreitfisch eine Weile auf seinem Bett gelegen hatte, entschied er, dass ein Hauch Frischluft ihm guttun würde.

Er gähnte und setzte sich auf. Durch die Pergamentbespannung der beiden Fenster drang fahles, mattes Licht in den Raum. Zwei Reisende aus Bremen, die nebeneinander auf einem ihrer Betten saßen und Karten spielten, sahen kurz auf und fuhren dann fort, sich in ihrem unverständlichen Dialekt zu unterhalten.

Jansen lag neben ihm, einen Arm über dem Kopf, und schlief fest. Nachdem sie beschlossen hatten, Gabriel von der Bahlen die Ruhe zu gönnen, derer er bedurfte, waren sie in ihren Schlafsaal gegangen. Sie würden später erneut versuchen, mit ihm zu sprechen. Oder morgen früh. In seinem Zustand würde er wohl kaum kurz vor Einbruch der Dämmerung noch aus dem Haus gehen. Wohin auch? Rätselhafte Geschichte. Was mochte ihn hierhergeführt haben? War er mit Jacob Hemmers im Wald gewesen? Und welche Rolle spielte Leopold von der Bahlen, dessen Leichnam man dort fand? Sie würden klüger sein, wenn sie mit ihm gesprochen hatten. Er nahm seinen Mantel vom Fußende des Bettes und ging zur Tür.

Nachdem er die Klosteranlage verlassen hatte, wandte er sich nach rechts und ging strammen Schrittes durch ein kleines Waldstück auf die weiten, verschneiten Rheinwiesen zu. Bald schon konnte er das dunkle Wasser des Stromes sehen, der behäbig dahinfloss.

Er stand eine Weile da und lauschte in die Stille, bevor er weiterging. Ein leichter Wind strich über das flache Land und knisterte in den Zweigen eines Weißdornstrauches. Als die Rheinauen mit ihrem Schilfgras und ihren niedrigen, kahlen Weiden hinter ihm lagen und vor ihm weites Bauernland in blassen Farben, zog Kreitfisch seinen Mantel unter dem Kinn enger zusammen und machte sich auf den Rückmarsch.

Als er das Wäldchen erreichte, das Kloster und Wirtschaftshof umschloss, entdeckte er zwei kleine Gestalten, die neben einem Pferd an der Wegbiegung unterhalb der Anlage standen. Ein kleiner Hund sprang um sie herum. Als er Kreitfisch sah, machte er einen Hüpfer und jagte auf ihn zu.

»Hans!«, rief eines der Mädchen. Der Hund bremste ab und richtete die Ohren auf. Anstatt zu bellen, hechelte er.

»Braver Hans«, sagte Kreitfisch. »Komm.« Das junge Tier lief neben ihm her und schnüffelte von links nach rechts über den Weg.

Die beiden Mädchen schauten ihm mit ernsten Gesichtern entgegen. Beide trugen doppelte Lagen von Kleidern. Ihre Untergewänder ragten unter schweren braunen Wollkitteln hervor und waren an den Säumen dunkel vor Schmutz und Feuchtigkeit. Schlichte Umhänge bedeckten ihre Schultern, ihre Köpfe waren halb unter Tüchern verborgen. Dennoch konnte er sehen, dass eine von ihnen rothaarig war und die andere welliges blondes Haar hatte. Er schätzte sie auf elf oder zwölf Jahre.

Das hochbeinige braune Pferd, das an einen Baum am Wegrand gebunden war, würde kaum ihnen gehören, es machte einen sehr edlen und teuren Eindruck.

»Seid gegrüßt, edle Jungfern«, sagte er. Die Mädchen kicherten.

»Tag«, sagte die Rothaarige und sah grinsend zu Boden.

Kreitfisch blickte zu Hans, dem Hund, der unterhalb der Klostermauer im Schnee wühlte. »Einen prächtigen Hund habt ihr da«, lobte er.

»Er heißt Hans«, verkündete das Mädchen mit dem roten Haar. Ihr zartes Gesicht strahlte vor Stolz.

»Ist das euer Pferd?«, fragte er und deutete auf die braune Stute.

»Nein, Herr«, sagte das blonde Mädchen. »Wir geben nur darauf acht. Der Mann hat gesagt, er ist gleich wieder da.« Sie tätschelte dem großen Tier den Hals und fütterte es mit trockenem Gras.

»Er hat uns fünf Heller gegeben«, ergänzte die Rothaarige. »Weil wir uns mit Pferden auskennen.«

Die Stute hatte eine auffällige Blesse auf der Stirn, und Kreitfisch streckte gerade eine Hand aus, um sie zu streicheln, als er hörte, wie jemand seinen Namen rief.

Es war Jansen, der in einer für einen Einbeinigen beachtlichen Geschwindigkeit mit seinem Gehstock durch den Schnee auf ihn zupflügte. Kreitfisch sagte den Mädchen Lebwohl und ging seinem Freund entgegen.

»Er ist weg!«, verkündete Jansen atemlos. »Von der Bahlen.«

»Das kann nicht sein. Bist du sicher?«

»Hennes! Sehe ich aus wie ein Narr? Ja, tue ich. Trotzdem: Er ist gerade vom Hof geritten, als wäre der Teufel hinter ihm her.«

»Nicht zu fassen«, entfuhr es Kreitfisch. »Dabei sah er aus, als würde er gleich aus den Stiefeln kippen. Hast du –«

»Komm mit«, forderte Jansen ihn auf und lächelte den Mädchen zu, die neugierig zu ihnen herübersahen. »Hübsches Pferd! Also«, sagte er im Weggehen, »ich habe mit einem Knecht gesprochen: Von der Bahlen hat eine Schwester hier im Kloster. Es wird nicht möglich sein, mit ihr zu reden, aber ich weiß, dass er eben noch bei ihr war.«

Kreitfisch schüttelte verwirrt den Kopf. »Und weshalb?«

»Tja, weshalb. Überleg doch: Leopold von der Bahlen tot, Vater von der Bahlen halb tot, er selbst verletzt. Sieht aus, als würde jemand der Familie Übles wollen. Vielleicht wollte er seine Schwester warnen.«

Kreitfisch war nicht überzeugt. »Und wie passt Jacob da hinein?«

»Das finden wir heraus«, beschloss Jansen. »Wir halten uns an von der Bahlen. Er weiß bedeutend mehr, als wir ahnen. Wahrscheinlich ist er nach Hause geritten. Lass uns ihm folgen.«

Im Kloster räumten sie in aller Eile ihre Sachen zusammen und gaben dem rothaarigen Knecht, der die Schlafsäle verwaltete, eine großzügige Spende.

Als sie auf das Torhaus zurollten, winkten ihnen die beiden Bremer aus einem offenen Fenster hinterher. »Gauden Weg!«, rief einer und schwenkte seinen Hut. »Kiek wedder in!«

»Ja, in Ordnung, ich habe kein Wort verstanden, aber seid bedankt«, murmelte Jansen und winkte ihnen zu.

Kreitfisch schwenkte auf den baumbestandenen Zufahrtsweg ab und näherte sich der Landstraße, die von Neuss nach Uerdingen führte. »Es ist ohnehin gut, dass wir wegkommen«, sagte er. »Ich habe vorhin im Schlafsaal erfahren, dass hier ein Geist umgeht.«

»Ach?«, machte Jansen nur.

»Die Männer schwören darauf. Der Leichnam der Klostergründerin, Hildegundis von Meer, tauchte nach der Beerdigung noch zweimal wieder auf. Jedes Mal lag er ausgegraben an der Kirche. Ein Mann will ihn in einer Vollmondnacht gesehen haben, wie er über den Mauern schwebte. Ein anderer hat schauerlichen Gesang gehört.«

»Wieso? Hast du ein Lied angestimmt? Lass mich in Ruhe mit solchen Schauermärchen. Mir ist eben etwas ganz anderes eingefallen. Weißt du, was?«

»Du wirst es mir gleich sagen, fürchte ich.«

»In drei Tagen ist Heiligabend.«

Kreitfisch sah ihn erstaunt an.

»Aha«, sagte Jansen, »du hast also auch nicht mehr daran gedacht.«

Doch all ihre gräulichen Erlebnisse änderten nichts daran, dass bald Weihnachten war. Das Licht würde in die Finsternis kommen.

***

Augustin Jordis betrat seine Schlafkammer, um sich umzukleiden. Wenn er vor seinem Schrank stand und mit der Hand über die wollenen, samtenen und pelzverbrämten Gewänder strich, über die seidenen Hemden und bestickten Ärmel, gefältelten Jacken und bunt gemusterten Oberkleider, dann gelang es ihm, sich zu sammeln. Seine Gedanken hörten auf, sich zu verzwirbeln, und gewannen neue Klarheit und Schärfe.

Oft war es so, dass er sich umzog und anschließend wusste, was er zu tun hatte, selbst wenn er vorher ratlos gewesen war wie ein Fisch an Land. Seine Kleidung gab ihm Schwung, die leuchtenden Farben und schmeichelnden Stoffe spornten ihn an. Wenn er dagegen in seinem langen Nachtgewand im Bett lag – nicht einmal im heißesten Sommer würde er, wie so viele andere, unbekleidet schlafen –, war er zwar imstande zu denken, aber es mangelte ihm eindeutig an Tatkraft. Die Tatkraft kam mit der Kleidung. Niemals wurden Kriege von Feldherren im Nachthemd gewonnen.

Am heutigen Abend entschied er sich für einen schwarzen Überrock, ein kirschrotes Untergewand und mattgrüne Hosen. Dazu würde er eine rote Wollmütze mit Stickerei tragen, die zum Hemd passte und ihn vortrefflich wärmen würde. Er musste nur zuvörderst auf ein Fußbänkchen steigen, damit er an das Fach heranreichte, in dem sie lag. Während er nach der Mütze hangelte, kehrten seine Gedanken zu der Fahrt nach Liedberg zurück.

Hemmers' Auskünfte über die beiden Männer hatten ihn stutzig gemacht. Er musste alles neu überdenken. Die Reisenden mit dem lahmenden Pferd waren keine Fremden gewesen, die zufällig des Weges kamen, sondern Leopold von der Bahlen und sein Bruder Gabriel.

Der Jägermeister hatte auf seiner Reise nach Brabant nicht nur Waffen eingekauft, sondern obendrein seinen Bruder Gabriel abgeholt, der mit dem Schiff aus Italien gekommen war. Auf dem Rückweg vom Antwerpener Hafen hatte Leopolds Pferd nur wenige Meilen vor dem heimatlichen Stall zu hinken begonnen, und so waren sie in Hemmers' Werkstatt gelandet.

Jacob kannte Leopold von der Bahlen durch seine Besuche auf dem Gut in Glehn. Ob die Brüder bei ihrem Aufbruch etwas vergessen hatten, das er ihnen später bringen wollte, wusste Hemmers nicht. Die beiden hatten zu Fuß nach Hause gehen wollen, weil das Wechseln der Eisen und das Versorgen des kranken Hufes einige Zeit in Anspruch nehmen würden. Ihr Gepäck hatten sie nur teilweise mitgenommen, einige Taschen waren auf den Pferden verblieben. Die Tiere hatte wohl am nächsten Tag jemand abgeholt, erinnerte sich Hemmers. Wer, wusste er jedoch nicht. Seine Frau hatte demjenigen die Tür geöffnet und wusste es ebenfalls nicht mehr. »Hier kommen so viel Leut daher«, hatte sie schnippisch gesagt, »fragt mich was anderes.«

Die Gebrüder von der Bahlen … Jordis trat vor den Spiegel und setzte die tiefrote Mütze auf. Einer von ihnen war tot und begraben. Der andere spurlos verschwunden. Ebenso wie Jacob. Die Hinweise verdichteten sich.

Er musste dringend mit Gordt Brockhausen sprechen. Wenn er die Brüder auf seinem Fuhrwerk mitgenommen hatte und Jacob ihnen gefolgt war, musste er etwas mit ihrem Verschwinden zu tun haben. Oder zumindest Näheres darüber wissen.

Ob Kreitfisch und Jansen inzwischen eine Spur von Jacob gefunden hatten?

Er seufzte. Ein wenig Bewegung würde ihm guttun. Er hatte Aleidis besucht, bevor er in sein Kontor ging, und sie hatte gesagt, er könne gern zum Abendessen kommen, wenn er wollte. Er hatte soeben beschlossen, dies zu tun. Sein Magen knurrte, und Klara hatte ihren freien Tag. Aleidis hatte das Verhalten von Brockhausens Frau verdächtig gefunden – »Warum hat sie dich nichts gefragt?« – und fürchtete, der Jäger könne ein sehr gefährlicher Mann sein. Es würde fruchtbar für das weitere Vorgehen sein, sich mit ihr zu besprechen.

Bevor er aufbrach, holte er zwei Krüge Riesling aus dem Keller, dann trat er vor die Tür.

Herrje, war das kalt! Eine Hose zusätzlich hätte nicht geschadet. Jordis sah die blasse Atemwolke eines Pferdes vor dem Haus nebenan. Dass um diese Tageszeit noch Fuhrwerke unterwegs waren! Arme Kerle, säßen sicher lieber bei einem Bier am Feuer.

Das Angelusläuten der Neusser Kirchen folgte ihm durch die stillen Straßen. So schnell er konnte, überquerte er die Oberstraße, die wie ausgestorben dalag. Dunkel ragten die hohen Bürgerhäuser mit ihren vorspringenden Erkern und eisernen Schildhaltern über der hellen Schneefläche auf. Wenige schattenhafte Gestalten sprenkelten das nächtliche Weiß. An der Ecke zur Gasthausgasse stand eine kleine Gruppe um eine Fackel, deren Licht weithin sichtbar war. Viele Fensterläden waren geschlossen, in zahllosen Untergeschossen leuchteten schmale Lichtstreifen durch die Klappflügel. Eine dünne Frau lief in ihrem Hauskittel auf die Straße, klappte ihre Läden zu und rannte wieder hinein.

Er bog in die Mohrengasse ab und hielt sich von den rutschigen Rinnsteinen fern. Seine Stiefel knarzten über den harten Schnee. In einem Haus zur Rechten wurde gestritten, ein Mann und eine Frau schrien sich an. Es ging um Geld, so viel verstand er. Die Stimmen wurden leiser und leiser. Er wich einem Haufen Pferdeäpfel an der Straßenecke aus und näherte sich Aleidis' Haus.

Dort angekommen, stellte er einen der Weinkrüge neben sich in den Schnee und richtete sich auf, um zu klopfen.

Plötzlich spürte er jemanden hinter sich. Als er sich umdrehen wollte, traf ihn ein harter Schlag am Kopf. Er sah Schnee auf sich zukommen, der plötzlich schwarz wurde.

Tag zehn, 22. Dezember 1510

Als er sein Bewusstsein zurückerlangte, lag er auf einem kalten Boden, und ein Geruch nach Holz und Erde umfing ihn. Jordis zog die Beine an und setzte sich mühsam auf. Eine Weile saß er da und versuchte, sich zurechtzufinden. Er konnte nichts sehen, es musste noch Nacht sein. Wo war er?

Als er aufzustehen versuchte, wurde ihm schwindelig. Sein Kopf schmerzte, und Übelkeit stieg in ihm auf. Verzweifelt rutschte er rückwärts, bis er eine Wand im Rücken spürte, lehnte sich dagegen und schloss die Augen.

Als er sie wieder öffnete, war es hell; er musste eingedöst sein. Benommen sah er sich um. Er befand sich in einer kleinen Hütte aus rohen Baumstämmen, die mit Moos und Wolle abgedichtet waren. Mit gefrorenen Gliedern beugte er sich vor und kam langsam auf die Füße.

Die Fensterläden des einzigen Fensters konnten von innen geschlossen werden. Einer stand ein Stück offen und ließ ein wenig Licht in den kleinen Raum. Hinter dem Laden war ein Stück schmutziges Pergament zu sehen, das nach außen hin von einem Gitter begrenzt wurde, dessen Stäbe fest mit der Wand verschraubt waren. Ein Gefängnis. Die massive Tür ließ sich ebenso wenig öffnen, wie er feststellen musste. Er klappte die Läden auf, um besser sehen zu können.

An den Wänden standen zwei Liegen, darüber waren fleckige, grobe Decken gebreitet. Ein Weidenkorb, der an einen Balken genagelt war, enthielt nur ein paar Nussschalen; darunter stand ein Eimer, aus dem es übel roch. Ansonsten war der Raum leer. Ob dies die Hütte war, von der Barbara gesprochen hatte? In der Jacob den Jäger Brockhausen bei zwielichtigen Geschäften beobachtet hatte?

Jordis fragte sich, in welchem Teil des Waldes er sein mochte. Weit entfernt von einem Weg konnte die Hütte nicht liegen, denn sein Entführer würde ihn nicht meilenweit durch das Dickicht getragen haben. Dennoch musste es ein einsamer und unwegsamer Ort sein, der neugierigen Augen und Ohren verborgen blieb. Eine

Stelle in den Sümpfen vielleicht. Rund um Niers und Triet gab es ausgedehnte, sumpfige Brüche, die schwer zugänglich waren.

Kaum jemand verirrte sich hierher; und wenn doch, würde er sich denken: eine Jagdhütte, in der die Mannen des Herzogs Rast machten, nichts weiter. Würde er versuchen, die Tür zu öffnen, fände er sie verschlossen. Aufbrechen ließe sie sich nicht, ihre Bohlen waren dicker als sein Oberschenkel. Das Fenster bot ebenfalls keinen Zugang. Und das Dach …

Er sah auf. Unmittelbar über ihm schienen die Deckenbretter schadhaft zu sein, es sah aus, als habe jemand eine undichte Partie notdürftig ausgebessert. Hier zeigte der Raum seine einzige Schwachstelle. Doch selbst wenn er auf den Tisch stiege, würde er die angenagelten Bretter nicht erreichen können. Er war gefangen. Er konnte nur hier sitzen und warten.

Hinter dem Sack in der Ecke raschelte es. Mit Unbehagen dachte er an Mäuse und anderes Ungeziefer, das durch Blätter und Erdgänge huschte und krabbelte.

Sein Kopf schmerzte, und ihm war kalt. Er nahm mit spitzen Fingern eine der Decken hoch und legte sie sich um die Schultern. Lieber stinken als frieren, kam es ihm in den Kopf, und er dachte, dass diese Äußerung besser zu Jansen gepasst hätte als zu ihm. Vorsichtig setzte er sich auf eine der Liegen. Es handelte sich um einfache, mit Leder bespannte Holzgestelle. Nichts Besonderes, aber immer noch besser als der blanke Boden.

Als er hinüber zum Fenster sehen wollte, blieben seine Augen an einer Unebenheit im Holz hängen. Er beugte sich vor und sah genauer hin. Da waren Buchstaben in den Stamm geritzt. Unsauber und breit, als seien sie mit einem spitzen Stein gestochen worden und nicht mit einem Messer. Behutsam fuhr er mit einem Finger darüber. Ein B und ein J. Barbara und Jacob, dachte er. Sein Herz hämmerte gegen den Brustkorb. Jacob Hemmers schien in dieser Hütte gefangen gehalten worden zu sein, genau wie er selbst. Oder er hatte sich hier mit seiner Barbara ein Stelldichein gegeben, möglich war vieles.

Jordis seufzte und legte sich vorsichtig hin. Sein Kopf war schwer. Er erinnerte sich, dass er vor Aleidis' Haus etwas Verdächtiges gehört hatte. Was danach geschehen war, wusste er nicht.

Wenig später schoss er von der Liege hoch, auf der er, ohne es zu wollen, eingeschlafen war. Er hörte Stimmen. Äste knackten. Ein Mann sagte etwas, das er nicht verstand, und ein anderer schrie: »Halt's Maul! Rein da.« Ein Schlüssel drehte sich klackernd im Schloss, und ein Außenriegel wurde zurückgeschoben.

Die Tür schwang auf. Ein schlanker dunkelhaariger Mann taumelte in den Raum. Er hatte die Hände auf dem Rücken gefesselt und warf Jordis einen gehetzten Blick zu. War es Jacob? Nein, dieser Mann war älter, dunkler, und sein Gesicht erinnerte ihn an jemanden. Hinter ihm trat ein großer breitschultriger Kerl in die Hütte. Er trug hohe Stiefel und einen kurzen grünen Mantel, hatte ein kantiges, unrasiertes Gesicht und braunes Haar.

»Du bleibst hier beim Buckligen!«, befahl er. »Leg dich da hin!« Er gab dem anderen einen Stoß. Der Dunkelhaarige schwankte, blieb aber stehen, wo er war. Jordis sah, dass er den Oberkörper vorgebeugt hielt und an der rechten Schulter blutete. Auf dem Stoff seines Mantels zeichnete sich ein dunkler Fleck ab. Er flog hintenüber auf die Pritsche, als der Große ihm einen Fausthieb versetzte.

»Hinlegen, hab ich gesagt!«

»Seht Ihr nicht, dass er verletzt ist?«, begehrte Jordis auf.

»Na und? Soll tun, was ich sage.«

Der große Mann mit dem schiefen Mund drehte sich zu Jordis um. »Und du halt dein Maul, verstanden?« Er trat gegen die Liege und blieb eine Weile mitten im Raum stehen, ohne etwas zu sagen.

Jordis suchte den Blick des Verwundeten, der rücklings auf der Pritsche lag, ein Bein angewinkelt und den Kopf gegen die Wand gelehnt. Seine Augen waren unter dem wirren Haar verborgen, aber Jordis spürte, dass er ihn ansah.

»Ich gehe jetzt wieder. Muss was erledigen. Ihr könnt euch hier behaglich einrichten.« Ihr Peiniger lachte. »Bald wird es vorbei sein mit der Behaglichkeit. Ich sag's euch schon mal. Mein Mitstreiter möchte noch mit euch reden, bevor … Also seid brav. Wein und Speisen sind in Hülle und Fülle vorhanden, wie ihr seht.« Mit einer ausholenden Bewegung wies er auf die kahle Wand.

»Einmal bist du uns entkommen«, sagte er zu dem Dunkelhaarigen, »ein zweites Mal gelingt dir das nicht. Und ihm erst recht nicht.« Er nickte in Jordis' Richtung und grinste. »Hier kommt ihr nicht raus. Schreien nützt euch auch nichts, niemand verirrt sich hierher.

Ich bin der Amtsjäger für diesen Teil des Waldes, und ich habe meine Leute im Auge. Selbst die Wilderer wagen sich nicht aus ihren Hütten, seitdem wir härtere Strafen verordnen. Der Mensch lernt durchs Vorbild, wisst ihr? Zündest du dem einen die Hütte an, sind die anderen plötzlich folgsam …« Er warf ihnen einen knappen Blick zu und griff nach der Tür.

»Wartet!«, rief Jordis. »Seid Ihr Brockhausen?«

Der Angesprochene lachte. »Kluger kleiner Gnom. Du hast mich gefunden. Leider zu spät.«

»Nein! Meine Freunde wissen, dass ich Euch in Verdacht habe. Sie werden nach mir suchen und Euch all Eurer Verbrechen überführen!«

»Meinst du das dicke Weib, bei dem du gestern zu Besuch warst?« Brockhausen sah ihn spöttisch an, trat aus der Hütte und schloss von außen ab. Seine Schritte entfernten sich knirschend über den Schnee.

Jordis erschrak. Der Unmensch musste ihn vor Aleidis' Haus niedergeschlagen haben. Was, wenn er … »Nein! Lasst sie! Sie weiß von nichts, sie hat nichts mit alldem zu tun!« Verzweifelt schlug er mit den Fäusten gegen die Tür.

Schließlich gab er auf und drehte sich um. Der Mann ihm gegenüber lag immer noch auf dem Rücken, atmete schwer und sah ihn stumm an. »Seid Ihr Gabriel von der Bahlen?«

»Ja.« Der Dunkelhaarige verzog das Gesicht, als er die Haltung seiner Schulter veränderte.

»Mein Name ist Augustin Jordis. Ihr werdet Euch fragen, was ich in dieser Hütte mache. Das frage ich mich selbst auch. Ich wurde wohl entführt, weil ich zu viel wusste. Über Brockhausens Umtriebe und das Verschwinden eines Jungen.«

»Was ist mit dem Jungen?«, fragte von der Bahlen matt.

»Wir suchen nach ihm, meine Freunde und ich. Ich weiß, dass Ihr Jacob begegnet seid, kurz bevor er verschwand. Bitte sagt mir, was Ihr darüber wisst.«

Gabriel von der Bahlen holte tief Luft und versuchte, sich anders hinzulegen. Wieder zuckte er vor Schmerz zusammen.

»Wir kamen von Antwerpen. Ich lebe in Italien, beim kaiserlichen Heer in Treviso, und wollte zu meinem Vater, der schwer verletzt ist und mit dem Tod ringt. Mein Bruder hatte mir eine Botschaft gesandt. Mich am Hafen abgeholt. Und ein paar Jagdwaffen gekauft.« Er atmete schwer, das Sprechen strengte ihn sichtbar an.

»Bleibt ruhig«, bat Jordis, »sprecht nur das Nötigste.«

»Wir waren schon fast zu Hause, als Leopolds Pferd lahmte. Riss im Huf. Wir brachten es zur nächsten Hufschmiede, und da war dieser Junge. Jacob. Leopold kannte ihn vom Sehen. Wir ließen die Pferde dort und machten uns zu Fuß auf den Heimweg. Unterwegs trafen wir Brockhausen mit seinem Fuhrwerk. Er bot an, uns zu fahren.«

Von der Bahlen lachte bitter. »Jetzt weiß ich, warum; wir kamen ihm gerade recht. Der Junge hatte derweil Leopolds Geldbeutel gefunden, den wir in der Schmiede vergessen hatten. Er lief uns nach und geriet mit Brockhausen in Streit. Ich erfuhr, dass er schon länger einen Verdacht gegen ihn hegte und von seiner Verwicklung in mehrere Raubüberfälle wusste. Er fürchtete, Brockhausen könne uns etwas antun, und beschuldigte ihn, mit Mördern unter einer Decke zu stecken. Und er behielt recht. Der Mistkerl stieg ab, um sein Wasser abzuschlagen, und schlug uns von hinten nieder. Wir hatten keine Gelegenheit, uns zu wehren. Er brachte unser Gepäck an sich und schleppte uns zu dieser Hütte. Leopold kam erst nach Stunden wieder zu sich und hatte üble Schmerzen. Jacob war uns heimlich gefolgt, er kannte die Hütte. Ein tapferer Junge. Wollte uns helfen. Er sagte, dass er und Barbara …«

Von der Bahlen fuhr sich mit einer Hand über die Augen. »Leider wurde er ertappt, als er durch das Fenster mit uns sprach. Brockhausen sperrte ihn zu uns und sagte, es gäbe bald noch ein Opfer mehr. Ich fragte, wie er das meinte, und er sagte, man werde uns alle beseitigen. Ich nehme an, er meinte meine Familie. Und … den Jungen.«

Jordis hob seine Decke auf, die zu Boden gefallen war, und setzte sich auf die zweite Liege. »Von den Raubüberfällen einmal abgesehen …«, sagte er. »Hat Brockhausen Grund, Eure Familie zu hassen?«

Von der Bahlen atmete einige Male tief durch, bevor er weitersprach. »Gordts Braut wurde vor Jahren bei einem Unfall getötet. Es war zu der Zeit, als wir von Grevenbroich hierherzogen. Die Frau half, einen Wagen abzuladen. Da gingen die Pferde durch. Eins scheute vor einer Fackel, und die anderen brachen mit aus. Sie wurde von Hufen am Kopf getroffen und starb.«

»Aber dafür konnte doch niemand etwas«, wandte Jordis ein.

»Es waren unsere Pferde. Und sie war tot. Das hat er nie verziehen. Mit der Frau, die er anschließend heiratete, hatte er kein Glück, sagt mein Bruder. Sie ist nicht ganz bei Sinnen.«

Er verstummte. Jordis stand auf und trat ans Fenster. Es musste noch früh am Morgen sein.

Von der Bahlen hustete. Er sah sehr blass aus. Hoffentlich wurde er hier nicht ohnmächtig. »Was geschah weiter in dieser Hütte?«, fragte Jordis.

»Wir waren fünf Tage hier gefangen. Brockhausen kam ab und an und sah nach dem Rechten, aber er sprach kein Wort, und er brachte uns nichts zu essen. Waffen und Geld hatte er uns abgenommen. In dem Krug dort fanden wir einen Rest Wasser.« Er wies mit dem Kopf zum Tisch, auf dem ein leerer Tonkrug stand. »Und der Junge trug ein Stück Wurst bei sich. Ansonsten hatten wir nichts.«

Jordis setzte sich wieder auf seine Pritsche und wartete auf die Fortsetzung.

»Wir haben nach Fluchtwegen gesucht«, berichtete von der Bahlen. »Zwei der Balken, die auf den Sparren liegen, ließen sich lösen. Wir konnten sie seitlich herausbrechen und nach oben drücken. Leopold nahm abwechselnd einen von uns auf die Schulter, bis wir es geschafft hatten. Drei Tage haben wir gebraucht. Wir hatten nur einen Stein als Werkzeug.« Jordis folgte seinem Blick zu der ausgebesserten Stelle an der Hüttendecke.

»Und dann«, fuhr von der Bahlen fort, »wollten wir hinausklettern.« An seinem Tonfall ließ sich erkennen, dass dabei etwas ganz gehörig misslungen war.

»Die anderen waren bereits unten und ich noch auf dem Dach, als wir sie kommen hörten. Wir sagten zu Jacob, er solle vorauslaufen, da er sich am besten auskannte. Und wir liefen los. Hinter uns hörten wir ein Brüllen. Wir rannten immer weiter, ich weiß nicht, wie weit. Wir durchquerten einen Bach und dachten, nun hätten sie unsere Spur verloren. Wir sahen eine Siedlung am Waldrand. Aber Leopold wollte nicht, dass wir an ein Haus klopften. Er hatte Angst, man würde uns dort festhalten. Der Schlag auf den Kopf hatte ihn verwirrt, er konnte nicht mehr klar denken. Er lief weiter, und wir folgten ihm.«

Der dunkelhaarige Mann legte den Kopf zurück und schloss für einen Moment die Augen. Es musste schmerzhaft für ihn sein, an seinen Bruder zu denken. Bevor er weitersprach, räusperte er sich.

»Eine Weile mussten wir rasten, weil Leopold keine Kraft mehr hatte, ihm war übel, und er konnte nichts mehr sehen. Ich versuchte, ihn zu überzeugen, zu dem kleinen Ort zurückzukehren, aber da hörten wir plötzlich den Hund. Sie hatten ihn auf uns angesetzt. Ein riesenhaftes Scheusal. Der Junge sprang davon, und ich suchte nach einem Stock, um uns zu verteidigen. Das Biest fiel Leopold an und zerfleischte ihn. Es war wie von Sinnen. Als ich nach ihm schlug, schnappte es auch nach mir. Dann … wurde ich von einem Pfeil getroffen.«

»In die Schulter«, sagte Jordis. Natürlich. Ein Soldat, der körperlich in Form war und zu kämpfen wusste. Jeder, der schießen konnte, würde versuchen, seinen Waffenarm zu treffen und ihn unschädlich zu machen. »Habt Ihr gesehen, wer schoss?«

»Nein, ich sah zwei Männer, aber sie trugen Kapuzen, ich hörte nur ihre Stimmen. Einer hatte eine Armbrust dabei. Und dann …« Er stöhnte. Jordis wusste nicht, ob ihn die Erinnerung quälte oder die Wunde an der Schulter. »… kam der Junge zurück. Er stand plötzlich hinter ihnen. Sie drehten sich um, und ich rannte davon. Rannte davon!« Er schnaubte. »Ich überließ den Jungen seinem Schicksal und flüchtete in den Wald. Ich hasse mich dafür.« Er schlug mit dem Kopf gegen die groben Bohlen der Hüttenwand.

Ja, dachte Jordis, es war schwer, mit einer solchen Schuld fertigzuwerden. »Ihr habt Euer Leben gerettet«, wandte er ein. »Das hätte jeder getan. In einer solchen Lage denkt man nicht nach, man handelt einfach. Womöglich hätte man Euch ohnehin nicht weiter beachtet, weil Ihr verwundet wart.«

Von der Bahlen presste die Kiefer aufeinander. »Ich werde es mir nie verzeihen.« Er schluckte und schwieg.

»Wohin seid Ihr gelaufen?«, fragte Jordis. »Man hat Blutspuren an den Bäumen gefunden, aber sie verloren sich im Wald.«

»Ich weiß nicht, wohin ich lief. Ich watete durch einen Bach. Da verlor der Hund wohl meine Spur. Ich bin sicher, dass sie mir gefolgt sind. Obwohl sie gehofft haben, ich sei tot.«

»Aber das seid Ihr nicht.«

»Irgendwann verlor ich die Besinnung. Eine alte Frau fand mich und versorgte mich. Von ihrer Hütte aus ging ich zum Kloster Meer. Meine Schwester lebt dort, ich wollte sie warnen. Brockhausen ist wahnsinnig. Er hasst uns, hat er gesagt, und will uns alle vernichten. Sein Kumpan ist keinen Deut besser. Ich hoffe, dass sie nicht auch Barbara etwas antun wollen, ich wäre jetzt gern an ihrer Seite.«

»Ich glaube nicht, dass sie das vorhaben«, wandte Jordis ein, obwohl er nicht davon überzeugt war. »Auf dem Gut ist sie sicher. Ich kann ohnehin nicht nachvollziehen, warum diesen Männern daran gelegen sein sollte, Eure ganze Familie hinwegzuraffen, Gabriel … Hass ist sicher ein Beweggrund. Aber werden sie sich nicht auch Reichtümer davon versprochen haben? Oder sonstigen Nutzen? Ach je.« Er stöhnte. »Wie seid Ihr vom Kloster Meer hierhergelangt?«

»Ich lieh mir ein Pferd. Unterwegs wurde mir unwohl, und ich war gezwungen, zu rasten. Die Nacht verbrachte ich in einem Heuschober am Straßenrand. Sobald es hell wurde, ritt ich hierher. Ich hatte die Hoffnung, Jacob noch lebend anzutreffen. Aber Brockhausen griff mich auf. Er brachte mein Pferd zum Scheuen und überwältigte mich. Den Rest kennt Ihr.«

Von der Bahlen blinzelte. Sein strähniges Haar hing ihm bis über die Augen. »Habt Ihr etwas herausfinden können? Über Jacob?« fragte er leise.

Jordis schüttelte den Kopf. »Nur, dass seine Mütze nahe der Stelle lag, an der man Euren Bruder fand. Lasst mich Euch sagen, dass ich sein und Euer Schicksal sehr bedauere.«

Sie schwiegen eine Weile. Als Jordis bewusst wurde, dass von der Bahlen immer noch seine Handfesseln trug, erhob er sich, um ihn davon zu befreien. Er selbst war nicht gefesselt worden. Man hatte es anscheinend nicht für nötig befunden, ihn zu bändigen, da er ungefährlich wirkte wie ein Eichhorn.

Jordis bat von der Bahlen, ihm den Rücken zuzuwenden, und machte sich an dem Seil zu schaffen, das mehrfach um dessen Handgelenke gewickelt und so fest geschnürt worden war, dass es in die Haut schnitt. Erst nach einer geraumen Weile gelang es ihm, den ersten Knoten zu lösen. Beim zweiten brach er sich einen Fingernagel ab. Beim dritten und letzten hörte er, wie die Atemzüge des anderen sich verlangsamten. Von der Bahlen lag auf der Seite, die verletzte Schulter nach oben gewandt, und schlief, während Jordis die Fesseln fortzog und zu Boden warf.

Der Bucklige blies in seine kalten, verkrampften Hände und kehrte zurück zu seiner Pritsche. Frierend ließ er sich darauf nieder und schob einen Arm unters Gesicht, damit die muffige Strohmatte möglichst weit von ihm entfernt blieb.

Er war kurz vor dem Eindämmern, als er draußen Schritte hörte.

***

»Reich mir doch mal den Honig, Gretgen«, bat Aleidis. Sie hatte einen Arm auf den Tisch gestützt und streckte den anderen nach dem Honigtopf. Warmer Haferbrei schmeckte mit etwas Süße noch besser.

Elsbeth und Gretgen saßen ihr gegenüber. Nah beieinander, wie immer in den letzten Tagen. In einer wortlosen Verbundenheit, die für andere kaum nachvollziehbar war. Doch sie ahnte, was einer der Gründe dafür sein mochte. Aleidis vermutete, dass Elsbeth damals im Kerker noch schlimmere Dinge widerfahren waren als ihr. Geißeln und Beinschrauben waren Plagen, über die man sprechen konnte. Über andere Qualen konnte und wollte man nicht sprechen.

Inzwischen war sie sicher, dass die Peiniger sich Elsbeth in unsittlicher und demütigender Weise genähert hatten. Ein schamloser Griff, eine rasch geöffnete Hose, es war ein Leichtes für die Männer. Eine junge, wohlgeformte Frau in Ketten … Und sie selbst hatte danebengelegen und geschlafen. Wie oft sie ihrer Freundin zu nahegekommen waren, konnte sie nur ahnen. Und Elsbeth hatte geschwiegen. Aus Scham, aus Angst, um ihre Würde zu wahren, um es nicht noch einmal durchleben zu müssen.

In den Monaten danach hatte sie deutlich versucht, sich auf andere Gedanken zu bringen. Sie hatte schwer gearbeitet, war ständig unterwegs gewesen, immer in Bewegung, immer von Menschen umgeben, nur um nicht nachdenken zu müssen. Aber dann hatte das Gefühl des Ausgeliefertseins sie wohl doch noch eingeholt, verbunden mit schlimmen Zweifeln. Bin ich ein anständiger Mensch? Bin ich eine Frau, die ein Mann noch lieben kann? Mit der Zeit hatten die schwarzen Gedanken sie ganz ausgefüllt.

Dann war Gretgen gekommen, die Ähnliches durchgemacht hatte. Missbraucht und erniedrigt von zuchtlosem Pack, wochenlang. Sie hatten einander angesehen und verstanden. Es war in ihren Augen zu lesen gewesen. Und sie hatten begonnen, dagegen anzukämpfen. Ganz still, auf kaum merkliche Weise, indem sie sich gegenseitig das Gefühl gaben, achtbar zu sein, so wie sie waren, trotz all der Dinge, die ihnen widerfahren waren.

Elsbeth wirkte nicht mehr so starr wie zuvor. Gestern hatte sie tatsächlich von sich aus ein paar Worte mit Merten Pilgrum gewechselt, der vorbeikam, um ein Kopfteil an die Bank zu bauen, auf der Gretgen schlief. Elsbeth Neerings kehrte ins Leben zurück, oder das Leben kehrte in Elsbeth Neerings zurück, je nachdem, wie man es betrachtete.

Auch Gretgen wurde zunehmend gesprächiger. Aleidis hatte bereits darüber nachgedacht, ihr eine langfristige Beschäftigung in Neuss zu verschaffen. Ein Zuhause hatte sie nicht mehr, seit die Wegelagerer ihr den Geliebten genommen hatten. Aleidis lächelte den beiden jungen Frauen zu.

Es klopfte kräftig an der Tür, und jemand rief: »Holz!«

»Ach, der Holzhändler«, stellte Aleidis fest. »Elsbeth, gehst du?«

Elsbeth nickte, wischte sich mit dem Handrücken den Mund ab und stand auf.

»Er soll es in den Flur legen«, nuschelte Aleidis kauend.

Sie hörten, wie Elsbeth die Tür öffnete und mit einem Mann sprach. Holzbündel klackerten auf den Boden. Dann wurde es still. Aleidis runzelte die Stirn und sah Gretgen an. Die stützte den Ellbogen auf, hielt den Löffel starr in der Hand und blickte zur Tür. Als sich nichts rührte, erhob Aleidis sich und bedeutete der anderen sitzenzubleiben.

Misstrauisch schlurfte sie in den Flur. Sie sah den steinernen Boden und zwei Holzstapel an der Wand. Rechts von ihr bewegte sich etwas in den Schatten am Fuß der Treppe, und mit Entsetzen stellte sie fest, dass dort ein großer Mann stand. Er hielt Elsbeth umklammert und drückte ihr ein Messer an den Hals.

»Erstaunt über mein Erscheinen?«, fragte er. »Eure schwatzhaften Nachbarn verrieten mir, dass du mit der Kleinen hier allein lebst. Ich vermute, dass der Bucklige euch allerhand Lügen über mich erzählt hat. Ich will nicht, dass ihr die herumtratscht, die Lügen. Das will ich nicht!«

»Brockhausen«, murmelte Aleidis und wich ein Stück zurück in Richtung Haustür.

»Da siehst du es!«, rief der Mann. »Er hat's euch erzählt. Weg von der Tür! Du glaubst doch wohl nicht, dass du schneller bist als ich, alte Vettel. Dich mach ich alle, so schnell kannst du nicht Amen sagen.« Er ging an der Küchentür vorbei und näherte sich, wobei er Elsbeth vor sich herschob. Die Spitze des Messers wies genau auf ihre Kehle.

»Aber zuerst …« Ohne die Waffe loszulassen, griff er nach Elsbeths Rock. »… möchte ich dieses weiche Fleisch fühlen.«

Elsbeth riss entsetzt die Augen auf, und Aleidis überlegte fieberhaft, wie sie ihr helfen konnte.

Mit einem Mal stand Gretgen hinter dem Eindringling. Mit hassverzerrtem Gesicht holte sie aus und schlug ihm den eisernen Schürhaken gegen den Kopf. Erstaunt versuchte er, sich umzudrehen. Der nächste Schlag traf ihn an der Schläfe, er geriet ins Wanken und musste sich mit dem Arm, der das Messer hielt, an der Wand abstützen. Gretgen schlug noch einmal zu, und noch einmal, bis er in die Knie ging, und sie schlug auch noch auf ihn ein, als er schon am Boden lag.

Aleidis ging zu ihr und legte ihr eine Hand auf den Arm. »Lass gut sein. Stell dich nicht mit ihm auf eine Stufe.«

Die junge Frau ließ den Feuerhaken sinken. Breitbeinig stand sie über dem reglosen Körper, schwer atmend und mit aufgelöstem Haar, und starrte auf ihn herab. Langsam veränderten sich ihre Züge. Ein Hauch von Farbe kehrte in ihre Wangen zurück, und Tränen tropften von ihrem Kinn auf den Kittel. Auch Elsbeth weinte, strich ihr Gewand glatt und warf einen vorsichtigen Blick zu Gretgen. Es ist vor allem ein Weinen der Erleichterung, dachte Aleidis.

Sie hockte sich nieder und tastete am Hals des Mannes nach einem Lebenszeichen. Es gab eines. In der Küche fand sie ein Stück Seil, mit dem sie ihn an Händen und Füßen fest zusammenband.

»Elsbeth, meinst du, du schaffst es, zu Virlingbrodt zu laufen?«, fragte sie.

Die junge Frau nickte.

»Erzähl ihm, was geschehen ist, und sag ihm, er soll sofort kommen. Mit Merten. Doch vorher möchte ich euch noch etwas sagen.«

Sie legte jedem der Mädchen eine Hand auf den Arm. »Man kann sich nicht immer wehren, wenn einem Leid angetan wird, das wisst ihr. Das ist nicht die eigene Schuld. Wenn man es jedoch kann, so wie heute, dann sollte man es auch tun.«

***

Das letzte Stück Weges hatten sie im Dunkeln zurückgelegt. Die Dämmerung war schneller gekommen, als sie gedacht hatten, und mit der Länge des Weges hatten sie sich ebenfalls verschätzt. Kreitfisch hatte ein paarmal vom Wagen steigen müssen, um zu sehen, ob sie noch auf der Straße waren oder bereits halb im Graben hingen. Als sie Neuss endlich erreicht hatten, waren die Tore bereits verschlossen gewesen, und wenn die Torwache am Niedertor nicht zufällig Jansens Vetter gewesen wäre, hätte es mächtig Ärger gegeben.

»Zum Glück habe ich viele Vetter«, hatte Jansen gesagt.

»In jedem Tor einen? Dann lass uns noch ein Ründchen fahren.« Kreitfisch hatte, als er dies zum Besten gab, maßlos gegähnt und seine eigenen Worte damit Lügen gestraft.

Sie waren müde und durchgefroren in ihre Betten gekrochen und in Tiefschlaf gefallen und hatten bis zum zweiten oder dritten Hahnenschrei durchgeschlafen, selbst Kreitfisch, der ewige Frühaufsteher.

Nun waren sie auf dem Weg zum Gut der von der Bahlens in Glehn.

Die Erkenntnis, dass Herr Jordis die ganze Nacht nicht zu Hause gewesen war, hatte ihnen einen gehörigen Schrecken versetzt. Hätten sie dies am Abend zuvor geahnt, hätte Jansens Vetter sie gleich wieder zum Niedertor hinauslassen können. Klara saß sicher immer noch kreidebleich auf dem Schemel, den Kreitfisch ihr nach Entdeckung des unberührten Bettes untergeschoben hatte.

Als sie dann zu guter Letzt von Aleidis erfahren hatten, dass vor ihrer Haustür zwei von Jordis' Weinkrügen gefunden worden waren und dieser Scheißkerl Brockhausen versucht hatte, den arglosen Frauen etwas anzutun, waren sie sogleich auf ihr Fuhrwerk geklommen und aufgebrochen, um Herrn Jordis zu suchen.

Brockhausen, der nichts Geringeres als den Galgen verdient hatte, wie Jansen fand, saß einstweilen im Blutturm ein und schwieg. Mit keinem Wort wollte er sich zu einer der Fragen äußern, die man ihm stellte, selbst unter Androhung schwerster Folter nicht. Es blieb ihnen nichts anderes übrig, als sich selbst auf die Suche nach Herrn Jordis zu begeben. Vielleicht konnte von der Bahlen ihnen helfen. Oder dieses Mädchen, Barbara.

Als sie den Gutshof erreichten, hielten sie sich nicht damit auf, einen Stallburschen aufzuspüren, sondern banden die Leine selbst an einen Pfosten und klopften nachdrücklich an die Haustür. Eine junge Magd erschien und starrte sie entgeistert an, als sie nach Gabriel von der Bahlen fragten.

»Den habe ich seit Jahren nicht gesehen«, meinte sie.

»Er war nicht hier?«, fragte Kreitfisch verdattert.

»Nein.« Das Mädchen runzelte die Stirn.

»Dann möchten wir bitte mit Jungfer Barbara sprechen, es ist sehr dringend«, betonte Jansen und fügte hinzu: »Wir sind Freunde des Buckligen, sagt ihr das.«

Es dauerte nicht lange, und Barbara von der Bahlen kam die Treppe herunter. Sie schien sich eilig angezogen zu haben, denn die Haken ihres Obergewandes waren nicht vollständig geschlossen, und ihre Haube zog sie noch im Gehen an.

»Ihr habt Kunde von Gabriel?«, fragte sie anstelle einer Begrüßung.

Kreitfisch bemühte sich, ihr in aller Kürze darzulegen, was in den letzten Stunden geschehen war. »Barbara«, schloss er. »Ihr seid die Einzige, die uns helfen kann. Wohin könnte Euer Bruder gegangen sein? Wo könnte Brockhausen unseren Freund Jordis eingesperrt haben?«

Das Mädchen holte hastig Luft. Auf ihren blassen Wangen bildeten sich rote Flecken. »In dieser Jagdhütte womöglich«, antwortete sie, »die Jacob mir gezeigt hat. Im Hoppbruch.«

»Barbara!«, rief jemand hinter ihr. »Was machst du da?«

Jansen sah ihre Tante in einem rostroten Gewand den Flur hinunterkommen.

»Ich muss gehen, Tante«, rief Barbara. Sie nahm einen Umhang von einem Eisenständer hinter der Tür und eilte auf das Fuhrwerk zu, und Jansen und Kreitfisch blieb nichts anderes übrig, als ihr zu folgen.

Sie sahen noch, wie Magdalen von Schillinc hinter ihnen herlief und einen Arm hob, aber bald war sie nicht viel mehr als ein kleiner roter Punkt.

Vor Liedberg verließen sie die Landstraße und bogen in den Wald ab. Trockene Gräser kämpften sich zu Füßen junger Erlen durch den Schnee, und gleich über ihnen ließen die Wolken ein Stück Himmel frei, das blassblau schimmerte wie Stoff in einem fadenscheinigen Teppich. Barbara musterte Bäume und Sumpfstreifen und versuchte, sich in dem dicht verschneiten Gebiet zurechtzufinden. Zweimal standen sie an Abzweigungen und warteten darauf, dass sie sich für eine Richtung entscheiden würde.

Nachdem sie eine dritte Kreuzung passiert hatten, bat sie, anzuhalten und zurückzufahren, denn dieser Weg sei nicht der richtige. Sie wendeten und schwenkten auf einen Pfad ab, der sie ein Stück durch das flache Bett eines Baches führte. Das Pferd hatte einige Mühe, das Fuhrwerk auf dem unebenen und steinigen Untergrund vorwärtszuziehen. Jansen wurde immer wieder gegen Kreitfischs Schulter geschleudert.

Kurz nachdem sie den Bachlauf verlassen hatten, hob Barbara eine Hand. Sie stieg vom Wagen und trat an eine ausladende Eiche heran, die von Brombeergestrüpp umgeben war. »Hier ist es«, sagte sie und deutete auf ein Kreuz, das in Kniehöhe in den Stamm geritzt war. »Von hier aus geht es noch eine halbe Meile in den Wald.«

»Ein gewitzter Bursche, Euer Jacob«, meinte Jansen mit Blick auf das Kreuz. »Wir sollten uns leise nähern, für den Fall, dass jemand Feindliches an der Hütte wartet.«

»Willst du mit in den Wald gehen, Rutger?«, fragte der Barbier.

»Natürlich will ich das, du Dorsch. Wäre ja nicht das erste Mal, dass ich dein Leben rette. Auf jetzt!«

Mühsam arbeiteten sie sich durch Gestrüpp und Schneeverwehungen. Jansen geriet alle paar Schritte ins Wanken, weil die Unebenheiten des Waldbodens unter dem Schnee nur schwer zu erkennen waren.

Endlich kam rechts von ihnen unter dem lichten Geäst hoher Buchen das Dach der Jagdhütte in Sicht. Vorsichtig gingen sie darauf zu und lauschten bei jedem Schritt, ob etwas zu hören war, das hier nicht hingehörte.

Sie fuhren zusammen, als in einiger Entfernung ein Hund zu bellen begann. Eine Männerstimme rief etwas, und der Hund verstummte. Jansen hob einen Finger und prüfte den Wind. Er stand günstig für sie. Der Hund würde sie hoffentlich auf diese Entfernung nicht wittern.

Im Schutz einer Baumgruppe gingen sie ein Stück näher an die Hütte heran. Kreitfisch und Barbara hockten sich hinter eine Eiche.

»Lass den Hasen, Borg«, sagte die Männerstimme wieder. »Sitz!« Sie kam Jansen vage bekannt vor. Aber wem gehörte sie?

Durch die Stämme der Bäume konnte man die Umrisse eines Mannes erkennen. »Ach, der ist das!«, stellte Kreitfisch fest. »Ich wollte mich schon erschrecken.«

»Wer?«, flüsterte Jansen.

»Jost Quentin.«

Der Mann, der ihnen das Leben gerettet hatte, als sie den Wegelagerern in die Hände gefallen waren.

Kreitfisch machte bereits Anstalten, sich aufzurichten, als Jansen ein Gedanke durch den Kopf schoss. Das braune Pferd gestern, das bei den Mädchen stand, hinter dem Kloster. Die hakenförmige Blesse. Er kannte sie. Er hatte sie bereits im Stall des von der Bahlen'schen Gutes gesehen. Es war Quentins Pferd. Was hatte er im Kloster gewollt? Blitzschnell griff er nach Kreitfischs Ärmel und zog ihn zurück. »Wir dürfen ihm nicht trauen«, zischte er. »Lass uns warten.«

Kreitfisch starrte ihn verständnislos an, ging aber wieder in die Hocke.

Leise stand Jordis auf und stellte sich hinter die Tür. Die Schritte hatten die Hütte erreicht. Ein scharfes Bellen ließ ihn zusammenfahren.

»Es ist alles in Ordnung, ihr könnt herauskommen«, sagte jemand, und ein Schlüssel drehte sich im Schloss. »Ihr seid frei.«

Jordis sah von der Bahlen an und hatte plötzlich das Gefühl, dass etwas ganz und gar nicht stimmte.

Der dunkelhaarige Mann war aschfahl im Gesicht geworden und starrte auf die Tür. »Er ist es«, flüsterte er. »Die Stimme. Er war dabei. Jetzt weiß ich auch, weshalb sie mir bekannt vorkam.« Hastig stolperte von der Bahlen auf eine der Pritschen zu und griff danach. Jordis verstand.

»Wir sollen herauskommen?«, rief er laut.

Gemeinsam trugen sie die Pritsche zur Tür. Von der Bahlen brach eine der Längsstreben ab, an denen die Lederauflage befestigt war, und klemmte sie so unter die Türklinke, dass diese sich nicht mehr bewegen ließ. Schwer atmend lehnte er sich gegen das Fußende und wischte sich den Schweiß von der Stirn.

»Wer ist denn dort draußen, würdet Ihr uns das bitte verraten?«, fragte Jordis.

»Nun habt Euch nicht so«, kam die Antwort. »Ihr wisst es doch längst: Jost Quentin. Kommt jetzt heraus, ich habe nicht ewig Zeit.«

Man sah, wie versucht wurde, die Klinke zu bewegen. Es krachte, als Quentin wütend vor die Tür trat. »Was soll das?«, rief er. »Wollt Ihr den Rest Eures Lebens in dieser Hütte verbringen?«

»Wo ist Jacob?«, fragte Jordis.

Quentin schwieg. Dann hörten sie ihn lachen. »Den haben wir vergraben. Ich kann Euch zeigen, wo, es ist nicht weit von hier. Er hätte sich nicht einmischen sollen, der törichte Junge.«

Um Jordis' Herz legte sich eine kalte Faust. Jacob lebte nicht mehr? Er fühlte unbändigen Zorn in sich aufsteigen. »Ihr ruchlosen Unmenschen! Wie konntet Ihr das tun?«

Quentin war um die Hütte herumgegangen und sprach nun durch das vergitterte Fenster zu ihnen. Sie konnten seine Umrisse durch das Pergament sehen. »Er war lästig geworden. Er wusste zu viel über unsere Geschäfte. Er hatte sogar mich in Verdacht! Leider ist er den Brüdern gefolgt und hat sich erwischen lassen, wie dumm von ihm!«

Jordis trat näher an das Fenster heran. »Wieso habt Ihr ihn nicht im Wald liegen lassen, so wie Leopold?«, erkundigte er sich.

»Der Junge hätte uns verraten«, erwiderte der Mann vor dem Fenster, »selbst als Leiche hätte er uns verraten. Man hätte wissen wollen, warum er mit im Wald war. Man hätte Nachforschungen angestellt. Wer hätte noch daran geglaubt, dass die Brüder auf dem Rückweg aus der Fremde zufällig an einen Wolf gerieten? Wie hätte man die Anwesenheit dieses Lümmels erklären sollen?« Er lachte bitter. »Nein, so war es leichter. Wären sie in der Hütte geblieben, hätte es ähnlich geendet: ein tragischer Unfall. Und der Junge wäre verschwunden. Das war der Plan. Es ging nur um die von der Bahlens.«

»Warum ging es um sie? Was hat die Familie Euch getan, dass Ihr sie ausrotten wollt?« Jordis sah sich zu Gabriel von der Bahlen um, der mühsam versuchte, auf die Füße zu kommen.

Quentin sagte etwas zu seinem Hund, bevor er weitersprach. »Nichts. Sie alle liebten mich. Nur du nicht, Gabriel, du warst schon als Kind verstockt, auch wenn du dich nicht mehr daran erinnerst. Die anderen waren mir zugetan, selbst dein Vater, der immer zu meiner Mutter kam, um sich zu holen, was deine Mutter ihm nicht geben konnte.«

Von der Bahlen hielt sich an der Wand fest und fauchte: »Das ist nicht wahr.«

»Du weißt, dass es wahr ist«, fuhr der Jäger fort. »Du hast ihn gesehen, wie er mit schlaffem Schwanz nach Hause geschlichen kam, oder? Er nahm sie sich so oft, bis sie ein Kind von ihm empfing. Sie ging zur Engelmacherin und …« Er machte eine Pause, bevor er zischte: »… hat es nicht überlebt. Ich war noch ein Kind! Nicht einmal zwölf.«

Sie konnten sehen, wie seine schattenhafte Gestalt sich hinter der Pergamentbespannung bewegte. Eine Zeit lang hörten sie ihn nur atmen.

»Von da an war ich allein. Dein Vater hat sich gekümmert, o ja, er wusste, was er angerichtet hatte. Ich bin ein und aus gegangen in eurem feinen Haus in Grevenbroich. Aber ich musste immer wieder nach Hause, zu meiner Tante, die mich mit Eisenstangen schlug, wenn ich nicht tat, was sie verlangte.«

Wieder das Atmen.

»Es wurde besser, als ich beim Herzog in Dienst trat. Zusammen mit Leopold. Dein Vater war immer noch für mich da. Er gab mir Geld, legte ein gutes Wort für mich ein. Ich bin mir sicher, wenn es euch nicht gegeben hätte, wäre ich an Kindes statt angenommen worden, als sein Erbe, sein Sohn!«

»Aber Ihr hasst ihn doch«, widersprach Jordis, um ihn aus der Fassung zu bringen. »Er hat Euch die Mutter genommen, wie konntet Ihr Euch ihm verbunden fühlen?«

»Schweigt!«, fuhr Quentin ihn zornig an. »Ihr wisst gar nichts, Ihr Gnom!«

»Ihr wolltet Euch demnach einen Teil des Erbes erschleichen?«

»Wieso einen Teil?« Quentin lachte. »Ich werde alles haben. Alle

Ländereien und Güter und Wälder und Besitztümer. Alles. Euch wird es bald nicht mehr geben. Ich dagegen werde reich sein, wahrhaft reich.«

»Ihr steht nicht im Testament«, widersprach Jordis.

»Gabriel könnte eine Urkunde unterzeichnen, in der er mir, im Falle seines Ablebens, die Befugnis erteilt, die von der Bahlen'schen Güter zu verwalten.«

»Niemals.« Von der Bahlen hatte sich aufgerichtet und war näher ans Fenster getreten. »Das werde ich niemals tun.«

»Dachte ich mir. Darum hätte es Leopold machen sollen, so war es geplant. Aber leider –«

»Ihr habt alles geplant«, fuhr Jordis dazwischen. »Ihr wolltet die Brüder früher oder später ohnehin zur Strecke bringen. Euer Handlanger Brockhausen hat lediglich die Gelegenheit ergriffen, sie bereits auf dem Rückweg von Brabant zu überwältigen. Ihr selbst hattet die Absicht, Euch ihrer später zu entledigen. Zu Hause, auf dem Gut, vermutlich. Ein trautes Familientreffen, ach wie schön. Nachdem Ihr schon die Jagdwaffe des alten von der Bahlen bearbeitet hattet, damit der Keiler ihn auf die Hauer nahm …«

Gabriel von der Bahlen stieß einen Zischlaut aus. Jordis wandte sich zu ihm um und begegnete seinem Blick. Hass und Wut glitzerten in den tief liegenden dunklen Augen. Mit einem kaum merklichen Kopfnicken forderte der junge Mann ihn auf weiterzusprechen.

»Ich vermute, Ihr hattet anderweitig zu tun«, fuhr Jordis an Quentin gewandt fort. »Darum mussten sie fünf Tage in dieser Hütte warten. Worauf? Eine betrügerische Urkunde, die sie unterschreiben sollten? Gefolgt von ihrem sicheren Tod? Nein, verzeiht: einem bedauerlichen Unfall. Das ist krank! Hättet Ihr danach die Schwestern beseitigt? Oder Barbara zur Frau genommen, die auf so wundersame Art und Weise wieder frei geworden war? Was für ein Irrsinn, Quentin! Vor einem Menschen, der so von Neid und Habgier zerfressen ist, graut mir, wahrhaftig!«

»Schweigt. Wie könnt Ihr Euch anmaßen, ein Urteil über mich zu fällen. Euch wird mein erster Pfeil gelten.«

»Mehr fällt Euch nicht ein?«

Jordis machte sich Sorgen um von der Bahlen, der an der Wand kauerte und schwer atmete. Die Wunde an seiner Schulter schien aufgeplatzt zu sein. Er bückte sich und presste ein Taschentuch gegen den dunkel verfärbten Mantelstoff. Sie mussten Zeit schinden. Vielleicht würden seine Freunde nach ihm suchen und ihn noch rechtzeitig finden.

»Kommt endlich raus!«, rief der Amtsjäger. »Meine Geduld ist erschöpft!«

Jordis beachtete ihn nicht. »Ihr habt mit den Köhlern gemeinsame Sache gemacht«, fuhr er fort. »Habt ihnen Raubzüge ermöglicht und Stillschweigen bewahrt und dafür einen Teil der Beute eingestrichen. Und als sie Euch zu fordernd wurden, habt Ihr sie getötet.«

»Schwatzt nur weiter, es hört Euch ohnehin keiner zu«, erwiderte Quentin leichthin.

»Als die Wegelagerer meine Freunde überfielen, habt Ihr Euch als Retter aufgespielt. Doch Ihr wolltet nur Eure Mitwisser beseitigen. Und all das andere … Was seid Ihr nur für ein Mensch!«

»Ein kluger anscheinend, sonst stünde ich nicht hier draußen, während Ihr wie Ratten in der Falle sitzt.«

»Allzu weit ist es nicht her mit Eurer Klugheit«, wandte Jordis ein und befeuchtete sich die Lippen. »Ihr wolltet es so aussehen lassen, als seien die Brüder von der Bahlen von einem Wolf angegriffen worden. Aber dann hättet Ihr die Pfeilwunde an Gabriels Schulter vermeiden sollen, oder nicht? Wölfe, die mit Pfeilen schießen, gibt es meines Wissens nicht. Wie hättet Ihr –«

»Schweigt!«, fiel Quentin ihm ins Wort. »Wir wussten, dass wir ihn finden würden. Und eine Erklärung für sein Dahinscheiden wäre uns schon noch eingefallen, da könnt Ihr sicher sein.«

»Welch abgefeimtes Spiel«, erwiderte Jordis. »Doch damit kommt Ihr nicht durch! Meine Freunde sind Euch auf der Spur und werden all Eure Übeltaten aufdecken. Ihr werdet mit leeren Händen dastehen. Unter dem Galgen.«

»Ist Eure Rede beendet?«, fragte Quentin beiläufig. »Fein. Ich habe mir überlegt, dass ich Weihnachten gern in meinem Haus in Grevenbroich verbringen würde und nicht hier. Daher werde ich nicht warten, bis Ihr freiwillig herauskommt, ich werde nachhelfen. Es gibt ein einfaches Mittel, um Euch vor die Tür zu locken.«

Mit diesen Worten schlug er nachdrücklich zwei Flintsteine gegeneinander.

Kreitfisch hatte sich davongestohlen, um näher an die Hütte heranzuschleichen. Jansen hoffte, dass der wilde Hund ihn nicht wittern würde. Sie hatten das meiste von dem verstanden, was Quentin gesagt hatte, aber so gut wie nichts von dem, was aus der Hütte kam.

Zumindest wussten sie jetzt, dass Herr Jordis und Gabriel von der Bahlen darinnen festsaßen und nicht herauskamen, weil sie fürchteten, von der Armbrust erschossen oder vom Hund angefallen zu werden.

Barbara hatte ihr Gesicht in die Hände gelegt und weinte. Das arme Mädchen. Dass sie so schonungslos erfahren musste, was mit ihrem Geliebten und ihren Brüdern geschehen war. Verscharrt hatte man den Jungen, mein Gott. Er legte ihr eine Hand auf die Schulter und hielt nach Kreitfisch Ausschau. Nichts regte sich. Der Wald lag still und verlassen vor ihm, die Bäume reckten ihre Zweige in den Himmel, als sei nichts geschehen.

Quentins Hund knurrte drohend. »Ruhig, Borg«, fuhr sein Herr ihn an. »Ich lasse dich gleich frei.«

»Wo ist denn Euer Freund, Quentin?«, rief Jordis laut aus der Hütte. »Hat er Euch im Stich gelassen?«

»Haltet das Maul!«, brüllte der Jäger zurück.

»Barbara«, flüsterte Jansen. »Er lässt den Hund los. Komm, steig hier herauf.« Er deutete auf einen Baumstrunk, aus dem im Sommer neue Triebe gewachsen waren. Von der Hütte aus würde er hoffentlich nicht zu sehen sein. »Macht schnell.«

Er zog das Mädchen auf die Füße und schob sie auf den Baum zu. Mühsam kletterte sie hinauf. Ihr Kleid verfing sich an einem vorspringenden Ast, und ihre kältesteifen Finger fanden nur schwerlich Halt, aber endlich saß sie oben. Nicht sehr weit oben, aber immerhin.

Er hörte Quentin lachen. Wie groß das Ausmaß seines Wahnsinns war, hatte er nicht geahnt. Jetzt wollte der Kerl doch tatsächlich die Hütte anzünden! Vielleicht hatte er es bereits getan.

»Was ich davon habe? Das möchtet Ihr wohl wissen!«, rief er den eingesperrten Männern zu. »Um eure Neugierde zu stillen, kann ich … Was ist, Borg? Borg!«

Jansen hörte Äste knacken und Pfoten auf dem Schnee aufschlagen, dann war das riesige Tier über ihm und warf ihn zu Boden. Es sah einem Wolf äußerst ähnlich. Er spürte heißen, fauligen Atem auf seinem Gesicht und sah feuchte Zähne auf sich zukommen. Unwillkürlich hob er einen Arm. Schmerz durchfuhr ihn, alles rundum verblasste. Nur dieses tiefe Grollen drang an sein Ohr.

Dann prallte etwas gegen ihn, und es wurde heller. Das Biest ließ von ihm ab. Benommen richtete er sich auf und sah zwei Tiere miteinander kämpfen. Ihre großen, zottigen Körper waren kaum voneinander zu trennen, bellend und knurrend fielen sie übereinander her.

Hinter den Tieren erschienen die verschwommenen Umrisse eines Mannes. Jansen hoffte, dass es Kreitfisch war oder von der Bahlen, aber als er wieder klar sehen konnte, erkannte er Jost Quentin, der mit seiner Armbrust auf ihn zielte. »Ach, sieh an«, rief er, »noch einer von euch Tölpeln.«

In diesem Augenblick tauchte Kreitfisch hinter der Hütte auf und brüllte: »He!«

Quentin wirbelte herum, und der Einbeinige ging hinter einem Baum in Deckung. Er hörte einen Pfeil durch die Luft zischen und hoffte, dass er Kreitfisch verfehlen würde.

Zweige knackten, als der Amtsjäger sich Jansens Versteck näherte. Diesmal sprach er nicht. Schnee knarzte. Noch zwei Schritte, und er würde ihn entdecken, und auch Barbara auf ihrem Baum würde er ausfindig machen.

Jansen blickte hoch und sah in Quentins Gesicht. Die Waffe mit dem tödlichen Pfeil war direkt auf ihn gerichtet. Nicht sterben, dachte Jansen, ich will nicht … In diesem Augenblick fiel Quentin hintenüber. Er gab ein Gurgeln von sich und kippte um wie ein gefällter Baum. Jansen keuchte.

»Hätte ich mir denken können, dass es einer von euch Kratzfürzen ist«, sagte eine Stimme hinter ihm.

Die drahtige kleine Gestalt von Willems, dem Wilderer, jagte an ihm vorbei und schlug dem wilden Hund so lange einen Knüppel auf den Kopf, bis er von dem anderen Tier abließ. Es war sein eigener Hund, das arme, zerzauste Viech. Leise winselnd leckte es sich die blutende Pfote. Jansen ließ sich zurück in den Schnee fallen und schöpfte Atem. Willems' Hund schlich heran und legte ihm den schweren Kopf aufs Bein. Das Fell an seinem Hals war blutgetränkt.

Quentins Wolfshund taumelte ein paar Schritte vorwärts und sackte stumm in sich zusammen.

Etwas schleifte und knarrte. Jansen sah, dass die Hüttentür sich öffnete und Jordis herausschaute. »Kreitfisch, kommt schnell, er blutet.«

Der Barbier trat hinter einem Baum hervor. »Raus aus der Hütte, sie brennt schon!«, warnte er und sah sich um. »Rutger? Barbara?«

»Ja. Wir sind wohlauf, alles gut.« Jansen lehnte sich erschöpft an den Baum.

Willems ging zu dem Wolfsmischling und trat ihn in die Seite. »Drecksvieh. Wenn sie gekreuzt sind, sind sie teuflisch. Wilder als ein echter Wolf und böser.«

Kreitfisch war in der Hütte verschwunden und kam mit Gabriel von der Bahlen wieder heraus, der sich schwer auf ihn stützte. Hinter ihnen ging Herr Jordis. Von der Bahlen sah nicht gut aus, er hielt sich gebeugt und hatte ein schmerzverzerrtes Gesicht. Als Barbara ihn sah, rutschte sie von ihrem Baum und lief schluchzend zu ihm. Er hob den Blick und erkannte seine kleine Schwester, und ein Teil des Schmerzes schien von ihm abzufallen, als sie die Arme um ihn schloss.

Jansen stützte den Kopf an den Baumstamm und strich Willems' zottigem Hund sanft über den Kopf. »Was ist mit Quentin?«, fragte er.

Der Wilderer beugte sich über den reglosen Körper des Mannes und schnaubte. »Ich schieße nicht daneben, Kratzfurz.«

»Woher habt Ihr gewusst, dass wir hier sind? Ihr … seid doch nur ab und an im Wald unterwegs.«

Willems grinste ihn an. »Hab mir meine Gedanken gemacht. Über die Spuren und die Hütte und was man so hört. Und dachte mir: Guck mal nach. Er war mir nie geheuer, der Quentin, der Drecksack. Ich hab's euch gleich gesagt.«

»Jaja. Reden wir ein andermal darüber. Jetzt würden wir gern raus aus diesem verdammten Wald. Unser Fuhrwerk steht vorne am Weg. Du kriegst zwei Krüge Branntwein von mir, wenn du uns auf dem schnellsten Weg hier herausbringst.«

Willems streckte ihm die Hand hin, um ihm aufzuhelfen. »Abgemacht.«

In diesem Augenblick erklang ein furchterregendes Knurren, und Jansen sah mit Entsetzen, wie der Wolfsmischling wieder auf die Füße kam und nach Barbara schnappte, die ihm am nächsten stand. Willems hob seine Armbrust, konnte aber nicht schießen, weil Barbara zwischen ihm und dem Hund hin und her stolperte. Das Mädchen schrie wie am Spieß.

Kreitfisch sprang vor, um ihr beizustehen. Da schoss etwas Großes, Graues aus dem Gebüsch und warf sich auf die Bestie. Jansen schluckte. Da war er. Der Wolf. Der geheimnisvolle, gefürchtete Jäger, dessen Geschichte eng mit der ihren verwoben war. Allerdings war er nicht die Bestie gewesen, vor der alle Welt zitterte. Quentins böses Gezücht hatte sich blutrünstig auf menschliche Opfer gestürzt, nicht der Wolf.

Die beiden mächtigen Tiere wälzten sich nun am Boden und versuchten, einander an die Kehle zu gehen. Der Wolf gewann. Jünger, stärker, nicht von Schlägen geschwächt, versetzte er seinem Feind den entscheidenden Todesbiss. Mit einem Mal erstarb das Knurren des Hundes, und sein dunkler Körper fiel lautlos in den Schnee.

Der Wolf beugte sich über ihn und schnüffelte. Seine weiße Schnauze war blutverschmiert. Er richtete die Ohren auf und drehte den Kopf. Als würde er uns ansehen, dachte Jansen. Schließlich wandte das gewaltige Tier sich um und trabte davon. Nach und nach verschmolz es mit dem Gras, den Bäumen und dem Schnee.

Willems sah ihm nach und ließ seine Armbrust sinken.

»Du erlegst ihn nicht?«, fragte Jansen.

»Nein«, sagte der Wilderer. »Er hat nur seinen Wald verteidigt.«

Tag elf, 23. Dezember 1510

Jordis ging nach der Frühmesse auf Umwegen zurück zur Brückstraße. Er genoss den Frieden der Münsterkirche mit ihren Lichtern und Tannenzweigen, der immer noch in ihm nachwirkte, obwohl er das Portal längst hinter sich gelassen hatte. Die Zeit war gekommen für Wohlgefühl und Besinnlichkeit. Seine Gedanken hetzten nicht länger durch finstere Abgründe. Wie hieß es noch gleich in dem Lied?

Gewaltig ist er und stark, der zu Weihnachten geboren ward,
es ist der heilige Christ. Es lobt ihn alles, was da ist,
allein der Teufel nicht; dem ward für seinen Übermut
zur Straf' zuteil der Hölle hart' Gericht.

Gut und Böse begegneten sich seit Anbeginn der Welt, doch man durfte nicht müde werden, an das Gute zu glauben und redlich sein Leben zu fristen. Hoffnung gab es, solange es Menschen gab, die füreinander kämpften, und Lichter, die in der Finsternis leuchteten. Auch ihm leuchteten Lichter. Der Morgen des dreiundzwanzigsten Dezember zog herauf, wolkenverhangen und trüb, doch in vielen Fenstern standen Kerzen und Laternen, die eine goldene Stimmung verbreiteten.

An der Oberstraße hatten einige Bürger ihre Häuser bis unter die Giebel mit Zweigen geschmückt. Frisches Tannengrün und rote Eibenbeeren leuchteten von den Wandbalken, und mancherorts waren flatternde, bunte Bänder in das Gezweig geflochten. Bald würden sich Menschen in den Straßen drängen, geputzte Frauen, Männer und Kinder, in freudiger Erwartung auf dem Weg zur Kirche. Der Klang der Festumzüge würde die Stadt erfüllen, Stadtpauker und Trompeter, Fiedler und Flöter, alle würden die Gemeinde zum Krippenspiel begleiten.

Fröhlichkeit und Andacht lagen nah beieinander an diesen hohen Festtagen. Auf den Straßen würde reges Treiben herrschen und in den Kirchen Stille, durchbrochen von Gebeten und feierlichem Gesang, der sich zur Kuppel erheben würde im Glanz unzähliger Kerzen. Wie freute er sich darauf! Und auf das Essen natürlich. Er hatte in den letzten Tagen arg darben müssen. Dass in den Stunden vor dem Christfest ein Fastengebot bestand, machte die Sache nicht einfacher. Bis auf ein dünnes Süppchen hatte er heute Morgen nichts zu sich genommen, und sein Magen knurrte. Aber er war zuversichtlich.

Morgen Abend würde es knusprigen Karpfen geben und übermorgen ein Festmahl mit Schweinebraten und Tunke, gedünstetem Gemüse, gebackenem Hühnchen, Entenpastete, warmen Fladen, süßen Kuchen mit Korinthen, feinen Gebildbroten und natürlich dem allerbesten Wein. Es würde eine helle Freude sein.

Matt, aber frohgemut schritt er in seinen neuen Stiefeln – Jansens Ältester hatte ganze Arbeit geleistet – an den ehrwürdigen hohen Häusern vorbei, dem Roten Löwen, dem Raben, dem Stockfisch, der Fetten Henne, der Krone und all den anderen, die in diesen Tagen erfüllt waren von emsiger Handarbeit und wohligen Düften. Er bog in die Brückstraße ein und grüßte eine Gruppe Zisterzienser, die ihm leise singend aus dem Kamper Hof entgegenkam und sich mit ihren weißen Gewändern und schwarzen Skapulieren wundersam in die verschneite Umgebung einfügte.

Sein Haus erblickte er schon von Weitem. Obwohl Klara ein sprödes Weibsbild war, das mit Tand nichts im Sinn hatte, ließ sie es sich nicht nehmen, an hohen Festtagen das Heim angemessen zu verzieren. Vor dem Eingang steckten Eibenzweige im Schnee, und am Türsturz hing ein rot besticktes Tuch, das Gott den Herrn und alle, die ihn ehrten, in diesem Hause willkommen hieß.

Kreitfisch und Jansen waren dieser Aufforderung bereits gefolgt und saßen, früher als erwartet, in seiner Stube am Kamin. Sie unterhielten sich leise und rührten in zwei Bechern, aus denen weißer Dampf aufstieg.

»Was hat sie Euch vorgesetzt?«, fragte Jordis anstelle einer Begrüßung. »Augentrost?« Er grinste schief und setzte sich in seinen Antwerpener Sessel, um die Stiefel aufzuschnüren.

»Das ist leider zutreffend«, erwiderte Jansen. »Aber zumindest ist Honig darin. Eure gestrenge Magd meint, Wein und Bier gäbe es erst übermorgen wieder.«

»Da hat sie recht. Ihr werdet das schon schaffen.«

Jansen schlürfte an seiner Tasse. »Diese Frage ist nicht weihnachtlich, ich bitte das zu verzeihen, aber was geschieht jetzt mit Brockhausen?«

»Er wird hängen«, sagte Kreitfisch. »Selbst wenn er die Morde nicht gesteht, es gibt zu viele Beweise. Als wir gestern im Blutturm waren, konnte ich mit seinem Gesicht zuerst nichts anfangen. Aber dann fiel mir ein, dass er Quentin an dem Tag begleitet hat, als wir in die Hände der Wegelagerer fielen, ich konnte mich an seine Stimme erinnern. Heute wird er nach Liedberg überführt. Scheiffart von Merode wird ihm die Stunden bis zur Hinrichtung nicht angenehm machen, aber er hat es nicht anders verdient, der habgierige Unmensch.«

Sie dachten an die Übeltaten und Morde, die Brockhausen und Quentin auf dem Gewissen hatten.

»Ich frage mich immer noch, was sie zu all dem veranlasst haben mag«, überlegte Jansen. »Vor allem Quentin … Warum hatte er es nötig, sich so etwas Teuflisches, Verworrenes auszudenken? Er war doch bereits ein Mann mit Macht. Und Geld.«

Kreitfisch strich sich eine Haarsträhne aus der Stirn. »Manchen ist es nie genug«, folgerte er. »Und jeder entscheidet für sich selbst, was er für nötig befindet, leider.«

»Es stimmt mich traurig, dass Jacob dort hineingeraten ist«, stellte Jordis fest. »Er hatte mit all den Machenschaften nicht das Geringste zu tun.«

»Ein tapferer Bursche«, sagte Kreitfisch mit belegter Stimme.

»Er war zur falschen Zeit am falschen Ort. Schrecklicher Zufall«, ergänzte Jansen. »Seine arme Mutter. Habt Ihr mit ihr gesprochen?«

»Nicht persönlich«, erwiderte Jordis. »Ich werde sie morgen besuchen. Körperlich geht es ihr wohl etwas besser, aber dieser Schlag … Heute ist von der Bahlen bei ihr.« Er griff nach seinem Becher. »Barbara ist ebenfalls zu bedauern, finde ich. Schlimm, dass sie ihren Freund auf diese Weise verlieren musste.«

Mit klappernden Holzschuhen kam Klara durch den Flur und klopfte an die Tür. »Ich hätte Linsensuppe da. Möchte einer der Herren kosten?«

»Immer gern«, bestätigte Jansen, sichtlich froh, auf andere Gedanken gebracht zu werden. »Ich habe heute noch nichts gegessen.«

»Das solltest du, sonst kippst du aus den … aus dem Schuh«, schmunzelte Kreitfisch.

»Ganz richtig.« Jansen klopfte auf die Armlehnen seines Sessels. »Ich freue mich auf die Weihnachtstage, meine Freunde! Am allermeisten auf den Braten, wenn ich ehrlich bin. Wir haben es uns verdient, zünftig zu feiern, meint ihr nicht?«

»Auf jeden Fall. Wohlsein!« Kreitfisch hob seinen Becher.

»Anstoßen? Mit dem Gebräu?«, fragte Jansen entsetzt. »Niemals!«

»Ich würde einen süffigen Wein bevorzugen«, pflichtete Jordis ihm bei. »Darauf freue wiederum ich mich.«

»Und ich auf das ›In dulci jubilo‹«, ergänzte Kreitfisch. »Alpha es et O-ho, alpha e-hes et O«, sang er.

»Hör auf zu singen, Kreitfisch, sonst fliegen die Linsen aus der Schüssel. Klara, das riecht vorzüglich!« Jansen lächelte der Magd zu, deren graues Haar zur Feier des Tages mit einer schneeweißen Haube voll kleiner, künstlicher Falten bedeckt war.

Zufrieden stellte sie drei Schalen mit dicker brauner Suppe auf den Tisch und bat sie, Platz zu nehmen. Bevor sie die Tür schloss, konnten sie aus der Küche den Duft von Honigkuchen und Pastete wahrnehmen.

»Meine Herren«, begann Jordis und hob seinen Becher. »Ich erhebe meinen Augentrost auf Euch, die Ihr ein Trost für die Menschheit seid. Wenn schon nicht für die Augen, so doch für Herz und Seele, was meines Wissens von weitaus größerer Bedeutung ist.«

Jansen warf einen trübsinnigen Blick in seinen Becher und grinste Kreitfisch an. »Über die Sache mit den Augen reden wir noch, aber wo er recht hat, hat er recht. Wohlsein!«

***

Betreten saß Gabriel von der Bahlen der zierlichen kleinen Frau gegenüber, die Jacobs Mutter war. Ihr schmales Gesicht wirkte älter, als es vermutlich war, mit den schlaffen Wangen und den vielen Falten um die geröteten Augen. Über ihren Ohren kringelten sich kleine graue Löckchen unter der locker sitzenden Haube.

»Ich möchte Euch sagen …«, begann er, »dass ich Hochachtung habe vor der Tapferkeit Eures Sohnes, seiner Großmut und seiner Selbstlosigkeit. Ich verdanke ihm mein Leben. Ebenso danke ich Euch, die Ihr ihn erzogen habt, denn seine Großherzigkeit ist auch Euer Verdienst.«

Sie warf ihm einen matten Blick aus blauen Augen zu. Ihr Körper unter der Bettdecke wirkte schmal und zerbrechlich. »Warum … Was hatte er getan, dass er …?«

»Nichts, er hatte gar nichts getan. Er hatte nur von Dingen erfahren, die er nicht wissen durfte, und wurde gewaltsam zum Schweigen gebracht. Es tut mir unendlich leid.«

Tränen tropften auf ihre schmalen Hände.

»Habt Ihr jemanden, der in diesen Tagen bei Euch sein kann?«, fragte er.

»Meine Schwester«, sagte sie, »kommt hierher. Was …«

Sie wollte etwas fragen, hatte aber nicht die Kraft dazu. Er sah aus dem Fenster in den tristen Innenhof. Der Himmel war grau, bald würde es wieder schneien. Hoffentlich nicht zu stark. Er wollte noch zu einem Dorf namens Unterbroich fahren, um der alten Frau zu danken, die ihn aufgenommen und gepflegt hatte. Seiner Schulter ging es dank der Salbe, die der Barbier ihm gegeben hatte, ein wenig besser.

Gabriel räusperte sich. »Ich möchte Euch noch etwas sagen. In meinem Dorf unten in Italien habe ich eine Frau. Sie … erwartet ein Kind. Wenn es ein Junge wird, soll es Jacob heißen.«

Die kleine Frau ihm gegenüber sah ihn aus feuchten Augen an. Er beugte sich vor, legte eine Hand auf ihren Arm und blieb still bei ihr sitzen.

***

Martha saß auf ihrer Pritsche und sah aus dem winzigen Fenster hinaus auf die kahlen Zweige der Buchen.

Es war vorbei. Alles war vorbei. Ihre Hoffnungen hatten sich zerschlagen. Der wichtigste Mensch auf Erden war tot. Derjenige, der sie seit ihrer Jugend geliebt und sie wahrhaftig verstanden hatte. Dem bewusst gewesen war, dass sie hier nicht leben konnte.

Ihr Vater hatte es gut gemeint. Behauptete er zumindest. Aber er hatte sie getötet, an dem Tag, an dem er sie der Magistra übergab, vor über zwei Jahren. Ein Teil von ihr war gestorben, als sie mit ihrer Tasche durch das Portal ging. Alles hatte man ihr genommen: ihre Tasche, ihre Kleider, ihr Haar. Und ihren Lebenswillen.

Eingesperrt hatte man sie in einem Haus voller Stille und Schatten.

Aber er hatte ihr Mut gemacht. »Ich hole dich raus«, hatte er gesagt. Hatte sie besucht, wenn er dem Kloster im Auftrag der Familie Abgaben oder Briefe überbrachte. Und zweimal war er sogar zu ihr gekommen, über die Mauer, allen Gefahren zum Trotz. In seinen Armen hatte sie vergessen können, wo sie war: an einem Ort der Entsagung, den sie nicht verlassen durfte. O, wie sie es hasste! Wie sie ihre Mitschwestern hasste mit ihrem frommen Gehabe und ihrer keuschen Reinheit.

Doch dann bot sich die Gelegenheit, dem allen zu entfliehen und ihr Los selbst zu bestimmen. Es war ihre Idee gewesen, jene zu beseitigen, die ihr im Weg standen.

Ihr Vater hatte das Unglück verdient, das ihm widerfahren war. Sie sah es als späte Rache. Bald wäre ein großes Erbe zu erwarten. Leider nicht für sie, sie war ja nur die älteste Tochter aus erster Ehe, ihre Brüder standen höher auf der Leiter. Doch wenn sie einem Unfall zum Opfer fielen, wäre der Weg frei, hatte sie gedacht. Sie könnte Vaters Erbe antreten und ihr Gefängnis verlassen. Sie wäre eine reiche und glückliche Frau, mit Jost an ihrer Seite, ihrem geliebten Jost.

Aber das Schicksal hatte sich gegen sie gestellt. Mit Macht und Tücke hatte es alle Hoffnungen zerstört.

Es war vorbei.

Ich werde immer in diesen Mauern gefangen sein, dachte sie.

Mein Geliebter wird nie mehr kommen.

Glossar

Ahle – (auch: Pfriem) Werkzeug der Schuster, mit dem Löcher gestanzt wurden

Barbier – (auch: Bader, Wundarzt) Mehr als nur ein mittelalterlicher Friseur. Neben den wenigen studierten Ärzten waren die Barbiere die Hauptakteure im mittelalterlichen Gesundheitswesen; sie fungierten auch als Leichenbeschauer

Base – Altehrwürdiger Ausdruck für Cousine

Brabant – Herzogtum von erheblicher Größe auf dem Gebiet der heutigen Niederlande mit Antwerpen als bedeutender Hafenstadt

Fuhrwerk – Wenig komfortabler Vorläufer der Kutsche; Fuhrwerke dienten zum Transport von Lasten und Personen

Habit – Tracht der Angehörigen einer Ordensgemeinschaft

Hennin – Kopfputz wohlhabender Damen im späten Mittelalter; der Hennin war meist kegel- oder walzenförmig und konnte bis zu einem Meter hoch sein

Houppelande – Spätmittelalterliches Übergewand mit langen Ärmeln, gern üppig verziert oder pelzverbrämt

Kanonische Stunden / Stundengebete – Feste Gebetszeiten, die durch Glockengeläut angezeigt wurden und für das einfache Volk damals die einzige Möglichkeit darstellten, sich zeitlich zu orientieren; die kanonischen Stunden wurden den Jahreszeiten angepasst und entsprechend vor- oder rückverlegt; wichtig waren vor allem: *hora prima* – Beginn des Sonnenaufgangs, circa sechs Uhr, *hora tertia* – circa neun Uhr, *hora sexta* – Mittagszeit, circa zwölf Uhr, *hora nona* – circa fünfzehn Uhr, *hora vesperalis* – Sonnenuntergang, circa achtzehn Uhr

Kotten – (auch: Kate) Einfache Hütte aus Flechtwerk und Lehm; in historischen Schriftstücken des Niederrheins stößt man oft auf den Begriff Kotten oder Kötter (Bewohner eines Kottens)

Martini – Der 11. November, Fest des heiligen Martin; das kalendarische Datum spielte früher eine geringere Rolle als der Heilige, dessen an einem bestimmten Tag gedacht wurde

Prämonstratenserinnen – Weiblicher Zweig des Prämonstratenser-Ordens; viele Nonnen waren adliger Herkunft und brachten Reichtümer in den Orden ein; sie lebten zurückgezogen nach strengen Regeln; körperlich anstrengende Arbeiten wurden von Laienschwestern oder weltlichen Bediensteten verrichtet

Profess – Ordensgelübde nach dem Noviziat (Probezeit); ein Ordensmitglied bindet sich hiermit langfristig an ein Kloster

Saalhof – (auch: Fronhof) Herrenhof eines Lehnsherrn, Sitz der niederen Gerichtsbarkeit und Sammelstelle für Abgaben der abhängigen Landbevölkerung in Form von Naturalien oder Geld

Saufeder – Stangenwaffe von circa zwei Meter Länge, die früher bei der Wildschweinjagd eingesetzt wurde

Skapulier – Überwurf der Ordenstracht von Mönchen und Nonnen, Teil des Habits

Trietsümpfe – Lokale Bezeichnung für eine sumpfige Gegend rund um die Wasserläufe Niers und Trietbach im Gebiet zwischen Neuss und dem heutigen Mönchengladbach

Trippen – Einfache Schuhe aus Holz, die durch Keile unter der Sohle vor Schmutz und Kälte schützen.

Vaganten – »Fahrendes Volk«, Randgruppen der mittelalterlichen Gesellschaft ohne festen Wohnsitz, oftmals Gaukler, Scherenschleifer, Kesselflicker, Korbmacher oder Bettler

Zaddeln – Auszackung von Ärmelöffnungen und Rockschößen, ein Modespleen, der im Spätmittelalter groteske Formen annahm: So ließ sich der Engländer John Chandos seinen Waffenrock auszacken, stolperte aber leider über die Zaddeln und wurde erschlagen, bevor er wieder auf die Füße kommen konnte

Danksagung

Mein Dank gilt allen, die mich beim Schreiben dieses Romans unterstützt und inspiriert haben: meiner wunderbaren Familie, meinen Freunden und Kollegen, allen wohlmeinenden Bekannten und Lesern des ersten Buches und natürlich Peter (auch bekannt als Petrus, der Fels).

Man kann kein Buch schreiben, ohne dass immer wieder jemand sagt: »Natürlich wirst du fertig!« oder »Zumindest ich werde dieses Buch kaufen.«

Den Mitarbeitern des Emons Verlages und meiner Lektorin Frau Czinczoll danke ich für ihre konstruktive Unterstützung, ihre guten Ideen und ihre Geduld.

Liebe Kinder, ihr seid noch zu jung für Krimis, aber falls ihr das Nachwort lest: Imke (»Amy«), Caroline und Thomas, ich danke auch euch, besonders für den Vorschlag, bei der Verfilmung des Buches diverse Rollen mit George Clooney, Johnny Depp und Ben Barnes zu besetzen.

Ich möchte mich entschuldigen für meine phasenweise geistige Abwesenheit aus der Realität und auch dafür, dass ich mich sprachlich manchmal nicht vom Mittelalter lösen konnte (»Meister Bäcker, ich nehme diese Brötchen in meine Obhut«).

Der Stadtbibliothek Neuss danke ich für die Bereitstellung von umfangreichem Recherche-Material und Dorothea Gravemann und ihrem Team vom Bücherhaus am Markt für ihr motivierendes Engagement.

Frau Krane und Herr Fußangel ließen mich einen Blick in das Münster zu Mönchengladbach werfen und spontan an ihrem historischen Wissen teilhaben; ihnen gebührt ebenfalls mein Dank.

Ebenso denjenigen, die mir als Vorlage für manche Figuren dienten und bis zum Schluss nicht erfahren durften, ob sie die Geschichte überleben. (Nicht wahr, Thomas?)

Allen Lesern wünsche ich einen angenehmen Aufenthalt im Dezember des Jahres 1510 und freue mich über Ihr Interesse an diesem Buch.

Wenn Sie ab und zu ein wenig frösteln und sich nach dem Wolf umschauen, habe ich meine Schuldigkeit getan.

Im Kreis Neuss hat es früher übrigens tatsächlich Wölfe gegeben. Manche Ortsnamen erinnern heute noch an die »Schrecken der heimischen Wälder«. Die »Wolfseiche« bei Korschenbroich zum Beispiel ist nach einem Tier benannt, das dort 1457 sein vorzeitiges Ende fand.

Treibjagden führten allerdings nicht immer zum Erfolg. Ein Wolf, der 1818 im Reuschenberger Busch und kurz darauf an der Neusser Furth sein Unwesen trieb, konnte trotz eines hohen Aufgebots an Jägern nicht erlegt werden. Inzwischen dürfte er jedoch das Zeitliche gesegnet haben – Sie können entspannt spazieren gehen. (Der Dackel Ihres Nachbarn ist die größere Gefahr!)

Christina Döhlings